साक्षात्कार

बातों में बीते दिन

बातों में बीते दिन

नामवर सिंह

संकलन-सम्पादन

विजय प्रकाश सिंह

राजकमल प्रकाशन

ISBN : 978-93-6086-894-9

मूल्य : ₹795

पहला संस्करण : 2025

प्रकाशक : राजकमल प्रकाशन प्रा. लि.
1-बी, नेताजी सुभाष मार्ग, दरियागंज
नई दिल्ली-110 002

शाखाएँ : अशोक राजपथ, साइंस कॉलेज के सामने, पटना-800 006
पहली मंजिल, दरबारी बिल्डिंग, महात्मा गांधी मार्ग, प्रयागराज-211 001
1, अनमोल सोराबजी सन्तुक लेन, धोबी तलाव, मरीन लाइंस, मुम्बई-400 002
वेबसाइट : www.rajkamalprakashan.com
ई-मेल : info@rajkamalprakashan.com

मुद्रक : विकास कंप्यूटर एंड प्रिंटर्स
ट्रोनिका सिटी-201 102

BATON MEIN BEETE DIN
Interview by Namwar Singh
Edited by Vijay Prakash Singh

बातों में बीते दिन

क्रम

खंड-3

महावीर अग्रवाल की बातचीत

अपनी बात

पिताजी साहित्य के संसार में सफर करते समय अपने विचारों को व्यक्त करने के लिए लिखने की बजाय बोलने को ज़्यादा तरजीह देते थे। कलकत्ता में दिए गए भाषण में उन्होंने कहा था, "आज बदले हुए दौर में ऐसे प्रश्न हैं, जिसका जवाब नहीं मिल पाता। पिछले कई वर्षों से मैं देश-भर में जा-जा कर संवाद कर रहा हूँ। जब मैं बोलता हूँ, मेरे मुख से केवल मैं नहीं, हमारे समय की बौद्धिक उपस्थिति बोलती है, जिसमें आप सब शामिल हैं; जो सुनते हैं, जो पढ़ते हैं। वे धन्य हैं जो अमर होने के लिए लिखते हैं, पर मैं मर-मर कर बोलना चाहता हूँ।"

पिताजी के जीवन-काल में ही उनके व्याख्यानों के कई संकलन प्रकाशित हो चुके थे। मुझे शुरू से ही उनके पत्र-पत्रिकाओं में प्रकाशित व्याख्यान/लेख पढ़ने और एकत्र करने की आदत है। उनके बिसरे-बिखरे व्याख्यानों की फाइल जब मुझे भारी लगने लगी, तो एक दिन मैंने हिम्मत जुटाकर वह फाइल उन्हें देखने के लिए दी। उस भारी-भरकम फाइल को देखकर वह आश्चर्यचकित हुए और अन्दर से प्रसन्न भी लग रहे थे। उस फाइल को उलट-पलट कर कुछ देर देखते रहे। बाद में कहा कि दो दिन के बाद तुमसे इस पर बात करूँगा। दो दिन बाद जब मिलने के लिए गया, तो उन्होंने कहा कि इसमें तो दो संकलनों की सामग्री है। एक संकलन विभिन्न विषयों पर दिए गए व्याख्यानों का तैयार करना व उसका नाम 'द्वाभा' रखना। दूसरा संकलन साक्षात्कारों का बनेगा, उसका नाम 'आमने-सामने' रखना। इन्हें तैयार करते समय वह बस यह ध्यान रखना कि पिछले प्रकाशित संकलन की कोई सामग्री इसमें नहीं आनी चाहिए। उसके बाद थोड़ा भावुक होकर कहा कि "इस दुनिया से जाने के बाद मेरे कमरे में तुम्हें कुछ ऐसी प्रकाशित/अप्रकाशित सामग्री मिलेगी। अगर वह तुम्हें प्रकाशित करने लायक लगे तो उसे संकलन के रूप में जल्दी प्रकाशित

करने का प्रयास करना। मेरी लिखी और बोली किताबों की एक प्रति अपने पास रख लेना। इसके अलावा सारी किताबों को इन्दिरा गांधी कला केन्द्र को दे देना। यही सब मेरे जीवन-भर की पूँजी है। इसी वजह से दुनिया भर में मुझे बहुत सम्मान मिला है।" उसके बाद मैं इन दोनों संकलनों को तैयार करने में लग गया। कई दिनों के बाद मुझे याद आया कि पिताजी के ये वाक्य शायद शायर मीर तकी मीर के 'दीवाने-मीर' में अपने बेटे के नाम लिखे वसीयतनामा के वाक्यों से काफी हद तक मिलते हैं। जो कुछ इस तरह हैं—"बेटा हमारे पास, दुनिया के धन-दौलत में से तो कोई चीज नहीं है, जो आगे चलकर तुम्हारे काम आए, लेकिन हमारी सबसे बड़ी पूँजी, जिस पर हमें गर्व है, 'क़ानून-ए-ज़बान' (भाषा का सिद्धान्त) है, जिस पर हमारा जीवन और मान निर्भर है, जिसने हमें अपमान के खड़े से निकालकर प्रसिद्धि के शिखर पर पहुँचा दिया। इस दौलत के आगे विश्व की हुकूमत को भी तुच्छ समझते रहे। तुमको भी अपने तरके (पैतृक सम्पत्ति) में यही दौलत देते हैं।"

उनके निधन के बाद पुस्तकों को इन्दिरा गांधी कला केन्द्र को देते समय उनकी दो पुरानी डायरियाँ, कई बहुत पुराने, भूले-बिसरे अप्रकाशित लेख, बहुत सारी चिट्ठियाँ, कई पत्र-पत्रिकाओं में प्रकाशित व्याख्यान, साक्षात्कार आदि मिले हैं। उनके आशीर्वाद और प्रेरणा से अब तक मैंने कुल 14 संकलनों की पुस्तकें तैयार की हैं। यह साक्षात्कारों का संकलन भी उसी में से एक है। इस संकलन की ज़्यादातर सामग्री उनके अध्ययन कक्ष में मिले अख़बारों और पत्र-पत्रिकाओं से ही मिली है।

आज से लगभग 500 साल पहले पिताजी के सबसे प्रिय बाबा तुलसीदास कह गए थे—"सो जानब सतसंग प्रभाऊ, 'लोकहु बेद' न आन उपाऊ।" जिसका एक सीधा अर्थ है कि अगर लोक में किसी वस्तु की प्रतीति नहीं है, तो वह वेद में भी नहीं हो सकती। क्योंकि लोक ही वेद (शास्त्र) को जन्म देता है। वह अपने वाद-विवाद-संवाद के गुरु डॉ. रामविलास शर्मा की तरह वर्ग-वेद वचन कहकर लोक तक नहीं उतरे थे। अपने गुरु आचार्य हजारी प्रसाद द्विवेदी की तरह लोक को ही पहली सीढ़ी मानकर वेद (शास्त्र) की ओर आगे बढ़े थे। इसलिए आलोचना के संसार में लोग उन्हें लोकवादी आलोचक कहते हैं। उनका मत है कि आलोचना वह है, जो समय को पहचाने, समय के द्वंद्व की पहचान करे और साहित्य वह जो समय को वाणी

दे, समय के द्वंद्व को वाणी दे। इसलिए वह साहित्यिक रचनाओं को प्रामाणिकता की तुला पर तौलते थे। परम्परागत मूल्यों अथवा संस्कारों को नये-पुराने पूर्वग्रहों की तुला पर नहीं तौलते थे। समय के द्वंद्व को पहचानकर उन्होंने साहित्य की सारी विधाओं—कहानी, कविता, उपन्यास, नाटक, साक्षात्कार आदि को अपनी वाणी दी। शब्द को तो वाणी का ही प्रसाद माना जाता है। कई बार साहित्य की दुनिया में कुछ लोग उन्हें शाहे-वक्त तथा भाषा का डिक्टेटर भी कहते थे। किस सन्दर्भ में लोग उन्हें यह कहते थे, यह तो उस दुनिया के मर्मज्ञ ही बतला सकते हैं।

उनके साक्षात्कारों के संकलन की कड़ी में यह सातवाँ संकलन है। इसमें कुल 29 साक्षात्कार हैं। इस संकलन के नौ साक्षात्कारों को महावीर अग्रवाल जी ने उपलब्ध करवाया है। इसलिए उनके साक्षात्कारों का एक अलग खंड दिया गया है। कई साक्षात्कार उन्होंने दिल्ली आकर पिताजी से रूबरू लिये थे। उनके इस समर्पण भाव और पिताजी के प्रति अटूट लगाव के लिए बहुत आभारी हूँ। उमेश चौहान जी का साक्षात्कार उपलब्ध कराने के लिए श्याम सुशील जी का, त्रिलोचन शास्त्री के बारे में साक्षात्कार के लिए राकेश पाण्डेय जी का, एक अनूठे साक्षात्कार के लिए जयसिंह 'नीरद' जी का, सुकृता पाल कुमार के अंग्रेजी में लिखे साक्षात्कार 'प्रतिक्रिया, स्वीकार्यता और अस्वीकार्यता से आधुनिकता की निर्मिति' का पुनरानुवाद के लिए लक्ष्मीकांत शर्मा जी का, इस संकलन को परिमार्जित करके बेहतर रूप देने के लिए और भूमिका के लिए प्रो. आशीष त्रिपाठी जी का आभारी हूँ।

अन्त में राजकमल प्रकाशन के अशोक महेश्वरी और उनके सहकर्मियों का आभारी हूँ, जिन्होंने इस संकलन को प्रकाशित करके पाठकों तक पहुँचाने का प्रयास किया है। सम्पादक धर्म का निर्वाह करते हुए आभार के इन शब्दों के साथ यह संकलन सहृदय पाठकों के हवाले कर रहा हूँ।

—विजय प्रकाश सिंह

आलोचकीय विवेक की ऊँचाइयाँ

साहित्य की प्रत्येक विधा को तत्त्वतः संवाद मानने वाले नामवर सिंह मूलतः एक संवादी विचारक और आलोचक हैं। अपनी आलोचना में उन्होंने अपने संवादी को अनेक आयामों और रूपों में विकसित और अभिव्यक्ति किया है। उनके 'संवादी' की बुनियादें एक ओर भारतीय समाज और लोकतंत्र में हैं तो दूसरी ओर उनके निज व्यक्तित्व में। भारतीय समाज मूलतः एक संवादी समाज है। विभिन्नताओं के अति-छोरों की उपस्थिति के बावजूद। वह अति-बिन्दुओं के एक-दूसरे से संवाद के लिए परिस्थिति निर्मित करता है, उन्हें उकसाता है और संवाद से निकलने वाले परिणामों और परिवर्तनों को उत्सुकता से जाँचता और अपनाता है। इस प्रक्रिया में एक ओर विरोधी युग्म अपने मूल रूप बनाये रखते हैं तो संवाद से निकले—नये समूह भी अपनी उपस्थिति से समाज में नये परिवर्तन उपस्थित करते हैं। जहाँ संवाद सम्भव नहीं होता वहाँ भी विरोधी युग्म के अति छोर एक साथ उपस्थित होते हैं। 'श्वेत-श्याम' अर्थात् 'श्वेत' और 'श्याम' की तरह। 'और' के साथ। द्वंद्व समास की तरह। बौद्ध आन्दोलन, भक्ति आन्दोलन, नवजागरण और स्वतंत्रता आन्दोलन में भारतीय समाज की संवादी परम्पराओं के विविध रूप और उदाहरण देखे जा सकते हैं। 'संवाद' के लिए वाद-विवाद अनिवार्य है। सो भारतीय समाज और ज्ञान-परम्परा में इसकी परम्पराएँ बहुत ताकतवर हैं। 'संवाद' 'असहमति के साहस' और 'सहमति के विवेक' के बगैर सम्भव नहीं होता। भारतीय समाज की विविधता और बहुलता, औपचारिक समंजन और तकनीकी तटस्थता से नहीं, वाद विवाद संवाद तथा घात-प्रतिघात-संघात की ऊष्मा से जीवनीशक्ति प्राप्त करती है। इसीलिए वह निरन्तर परिवर्तनशील बनी रहती है।

ब्राह्मणवाद और सामंतवाद के व्यापक प्रभाव के कारण अनेक

बार ऐसा लगता है कि लोकतंत्र भारतीय समाज का मूल स्वभाव नहीं है। राजतंत्रात्मक व्यवस्था की दीर्घ परम्परा और भेद पर आधारित ब्राह्मणवादी वर्णवाद के कारण राजसत्ता, धर्मसत्ता और समाजसत्ता में एकाधिकारवादी और तानाशाही प्रवृत्तियाँ ताकतवर रही हैं। इसके बावजूद समाज में एक तरह की मुक्तता भी रही है। भारतीय समाज कभी भी राजसत्ता, धर्मसत्ता और समाजसत्ता से उस तरह बँधा नहीं रहा है, जैसाकि अक्सर औपनिवेशिक ज्ञान-मीमांसा के प्रभाव में मान लिया जाता है।

भारतीय स्वतंत्रता संग्राम के दौरान भारतीय समाज सबसे ज्यादा आग्रह सामाजिक और राजनीतिक लोकतंत्र का किया। भक्ति-आन्दोलन की विद्रोही धाराएँ भौतिकवादियों और बौद्ध आन्दोलन की परम्परा में पहले ही धार्मिक और सामाजिक लोकतंत्र के लिए संघर्ष चलाये हुए थीं। यह संघर्ष नवजागरण युग तक जारी चला आता था। स्वतंत्रता आन्दोलन ने वास्तविक अर्थों में भारतीय समाज के संवादी स्वभाव को बन्धनहीन बनाने का प्रयास किया। इसके कारण भारतीय समाज एक 'अखिल भारतीय समाज' बन सका। 'लोकतांत्रिकता' इस संवाद की बुनियादी शर्त थी।

आजादी के बाद भारतीय लोकतंत्र को ज्यादा जीवंत, वास्तविक और गहरा बनाने के लिए इस संवाद को समाज की आन्तरिक परतों तक ले जाना जरूरी था। इसीलिए लोकतंत्र को ऐसे नायकों की जरूरत थी, जो संवाद की प्रक्रिया को आगे बढ़ाएँ। जवाहरलाल नेहरू, भीमराव अम्बेडकर, पी.सी. जोशी, ई. एम. एम. नंबूदरीपाद, राममनोहर लोहिया और नरेन्द्र देव जैसे राजनीतिज्ञों से लेकर अलाउद्दीन खान, सत्यजित राय, हबीब तनवीर, कुमार गंधर्व, उदयशंकर, आर. के लक्ष्मण, एम.एफ. हुसैन, राहुल सांकृत्यायन, मुक्तिबोध, नागार्जुन, फणीश्वरनाथ रेणु, रामविलास शर्मा और हरिशंकर परसाई जैसे कलावंतों के काम को इस सन्दर्भ में देखा जा सकता है। नामवर सिंह इसी शृंखला की प्रभावी कड़ी हैं।

नामवर सिंह के व्यक्तित्व में संवादी-भाव की जड़ें गँवई भारतीय समाज में हैं। नेहरूयुगीन लोकतंत्र ने इसे सँवारा और विकसित किया है। बचपन, किशोरवय और युवावस्था में कामता प्रसाद विद्यार्थी, मतीउल्ला ख़ान, त्रिलोचन, मार्कंडेय सिंह और हजारी प्रसाद द्विवेदी के प्रभावों ने उन्हें ज्यादा संवादी और ज्यादा लोकतांत्रिक बनाया। प्रगतिशील लेखक संघ और अध्यापन के पेशे ने उनके संवादी-स्वरूप

को नई जरूरतों के अनुकूल ढाला। नामवर सिंह के व्याख्यान उनके संवादी-व्यक्ति की सबसे सटीक अभिव्यक्ति करते हैं।

नामवर सिंह आधुनिक हिन्दी के सबसे बड़े संवादी हैं। जिस अर्थ में महात्मा गांधी आधुनिक भारत के। वाद विवाद संवाद को अनिवार्य मानते हुए संवाद के प्रत्येक रूप के लिए प्रस्तुत। संवादी आलोचक। आलोचना में 'सहयोगी प्रयास' के पक्षधर। साहित्य-समाज में छिड़ी चर्चाओं में अपनी मान्यताओं और तर्कों के साथ उपस्थित होकर उसमें अपने ढंग से हस्तक्षेप करना उन्हें जरूरी लगता है। रुचिकर भी। इसमें वे रमते हैं। सम्भवत: इसीलिए उन्होंने 'साक्षात्कार' विधा को उसके उभार के दौर से ही गम्भीरता से लिया है। साक्षात्कार विधा के उभार का गहरा सम्बन्ध आठवें दशक में पत्रकारिता और साहित्य की आन्तरिक जरूरतों और उनके रिश्तों के साथ ही भारतीय लोकतंत्र में आए बुनियादी परिवर्तन से है।

आठवें दशक में विकेन्द्रीकरण एक प्रमुख प्रवृत्ति बनकर उभरा। राजनीति से लेकर पत्रकारिता और साहित्य—सभी क्षेत्रों में आधुनिक विकास और लोकतंत्रीकरण की प्रक्रिया में उभरे पूर्ववर्ती केन्द्रों के समानान्तर नये केन्द्रों का उभार हुआ। नक्सलबाड़ी से लेकर सम्पूर्ण क्रान्ति—सभी आन्दोलनों में ताकतवर केन्द्रों को चुनौती देने और उनकी शक्ति-सम्पन्नता को प्रश्नांकित करने की भावना मौजूद थी। लोकतंत्र के लोकव्यापीकरण का यह अनिवार्य परिणाम था। प्रगतिशील आन्दोलन के पुन: उभार ने साहित्य की दुनिया में इसे विकसित करने में अपनी महत्त्वपूर्ण भूमिका निभाई। हिन्दी क्षेत्र में कस्बों और छोटे शहरों तक गतिविधियों का विस्तार हुआ। महाविद्यालयों और विश्वविद्यालयों में अकादमिक हलचलें आकार लेने लगीं। राज्य सरकारों की साहित्यिक अकादमियाँ साहित्य के क्षेत्र में सहभागिता के लिए प्रस्तुत हुईं।

इसी दौर में हिन्दी पत्रकरिता में समाजवादी और मार्क्सवादी रुझान रखने वाले पत्रकारों का बड़ी संख्या में आगमन हुआ। सातवें और आठवें दशक के सामाजिक- राजनीतिक आन्दोलनों ने बुद्धिजीवियों, लेखकों और पत्रकारों के बीच आन्तरिक संवाद विकसित करने का अवसर दिया। ये पत्रकार सामाजिक, राजनीतिक और आर्थिक मुद्दों पर हिन्दी के लेखकों के विचारों को प्रमुखता से छापने में दिलचस्पी ले रहे थे। ऐसे में विभिन्न केन्द्रों की गतिविधियों में भाग लेने वाले लेखकों के लिए सामाजिक और राजनीतिक प्रश्नों पर राय प्रकट करना अनिवार्य हो गया। 'हिन्दी के आलोचक' नामवर सिंह इस प्रक्रिया में

'हिन्दी के शीर्ष बुद्धिजीवी-कार्यकर्ता' होकर उभरे। प्रगतिशील लेखकों के समूह, भारत-भवन और विश्वविद्यालय जैसे संस्थान उन्हें जिन विषयों पर विचार के लिए आमंत्रित कर रहे थे, पत्रकार उनसे भिन्न विषयों पर उनके विचार जानना चाहते थे। ये विषय ज्यादातर साहित्येतर थे। राजनीति, अर्थव्यवस्था, समाज, आन्दोलन और ऐसे ही हजारों विषय चर्चा-परिचर्चा में आए। इन विषयों पर मूलतः पत्रकारों द्वारा लिये गए नामवर जी के साक्षात्कार स्थानीय से लेकर राष्ट्रीय पत्र-पत्रिकाओं में छपने लगे। विविध सामाजिक प्रश्नों पर मत के लिए साहित्यकारों की ओर से नामवर जी पत्रकारों की पहली पसन्द बनकर उभरे। नामवर जी की पुस्तकों 'कहना न होगा', 'बात बात में बात' और 'संग सत्संग' में पत्रकारों के इस हस्तक्षेप को स्पष्ट रूप से पहचाना जा सकता है। 'राष्ट्रीय सहारा' के 'हस्तक्षेप' का संयोजन करने वाले अरुण पांडेय का अनुभव इस मायने में महत्त्वपूर्ण है। 'सहारा समय' में आते हुए उनके मन में था कि कुछ ऐसा हो ताकि अंग्रेजी वालों के सामने सिर उठाकर बात की जा सके। वे लिखते हैं—"सोच के मुताबिक काम मिला और पिछले करीब ग्यारह वर्षों में एक टीम के साथ हमने हर सप्ताह एक ही विषय पर भरी-पूरी सामग्री के साथ 'हस्तक्षेप' के लगभग 600 अंक निकाले हैं। कुछेक अपवादों को छोड़ दिया जाए तो आम तौर पर 'हस्तक्षेप' के इन अंकों को प्रशंसा ही मिली। ये चीजें सिर्फ बताने के लिए नहीं लिख रहा बल्कि इसका नामवर जी के होने से सीधा सम्बन्ध है। इसको कहने में हमें तनिक संकोच नहीं है कि इसको सफलतापूर्वक अंजाम देने में हिन्दी के जिन चन्द लोगों की उपस्थिति निर्णायक थी उनमें से एक नामवर जी भी हैं। ...यह काम आसान हुआ तो इसलिए कि साहित्येतर विमर्श के दायरे से बाहर हिन्दी में नामवर जी जैसे कुछ पुरोधा थे। ...अंग्रेजी के दिग्गजों के बीच हमने नामवर सिंह को चौड़े से छापा। उनका कहा हुआ किसी के लिखे हुए से हल्का नहीं होता था। नामवर जी से एक-दो घंटे बात करने के बाद बड़ी से बड़ी वैचारिक उलझनों की गुत्थी सुलझाने में मदद मिलती थी।" ऐसे माहौल में नामवर सिंह अपनी संवाद-प्रवीणता के कारण हिन्दी के सार्वजनिक व्यक्तित्व बनकर उभरे।

नामवर सिंह न सीमित अर्थों में साहित्यकार हैं, न आलोचक। इसके बावजूद वे इन साक्षात्कारों में मुख्यतः आलोचक के रूप में उभरते हैं। नामवर जी का आलोचक समाज में बातचीत करते हुए, वाद विवाद संवाद करते, प्रश्न-प्रतिप्रश्न करते सक्रिय रहता है और

विचार, तर्क और संवाद की उस प्रक्रिया से गुजरता है जो आलोचना की बुनियादी भूमि है। आलोचना लिखित हो या वाचिक—उसके पीछे बुनियादी प्रक्रिया है—पढ़ना, विवेचना, विचारना। तर्क और संवाद। नामवर जी के साक्षात्कारों में इसका व्यापक समावेश है। इनसे गुजरते हुए हम महसूस करते हैं कि वह किसी रचना को हमेशा नई और अपनी तरह से पढ़ने की कोशिश करते हैं और इस तरह 'पढ़ते' हुए वे लगातार नई तरह से 'सोचते' और 'विचारते' हुए सामने आते हैं। उनकी वाचिक आलोचना मूल्यांकन की ऊपरी सीढ़ी तक पहुँचती है। निकष बनाती है। प्रतिमानों पर बहस करती है। उसमें 'लिखित' की तरह की 'कौंध' मौजूद होती है। नहीं होता तो बस पूरापन।

नामवर जी की यह पुस्तक उनके साक्षात्कारों का संकलन है। पुस्तक में संकलित साक्षात्कारों का विषय क्षेत्र अत्यंत विस्तृत है। पेरेस्त्रोइका-ग्लासनोस्त और आधुनिकतावाद से लेकर कविता, कहानी, उपन्यास और निजी जीवन तक। साहित्य और देश-दुनिया की उनकी समझ का एक स्पष्ट प्रतिबिम्ब यहाँ मिलता है। उनकी विश्व-दृष्टि का रूपायन इनमें हुआ है। पुस्तक तीन खंडों में बँटी हुई है। मध्यम आकार के और विषय केन्द्रित साक्षात्कार पहले खंड में हैं। दूसरे खंड में रचनाकारों और रचनाओं पर केन्द्रित बातचीत है। प्रेमचन्द, सुमित्रानंदन पंत, त्रिलोचन और अमृत राय तथा सुमित्रानन्दन पंत की कृति 'गुंजन' और कृष्णा सोबती के उपन्यास 'मित्रो मरजानी'—इस साक्षात्कारों के केन्द्र में है। तीसरे खंड में महावीर अग्रवाल द्वारा लिये गए नौ साक्षात्कार हैं जो उनके निजी जीवन से लेकर आलोचना और विविध विषयों से सम्बन्धित हैं। इस पुस्तक के संवादों के अनेक साक्षात्कारकर्ता प्राय: पहली बार हिन्दी जगत के सम्मुख आए हैं और इनके माध्यम से हिन्दी की दुनिया में अपना हस्तक्षेप कर सके हैं। इन साक्षात्कारों से पता चलता है कि युवा पत्रकारों, अध्यापकों और विद्यार्थियों में नामवर जी से बात करने की कितनी गहरी इच्छा मौजूद रही है। संवाद के लिए प्रेरित करती उनकी उपस्थिति का महत्त्व इससे अधिक और कैसे समझा जा सकता है।

पुस्तक में संकलित अनेक साक्षात्कारों में नामवर जी से आलोचना की प्रकृति और कार्य पर अनेक सवाल किये गए हैं। इनके जवाब देते हुए नामवर जी अपनी अनेक स्थापनाओं को पुनः-पुनः दुहराते

हैं। वे आलोचना के काम को तकनीकी और एकायामी कार्य नहीं मानते। रचना और आलोचना के सम्बन्ध पर उनकी धारणा अत्यंत स्पष्ट है : 'रचना प्रस्थान-बिन्दु मात्र होती है। जैसे ऊँची उड़ान भरने के लिए भी यह धरती प्रस्थान बिन्दु है। आप धरती पर ही रेंगते रह जाएँ, यह आपकी यात्रा नहीं। आप इसे छोड़कर उड़ान भी भर सकते हैं। रचना आधार है, प्रस्थान बिन्दु है, लेकिन उस रचना का अक्षरशः, उसकी टीका आप करते रहे हैं तो आपकी गिनती सरीसृप जन्तुओं में होगी। लेकिन इस धरती पर पक्षी, नाम के भी जीव हैं जो उड़ान भरते हैं, लेकिन ये भी पृथ्वी के गुरुत्वाकर्षण से बँधे रहते हैं। लेकिन जो चन्द्रलोक पर जाता है, वह भी धरती से ही उड़ान भरता है और गुरुत्वाकर्षण से कभी-कभी मुक्त हो जाता है। आलोचना में ये तीनों चीजें होती हैं। सरीसृप आलोचना भी होती है—साँप की तरह धरती पर रेंगती है, पक्षी की तरह आसमान में उड़ती है और रॉकेट की तरह पृथ्वी के गुरुत्वाकर्षण से मुक्त होकर चन्द्रलोक की यात्रा करती है।'

आलोचना के बारे में, ऐसी ही अनेक महत्त्वपूर्ण बातें यहाँ कही गई हैं :

- जब तक आलोचक स्वयं साहित्य को पढ़ने में आनन्द का अनुभव नहीं करेगा तब तक आलोचक के रूप में उसकी तैयारी पूरी नहीं होती। पढ़ने से साहित्य का एक संस्कार बनता है इसे आप सहृदय होना भी कह सकते हैं। हिन्दी साहित्य की जो उत्कृष्ट कृतियाँ हैं उनको मनोयोगपूर्वक पढ़ना चाहिए। हिन्दी से पहले की साहित्य-परम्पराओं से जुड़ना इसलिए आवश्यक है कि उसके बिना आलोचक के दृष्टिकोण में व्यापकता नहीं आ सकती। मैं विशेषज्ञता का कायल नहीं। एक आलोचक किसी दायरे में नहीं बँधता। साहित्य के प्रति उसकी दृष्टि खुली होती है। किसी प्रवृत्ति या साहित्य का विशेषज्ञ अध्यापक हो सकता है आलोचक नहीं। मैं अपने समय में जिस प्रकार का साहित्य रचा जाता देख रहा था। उसके प्रति मन में सन्तोष भी था और असन्तोष भी। प्रयास यह रहा कि अपने समय में रचे जाने वाले साहित्य में सार्थक हस्तक्षेप किया जाए। सार्थक हस्तक्षेप हमारे नये आलोचकों की भी जिम्मेदारी है।
- अपने समकालीन साहित्य पर तो सभी लिखते हैं, लेकिन अच्छा आलोचक वह है जो अपने पूर्ववर्ती साहित्यकारों पर भी लिखे।

अंग्रेजी में शेक्सपियर, कीट्स, मिल्टन पर जो नहीं लिखता है उसे आलोचक नहीं कहा जाता। कोई आलोचक केवल उन्हीं लोगों के बारे में ही लिखे जिन पर पहले कभी नहीं लिखा गया हो तो वह अकेले शेर होगा, लेकिन जिनके बारे में सभी ने लिखा हो उन पर नया लिखें तो विशेषता मानी जाएगी।

- हमारी आज की समस्याओं, प्राथमिकताओं और आकांक्षाओं के सन्दर्भ में साहित्य कितना सार्थक है इस पर नये आलोचकों को गहराई से विचार करना चाहिए। महत्त्वपूर्ण यह भी है कि कठोर परिश्रम उनके जीवन का एक हिस्सा बन जाए। अच्छा आलोचक आसमान से प्रकट नहीं होता। वह कठोर परिश्रम से अपनी प्रतिभा को तराशकर अपना स्थान बनाता है। जो पढ़ा जाए उसे आत्मसात करने की—समतल बनाने की तथा अपनी दृष्टि के संस्पर्श से उसे नया रूप देने की आवश्यकता है। पढ़े हुए को गुनना और फिर अपनी दृष्टि के आलोक में उसे परखकर उसका स्वीकार-अस्वीकार आलोचक के लिए सार्थक मूल्यांकन का पथ प्रशस्त करता है। हिन्दी साहित्य को आज अन्य भारतीय भाषाओं की सापेक्षता में देखे जाने की आवश्यकता है। अब केवल हिन्दी साहित्य के दायरे में बँधकर आलोचक-धर्म निभाने से काम नहीं चलेगा। अब आलोचक का परिप्रेक्ष्य अखिल भारतीय हो। यह आवश्यक ही नहीं अपरिहार्य भी है।

नामवर जी लगातार यह कहते रहे हैं कि आलोचना का गहरा सम्बन्ध विश्वविद्यालयों से होता है। हिन्दी आलोचना का विकास भी संस्थानों में ही हुआ है। आचार्य रामचन्द्र शुक्ल, आचार्य हजारी प्रसाद द्विवेदी और आचार्य नन्ददुलारे वाजपेयी आदि का सम्बन्ध काशी हिन्दू विश्वविद्यालय से है। इस श्रृंखला में हम प्रो. नामवर सिंह, प्रो. रमेश कुन्तल मेघ, डॉ. विश्वनाथ त्रिपाठी और मैनेजर पांडेय का नाम जोड़ सकते हैं। ये आलोचक भी काशी हिन्दू विश्वविद्यालय से सम्बद्ध रहे हैं। नामवर जी एक बातचीत में बताते हैं कि हमारे समय में भारत में संस्थान आलोचना के विकास में वैसी भूमिका नहीं निभा पा रहे हैं। वे कहते हैं : 'पश्चिम में आलोचना का निरन्तर उन्नयन हो रहा है। विश्वविद्यालयों के विभाग आलोचना के केन्द्र बन जाते हैं जिनमें आलोचना की दृष्टियों का विकास होता है। हमारे मामले में साहित्य के विभाग केवल परीक्षाओं के लिए पढ़ाने

वगैरह तक सीमित रह गए लगते हैं। शायद, एक कारण आधुनिक साहित्य के लोकप्रिय न होने का यह है कि जो कुछ आज साहित्य में चल रहा है, उसमें किसी प्रकार की जीवन्त संलग्नता दिखाई नहीं देती। बस केवल पुराने स्थापित विचार हैं जिन्हें बिना किसी आलोचनात्मक समीक्षा के बड़े आराम से पीढ़ी-दर-पीढ़ी स्थानान्तरित किया जा रहा है। वस्तुतः, आधुनिक साहित्य के प्रति साफ तौर पर अरुचि दिखती है, शायद, इसलिए क्योंकि इसमें स्वतंत्र सोच-विचार और एक अलग दृष्टिकोण की जरूरत पड़ती है। मैं कहूँगा कि साहित्यिक आलोचना में विश्वविद्यालयों की भूमिका शून्य के बराबर है।' कहना न होगा कि अपने समाज और संस्थानों पर यह एक कठोर टिप्पणी है।

यह पुस्तक नामवर जी से सुकृता पॉल के साक्षात्कार के लिए याद की जाएगी। यह अत्यन्त महत्त्वपूर्ण बातचीत है। इस चर्चा का केन्द्रीय विषय 'भारत और आधुनिकतावाद' है। भारतीय काव्य चिन्तन की परम्परा में गहरे तक धँसे और विश्व साहित्य चिन्तन से गहन संवाद करने वाले आलोचक नामवर सिंह की समझ की स्पष्टता यहाँ देखने योग्य है :

- तीस के दशक का हमारा 'आधुनिकतावाद' अनुभव का बहुत कम था। यह एक बौद्धिक उपक्रम कहीं ज्यादा था। यह हमारी संस्कृति में धीरे-धीरे आया और आजादी के बाद में इसने एक वास्तविक वृहद भारतीय अनुभव का रूप लिया।
- हमारे अपने देश में, आजादी के बाद, परिस्थितियाँ बदली हैं। औद्योगीकरण की ओर एक योजनाबद्ध प्रगति यात्रा चल रही है, विज्ञान और प्रौद्योगिकी के प्रति एक सुसंगठित, व्यावहारिक सरोकार दिखाई दे रहा है। ठीक ऐसे ही वक्त, ढेर सारी कहानियाँ और उपन्यास एक नये उत्साह के साथ रचे जा रहे थे। तथापि, आधुनिकतावाद का 'अनुभव' जिसे मैंने परिभाषित किया, वह फणीश्वरनाथ रेणु जैसे लेखकों के लेखन में परिलक्षित हुआ जिनमें शहरीकरण के विरुद्ध आक्रोश था और जिसे ग्राम्य पृष्ठभूमि में मात्र देहाती पात्रों के जरिये अभिव्यक्ति दी जा रही थी। एक तरफ 'वास्तविकता' और देहात की ओर ध्यान तो दूसरी ओर 'प्रगति' के प्रति सरोकार, यही चीजें हैं जिन्हें मैं 'आधुनिकतावाद' के अनुभव के रूप में देखता हूँ।
- पहले प्रकार के आधुनिकतावाद में बहुत सारा अंग्रेजीकरण दाखिल

नहीं हुआ। दूसरे प्रकार के मामले में, अंग्रेजी भाषा और साहित्य का प्रभाव स्पष्ट रूप से दिखता है। बिम्ब विधान एवं प्रतीकों को भी कभी-कभी जैसे का तैसा ले लिया गया है।

- हमें इस बात का एहसास होना चाहिए कि हमें कठिन संघर्ष से आजादी मिली और कैसे मिली! साथ ही, किसी ने देश के विभाजन की कल्पना नहीं की थी। देश के विभाजन की त्रासदी ने हर एक व्यक्ति को झकझोर कर रख दिया।...उस वक्त जो साम्प्रदायिक दंगे, नरसंहार हुए, वे उस खुशी पर भारी पड़ गए जो अंग्रेजों की गुलामी से आजाद होने पर हो सकती थी। यही कारण है कि आप विभाजन या दंगों की पृष्ठभूमि पर लिखे गए ढेर सारे उपन्यास और कहानियाँ पाते हैं।...आजादी के बाद हजारों की संख्या में लोग विस्थापित हुए और 'शरणार्थी संस्कृति' की एक दुखद छाया पूरे देश के ऊपर उभर आई। आपने महात्मा गांधी का उल्लेख किया। ध्यान रखिए, आपको नहीं भूलना चाहिए कि उनकी हत्या हुई और उनकी हत्या के साथ, मैं सोचता हूँ, पूरी की पूरी गांधीवादी संस्कृति की हत्या हो गई—वे मूल्य बिखर गए और 'आत्मविश्वास' के बजाय एक संशय की स्पिरिट पैदा हो गई। पचास और साठ के दशकों की लघुकथा पर नजर डालें तो आप पाएँगी कि रेणु सहित अनेक लेखकों ने दो पीढ़ियों के पात्रों को प्रस्तुत किया; एक तो पुरानी जिसने अतीत के गौरव को सही ठहराया और दूसरी युवा पीढ़ी, जो वर्तमान की निराशाजनक जटिलता का सामना करते हुए आगे बढ़ने की कोशिश कर रही है। पुराने वक्त की सच्चाइयों से सरोकार रखने वाली अनेक कहानियों में पुरानी पीढ़ी को एक या दो पात्रों के माध्यम से प्रतिनिधित्व दिया गया। इसने प्राचीन और नवीन समय के अन्तर्विरोध पर बल दिया। वस्तुतः हिन्दी कथा साहित्य में प्रेमचन्द से आगे 'आदिमवाद' की एक लहर दिखाई देती है।
- हिन्दी कथा साहित्य को, मुझे क्षमा कीजिएगा, आलोचक द्वारा किसी निर्दिष्ट धारणा से सम्बद्ध नहीं किया गया है।
- हिन्दी का लेखक यथार्थवादी परम्परा के साथ बहुत ज्यादा सहज है। अधिक से अधिक, उसने 'रिपोर्ताज' की पत्रकारीय शैली को अपना लिया है जो पिछले कुछ सालों से पश्चिम में बहुत ज्यादा प्रचलन में है।

ये टिप्पणियाँ स्वतंत्र व्याख्या की माँग करती हैं। इनमें से हर पहलू पर स्वतंत्र बातचीत हो सकती है।

पुस्तक में हिन्दी के लेखक प्रेमचन्द पर केन्द्रित राजेन्द्र माथुर की बातचीत अनेक दृष्टियों से रेखांकित करने योग्य है। कबीर, तुलसी, निराला, प्रेमचन्द, रामचन्द्र शुक्ल, हजारी प्रसाद द्विवेदी, राहुल सांकृत्यायन, मुक्तिबोध आदि लेखक नामवर जी द्वारा प्रतिपादित कैनन में महत्त्वपूर्ण केन्द्रीय जगह घेरते हैं। प्रेमचन्द के शताब्दी वर्ष में नामवर जी ने प्रेमचन्द का लगभग नया मूल्यांकन किया है। रामविलास शर्मा के प्रेमचन्द सम्बन्धी आलोचनात्मक अध्ययन को उन्होंने नये ढंग से आगे बढ़ाया है। राजेन्द्र माथुर की बातचीत इस क्रम में देखी जानी चाहिए। उनका यह निष्कर्ष उपन्यास की भारतीयता के सन्दर्भ में बहुत महत्त्वपूर्ण है। जब वे कहते हैं कि प्रेमचन्द ने पहली बार भारतीय उपन्यास को भारतीय चरित्र प्रदान किया', तब वे भारतीय भाषाओं में हिन्दी और 'अंग्रेजी ढंग के नॉवेल' के सम्मुख भारतीय ढंग के उपन्यास के विमर्श को प्रभावी ढंग से आगे बढ़ाते हैं। उनके ये निष्कर्ष प्रेमचन्द मूल्यांकन में बहुत महत्त्वपूर्ण हैं :

- लेनिन ने 1923 में बोल्शेविक क्रान्ति के बाद कहा था कि जिस दिन भारत और चीन में राष्ट्रीय मुक्ति पूर्ण और सफल हो जाएगी, उस दिन दुनिया का इतिहाम बदल जाएगा। और क्योंकि प्रेमचन्द भारत के स्वाधीनता संग्राम से जुड़े हुए थे। इसलिए उनका महत्त्व भी अन्तरराष्ट्रीय है। 1936 के साल में विश्व के तीन महान लेखकों की मृत्यु हुई। वे थे रूस के मैक्सिम गोर्की, चीन के लू शुन और भारत के प्रेमचन्द। ये तीनों लेखक उच्चतर सामाजिक गौरव की अपनी जनता की आकांक्षा के लिए लड़े और अपने राष्ट्र के मुक्ति संग्राम के वे अंग थे। प्रेमचन्द ने एक बहुत बड़ा काम यह किया कि उन्होंने भारतीय उपन्यास को जन्म दिया।
- योरप में आमतौर पर उपन्यास को मध्यवर्ग का महाकाव्य समझा जाता है, और कहा गया है कि मध्यवर्ग के उदय और अस्त के साथ ही उपन्यास का उदय और अस्त भी जुड़ा है। लेकिन प्रेमचन्द के उपन्यास भारतीय किसान के उदय और विकास के साथ जुड़े हैं। उन्होंने माना कि भारतीय मुक्ति आन्दोलन की शक्ति का स्रोत बुद्धिजीवियों या मध्यवर्ग में नहीं बल्कि किसान में है। उन्होंने पहली

बार भारतीय उपन्यास को भारतीय चरित्र प्रदान किया।

- भारत में मुख्य संघर्ष सामन्तविरोधी है, पूँजी-विरोधी नहीं। सारी तीसरी दुनिया में यही संघर्ष प्रमुख है। प्रगतिशील कथाकारों ने इस बात को देर से पहचाना। लेकिन कुछ वर्षों बाद नागार्जुन आए जिन्होंने गाँव के बँधुआ मजदूरों के बारे में 'बलचनमा' लिखा।
- उनके उपन्यासों के गठन को ढीला-ढाला बताया गया है। लेकिन कमजोरियों के बावजूद कलात्मक दृष्टि से वे ऊँचाइयों को छूते हैं। इस श्रेष्ठता का आधार है वास्तविकता की पहचान, जीवन्त चरित्रों का निर्माण पात्रों के मानसिक गठन और व्यवहार की परख। केवल समकालीन विषयों पर लिखने से उनका महत्त्व ऐतिहासिक होता लेकिन उनका महत्त्व कलात्मक भी है।
- तुलसीदास के बाद मैं प्रेमचन्द को मानता हूँ। उसके आगे अगर आप पूछें तो मैं कबीर और फिर निराला का नाम लूँगा। इनके आगे सूरदास और फिर मुक्तिबोध।

'तुलसीदास के बाद प्रेमचन्द' कहने से भारतीय जीवन को समग्रता से अंकित करने का पैमाना सहसा चमक के साथ दिखाई देता है। यह एक ऐसा निष्कर्ष है, जिस पर लगातार बहस होती रही है। होती रहेगी। इस पर बहस सम्भव है, पर इस प्रतिमान और इस निष्कर्ष को खारिज नहीं किया जा सकता है। कैनन चुनने में आलोचक का विवेक सबसे अधिक दाँव पर लगता है। कहना न होगा कि नामवर सिंह ने ऐसे निष्कर्ष देते हुए अपना सब कुछ दाँव पर लगाया है। कैनन में किसी को सबसे ऊँची पायदान पर रखने से पहले सभी रचनाकारों की विशिष्टता की अलग-अलग पहचान होना जरूरी होता है। नामवर जी के जीवन विवेक, रचना विवेक, कला विवेक और सामाजिक विवेक इस प्रक्रिया में सक्रिय होते देखे जा सकते हैं। इस सम्बन्ध में प्रगतिशील कवियों पर केन्द्रित महावीर अग्रवाल का संवाद देखने योग्य है। इस साक्षात्कार में नामवर जी ने अपने आलोचकीय विवेक से जो मूल्यांकन किया है, उसे अनदेखा नहीं किया जा सकता :

- रचनात्मकता सबकी अनूठी हैं। शमशेर का नागार्जुन का, अज्ञेय का और केदार का अपना-अपना, अलग रंग रहा है। कोई किसी से कम नहीं। एक कवि की कविता में चटक रंग है, तो दूसरे कवि की कविता भाव व भाषा में बेजोड़ है। नागार्जुन को जनता के बीच सबसे अधिक वाहवाही मिली। तो मुक्तिबोध जैसे बड़े

कवि ने शमशेर की कविता 'अमन का राग' को क्लासिकल ऊँचाई की कविता के रूप में स्वीकृति दी। शमशेर की ही कविताओं से प्रभावित अज्ञेय ने शमशेर को 'कवियों का कवि' कहा।

- छायावाद के बाद केदार ने अपनी काव्य संवेदना द्वारा हिन्दी कविता के सृजनबोध को बदलने में महत्त्वपूर्ण भूमिका निभाई। प्रगतिशील कविता की धारा बदलने वाले पहले कवि केदारनाथ अग्रवाल हैं। व्यंग्य की धारदार कविताएँ भी उनके यहाँ से हैं। 1945 के आसपास उन्होंने घोर क्रान्तिकारी कविताएँ लिखीं। केदार जी ने प्रगतिशील कविता की जमीन बदली, उसकी भाषा बदली, उसकी दिशा बदली। उनके श्रमजीवी संघर्ष में और सौन्दर्य दृष्टि में पसीने की बूँदे हैं।
- केदारनाथ अपनी कविता में हमेशा विचार के प्रति अडिग रहे। उनकी कविताओं में एक ओर छायावाद की झलक है तो दूसरी ओर उर्दू शायरी का प्रभाव है। उन्होंने हिन्दी के क्लासिक और अंग्रेजी साहित्य का गम्भीर अध्ययन किया है। विविधता से भरा-पूरा उनका रचना संसार देखकर कहा गया है, शमशेर प्रगतिशील कवि के साथ ही प्रयोगशील भी रहे हैं। उनकी कविता में भाव, भाषा के गहरे संस्कार, जटिल व संश्लिष्ट जीवनानुभव की गहरी अनुभूति और शिल्प की अनोखी चमक रही है।
- नागार्जुन की कविताओं में कबीर और निराला की अनुगूँज साफ सुनाई पड़ती है। वे क्रोध, प्यार और संघर्ष पर लिखने वाले क्रान्तिकारी कवि हैं।
- नागार्जुन की ऐसी अनेक कविताओं में एक ओर नौटंकी के गीत का कमाल है तो दूसरी ओर लोकगीत की गहरी बानगी ने व्यंग्य को अनूठी धार दे दी है। व्यंग्य की इस विदग्धता ने ही नागार्जुन की अनेक तात्कालिक कविताओं को कालजयी बना दिया है। अपने विपुल और विरल काव्य लोक में नागार्जुन समग्र रूप से प्रकृति व सौन्दर्य के साथ-साथ प्रेम और संघर्ष के कवि हैं।

इस क्रम में मोहन थपलियाल और योगीन्द्र द्विवेदी की बातचीत को भी ध्यान से देखा जाना चाहिए। सामान्यतः नामवर जी कविता के आलोचक रहे हैं, परन्तु गद्य को लेकर उनके आग्रह मानीखेज रहे हैं। उनका स्पष्ट मानना है कि हिन्दी गद्य का अपना एक निजी रूप है, जिसका ध्यान हिन्दी लेखकों को रखना चाहिए : 'मैं चाहता हूँ

कि प्रगतिशील लेखक की रचना टिकाऊ हो, उसका गद्य प्रभावशाली हो, उसे पढ़कर लगे कि हाँ कुछ अच्छा लिखा गया है। बात को बहसों में चाहे जितना भी उलझा दो, फिर भी, रामविलास शर्मा अपने प्रभावशाली गद्य के लिए हमेशा पहचाने जाएँगे। यहाँ एक बात मैं और साफ कर दूँ कि कलावाद के विरुद्ध तो लड़ना एक बात है, लेकिन कला के पक्ष में बोलना या लिखना गलत नहीं है। मैं कलावाद के विरुद्ध हूँ लेकिन कला के पक्ष में हूँ। परिमलवादियों से भी मेरी यही शिकायत थी। वे लोग कलावाद का समर्थन करते थे, लेकिन खुद इनका गद्य काफी खराब होता था।'

इस संवाद में व्यक्त ये विचार भी इस बातचीत के महत्त्व को दिखाते हैं :

- प्रेमचन्द की जिस 'कफन' कहानी की हम इतनी तारीफ करते हैं, वह इसीलिए क्योंकि प्रेमचन्द ने सवर्ण लोगों के ढोंग पर चोट की है। जिस औरत को अपने जीते जी ये सवर्ण लोग कोई फटा कपड़ा नहीं दे सके, मरने के बाद उसे ओढ़ाने के लिए नया कफन देते हैं। यहाँ प्रेमचन्द ने सवर्ण लोगों की मानसिकता का पर्दाफाश किया है। इतना ही नहीं, मरते समय दान देकर अपनी उदारता भी सवर्ण दिखाते हैं, लेकिन दलित लोग इसका प्रतिकार अपने तरीके से करते हैं। वे दान दिये गए पैसों की शराब पी जाते हैं, लेकिन कफन नहीं लेते हैं, हालाँकि अन्त में कफन लाने की लाचारी भी आती है। इस कहानी में जो प्रसंग प्रेमचन्द ने चुना है, वहीं एक तरह से 'परसनल इज पॉलिटिकल' (Personal is Pol it ical) है।
- स्टालिन का कहना था कि कोई एक वर्ग भाषा नहीं बनाता है। भाषा अधिरचना (Super Structure) नहीं है, बल्कि आधार होती है। भाषा पर स्टालिन ने एक बहुत अच्छा लेख लिखा था। मेरे कहने का तात्पर्य यह है कि उसी रूसी भाषा का इस्तेमाल क्रान्ति से पूर्व जार जैसे क्रूर शासक और पुश्किन, गोगोल, दोस्तोवस्की, टालस्टाय जैसे महान साहित्यकारों आदि ने किया था और उसी भाषा का इस्तेमाल क्रान्ति के दौरान या उसके बाद लेनिन, गोर्की और शोलोखोव आदि ने किया। मुद्राराक्षस ने अपने वक्तव्य में कल हिन्दी भाषा के बारे में जो तथ्य प्रस्तुत किये, वे काफी बचकाने थे। खड़ी बोली का निर्माण हिन्दू सवर्णों ने नहीं किया था, जैसा

कि मुद्रा बता रहे थे। खड़ी बोली का निर्माण तो अमीर खुसरो ने किया था। भारतेन्दु हरिश्चन्द्र के जमाने से ही हिन्दी गद्य का जो स्वरूप विकसित होता गया है, उसमें ब्राह्मणों का हाथ कहीं नहीं रहा है, यह बात तय है। खड़ी बोली को उस दौर में देवकीनन्दन खत्री/ मुंशी सदासुखलाल आदि ने बनाया था। कायदे से खड़ी बोली दिल्ली के करखनदारों की जुबान थी, जो इमारतों के निर्माण कार्य के लिए ईंट-गारा आदि ढोते थे। आज भी दिल्ली के आसपास इन लोगों को 'करखनदार' ही कहते हैं। खड़ी बोली इन्हीं गरीब करखनदारों की जुबान थी। इस जुबान को यदि मुद्राराक्षस सवर्णों की कहते हैं, तो उनकी सोच में कहीं खोट दिखता है। दूसरी महत्त्वपूर्ण बात यह है कि भाषा किसी सवर्ण की, अछूत की, हिन्दू की या मुसलमान की नहीं होती है बल्कि भाषा किसी एक समूचे समुदाय की होती है, जिसमें हिन्दू, मुसलमान, सवर्ण और अछूत, अमीर और गरीब सभी मिल-जुलकर रहते हैं। सभी उसका इस्तेमाल समान रूप से करते हैं। भाषा को वर्ण आधारित कहना एक अवैज्ञानिक कथन है।

नामवर जी के बारे में यह मान्यता रही है कि वे इतना सुगठित और सुनियोजित वक्तव्य देते हैं कि उसे ज्यों का त्यों लिख देने से एक निबन्ध की तरह पढ़ा जा सकता है। यह बात एक हद तक ही ठीक है। उनके वक्तव्य में सुसम्बद्धता होती है। वह काफी हद तक सुगठित भी होता है। परन्तु विचार निरूपण के क्रम में तात्कालिक दबाव मन:स्थिति और आवेग की मात्रा के अन्तर से भाषा टूटती-दरकती रहती है। खासतौर पर वाक्य रचना में यह टूटन-दरकन स्पष्ट देखी जा सकती है। आधे-अधूरे वाक्य कई बार इस तरह विन्यस्त होते हैं कि उन्हें साफ कर पूरे वाक्यों में बदलना या जरूरी न होने पर छोड़ देना जरूरी हो जाता है। ऐसे अधूरे वाक्यों से निपटने के लिए एक स्पष्ट दृष्टि, सतर्कता और साहस की जरूरत पड़ती है। इसलिए बोले गए के प्रति निष्ठा रखते हुए भी उसमें जरूरी काट-छाँट अनिवार्य होती है। कहना न होगा कि प्रस्तुत साक्षात्कारों में यह अधिकार प्रयोग में लाया गया है। यह प्रक्रिया बड़ी उबाऊ और धीरज की माँग करने वाली रही है। इसके बावजूद प्राप्त सभी साक्षात्कारों को समय अन्तरालों के बाद पुन:-पुन: सम्पादित किया गया है। अन्तिम प्रकाशन के पहले तक यह कार्य जारी रहा है। नामवर जी के उपलब्ध साक्षात्कारों को

एक पुस्तक में परिकल्पित करने के बाद भी लगातार मेरे मन में एक ऊहापोह बनी रही है। इसलिए अन्तिम प्रकाशन के पूर्व तक साक्षात्कार जुड़ते या निकलते रहे हैं। साथ ही उनके क्रमों में बदलाव होता रहा है। राजकमल प्रकाशन समूह से जुड़े साथियों ने इस पूरी प्रक्रिया में पूरा साथ दिया है और धीरज बनाये रखा है, इसके लिए उनके प्रति सम्मान व्यक्त करना मात्र पेशेवर औपचारिकता नहीं है।

पुस्तक में संकलित सभी साक्षात्कार पूर्व प्रकाशित हैं। हमने अपनी दृष्टि से उन्हें पुनः-पुनः सम्पादित करके ही पुस्तक में विन्यस्त किया है। प्रथम प्रकाशन की, जहाँ तक सम्भव हो सका है, जानकारी प्रत्येक साक्षात्कार के अन्त में दी गई है। साक्षात्कारों के प्रथम प्रकाशन में प्रस्तोता द्वारा दिये गए शीर्षक प्रायः बदल दिये गए हैं। साक्षात्कारों के प्रथम प्रकाशित प्रारूपों में मौजूद असम्बद्धताओं को सम्भव सीमा तक दूर करने की कोशिश की गई है। आधे-अधूरे वाक्यों और एक वाक्य में गुँथे अनेक अधूरे उपवाक्यों से पैदा होने वाली प्रवाह-बाधा को खत्म किया गया है। प्रसंग के अनुसार नये पैराग्राफ बनाए गए हैं। हमारी कोशिश भाषा को कसने और बातचीत को सुसंबद्ध-सुसंगठित रूप में प्रस्तुत करने की रही है, कि पढ़ते समय एक प्रवाह में उसे पढ़ा जा सके। इन साक्षात्कारों के टेप अनुपलब्ध हैं। पुस्तक में साक्षात्कारों के प्रथम प्रकाशित प्रारूपों के प्रस्तोता और संपादक ही इनकी प्रामाणिकता के लिए उत्तरदायी हैं। पुस्तक में प्रकाशित इनके प्रारूपों में भी नामवर सिंह का कोई लिखित अवदान नहीं है।

हम 2010 से नामवर जी की पुस्तकों के प्रकाशन में संलग्न हैं। अब तक उन्नीस पुस्तकें प्रकाशित हुई हैं। चार पुस्तकें प्रकाशन की प्रक्रिया में हैं। खोज का यह काम 2005 में प्रारम्भ हुआ। निरन्तर पत्र-पत्रिकाओं-पुस्तकों, पुस्तकालयों, इंटरनेट एवं खासतौर पर निजी संग्रहों को खँगालने पर यह सामग्री प्राप्त हुई—लगभग 2000 पृष्ठ। उसमें नामवर जी के आलेखों, व्याख्यानों और साक्षात्कारों के लिप्यंतरित पाठ, वाचिक टिप्पणियाँ, व्यक्तिगत साक्षात्कार एवं सामूहिक परिसंवाद शामिल हैं। इसके बावजूद अभी अनेक आलेख और व्याख्यानों और साक्षात्कारों के मुद्रित पाठ खोजे जाने बाकी हैं। नामवर जी ने जब स्वयं यह संग्रह देखा तो उन्हें आश्चर्य हुआ। अनेक आलेख, व्याख्यान और साक्षात्कार उनकी स्मृति में नहीं थे। इस सामग्री को पुस्तकों में बाँटने की प्रमुखतः दो योजनाएँ विकल्प

के रूप में सामने थीं—विषयवार पुस्तकें और लिखित-वाचिक की अलग-अलग पुस्तकें। हमने बीच का रास्ता अपनाया। सामयिक विषयों पर एक स्वतंत्र पुस्तक 'जमाने से दो दो हाथ' के साथ प्रेमचन्द पर केन्द्रित पुस्तक 'प्रेमचन्द और भारतीय समाज' में—आलेख, भाषण एवं वाचिक टिप्पणियाँ एक साथ मौजूद हैं। इसके अतिरिक्त व्याख्यानों की चार पुस्तकें 'आलोचना और विचारधारा', 'साहित्य की पहचान', 'यथाप्रसंग' तथा 'समय से संवाद' ; लिखित की पाँच पुस्तकें 'कविता की जमीन और जमीन की कविता', 'हिन्दी का गद्य पर्व', 'पूर्वरंग', 'आलोचना और संवाद' तथा 'तुम्हारा नामवर' और साक्षात्कार-संवाद की तीन पुस्तकें 'साथ साथ', 'सम्मुख' तथा 'संग सत्संग'। नामवर जी के पुस्तक केन्द्रित आलेखों, व्याख्यानों, साक्षात्कारों और वाचिक टिप्पणियों और साक्षात्कार—अंशों से हमने 'किताबनामा' पुस्तक बनाई और आत्मकथात्मक वक्तव्यों, आलेखों और साक्षात्कारों से 'जीवन क्या जिया'। इन पुस्तकों से गुजरते हुए आप नामवर जी की प्रतिभा के विविध आयामों से संवाद कर सकेंगे। प्रस्तुत पुस्तक नामवर जी के साक्षात्कारों का संकलन है।

सम्पूर्ण खोज-यात्रा में स्मृति शेष प्रो. कमला प्रसाद जी के साथ ही हिन्दी के वरिष्ठ कथाकार प्रो. काशीनाथ सिंह का प्रोत्साहन मेरी शक्ति रहा है। अनेक आदरणीय वरिष्ठों एवं मित्रों ने इस कार्य में निरन्तर दिलचस्पी ली है और बहुविध सहयोग किया है।

इस सम्पूर्ण यात्रा के प्रारम्भिक पाँच-छह वर्षों में एक बात मैं निरन्तर महसूस करता रहा कि इसके संग्रहण एवं प्रकाशन के प्रति नामवर जी में गहरी असंपृक्ति रही है। सम्भवत: यही कारण है कि इतनी ढेर सारी सामग्री अब तक पुस्तक रूप मे संकलित-प्रकाशित नहीं हो सकी है। अनेक व्याख्यान व साक्षात्कार तो उन्होंने प्रकाशित रूप में देखे भी न थे। आज के समय में, जबकि लोग आत्म प्रदर्शन की प्रवृत्ति के शिकार हैं, नामवर जी में एक किसान का-सा संकोच था। अपने लिखे और बोले हुए के प्रति नामवर जी की यह असंपृक्ति और उसके व्यवस्थित प्रस्तुतीकरण के प्रति उनका यह संकोच, मुझे अनेक तरह से अपरिग्रह के पुराने मूल्य का ही एक नया रूपान्तर लगता रहा है। उनके समकालीनों, हमउम्रों और उन्हें ज्यादा जानने का दावा करने वाले लोगों के विचारों के समानान्तर मुझे नामवर जी में एक 'सूफियाना विराग' मिलता है। एक बार मेरे पूछने पर उन्होंने स्पष्ट रूप से कहा था कि 'चाहे निबन्ध हों या पुस्तक, मुझे उसका

प्रकाशन तभी जरूरी लगता रहा है, जबकि वह मौजूदा परिदृश्य में हस्तक्षेप करे, उसके ठहराव को तोड़े और वाद विवाद संवाद की प्रक्रिया को आगे बढ़ाए। मेरी ज्यादातर पुस्तकें अपने समय की बहसों में भागीदार होकर लिखी गई हैं। इसीलिए संग्रह के लिए संग्रह निकालना मेरी प्राथमिकता नहीं रहा है।' इसी विचार के कारण पर्याप्त सामग्री के बावजूद उनके संग्रह सामने नहीं आ सके। मैंने देखा था कि 'वाद विवाद संवाद' के साथ ही आलोचना में उनकी एक अन्य पुस्तक का विज्ञापन छपा था—'जब हिन्दी नई चाल में ढली'। वह पुस्तक नहीं आ सकी। शुरुआती दिनों में मैंने भी उनके आलोचनात्मक निबन्धों के पुस्तक रूप में प्रकाशन की जब भी बात की, उन्होंने ज्यादा रुचि नहीं ली।

इसके बावजूद यदि इन पुस्तकों का प्रकाशन हो रहा है, तो इसका आशय यह नहीं है कि नामवर जी का विचार बाद में बदला था। वस्तुतः अनेक मित्रों के निरन्तर दबाव और आग्रह के कारण उन्होंने इनके प्रकाशन की अनुमति दी थी। संकोच के साथ। इनके प्रकाशन से गत सत्तर वर्षों से अधिक में फैली उनकी रचनात्मकता अपने ज्यादा आयामों में उभर सकेगी। छह दशकों में प्रगतिशील आलोचना की प्रभावशाली एवं निर्णायक भूमिका का खुलासा भी उनसे हो सकेगा तथा नामवर जी की अपनी वैचारिक स्थिति अधिक स्पष्ट हो सकेगी।

कई पुस्तकों के प्रकाशन के पहले ही नामवर जी हमें छोड़कर चले गए हैं। उन पुस्तकों की पांडुलिपि देखकर वे खुश हुए थे। अगली किताबों के बारे में भी उन्होंने उत्साहपूर्ण प्रतिक्रिया दी थी। 1957-58 में उन्होंने हिन्दी कविता का एक प्रतिनिधि संचयन तैयार किया था। हमने उसकी पांडुलिपि उन्हें दिखाई तो वे बच्चों की तरह खुश हुए। बोले इसे अप-टू-डेट करना चाहिए। हमने इस सम्बन्ध में बातें की। सकुचाते हुए जब मैंने उनसे उनकी रचनावली की अनुमति माँगी, तो न सिर्फ उन्होंने उसकी अनुमति दी बल्कि उसके खंडों की योजना पर भी पूछताछ की। पहली दस क़िताबों और रामचन्द्र शुक्ल रचनावली के प्रकाशन के बाद उनमें अपनी पुस्तकों के प्रकाशन को लेकर एक उत्सुकता जागी थी। अस्वस्थता के बावजूद वे अगली पुस्तकों के बारे में लगातार पूछते-बात करते रहते थे योजनाएँ बनने के बाद उनके क्रियान्वयन में होने वाली देरी से वे नाराज और दुखी हो जाते थे। आज वे नहीं हैं। मेरे लिए यह निजी क्षति है जिसकी भरपाई सम्भव नहीं है। एक खालीपन जो हमेशा एक शून्य की तरह जीवित

रहेगा। अनिवार्यत:। उनके न रहने पर उनके साथ बनी योजनाएँ पूरा करने के लिए हम प्रतिबद्ध हैं।

नामवर जी की अनुपस्थिति में नामवर जी को वैचारिकता का महत्त्व बढ़ेगा, ऐसा मेरा विश्वास है। उनकी वैचारिकता, बेहतर के लिए उनकी प्रतिबद्धता, उनका आलोचना संघर्ष—हमें निरन्तर विकसित करेगा। उनके विचारों का समग्र जल्द से जल्द प्रकाशित हो ताकि नामवर जी को सम्पूर्णता में देखा-पढ़ा-समझा जा सके, ऐसी हमारी कामना है।

—आशीष त्रिपाठी

खंड-1

अच्छा आलोचक आसमान से प्रकट नहीं होता

जयसिंह 'नीरद' की बातचीत

जयसिंह 'नीरद' : गाँव की भौगोलिक स्थिति और वातावरण ने आपके बचपन को किस रूप में प्रभावित किया?

नामवर सिंह : गाँव के वातावरण ने किस रूप में कितना प्रभावित किया, मैंने इसका कभी विश्लेषण नहीं किया। बचपन के गाँव की जो धुँधली-सी याद है, वह इतनी ही है कि हमारा गाँव 'ऊसर गाँव' के नाम से जाना जाता था। मैंने सुना था कि मेरे जन्म के लगभग पचास वर्ष पहले हमारे पुरखे खड़ान नाम के गाँव से आए थे जो जीअनपुर के उत्तर-पूर्व के कोने पर करीब एक मील के फासले पर था। तो हमारा मूल गाँव खड़ान था। जब भी खड़ान में कोई सामूहिक भोज का कार्यक्रम होता था, हम खड़ान जाते थे। हमारा गाँव जीअनपुर बहुत छोटा था। मुझे ध्यान है कि उस समय राजपूतों के छः घर थे। गाँव में एक उत्तर टोला था, वहाँ दो परिवार रहते थे। पूरब का टोला हम लोगों का था जिसमें तीन परिवार थे। एक दक्खिन टोला था जिसमें परस्पर जुड़े एक ही परिवार के दो हिस्से रहा करते थे। पुराने बाशिन्दे दक्षिण टोला में रहते थे। इसके अलावा हमारे गाँव में अहीरों के तीन परिवार थे, साथ ही तीन लुहारों, एक कहार तथा दो घर भड़भूँजों के भी थे। एक बनिया, एक तेली, एक गड़रिया तथा एक राजभर के परिवार भी इस गाँव में बसे थे। हमारे गाँव के उत्तर-पश्चिमी कोने पर भी एक चमटोल थी। गाँव के दक्खिन ओर भी एक चमटोल और करीब एक फर्लांग दूर पश्चिम की तरफ भी एक चमटोल थी। ये चमटोल अब भी मौजूद हैं।

गाँव की उत्तर दिशा में एक नाचिरागी मौजा था। मेरे ध्यान में वहाँ कोई बस्ती नहीं थी, पहले कभी रही होगी। वहाँ एक कुएँ और झाड़ियों की मुझे याद है। हमारे गाँव से एकदम लगा एक तालाब था जिसे महादेवा कहते थे। उस समय वहाँ महादेव का मन्दिर नहीं था। गाँव के अन्दर दक्खिनी हिस्से में एक गहरी बावली थी। गाँव के पूरब में एक स्थान था जो काली माई का चौरा कहलाता था। गाँव के

पश्चिम में महावीर जी का चौरा था किन्तु वहाँ कोई मूर्ति नहीं थी।

मैंने सुना था कि दक्खिन के हिस्से में राजपूतों के घर थे, वही गाँव के मूल बाशिन्दे थे। उस गाँव का मालिक कौन था, यह याद नहीं, किन्तु सुना था कि उसकी मृत्यु विष दिये जाने से हुई। हमारे गाँव में आने से पहले वही जमींदार रहा होगा।

गाँव के पूर्वोत्तर में दो-तीन फर्लांग की दूरी पर करजौड़ा नाम का गाँव था। वहाँ हम लोगों की पाही खेती होती थी। उसके एक ओर आम के पेड़ों की कतार थी जिसे लखाराँव कहते थे। उसमें करीब 50-60 आम के पेड़ एक कतार में थे और बीच में एक कुआँ। गाँव के उत्तर में पोखर के उस पार हमारा आमों का एक बगीचा है। उसके अलग-अलग हिस्से बँटे थे। वहाँ महुए के भी कुछ पेड़ थे। मोटे तौर पर गाँव का यही नक्शा मेरे ध्यान में मौजूद है जिसका अब अवशेष ही रह गया है।

जैसा मैंने कहा कि हमारा गाँव 'ऊसर गाँव' के नाम से जाना जाता था। सचमुच यह गाँव ऊसर पर बसा था। तालाब के किनारे बाँस के बहुत-से पेड़ थे। इनके साथ ही ताड़ और दूसरे जंगली पेड़-पौधे भी थे। ऊसर होने के कारण यहाँ कुछ नहीं होता था। नागफनी बहुतायत में थी। मुझे आज भी नागफनी के पीले फूल याद आते हैं। ऊसर होते हुए भी चारों ओर प्राकृतिक वातावरण था। बाँस, नागफनी, बबूल से भरा-पूरा वातावरण एक अजीब सौन्दर्य लिये था। यह बात और है कि यहाँ घास का नामोनिशान नहीं था। गाँव के अन्दर भी जगह-जगह बाँस के पेड़ थे। गाँव के बीच में एक विशाल बरगद का पेड़ था। वह शायद अब भी मौजूद है। गर्मियों में बच्चों के खेलकूद के लिए यही बरगद का पेड़ था। सारे माँगलिक उत्सव-गाना-बजाना इसी बरगद के पेड़ की छाँह में होता था। पास में ही नीम के बड़े-बड़े पेड़ थे जिन पर हम लोग झूला झूलते थे। बरगद के पेड़ के आसपास हम लोग खेला करते थे। बरसात में जब जामुन के पेड़ जामुनों से लद जाया करते थे, हम लोग पेड़ों पर चढ़ जाते थे और जामुन तोड़कर खाया करते थे। हम लोगों के घरों के बीच में एक कुआँ था। उसी में परिवार के लोग नहाते और उसका पानी पीते थे। गाँव से पूर्व दिशा में बाहर एक कुआँ था जिसका पानी सिंचाई के काम में आता था। यह कुआँ खेतों से घिरा था। इस वातावरण में मेरा बचपन व्यतीत हुआ था। बचपन की एक स्मृति उभर रही है। बरसात के दिनों में भैंसों पर नट अपना सामान लादकर आते थे। वे गाँव के बाहर अपने टेंट लगाकर रुकते थे और अपने करतब दिखाते थे। गाँव में पहलवानी का खूब शौक था। बाहर के पहलवानों से खूब जोड़ हुआ करते थे। रात को गाँव में आल्हा होती थी जिसे हम लोग बड़े चाव से सुनते थे। आम तौर पर एक घर का बड़ा लड़का पहलवान होता था जिसके लिए दूध-घी के लिए गाय-भैंस की अलग से व्यवस्था की जाती थी। हमारे ताऊ जी के बड़े लड़के बद्री भैया पहलवानी किया करते थे। सुवरन भैया भी पहलवान थे। गाँव

में एक अखाड़ा था जिसमें पहलवान अपना कस-बल दिखाते थे।

जिस गाँव में पाही खेती होती थी...। बब्बन नाम का धोबी, महमूद नाई थे। थोड़ी ही दूर पर आवाजापुर में जुलाहों का घर था। वे कपड़ा बुनते थे।

त्योहारी पर आम तौर से विजयदशमी के दिन एक-दूसरे गाँव का भाट आकर कवित्त वगैरह सुनाता था। उसे जमींदार से इनाम-इकराम मिलता। पंडित जी उस दिन अँकुवाया हुआ जौ हमारे कानों पर रखते। गाँव में खूब उल्लास से होली गायी जाती थी। होलिका दहन के लिए चोरी से लकड़ी इकट्ठा करना या किसी का सामान लेकर होली में डाल देना, यह सब हमारी बच्चों की टोली मिलकर किया करती थी। होली के अवसर पर होली गाते सामूहिक रूप से ढोल बजाते सब बच्चे-बड़े पूरे गाँव में घूमते थे। दशहरे पर मैं रामलीला देखने जरूर जाता था। यह क्रम बाद में भी चलता रहा। वहीं पहले के सहपाठियों से भी मुलाकात हो जाती थी। गाँव से कुछ पश्चिम में मुड़ैया था जहाँ जुलाहों के कुछ घर थे। ये लोग नवमी-दशमी पर दाह बाबा का जुलूस निकालते थे जिसमें मुसलमानों के साथ-साथ हिन्दू औरतें भी शामिल होती थीं। वहाँ के रुस्तम और एक का नाम मुझे याद नहीं, मिडिल में हमारे साथ पढ़ते थे। बचपन में मुझे गाँव में ताजिये निकलते देखने की याद है। ये काफी ऊँचाई तक बनाए जाते थे। यदि उनके पेड़ से टकराने का अन्देशा होता तो पेड़ की डाल काट दी जाती। ताजिये निकलने के बाद उन्हें एक जगह रख दिया जाता था और उन्हें दाह बाबा (दसवें दिन) बिठाया जाता था।

जयसिंह 'नीरद' : आपके पिताजी का आपके व्यक्तित्व पर क्या प्रभाव पड़ा?

नामवर सिंह : पिताजी पढ़े-लिखे थे। गाँव में कोई दूसरा इतना पढ़ा नहीं था। स्वभाव से वे बेहद एकान्तप्रिय थे। घर पर रहते तो चुपचाप पड़े रहते। बहुत कम बोलते थे। शाम को हाथ-पाँव धोकर हनुमान चालीसा का वे नियमित पाठ किया करते थे। जब मैं पढ़ने लगा तो वे मुझे गणित पढ़ाया करते थे। पिताजी के स्वभाव का मुझ पर ऐसा प्रभाव पड़ा कि मैं स्वयं शादी-ब्याह, नाच-तमाशे आदि से दूर रहने लगा। पिताजी पढ़ाने के अतिरिक्त घर का कोई काम नहीं करते थे।

हमारे गाँव के पूरब में लगभग एक मील पर हेतमपुर नामक गाँव था जिसमें श्री कामता प्रसाद विद्यार्थी जी रहते थे। विद्यार्थी जी चिन्तन और आचरण—दोनों से गांधीवादी थे और चरखा काता करते थे। विद्यार्थी जी शिक्षित, चिन्तनशील और सुसंस्कृत व्यक्तित्व के धनी थे। पिताजी प्राय: उनके पास जाते। कभी-कभी वे मुझे भी वहाँ ले जाते। क्योंकि हमारे गाँव में अखबार नहीं आता। पिताजी विद्यार्थी जी के पास अखबार पढ़ने जाते थे। उनके घर पर पुस्तकों का अच्छा-खासा संग्रह था। बहुत-से श्रेष्ठ ग्रंथ मुझे पहली बार यहीं देखने को मिले। उस समय उन ग्रंथों को क्या समझ पाता पर अध्ययन में रुचि विद्यार्थी जी के यहाँ आने-जाने के कारण

परवान चढ़ी। इस दृष्टि से विद्यार्थी जी के परिवार से मेरे जुड़ने का श्रेय पिताजी को जाता है।

जयसिंह 'नीरद' : आपने एक साक्षात्कार में कहा है कि बचपन में आप अपनी माता जी से बातचीत कर सकते थे। आपकी माता जी ने आपके व्यक्तित्व को किस रूप में प्रभावित किया, यह बताने की कृपा करें।

नामवर सिंह : हम लोगों के प्ररिवार में सामान्यतः बाप द्वारा अपने बच्चों को न खिलाने की परम्परा थी। मुझे पिताजी ने कभी खिलाया हो, इसकी मुझे याद नहीं। मुझसे पहले परिवार में कोई बहन हुई थी जो नहीं रही। मैंने माँ से सुना कि पिताजी घर छोड़कर साधु बनने के लिए मिर्जापुर चले गए। वहाँ उन्हें एक साधु ने समझाया कि तुम्हारे सन्तान होगी और तुम सुखी रहोगे। मैं पहली सन्तान था जो जीवित रहा, अतः स्वभावतः माँ का सारा स्नेह मुझ पर था। माँ लम्बी, गोरी, बहुत सुन्दर थी। उनका कंठ बहुत अच्छा था। वे बहुत अच्छा गाती थीं। वे खूब कहानियाँ सुनाती थीं। मैं उन्हीं के पास सोता था। गाते हुए वे रोने लगती थीं। मैं उन्हें चुप कराता था। उनकी कहानियों में भी गीत होते थे जिनमें कभी करुणा और कभी उल्लास के स्वर होते थे। मैं मन्त्र-मुग्ध होकर उन कहानियों को सुनता-सुनता सो जाता। माँ की ममता की छाया में मैं स्वर्गिक सुख का अनुभव किया करता था। पिताजी पारिवारिक मर्यादाओं के कारण मुझे गोद में खिला नहीं सकते थे। केवल पढ़ाते-भर थे। पढ़ाई की इस जकड़बन्दी से मुझे ताऊ जी आकर छुड़ाते थे। तब पिताजी की ओर से कोई प्रतिवाद नहीं होता था और मैं खेलने चला जाता। पिताजी की तुलना में माँ की ममता-भरी छाँव मुझे अधिक मिली जिसने मेरे व्यक्तित्व को व्यापक रूप में प्रभावित किया।

जयसिंह 'नीरद' : आपने अन्यत्र कहा है कि श्री कामता प्रसाद विद्यार्थी जी के व्यक्तित्व और विचारों का आप पर गहरा प्रभाव पड़ा। इस सम्बन्ध में विस्तार से बताने की कृपा करें।

नामवर सिंह : जैसा कि मैंने कहा, पिताजी मुझे कभी-कभी पास के गाँव हेतमपुर में ले जाया करते थे। वहाँ के श्री कामता प्रसाद विद्यार्थी जी से उनकी मित्रता थी। विद्यार्थी जी की बक्सर में जमींदारी थी। हेतमपुर में तो नहीं किन्तु और दो-तीन गाँव भी उनकी जमींदारी में आते थे। जाति के कायस्थ थे। उनके कारिन्दा थे रघुनाथ सिंह। आम तौर से रघुनाथ सिंह घर पर आया करते थे। 1942 के आन्दोलन में धानापुर के गोलीकांड में विद्यार्थी जी को बचाने में तीन राजपूतों को प्राणों से हाथ धोना पड़ा जिनमें रघुनाथ सिंह भी थे जो पिताजी के मित्र थे। तो पिताजी का आना-जाना विद्यार्थी जी के पास होता रहता था। गाँव में अखबार आता नहीं था

और पिताजी को अखबार पढ़ने का शौक था। तो वे विद्यार्थी जी के यहाँ हेतमपुर जाकर अखबार पढ़ते थे। मैं प्रायः पिताजी के साथ जाता था। विद्यार्थी जी खालिस गांधीवादी थे। वे विचारों से प्रगतिशील थे। उनके यहाँ काम करनेवाले तथाकथित निम्न जातियों के होते थे। वहाँ हम पानी पीते ही थे। घर के लोग कहते थे, यह धर्म-भ्रष्ट हो गया है। मुझे कभी बोध ही नहीं हुआ कि यह अनुचित है। 1936-37 के आसपास मैं दस-बारह साल का रहा होऊँगा। मैं उनके पुस्तकालय की किताबों को उलटा-पुलटा करता था। सस्ता साहित्य मंडल की किताबें—विश्व इतिहास की झलक, गांधी जी, नेहरू जी और राजेन्द्र बाबू की आत्मकथाएँ मुझे यहीं देखने को मिलीं। उन दिनों श्री कृष्णदत्त पालीवाल जी द्वारा सम्पादित 'सैनिक' साप्ताहिक तथा बनारस से प्रकाशित 'आज' भी वहाँ आते थे।

विद्यार्थी जी का व्यक्तित्व बहुत प्रभावशाली था। गोरे-चिट्टे तथा सुदर्शन थे। उन्हें बचपन से ही खादी पहनने का शौक लग गया था। सफेद खादी में उनकी निराली ही धज होती थी। वे स्वतंत्रता सेनानी थे और कई बार जेल भी जा चुके थे। गांधी जी के आह्वान पर नमक कानून के विरोध में विद्यार्थी जी ने नमक बनाया। घर से लगे आम के बगीचे में कड़ाही में नमक बनाया गया। पुलिस आई और कड़ाही फेंक दी। सारा नमक बिखर गया। मैं भी तब वहाँ गया था और चचेरे भाई के कन्धे पर बैठकर यह सारा दृश्य देखा। घुड़सवार पुलिस चारों ओर मौजूद थी। विद्यार्थी जी को पुलिस ने पकड़ लिया। सब लोग 'महात्मा गांधी की जय' के नारे लगा रहे थे। मैंने भी खूब जोर-जोर से पूरे उत्साह में महात्मा गांधी की जय के नारे लगाए। पुलिस के घेरे में विद्यार्थी जी को धानापुर थाने ले जाया गया। स्कूल बन्द हो गए। उस समय थाने पर राष्ट्रीय ध्वज फहराने की कोशिश भी की गई। वह पूरा दृश्य आज भी मेरी आँखों में तैर रहा है।

तो विद्यार्थी जी को मैं अपना पहला 'प्रेरणा-पुरुष' कह सकता हूँ। उनके परिवार से मैं भली प्रकार घुल-मिल गया था। विद्यार्थी जी की पत्नी सुशिक्षित और सुसंस्कृत महिला थीं। वे कविताएँ भी लिखती थीं। उनकी एक बेटी थी सरोज जो मुझे बहुत स्नेह देती थी। मैं उसे अपनी धर्म बहन मानता था। मैं स्वभाव से संकोची था। वह मीठे ताने दिया करती थी : 'यह लड़का न हँसता है, न बोलता है।' धीरे-धीरे मैं खुलने लगा। इस घर में सही अर्थों में मेरा 'एक्सपोजर' हुआ। मुझे भविष्य में क्या होना है, इसका कुछ धुँधला-सा आभास मुझे विद्यार्थी जी के व्यक्तित्व और उनके पारिवारिक वातावरण से होने लगा था।

जयसिंह 'नीरद' : एकान्त के अभ्यास ने आपके व्यक्तित्व में क्या उस तीखेपन का समावेश नहीं किया जो आपकी आलोचना में प्रायः मौजूद रहता है?

नामवर सिंह : इस पर मैंने कभी विचार नहीं किया। इस प्रश्न का कोई उत्तर मेरे

पास नहीं। वैसे भी दूसरे लोग विश्लेषण करें कि ऐसा होने का क्या कारण है।

आप कह रहे हैं तो मैं याद करने की कोशिश करता हूँ। मेरी पहली पुस्तक 'बकलम खुद' है जो 1950-51 में लिखी गई, जिनमें 17 निबन्ध व्यंग्य-विनोद-परक और व्यक्ति-व्यंजक हैं। मुझे तब लगा था कि गद्य में ही मैं अपने मनोभावों और विचारों को अच्छे ढंग से व्यक्त कर सकता हूँ। साहित्यिक जीवन का आरम्भ यद्यपि कविता से हुआ किन्तु यह सिलसिला आगे नहीं बढ़ पाया।

आलोचना लिखना मेरा उद्देश्य नहीं था। ऐसा क्यों हुआ, इसका कोई कारण भी मेरे पास नहीं है। मैंने अभी आपसे कहा कि 'बकलम खुद' के बहुत-से निबन्ध व्यंग्यपरक हैं तो आप मेरा साहित्यिक जीवन व्यंग्य से भी प्रारम्भ मान सकते हैं। लेकिन कठोरता और क्रूरता से व्यंग्य पैदा नहीं होता। दुख और करुणा से होता है। जब तक आप भीतर से आहत और व्यथित न हों, जब तक आपके जीवन में कोई आधारभूत आलोचना, दोनों समाज और साहित्य की विसंगतियों को अपना विषय बनाते हैं। अभावों और दुखों से निरन्तर संघर्ष ने ही मुझे यह शक्ति दी कि मैं साहित्य की विसंगतियों पर कठोरता से प्रहार करता रहूँ।

मेरे आज के जीवन को देखकर लोग भले ही मुझे अभावहीन मानें। किन्तु यह भूल जाते हैं कि मेरे जीवन के 40 वर्ष कठोर संघर्ष के रहे हैं—ऐसा संघर्ष, जिसमें किसी का भी टूट सकना सम्भव था। ये 40 वर्ष अभावों, उपेक्षाओं, मानसिक उत्पीड़न को झेलने में बीते। आर्थिक अभावों से तो जैसे एक रिश्ता ही बन गया था। जिस प्रकार विरोधियों के कुचक्रों का सामना करना पड़ा, निराला के शब्दों में कहने का मन करता है : 'धिक् जीवन जो पाता ही आया है विरोध'।

पिताजी की मेरे प्रति बहुत सीमित महत्त्वाकांक्षाएँ थीं। वे चाहते थे कि मैं भी उनकी तरह किसी विद्यालय में शिक्षक हो जाऊँ। इसके लिए जितनी शिक्षा आवश्यक है, उतना ही मुझे पढ़ाना चाहते थे। मैं आगे पढ़ सका, इसके लिए पिताजी को विद्यार्थी जी ने प्रोत्साहित किया। उन्होंने पिताजी से बार-बार आग्रह किया कि इसे आगे पढ़ने के लिए शहर भेजो। यदि शहर में क्षत्रिय स्कूल न होता तो पढ़ भी नहीं पाता। यहाँ पढ़ाई सस्ती थी और फीस मात्र आठ आना लगती। जब मैंने इंटर किया तो भी पिताजी ने आपत्ति नहीं की, क्योंकि इतना खर्च वे दे सकते थे। स्वयं भी घर की स्थिति को देखते हुए कम-से-कम खर्च किया करता था। शौक मुझे कोई नहीं था। किताबें खरीदनी नहीं पड़ती थीं। स्कूल से किताबें मिल जाती थीं। हाईस्कूल में पोजीशन आने पर पिताजी ने इंटर में पढ़ाना स्वीकार किया। हमारे एक अध्यापक थे मार्कंडेय सिंह। मुझे एक सिफारिशी पत्र लिखकर अपने पूर्व छात्र, जो बनारस के एक्साइज कमिश्नर थे, के पास भेजा। उन्होंने मुझे अपने कॉलेज स्कूल के संस्थापक राजा उदय प्रताप सिंह देव की जीवनी लिखने के लिए कहा। उनकी जन्मशती मनाई जानेवाली थी। इस काम के दौरान मुझे हर महीने एक निश्चित रकम मिल जाती

थी। इस तरह बी.ए. की पढ़ाई के लिए एक तरह की स्कॉलरशिप जैसी व्यवस्था हो गई। बी.ए. में मैंने टॉप किया तो यूनिवर्सिटी की स्कॉलरशिप मिलने लगी। एक शुभचिन्तक के प्रयासों से मुझे मुख्यमंत्री के विशेष फंड से 50 रुपये मासिक की सहायता मिलने लगी। कॉलेज से स्कॉलरशिप से मिलने वाली राशि 25 रुपये जोड़कर अब 75 रुपये मासिक मिलने लगे। इससे एम.ए. करने की व्यवस्था हो गई। एम.ए. में भी मैंने सर्वोच्च अंक प्राप्त किये। पूज्य गुरुवर द्विवेदी जी की इच्छा थी कि महाराणा प्रताप कॉलेज, गोरखपुर में हिन्दी विभागाध्यक्ष नियुक्त हो जाऊँ। कॉलेज वालों ने स्वयं ही एक योग्य व्यक्ति की माँग की थी। मैंने द्विवेदी जी से इच्छा व्यक्त की कि मैं विश्वविद्यालय में प्राध्यापक होना चाहता हूँ। इसके साथ ही मेरी इच्छा थी कि द्विवेदी जी के निर्देशन में शोध-कार्य किया जाए। द्विवेदी जी सहमत हो गए। शोध के लिए धन की व्यवस्था करना मेरे लिए कठिन था। द्विवेदी जी ने कलकत्ता के नोपानी ट्रस्ट में बातचीत की। क्योंकि मैं 'पृथ्वीराज रासो की भाषा' पर कार्य कर रहा था इसलिए मुझे सौ रुपये महीने के हिसाब से स्कॉलरशिप मिलने लगी, किन्तु विश्वविद्यालय ने इसको नियमित करने में काफी समय लिया। जुलाई में प्रारम्भ हुई स्कॉलरशिप मुझे फरवरी-मार्च में मिल पाई। मैस में खाना-पीना उधार पर चला। जब पैसे मिले तब मैस का हिसाब किया।

तो, संघर्षों का यह सिलसिला पढ़ाई समाप्त होने के बाद भी चलता रहा। बनारस हिन्दू यूनिवर्सिटी में 9 वर्ष अध्यापन किया किन्तु स्थायी नहीं किया गया। मुझे पहले प्लान में नौकरी मिली। दूतरा प्लान आ गया किन्तु टेम्परेरी ही रहा। तीसरा प्लान नहीं आया और मेरी सेवाएँ समाप्त कर दी गईं। ऐसी परिस्थितियाँ पैदा कर दी गईं कि द्विवेदी जी को भी विश्वविद्यालय से बाहर निकलना पड़ा। 5 साल बेकार रहा। जुलाई, 1959 में असिस्टेंट प्रोफेसर के रूप में सागर विश्वविद्यालय में नियुक्त हुआ किन्तु वहाँ के विभागाध्यक्ष आचार्य नन्द दुलारे वाजपेयी जी से नहीं निभ पाई और सागर विश्वविद्यालय भी छोड़ देना पड़ा। 1960-65 के बीच बेकार रहा। इसी बीच काशी को पढ़ाया और रिसर्च भी पूरी की। 1970 में जोधपुर विश्वविद्यालय में प्रोफेसर पद पर नियुक्त हुआ। वहाँ मैंने जो पाठ्यक्रम-परिवर्तन किया, उसमें अड़ंगेबाजी लगाई गई। 1974 में मैंने प्रोफेसर का यह पद भी छोड़ दिया और इसी वर्ष हिन्दी तथा भाषाविज्ञान विद्यापीठ में निदेशक पद का दायित्व सँभाला। यहाँ एक महीने रहा तभी जे.एन.यू. में भारतीय भाषा केन्द्र के अध्यक्ष पद के लिए बुलावा आया और मैं विद्यापीठ से एक महीने का वेतन लिये बिना यहाँ आ गया।

जयसिंह 'नीरद' : अकेलेपन और एकान्त का लम्बा अभ्यास व्यक्ति को सामान्यत: अन्तर्मुखी बना देता है किन्तु आप 1941-42 से ही राष्ट्रीय आन्दोलन, कांग्रेस आन्दोलन और बाद में कम्यूनिस्ट पार्टी से जुड़ गए—यानी आपने बहिर्मुखी और

रचनात्मक क्षेत्र को चुना। ऐसा कैसे सम्भव हुआ?

नामवर सिंह : यह परस्पर विरोधी प्रतीत होगा कि मैं अकेले रहना आज भी पसन्द करता हूँ।

यह लगभग मेरे स्वभाव का अंग है। किन्तु इसके साथ ही मेरा सम्बन्धों का दायरा बहुत फैला हुआ है। मेरे मित्र हैं, साथी हैं, शिष्य हैं। जिन आन्दोलनों से मैं जुड़ा, कम्यूनिस्ट पार्टी से मेरा सम्बन्ध—इन सबके आधार पर आप मुझे बहिर्मुखी कह सकते हैं। मुझे तो चुनाव लड़ने, प्रगतिशील आन्दोलनों में भागीदारी और एकान्तप्रियता में कोई विरोध दिखाई नहीं पड़ता। मैं स्वभाव से अध्ययनशील हूँ और पढ़ने के लिए एकान्त चाहिए। अध्ययन मेरा व्यसन नहीं, मेरी विवशता है कि इसके अतिरिक्त मैं कुछ नहीं कर सकता। तो एकान्तप्रियता अपनी जगह है और बहिर्मुखता अपनी जगह।

गाँव में कम्यूनिस्ट पार्टी तो थी नहीं। पार्टी अस्तित्व में नहीं थी। उन लोगों के बीच शाखाएँ खोलीं, फोरम बनाया। बाहर से लोग बुलाए। मजदूरों-किसानों के बीच पार्टी के विचारों को रखा।

जयसिंह 'नीरद' : 1959 में आपने कम्यूनिस्ट पार्टी के टिकट पर लोक सभा चुनाव लड़ा। इस दौरान आप 'जिन अनुभवों से गुजरे' उनके विषय में बताएँ।

नामवर सिंह : उस समय मैं डायरी तो लिखता नहीं था। काशी ने इस सम्बन्ध में कुछ संकेत किया है। जिस समय पार्टी ने मुझसे चुनाव लड़ने के लिए कहा, मैं जानता था कि चुनाव जीतना आसान नहीं है। उस समय कांग्रेस का जादू लोगों के सिर पर चढ़कर बोल रहा था। जिस संसदीय क्षेत्र से मुझे चुनाव लड़ना था, उसमें तहसील चन्दौली का पूरा क्षेत्र और तहसील बनारस का कुछ हिस्सा शामिल था। बहुत बड़ा दायरा था चुनाव-क्षेत्र का। मेरे पास न धनबल था और न बाहुबल। पार्टी का आदेश मेरे लिए एक चुनौती था जिसे मैंने स्वीकार किया। भले ही चुनाव न जीता जा सका किन्तु चुनाव अभियान के दौरान क्षेत्र की जनता की आकांक्षाओं—उनके दुख-दर्द से मैं पहली बार गहराई से जुड़ा। वैसे तो मैं अपने गाँव आया-जाया ही करता था किन्तु चुनाव के समय में क्षेत्र के गाँव-गाँव में घूमा। गाँवों को इतने नजदीक से मैंने पहली बार देखा। छोटे-बड़े, सवर्ण-दलित—सबने मुझे इतना स्नेह और अपनत्व दिया जिसे शब्दों में बाँधना सम्भव नहीं। तरह-तरह के लोगों की बातें, किस्से-कहानी, लोकगीत—सबने मुझे जनसाधारण से व्यापक रूप में जोड़ा। चुनाव लड़ने के लिए मेरी गाँठ में एक पैसा भी नहीं था। जनता ने ही मेरी आर्थिक मदद की। अनेक पुराने सहपाठी थे जिनके गाँव में चला जाता था। कोई प्राइमरी में साथ पढ़ा था, कोई मिडिल में—सब कन्धे-से-कन्धा मिलाकर मेरे साथ थे। वे

अध्यापक जिन्होंने मिडिल में पढ़ाया था, हाईस्कूल में पढ़ाया था, वे भी साथ में शामिल हो जाते थे। उन दिनों शायद ही कोई ऐसा संयोग बना जब मैंने अपने घर खाना खाया हो। गाँवों में मैंने इस चुनाव के बहाने जो समय बिताया, वह मुझे उनके स्नेह और दुख-दर्द से जोड़ने के लिए काफी था। इन्हीं दिनों मैंने महसूस किया कि हमारे गाँव के किसानों का जीवन कितना यातनामय है! उनकी समस्याएँ कितनी जटिल और गम्भीर हैं! उनमें स्नेह, ममता, करुणा और दया—कैसे-कैसे गुण हैं! और वोट बटोरना, वोट लेना, आश्वासन देना गौण हो गया। भले ही मुझे चुनाव में विजय न मिली हो किन्तु मैं अपने सीमित दायरे में ही सही—आम जनता से जुड़ सका। यह मेरे जीवन की अत्यन्त महत्त्वपूर्ण उपलब्धि है।

तो उस समय गाँव से जुड़ने से मुझे जो अनुभव मिले, उन्हीं का यह परिणाम है कि दिल्ली जैसे महानगर में बसने के बावजूद मेरे भीतर गाँव अपने समूचेपन के साथ मौजूद है। मैं जब भी बनारस जाता हूँ, गाँव का चक्कर भी अवश्य लगाता हूँ। आसपास के गाँववालों को मालूम हो जाता है। वे भी आ जाते हैं। किसी के घर खाना खा लिया, कहीं नाश्ता कर लिया। उन्हें मुझसे कोई लेना-देना नहीं है। उस समय एक एस.डी.ओ. थे। मुझसे बड़ा स्नेह रखते थे। मुझे बहुत आदर देते थे। बात चली तो मैंने कहा कि यहाँ कोई स्कूल नहीं है; अस्पताल नहीं है। यहाँ एक स्कूल और अस्पताल होना चाहिए। पैसा मेरे पास है नहीं। उन्होंने पूरी योजना बनाई और कहा कि पैसा आपको मिल जाएगा। शासन की कोई योजना थी। पैसा मिल गया। जब जमीन की बात आई तो मैंने अपनी जमीन अस्पताल के लिए दे दी। निर्माण-कार्य शुरू होगा। कुछ लोगों ने कहा कि अस्पताल पिताजी के नाम से बनवाया जाए, किन्तु मैंने ऐसा न करके अखंडानन्द जी महाराज के नाम से अस्पताल बनवाया। अखंडानन्द जी हमारे कुल-गुरु थे। वे भाजपा या आर.एस. एस. की संकीर्ण विचारधारा वाले व्यक्ति नहीं थे; बल्कि उनका व्यक्तित्व राष्ट्रीय विचारों से ओत-प्रोत था। तो उन्हीं के नाम से अस्पताल बनवाने का निश्चय किया। उ. प्र. के तत्कालीन राज्यपाल श्री विष्णुकान्त शास्त्री भी उनके भक्त थे। जब उनसे शिलान्यास का आग्रह किया गया तो वे सहर्ष तैयार हो गए। किन्तु यह अवसर आने से पहले ही केन्द्र में सत्ता बदल गई और उन्हें इस्तीफा देना पड़ा। तो यह अस्पताल बना और इसके पीछे गाँव के लोगों से वह जुड़ाव ही प्रेरणा बना जो उस चुनाव अभियान के दौरान मुझे प्राप्त हुआ।

जयसिंह 'नीरद' : मार्क्सवाद के आप गम्भीर अध्येता हैं। क्या मार्क्सवाद साहित्य को समझने के लिए यह एक पूर्ण दृष्टि है? यदि नहीं तो उसकी सीमाएँ क्या हैं?

नामवर सिंह : सवाल बड़ा है और गम्भीर भी। बहुत आरम्भिक दिनों में, विद्यार्थी जीवन में मैं प्रगतिशील लेखक संघ के सम्पर्क में आया काशी में। उसके कुछ दिनों

बाद बनारस की कम्यूनिस्ट पार्टी के सम्पर्क में भी आया। वहाँ फुटपाथ पर किताबों की एक दुकान थी जिस पर रूस से प्रकाशित होनेवाली पुस्तकें रहती थीं। ये पुस्तकें कम दामों में मिलती थीं। साथ के बहुत-से साथियों से राजनीतिक, साहित्यिक, सांस्कृतिक समस्याओं पर बात होती थी। मुझे याद है कि उस समय एक नई पुस्तक क्रिस्टोफर कॉडवेल की 'इल्यूजन एंड रियलिटी' का भारतीय संस्करण आया था। यह पुस्तक पीपुल्स पब्लिशिंग हाउस से छपी थी। यह पहली किताब थी जो मैंने खरीदी थी। काफी कठिन किताब थी। अगर मैं भूलता नहीं तो 'हंस' में शिवदान सिंह चौहान ने इस पुस्तक को आधार बनाकर एक लेख लिखा था। 'हंस' में ही प्रगतिवाद पर विचारोत्तेजक 'बहस' चली—प्रगतिवाद ही क्यों? तीन विशेषांकों में यह बहस चली। उस समय बनारस में हमारे अग्रज अथवा दिशा-निर्देशक शम्भुनाथ सिंह थे। शिवदान सिंह चौहान के दर्शन भी इन्हीं दिनों हुए। शमशेर, त्रिलोचन भी उस समय वहीं थे। ये सभी प्रगतिशील लेखक संघ से जुड़े थे। इनमें मैं त्रिलोचन के सम्पर्क में अधिक रहा। वे प्राय: उदय प्रताप कॉलेज के छात्रावास में आते-जाते थे। वैसे भी पास ही रहते थे। वे स्वयं भी बड़े पढ़ाकू थे और अक्सर नई-नई किताबों के सम्बन्ध में चर्चा किया करते थे। ऐसी किताबें वे देते भी थे और नई-नई किताबों के बारे में बताते भी थे।

इस क्रम में मैंने साहित्य के सन्दर्भ में मार्क्सवाद पर लिखी तथा मार्क्सवादी दृष्टि से साहित्य पर लिखी किताबों को पढ़ा। मार्क्स, एंगेल्स की पुस्तकों के हिन्दी अनुवाद भी मिल जाते थे। मैं मूल किताबों को देखकर उनकी सोच से जुड़ने का प्रयत्न कर रहा था। लेकिन स्वयं मार्क्स की लिखी या मार्क्सवाद पर लिखी पुस्तकें मैंने तब पढ़ीं, जब मैंने बी.ए. कर लिया। ये पुस्तकें मैंने खरीदीं। मेरे पास अब भी हैं।

उस समय कम्यूनिस्ट पार्टी के अन्दर 1947 के आसपास जहाँ आजादी उठी थी, उस सिलसिले में मार्क्सवाद को लेकर, कम्यूनिस्ट पार्टी को लेकर गम्भीर और लम्बी चर्चाएँ हुआ करती थीं। उन दिनों हम कम्यूनिस्ट पार्टी द्वारा प्रकाशित किताबें ही नहीं पढ़ते थे बल्कि अन्तरराष्ट्रीय क्षेत्र की चर्चित पुस्तकों को भी देखते थे। कई अन्तरराष्ट्रीय पत्रिकाओं, जिनमें अमेरिका से प्रकाशित तिमाही पत्रिका 'साइंस एंड सोसाइटी' को मैं बहुत रुचि लेकर पढ़ता था। इसी प्रकार 'मॉडर्न क्वार्टरली' भी एक महत्त्वपूर्ण पत्रिका थी जिसमें कॉडवेल को लेकर बहुत महत्त्वपूर्ण बहस छपी थी। 'हंस' क्योंकि प्रगतिशील लेखक संघ का मुखपत्र था, अत: स्वाभाविक रूप से इसमें भी मार्क्सवादी साहित्य-दृष्टि को लेकर अनेक बहसें छपती थीं।

तो मार्क्सवाद एक नया दर्शन था। साहित्य को समझने की एक नई दृष्टि थी। इस उत्सुकता और कौतूहल के कारण भी और साथ ही लगता था कि आलोचना की दूसरी परम्परा—हमारे यहाँ जो विद्यमान आलोचना-प्रवृत्तियाँ हैं, उनसे पृथक् और

मौलिक प्रतीत होती थी। और धीरे-धीरे हमें इसकी सार्थकता भी समझ में आने लगी। आगे हमारा जीवन-क्रम ही इस प्रकार बन गया कि अध्ययन के केन्द्र में मार्क्सवाद आ गया। बनारस में एक नवसंस्कृति संघ था जिसमें कम्यूनिस्ट विचारधारा और समाजवादी विचारधारा—दोनों प्रकार के लोग भाग लेते थे। इनमें कुछ ऐसे भी थे जो इन विचारधाराओं से मतभेद रखते थे। इलाहाबाद में 'परिमल' का गठन हो चुका था। इसके सदस्यों में कुछ समाजवादी भी थे जो प्रगतिशील लेखक संघ और कम्यूनिस्ट पार्टी के विरुद्ध थे जिनसे अक्सर बहसबाजी होती। इन बहसों से जुड़े कुछ लेख 'इतिहास और आलोचना' में मौजूद हैं। तो इस प्रक्रिया का यह आरम्भिक चरण था। आगे चलकर—यह बहुत बाद की बात है, जब मुझे अध्यापन का मौका मिला, मैंने पाठ्यक्रम में भी मार्क्सवादी आलोचना को रखा। खास तौर से जवाहर लाल नेहरू विश्वविद्यालय में मैंने पाठ्यक्रम का गठन इसी दृष्टि से किया और स्वयं पढ़ाया भी। 'आलोचना' के सम्पादक के रूप में मैं मार्क्सवादी आलोचना से बँधी समीक्षाएँ लिखवाता रहा। स्वयं भी लिखता रहा।

तो साहित्य की—साहित्य के इतिहास की कुछ प्रवृत्तियों की व्याख्या मार्क्सवाद जितने अच्छे ढंग से करता है, यह युक्तिसंगत लगता था। इस दृष्टि से मेरी आलोचना-यात्रा चलती रही।

जयसिंह 'नीरद' : आपने एक साक्षात्कार में कहा है कि मैं साहित्य का विद्यार्थी हूँ, मुख्यत: मैं केवल मार्क्सवाद का विद्यार्थी नहीं हूँ। कृपया इसे स्पष्ट करें।

नामवर सिंह : रुचि की दृष्टि से मेरा क्षेत्र साहित्य है। साहित्य पढ़ना, पढ़ाना और लिखना—ये मेरे लिए अपरिहार्य हैं। मार्क्सवाद की बुनियाद है—अर्थशास्त्र। मार्क्स की प्रमुख कृति 'कैपिटल' पूँजीवाद के बारे में लिखी गई है, वह अर्थशास्त्र है। अर्थशास्त्र मेरे अध्ययन का विषय कभी नहीं रहा। मोटी-मोटी बातें जो सामान्य रुचि की हैं—एक औसत आदमी को आज के अर्थतन्त्र की जो जानकारी होती है, वह मेरी भी है। समझने की बात हुई तो मित्रों से चर्चा करके जान लेता हूँ। मेरा क्षेत्र साहित्य है। साहित्य की समस्याओं की जितनी दूर तक मार्क्स और मार्क्सवादी व्याख्या होती है और जो मेरे गले उतरता है, उसे मान लेता हूँ। जो स्वीकार्य नहीं होता, उसे छोड़ देता हूँ। मार्क्सवाद साहित्य को समझने के लिए वह अनेक दृष्टियों में से एक दृष्टि है। मूल चीज है साहित्य। साहित्य की समस्याओं की जितनी दूर तक मार्क्सवादी व्याख्या सम्भव है, उसे स्वीकार करता हूँ। तो साहित्य मेरी रुचि है और सीमा भी। उसी पर मैं बातचीत कर सकता हूँ।

जयसिंह 'नीरद' : एक हाइपोथिटिकल प्रश्न—यदि आप मार्क्सवादी नहीं होते तो क्या होते?

नामवर सिंह : और कुछ मैं हो ही नहीं सकता था। (ठहाका)

जयसिंह 'नीरद' : यह तो ठीक है। किन्तु बचपन में आप जिस प्रकार विद्यार्थी जी से प्रेरित और प्रभावित रहे, उससे निश्चय ही आप पर गांधीवाद का असर पड़ा होगा। तो क्या गांधीवादी विचारधारा आपकी दूसरी प्राथमिकता नहीं होती?

नामवर सिंह : मुझे गांधीवाद और मार्क्सवाद में कोई विरोध नहीं लगता। दरअसल गांधीवाद जैसी कोई चीज है नहीं। गांधी जी ने अपने विचारों को ऐसे सुसंगत और व्यवस्थित रूप में विकसित नहीं किया कि उसे कोई वाद कहा जा सके। गांधी जी ने 1908 में 'हिन्द स्वराज्य' के माध्यम से अपने मूल सिद्धान्तों को प्रस्तुत कर दिया। भारतीय जीवन की समस्याओं के अनुरूप वे समय-समय पर अपना दृष्टिकोण रखते रहे। वैसे भी गांधी जी किसी वाद के खिलाफ थे। उन्होंने अपने जीवन को 'सत्य के प्रयोग' का नाम दिया है।

निस्सन्देह मैं विद्यार्थी जी के गांधीमय व्यक्तित्व और आचार-विचारों को उस समय प्रेरणा के रूप में ग्रहण करता था। आज तक आचार-विचार में मैं बहुत दूर तक इन आचार-विचारों से जुड़ा हूँ। कम्यूनिस्ट पार्टी के बहुत-से लोग गांधीवादी नहीं थे किन्तु खद्दर पहनते थे। सादगी से रहते थे।

मेरी दृष्टि में गांधीवाद और मार्क्सवाद में कोई मौलिक विरोध नहीं है। गांधी-चिन्तन के क्रम में ही आगे चलकर एक दृष्टि के रूप में मार्क्सवाद विकसित हुआ।

जयसिंह 'नीरद' : 1965 से पहले और 1965 से बाद के आपके लेखन में क्या कोई अन्तर आया है?

नामवर सिंह : मैंने कभी योजना बनाकर नहीं लिखा। मैं प्रायः अपने लिखे को उलटता-पलटता नहीं। कभी कोई बहस हुई, किसी ने मेरे बारे में कुछ कहा या लिखा, तब यह देखने के लिए कि मैंने ऐसा लिखा है या नहीं, तब अपनी पुस्तकों को देखने की आवश्यकता पड़ती है। लेकिन परिवर्तन तो हुआ है। अनेक मान्यताओं में बदलाव आया है। लोगों ने ध्यान दिया है कि इस परिवर्तन में एकसूत्रता है किन्तु परिवर्तन तो हुआ है। और इस परिवर्तन को मेरे साहित्य से गुजरकर ही जाना जा सकता है।

जयसिंह 'नीरद' : कोई भी ऐसी घटना अथवा प्रसंग जिसने आपको सर्वाधिक प्रेरित या प्रभावित किया हो?

नामवर सिंह : ऐसी कोई घटना तो याद नहीं आती। किन्तु जब मैंने कम्यूनिस्ट पार्टी के टिकट पर पार्लियामेंट का मध्यावधि चुनाव लड़ा तो विश्वविद्यालय को बहाना

मिल गया और मैं काशी विश्वविद्यालय से हटा दिया गया। उसके बाद मैं साल-भर सागर में रहा। बाजपेयी जी वहाँ हिन्दी विभागाध्यक्ष थे। उन्हें मेरा वहाँ रहना पसन्द नहीं था। वहाँ से भी मैं हटाया गया। मैं बेकार था। आजीविका का कोई साधन नहीं था। साथ में भरा-पूरा परिवार था। पत्नी थी, माँ थी, सेवा-निवृत्त पिता थे। बेटा पढ़ रहा था। दो भाई थे। उनकी पढ़ाई की जिम्मेदारी थी। पूरी गृहस्थी का बोझ मेरे सामने था। सन् 1960 से 1965 का यह दौर मेरे जीवन का एक ऐसा मोड़ था जो मेरे स्मृति-पटल पर ज्यों-का-त्यों अंकित है। इस दौर ने मुझे स्वाभिमान दिया। मैंने जान लिया कि कठोर परिश्रम करके ही इन समस्याओं का समाधान सम्भव है। ये पाँच साल मेरे लिए संघर्ष, परिश्रम और जीवट के थे। काशी ने इन पाँच सालों के संघर्ष को 'गर्वीली गरीबी' शीर्षक से लिखा है। यह समय बीत जाने के बाद भी प्रतिकूल परिस्थितियों की चुनौती का मैं सामना करता रहा। दिल्ली में पार्टी के पत्र 'जनयुग' का सम्पादन मुझे सौंपा गया। बाद में 'आलोचना' के सम्पादन का दायित्व मिला। सन् 1965 से '70 तक के ये पाँच वर्ष भी संघर्षों और आर्थिक अनिश्चितता के थे। इस समय भी मैं आर्थिक रूप से निश्चिन्त नहीं था।

तो 1960 से '70 तक के ये दस वर्ष मैं अलग-अलग तरह के संघर्षों की कसौटी पर कसा जाता रहा। जब मैं काशी विश्वविद्यालय से हटाया गया, पंडित जी मेरी स्थिति से अवगत थे। मेरी चिन्ता करते रहते थे। चंडीगढ़ में कोई व्यवस्था हो जाए, ऐसा वह चाहते थे। किन्तु उन्हें स्वयं दो-तीन महीने में ही विश्वविद्यालय से त्याग-पत्र देना पड़ा। मैं उन दिनों अभाव के जिस दुष्चक्र में फँसा था, उसमें मैं टूटा नहीं। पराजित नहीं हुआ। अपने स्वाभिमान की रक्षा की। मैंने किसी से नौकरी नहीं माँगी। मैं कहीं एप्लाई नहीं किया। जोधपुर से मुझे ऑफर दिया गया था। कन्हैयालाल माणिकलाल मुंशी विद्यापीठ में मुझे ऑफर दिया गया था। जे.एन.यू. में भी मुझे ऑफर ही मिला। फिर रास्ता निकल आया। तो वह निर्णायक क्षण था जब मैं दरअसल लगभग बेकार रहा। नौजवान मित्र समझते हैं कि मैं सत्ता प्रतिष्ठान का अंग हूँ। किन्तु वे यह भूल जाते हैं कि उन दस वर्षों में मैंने क्या कुछ झेला। किन्तु मैंने अपने को गिराया नहीं। किसी की शरण में नहीं गया।

तो काशी विश्वविद्यालय से हटाया जाना मेरे लिए एक निर्णायक मोड़ था जिसने मुझे जीवन के कटु अनुभवों के रू-ब-रू किया।

जयसिंह 'नीरद' : वक्ता नामवर सिंह और लेखक नामवर सिंह में क्या अन्तर है?

नामवर सिंह : देखिए, वक्तृत्व कला है या नहीं, इस सम्बन्ध में सोचने की मैंने कभी जरूरत नहीं समझी। मेरे पिताजी अध्यापक थे। पहले से मैंने तय कर लिया था कि मुझे अध्यापक होना है। मैंने भरसक कोशिश की कि अच्छा अध्यापक बनूँ। और कक्षा में पढ़ाते समय बोलना ही पड़ता है। इस तरह वक्ता के रूप में मेरी जो भी

क्षमता है, वह मेरे अध्यापन की ही देन है। कक्षा में या कक्षा से बाहर—दोनों जगह बोलना पड़ता है। तो मैंने बोलने की कला का कहीं अभ्यास नहीं किया। पढ़ाता हूँ। चाहे गोष्ठी हो या सभा हो, व्यक्ति बोलते-बोलते ही सीखता है। श्रोताओं के सामने उनका चेहरा, उनकी प्रतिक्रियाएँ, उनका मनोविज्ञान महत्त्वपूर्ण होता है। श्रोता कहाँ आपकी बातों में रुचि लेते हैं, कहाँ वे ऊबते हैं—उनके इस मनोविज्ञान की पकड़ वक्ता में होना जरूरी है। सम्प्रेषण महत्त्वपूर्ण है। लिखते समय कैसी भाषा का प्रयोग करना चाहिए, इस सम्बन्ध में भवानी प्रसाद मिश्र की यह पंक्ति मेरे ध्यान में आ रही है कि, 'जिस तरह तू बोलता है, उस तरह तू दिख'। लिखते समय महत्त्वपूर्ण यह नहीं कि सुन्दर भाषा और शैली का कैसा प्रयोग किया जाता है। महत्त्वपूर्ण यह है कि हम जो लिख रहे हैं, वह पूरी तरह स्पष्ट होना चाहिए—सम्प्रेषणीय होना चाहिए। हमें बोलचाल की भाषा में लिखना चाहिए। मेरी भरसक कोशिश यह रहती है कि बोलने की भाषा और लिखने की भाषा में अन्तर न हो। इसलिए वक्ता नामवर सिंह और लेखक नामवर सिंह में कोई अन्तर नहीं है।

जयसिंह 'नीरद' : अपनी सामान्य दिनचर्या के सम्बन्ध में बताने का कष्ट करें।

नामवर सिंह : मैं सुबह साढ़े चार बजे उठ जाया करता हूँ। रात को चाहे जब सोऊँ। दैनिक क्रियाओं से निवृत्त होकर टहलने के लिए निकल पड़ता हूँ। लगभग पैंतालीस मिनट टहलकर नाश्ता करता हूँ। फिर उसके बाद दिन-भर कोई मीटिंग, सेमिनार, विचार-गोष्ठी, सार्वजनिक कार्यक्रम हो तो वहाँ जाता हूँ। यदि अवकाश मिला तो दोपहर में एक घंटे विश्राम अवश्य करता हूँ। शाम को टेलीविजन पर समाचार या कोई विशेष कार्यक्रम देख लेता हूँ। लिखता-पढ़ता हूँ। रात को ग्यारह बजे से पहले नहीं सोता। तो आम तौर पर यही दिनचर्या रहती है।

जयसिंह 'नीरद' : यदि आपको इस समय तक पढ़ी हुई पाँच सर्वश्रेष्ठ पुस्तकों का चयन करना हो तो आप किन्हें चुनेंगे?

नामवर सिंह : आपने मुझे मुश्किल में डाल दिया है। जो कुछ अब तक पढ़ा है वह बेकार समझकर तो पढ़ा नहीं। अब उसमें कुछ बेकार निकल गया हो तो यह अलग बात है। क्या पढ़ना है, इस पर विचार किया और पढ़ता रहा। अब इसमें पाँच सर्वश्रेष्ठ पुस्तकें चुनना निश्चय ही कठिन है। किन्तु यदि मैं इस पर विचार करता हूँ तो मेरे जेहन में पहली पुस्तक आती है—गांधी जी की आत्मकथा जिसमें उन्होंने अपने जीवन को 'सत्य के प्रयोग' मानते हुए इसे लिखा है। दूसरी पुस्तक है—'कम्यूनिस्ट पार्टी का घोषणा-पत्र', जो तेजी से बदलते घटना-क्रम में मुझे आज भी दिशा देता है। मुक्तिबोध रचित 'एक साहित्यिक की डायरी' तीसरी पुस्तक है जिसे मैं प्रायः उलट-पलटकर देखता रहता हूँ। एक आलोचक की सर्जनात्मक

ईमानदारी का यह जीवन्त दस्तावेज है। गुरुवर आचार्य हजारी प्रसाद द्विवेदी का उपन्यास 'बाणभट्ट की आत्मकथा' चौथी महत्त्वपूर्ण कृति है। जिसमें इतिहास के रस और साहित्य की सार्थकता के गहरे मन्थन से जो नवनीत निकला है, उसे मानवीय संवेदना का अक्षय-कोश कहा जा सकता है। एंतोन चेख़व की कहानियाँ भी मैं बड़ी रुचि से पढ़ता हूँ क्योंकि वे कल्पना और सामाजिक यथार्थ को एक बिन्दु पर साधती हैं। किन्तु पाँच पुस्तकों का मैंने जो नाम लिया है, उसे प्रथम द्रष्ट्या ही मानिए। सम्भव है कि बहुत-सी पुस्तकें इनसे भी महत्त्वपूर्ण हों किन्तु इसमें कोई सन्देह नहीं कि इन पुस्तकों ने मुझे प्रेरित किया, ऊर्जा दी और मथा भी। इसलिए मैं इन्हें विशिष्ट स्थान देता हूँ।

जयसिंह 'नीरद' : नई पीढ़ी के आलोचकों से आप क्या कहना चाहेंगे?

नामवर सिंह : मैं क्या कह सकता हूँ! यही कहूँगा, वे लगातार मन लगाकर साहित्य को पढ़ें और केवल पढ़ें ही नहीं, बल्कि उसमें रमें। जब तक आलोचक स्वयं साहित्य को पढ़ने में आनन्द का अनुभव नहीं करेगा तब तक आलोचक के रूप में उसकी तैयारी पूरी नहीं होती। पढ़ने से साहित्य का एक संस्कार बनता है, इसे आप सहृदय होना भी कह सकते हैं। हिन्दी साहित्य की जो उत्कृष्ट कृतियाँ हैं, उनको मनोयोगपूर्वक पढ़ना चाहिए। हिन्दी से पहले की साहित्य-परम्पराओं से जुड़ना इसलिए आवश्यक है कि उसके बिना आलोचक के दृष्टिकोण में व्यापकता नहीं आ सकती।

मैं विशेषज्ञता का कायल नहीं। एक आलोचक किसी दायरे में नहीं बँधता। साहित्य के प्रति उसकी दृष्टि खुली होती है। किसी प्रवृत्ति या साहित्य का विशेषज्ञ अध्यापक हो सकता है आलोचक नहीं। मैं अपने समय में जिस प्रकार का साहित्य रचा जाता देख रहा था। उसके प्रति मन में सन्तोष भी था और असन्तोष भी। प्रयास यह रहा कि अपने समय में रचे जानेवाले साहित्य में सार्थक हस्तक्षेप किया जाए। सार्थक हस्तक्षेप हमारे नये आलोचकों की भी जिम्मेदारी है।

आज के दौर में जबकि बाजार ने साहित्य को हाशिये पर लाकर खड़ा कर दिया है, पढ़ा-लिखा तबका साहित्य पढ़ने-पढ़ाने के लिए ज्यादा उत्सुक नहीं। ऐसे समय में सृजन के प्रति सन्देह से देखे जाने की जरूरत है। हमारे साहित्य में जीवन-मूल्य हैं या नहीं, इसकी पड़ताल पूरी जिम्मेदारी से की जानी चाहिए। हमारी आज की समस्याओं, प्राथमिकताओं और आकांक्षाओं के सन्दर्भ में साहित्य कितना सार्थक है, इस पर नये आलोचकों को गहराई से विचार करना चाहिए।

महत्त्वपूर्ण यह भी है कि कठोर परिश्रम उनके जीवन का एक हिस्सा बन जाए। अच्छा आलोचक आसमान से प्रकट नहीं होता। वह कठोर परिश्रम से अपनी प्रतिभा को तराशकर अपना स्थान बनाता है। जो पढ़ा जाए, उसे आत्मसात करने

की—समतल बनाने की तथा अपनी दृष्टि के संस्पर्श से उसे नया रूप देने की आवश्यकता है। पढ़े हुए को गुनना और फिर अपनी दृष्टि के आलोक में उसे परखकर उसका स्वीकार-अस्वीकार आलोचक के लिए सार्थक मूल्यांकन का पथ प्रशस्त करता है।

हिन्दी साहित्य को आज अन्य भारतीय भाषाओं की सापेक्षता में देखे जाने की आवश्यकता है। अब केवल हिन्दी साहित्य के दायरे में बँधकर आलोचक-धर्म निभाने से काम नहीं चलेगा। अब आलोचक का परिप्रेक्ष्य अखिल भारतीय हो। यह आवश्यक ही नहीं, अपरिहार्य भी है।

[जयसिंह 'नीरद' की पुस्तक 'आँखिन देखी कागद लेखी' में प्रकाशित]

कला के पक्ष में होने के बावजूद कलावाद का विरोधी हूँ

मोहन थपलियाल और योगीन्द्र द्विवेदी की बातचीत

प्रश्न : डॉक्टर साहब, 'कविता के नये प्रतिमान' के जमाने से ही आप पर यह आरोप लगते रहे कि आपने हिन्दी आलोचना में रूपवाद की वकालत की है। आपका नाम लिये बगैर गोर्की के निबन्ध-संग्रह 'व्यक्तित्व का विघटन' की भूमिका में डॉक्टर शिवदान सिंह चौहान ने आपको रूपवादी कहा है—इस आरोप के बचाव में आप क्या कहना चाहेंगे?

नामवर सिंह : यदि आप हिन्दी आलोचना का इतिहास देखें, तो यह मालूम हो जाएगा कि प्रयोगवादी 'नई कविता' के विरुद्ध सबसे पहले संघर्ष का बीड़ा मैंने ही उठाया था। उसके बाद पिछले दिनों 'भारत भवन' जब आर.एस.एस. की गिरफ्त में आने जा रहा था, उस दौर में भी मैंने जमकर दक्षिणपंथी ताकतों से मुकाबला किया था, इसलिए रूपवाद और कलावाद के खिलाफ लड़ना एक बात है और इसके उलट रूप या कला की हिमायत करना दूसरी बात है। स्वयं मार्क्स रूप पर बहुत जोर देते थे। मार्क्स ने उम्दा तरीके का जर्नलिज्म भी किया था, लेकिन फिर भी वे उस तरह का जर्नलिज्म नहीं कर पाए, जैसा आम तौर पर दूसरे पत्रकार करते थे, इसलिए एंगेल्स कई बार मार्क्स से उनकी विषयवस्तु लेकर खुद ही लिखकर अखबारों में छपवा देते थे। इस तरह के मार्क्स के लेखन का एक बेहतरीन नमूना 'लुई बोनापार्ट की अठारहवीं ब्रूमेर' है।

मार्क्सवादी एस्थेटिक्स का यह पहला उदाहरण माना जा सकता है। दूसरा उदाहरण दो मार्क्सवादी साहित्यकारों का दे रहा हूँ। एक है पाब्लो नेरुदा और दूसरे हैं बर्टोल्ड ब्रेख्त। पाब्लो के मेमोएर्स आप पढ़ें और उसमें पढ़ें कि नई भाषा की रचना करना कितना जरूरी है। नेरुदा मानते थे कि उनकी लैटिन अमरीकी स्पेनिश यूरोप की स्पेनिश से बहुत फासला रखती है। इसी तरह ब्रेख्त की रचनाओं को आप पढ़ते ही रहे हैं और जानते होंगे कि ब्रेख्त ने भाषा और लिटरेचर, दोनों को

समृद्ध करने के लिए कितनी मेहनत की थी।

मैं समझता हूँ कि हमारे ऊपर यानी प्रगतिशील लेखकों के ऊपर बहुत बड़ी जिम्मेदारी है। मैं चाहता हूँ कि प्रगतिशील लेखक की रचना टिकाऊ हो, उसका गद्य प्रभावशाली हो, उसे पढ़कर लगे कि हाँ, कुछ अच्छा लिखा गया है। बात को बहसों में चाहे जितना भी उलझा दो, फिर भी, रामविलास शर्मा अपने प्रभावशाली गद्य के लिए हमेशा पहचाने जाएँगे। यहाँ एक बात मैं और साफ कर दूँ कि कलावाद के विरुद्ध तो लड़ना एक बात है, लेकिन कला के पक्ष में बोलना या लिखना गलत नहीं है। मैं कलावाद के विरुद्ध हूँ लेकिन कला के पक्ष में हूँ। 'परिमल'वादियों से भी मेरी यही शिकायत थी। वे लोग कलावाद का समर्थन करते थे, लेकिन खुद इनका गद्य काफी खराब होता था। कलावादियों के हाथ में 'भारत भवन' की पत्रिका 'पूर्वग्रह' देखिए। उसमें मदन सोनी और उदयन का कितना खराब गद्य छपता है। आप समझ नहीं सकते कि वे कहना क्या चाहते हैं। अनुवाद भी खराब करते हैं।

प्रश्न : आज के समाज में जो अन्तर्विरोध बढ़ रहे हैं, कहानी उन्हें कितना समेट पा रही है, इसके बारे में आप क्या सोचते हैं?

नामवर सिंह : अपने जमाने की ज्वलन्त समस्याओं के प्रति कहानीकार को जागरूक रहना चाहिए। इन सवालों को आज के कहानीकारों ने उठाया है। जिन सच्चाइयों के प्रति प्रचारतंत्र खामोश रहा है, उनके प्रति कहानीकार सजग रहे हैं। लेकिन यह सब कैसे किया जाए, इस पर सोचना चाहिए। मैं यहाँ लखनऊ में कल यानी 16 नवम्बर की गोष्ठी में नमिता सिंह या मुद्राराक्षस के भाषण की बात उठाता हूँ। उन भाषणों में आज के समाज की जो तसवीर थी, उसी की बातें वे कह रहे थे। उन भाषणों से आपकी जानकारी में कोई इजाफा हुआ? मेरे खयाल से नहीं हुआ। वह सब हम सबको पहले से ही मालूम है। आज के प्रचारतंत्र ने बहुत सारी सूचनाओं को सर्वत्र सुलभ बना दिया है। अब बोध के स्तर पर या यथार्थ के स्तर पर जो नुक्ता पकड़ में नहीं आ रहा है, उसकी तरफ आपका ध्यान कैसे आकर्षित हो, इसे खींचने के लिए बहुत पैनी दृष्टि लेखक के पास होनी चाहिए। यह पैनी दृष्टि यदि आपके पास नहीं है तो आप चीजों को मामूली भाषणबाजी तक ही सीमित रखेंगे।

दूसरी चीज यह है कि हमारी जो सामाजिक-राजनीतिक समस्याएँ होती हैं, उनको हम आज के जमाने में अपनी नसों, रगों और समूचे शरीर पर झेलते हैं। जैसे उपभोक्तावाद का असर। उसे निदा फाजली ने एक शेर के रूप में यूँ पेश किया है :

वो सूफी का कौल हो या पंडित का ज्ञान
जितनी बीती आप पर, उतना ही सच मान।

इस तरह की चीजों को यदि कहानी नहीं छूती है तो फिर उसे अर्थशास्त्र भी नहीं साफ कर सकेगा।

प्रेमचन्द की जिस 'कफन' कहानी की हम इतनी तारीफ करते हैं, वह इसीलिए क्योंकि प्रेमचन्द ने सवर्ण लोगों के ढोंग पर चोट की है। जिस औरत को अपने जीते-जी ये सवर्ण लोग कोई फटा कपड़ा नहीं दे सके, मरने के बाद उसे ओढ़ाने के लिए नया कफन देते हैं। यहाँ प्रेमचन्द ने सवर्ण लोगों की मानसिकता का पर्दाफाश किया है। इतना ही नहीं, मरते समय दान देकर अपनी उदारता भी सवर्ण दिखाते हैं, लेकिन दलित लोग इसका प्रतिकार अपने तरीके से करते हैं। वे दान दिये गए पैसों की शराब पी जाते हैं, लेकिन कफन नहीं लेते हैं, हालाँकि अन्त में कफन लाने की लाचारी भी आती है। इस कहानी में जो प्रसंग प्रेमचन्द ने चुना है, वहीं एक तरह से 'पर्सनल इज पॉलिटिकल' (Personal is political) है।

आजकल यदि बाप-बेटे के रिश्ते बिगड़ रहे हैं तो वह बाजार या कहना चाहिए, अर्थतंत्र का ही असर है। विद्यार्थियों और अध्यापकों के बीच जो बुरे सम्बन्ध हैं, वह बुरी व्यवस्था की वजह से ही है। आजकल हर कहीं बेचने-खरीदने का बाजार है। हर घर में कोई-न-कोई व्यवसाय चल रहा है। हर घर दुकान में तब्दील होता जा रहा है। इस पर यदि आप आँख मूँद लेंगे तो क्या सूरज गायब हो जाएगा? हर हालत में आपको इस नये उभरते उपभोक्तावादी दौर से लड़ना ही पड़ेगा। गांधी जी ने कहा था—अंग्रेजी राज का असर हमारे चूल्हे, चौके, घर और आँगन तक है। आँख मूँदने से काम नहीं चलेगा। समस्याओं का सामना डटकर करना होगा।

प्रश्न : कहा जा रहा है कि खड़ी बोली हिन्दी सवर्णों की भाषा है, इसीलिए उसमें सारा साहित्य है। इसके चलते जन-भाषाओं (अवधी, भोजपुरी आदि) की उपेक्षा हो रही है।

नामवर सिंह : स्टालिन का कहना था कि कोई एक वर्ग भाषा नहीं बनाता है। भाषा अधिरचना (Super structure) नहीं है, बल्कि आधार होती है। भाषा पर स्टालिन ने एक बहुत अच्छा लेख लिखा था। मेरे कहने का तात्पर्य यह है कि उसी रूसी भाषा का इस्तेमाल क्रान्ति से पूर्व जार जैसे क्रूर शासक और पुश्किन, गोगोल, दोस्तोएव्स्की, टॉल्स्टॉय जैसे महान साहित्यकारों आदि ने किया था और उसी भाषा का इस्तेमाल क्रान्ति के दौरान या उसके बाद लेनिन, गोर्की और शोलोखोव आदि ने किया।

मुद्राराक्षस ने अपने वक्तव्य में कल हिन्दी भाषा के बारे में जो तथ्य प्रस्तुत किये, वे काफी बचकाने थे। खड़ी बोली का निर्माण हिन्दू सवर्णों ने नहीं किया था, जैसा कि मुद्रा बता रहे थे। खड़ी बोली का निर्माण तो अमीर खुसरो ने किया था।

भारतेन्दु हरिश्चन्द्र के जमाने से ही हिन्दी गद्य का जो स्वरूप विकसित होता गया है, उसमें ब्राह्मणों का हाथ कहीं नहीं रहा है, यह बात तय है।

खड़ी बोली को उस दौर में देवकीनन्दन खत्री, मुंशी सदासुखलाल आदि ने बनाया था। कायदे से खड़ी बोली दिल्ली के करखनदारों की जुबान थी, जो इमारतों के निर्माण-कार्य के लिए ईंट-गारा आदि ढोते थे। आज भी दिल्ली के आसपास इन लोगों को 'करखनदार' ही कहते हैं। खड़ी बोली इन्हीं गरीब करखनदारों की जुबान थी। इस जुबान को यदि मुद्राराक्षस सवर्णों की कहते हैं, तो उनकी सोच में कहीं खोट दिखता है।

दूसरी महत्त्वपूर्ण बात यह है कि भाषा किसी सवर्ण की, अछूत की, हिन्दू की या मुसलमान की नहीं होती है बल्कि भाषा किसी एक समूचे समुदाय की होती है, जिसमें हिन्दू, मुसलमान, सवर्ण और अछूत, अमीर और गरीब—सभी मिल-जुलकर रहते हैं। सभी उसका इस्तेमाल समान रूप से करते हैं। भाषा को वर्ण आधारित कहना एक अवैज्ञानिक कथन है।

प्रश्न : कुछ लोगों का यह भी कहना है कि हिन्दी कहानी प्रेमचन्द से आगे नहीं बढ़ी है?

नामवर सिंह : यह कहकर लोग न ही प्रेमचन्द की तारीफ कर रहे हैं और न ही हिन्दी कहानी का भला कर रहे हैं। खुद प्रेमचन्द के जमाने में ही जैनेन्द्र, यशपाल और अज्ञेय ने तथा बाद में अमरकान्त और ज्ञानरंजन जैसे लेखकों ने हिन्दी कथा-साहित्य को काफी समृद्ध किया है। कहानी को अनेक स्तरों पर समृद्ध करने की यह प्रक्रिया आज भी बरकरार है।

['पत्रकार सदन' : जनवरी-मार्च, 1997 अंक में प्रकाशित]

अच्छा आलोचक वह है जो समकालीन के साथ पूर्ववर्ती लेखकों पर भी लिखे

संजय मिश्र की बातचीत

संजय मिश्र : आधुनिक दौर की कविता की शैली और सम्प्रेषणीयता पर लगातार सवाल उठाए जा रहे हैं। नारी, दलित, किसान, मजदूर और वंचित तबके पर केन्द्रित कविताएँ भी उन तक नहीं पहुँच पा रही हैं। क्या यह कहना गलत होगा कि नये दौर में कविता अपने अस्तित्व के लिए जूझ रही है?

नामवर सिंह : मैं निराशावादी नहीं हूँ। हर दौर में कविता नये संकल्पों से गुजरती है। नये-नये प्रयोग होते रहते हैं। आज की कविता में भी नये प्रयोग हो रहे हैं। यह सही है कि अनेक कविताओं को पढ़ने से महसूस होता है कि वे गद्य शैली में लिखी गई हैं, लेकिन उनमें काव्य-तत्त्व का अभाव रहता है, यह कहना उचित नहीं है। उर्दू के प्रख्यात शायर मिर्जा गालिब ने लिखा है : 'आह को चाहिए एक उम्र असर होने तक...' अर्थात् कविता के असर के लिए भी एक उम्र की जरूरत होती है। कविता कोई लाठी नहीं है, जिसे चलाया और सिर फट गया। कविता सुनने के बाद आह और वाह निकलने में समय लगता है। नये दौर में कविता के अस्तित्व को लेकर चिन्तित होने की जरूरत नहीं है। मुझे पूरा विश्वास है कि नये दौर की कविता भी असरकारी होगी।

संजय मिश्र : 'एक उम्र चाहिए' से आपका आशय क्या है? कवि-सम्मेलनों के मंचों पर जो कविताएँ पढ़ी जाती हैं, उन्हें जल्दी ही 'आह' या 'वाह' मिल जाती है, लेकिन आज पुस्तकों में बन्द जिन कविताओं को श्रेष्ठ कहा जा रहा है, उनके साथ ही सम्प्रेषणीयता का संकट क्यों है?

नामवर सिंह : मेरा आशय स्पष्ट है। कविता को सम्प्रेपित होने के लिए दो-चार वर्ष भी लग सकते हैं और दो-तीन दशक भी। एक निश्चित समय-सीमा निर्धारित करना मुश्किल है। कवि-सम्मेलनों में प्रस्तुत कविता पर जल्दी आह या वाह मिलने के

कारण अलग होते हैं। वहाँ भी कई अच्छी रचनाएँ प्रस्तुत होती हैं, लेकिन हर बड़े काव्य को समझने के लिए समय और वातावरण की जरूरत होती है। तुलसी, सूर, जायसी, प्रसाद, पन्त, निराला, मुक्तिबोध जैसे कवियों को एक दिन में स्वीकृति नहीं मिल गई। उनकी कविताओं के साथ भी ऐसा ही हुआ, जैसा आज के दौर की कविता के साथ हो रहा है। रीतिकाल के कवि भी तो छोटे समूह के बीच कविता सुनाते थे, लेकिन उनका भी असर बाद में ही हुआ।

संजय मिश्र : क्या समाज और राजनीति के बदलते सरोकार भी कविता की दुर्दशा के लिए जिम्मेदार हैं?

नामवर सिंह : सुनिए, नादिरशाह के ऊपर एक किंवदन्ती है कि वह तानाशाह था और उसने दिल्ली में कत्लेआम किया था। उन दिनों फारसी के किसी शायर ने लिखा था :

कसे न माद कि दीगर बतेंगे नाज़ कुशी
मगर कि जिन्दा कुशी खल्क-रा व बाज़ कुशी

इस शेर का मतलब है कि कोई आशिक अपनी माशूका से कह रहा है कि तुमने अपनी निगाहों से सबको कत्ल कर दिया और इतने खून बहाए फिर भी प्यास नहीं बुझी। इसलिए प्यास बुझाने के लिए उन्हें फिर से जिन्दा कर और फिर से मार। यह शेर तो आशिकी का है लेकिन इसका असर यह हुआ कि नादिरशाह ने कत्लेआम बन्द कर दिया। प्रेमचन्द ने 'वज्रपात' नाम से उस पर कहानी लिखी है। सबसे बड़ा प्रश्न तो आज यह है कि हमारे कितने राजनेता ऐसे हैं जो संवेदनशील और सहृदय हैं, जिन्हें कविता सुनाई जाए तो वे कत्लेआम बन्द कर दें?

मेरा दृढ़ मत है कि राजनीति और समाज कितने दिन में किसी रचना को स्वीकार करते हैं, इसकी चिन्ता साहित्यकार को नहीं करनी चाहिए। उन्हें केवल लिखने का काम ठीक ढंग से करना चाहिए। वह दौर अब नहीं है जब मैथिलीशरण गुप्त और रामधारी सिंह 'दिनकर' जैसे कवि संसद में कविताएँ पढ़ते थे और राजनेता उससे सीख लेते थे। आज के राजनेता मोटी खाल के हो गए हैं। किस कवि ने क्या लिखा और कौन-सी कविता अच्छी है, इससे उन्हें क्या लेना-देना!

संजय मिश्र : जब कविता के सरोकार भी राजनीति और समाज के सरोकारों से जुड़े हैं तो फिर राजनेता उससे दूर क्यों हो जाते हैं? कविता की आवाज सत्ता प्रतिष्ठान को झकझोरने में नाकाम क्यों हो रही है?

नामवर सिंह : राजनेताओं के सामने शॉर्ट टर्म का मामला होता है, साहित्यकार के सामने नहीं। साहित्य से आनेवाला बदलाव दिल-दिमाग को छूता है। इसमें थोड़ा

वक्त जरूर लगता है। जिस तरह विज्ञान में परमाणु के विकास में चालीस साल लगे, जैसे चट मँगनी पट विवाह नहीं होता, जैसे परियोजनाओं के फलीभूत और असरकारी होने में वक्त लगता है, उसी तरह साहित्य, कला भी लम्बी साधना के बाद असरकारी होता है। हमें उम्मीद करनी चाहिए कि एक दौर ऐसा जरूर आएगा।

संजय मिश्र : लम्बे समय से बहस चल रही है कि साहित्य में आलोचक का वह स्थान नहीं होता जो कवि, कहानीकार तथा निबन्धकार का होता है। इस बहस को आप किस रूप में लेते हैं?

नामवर सिंह : जिन्हें ऐसी बहस करनी है, करें, मैं इसमें नहीं पड़ना चाहता। मुझे लगता है कि साहित्य में आलोचक की स्थिति के बारे में ऐसी बातें वे ही करते हैं जिन्हें वस्तुस्थिति का ज्ञान नहीं है। मेरा स्पष्ट विचार है कि साहित्य में जो स्थान किसी कवि या कहानीकार का होता है, वैसा ही स्थान आलोचक का भी होता है। किसी विधा के आधार पर इन्हें आपस में छोटा या बड़ा आँकना उचित नहीं है।

संजय मिश्र : कवि तथा कहानीकार की कृतियों की तुलना में एक आलोचक का मौलिक क्या होता है?

नामवर सिंह : साहित्य को समृद्ध बनाने में कवि या कहानीकार के बराबर ही आलोचक का भी योगदान होता है। किसी कृति के सम्पूर्ण पक्षों को उद्घाटित करना ही आलोचक की मौलिकता है। कवि या लेखक को उसका वास्तविक स्थान दिलाने में महती भूमिका आलोचक की होती है। आप साहित्य का इतिहास पढ़ें तो पाएँगे कि कवियों के साथ-साथ हर दौर अपने साथ कुछ सहृदय आलोचक भी पैदा करता रहा है, जो अपने समय के साहित्य में शानदार हस्तक्षेप करते रहे हैं। आप आचार्य रामचन्द्र शुक्ल को ही लीजिए। वह जिस दौर में लिख रहे थे, उस दौर में प्रेमचन्द, प्रसाद, निराला जैसे श्रेष्ठ रचनाकार थे, लेकिन आलोचना की अपनी मौलिकता के कारण आचार्य शुक्ल भी उतने ही लोकप्रिय हुए, जितने प्रेमचन्द, प्रसाद और उनके समकालीन दूसरे रचनाकार। आनन्दवर्धन, कुन्तक और राजशेखर भी आलोचक के रूप में ही प्रख्यात हुए। अंग्रेजी साहित्य में भी डॉ. जॉन्सन, आई.ए. रिचर्ड्स तथा रेमन विलियम्स जैसे आलोचक उतना ही प्रसिद्ध हुए, जितना उनके समकालीन कवि या नाटककार।

संजय मिश्र : एक आलोचक का मूल्यांकन किस आधार पर किया जाना चाहिए?

नामवर सिंह : जिस तरह एक कवि का मूल्यांकन उसकी कविता में मौजूद तथ्य के आधार पर किया जाता है, उसी तरह एक आलोचक का मूल्यांकन भी उसके कार्यों के आधार पर ही किया जाना चाहिए। आलोचक का कार्य भी परिभाषित है।

एक बड़े आलोचक का लक्षण है कि वह उपेक्षित लेखक की कृति को आगे करे और उसमें मौजूद तत्त्वों को खोजे। 'मुक्तिबोध' और 'धूमिल' को पहली बार मैंने ही उठाया। उनका सम्यक् मूल्यांकन किया। बाद में उन पर स्वीकृति की मुहर लग गई। नये दौर में अष्टभुजा शुक्ल मेरी ही खोज हैं। मैंने ही पहली बार अष्टभुजा को उठाया। निर्मल वर्मा की कहानियों का पहला प्रशंसक भी मैं ही था। आज सभी उनके प्रशंसक हैं। कई अन्य आलोचकों ने भी अच्छे कवियों की खोज की है, उन्हें प्रतिष्ठा दिलाई है।

संजय मिश्र : साहित्य में लेखकों, आलोचकों की खेमेबन्दी को आप किस रूप में लेते हैं? आप पर भी खेमेबन्दी करने का आरोप लगता रहा है। क्या खेमेबन्दी से श्रेष्ठ साहित्य का निर्माण प्रभावित नहीं होता?

नामवर सिंह : मैं अपने बारे में क्या कहूँ! किसी कवि, लेखक तथा उसकी कृति के बारे में जो मेरी राय है, उसे व्यक्त करता हूँ। जो बात अच्छी लगेगी, उसे ही अच्छी कहेंगे। आप सहमत होंगे कि एक ही गद्य पर दो राय हो सकती है लेकिन इसे खेमेबन्दी कहना उचित नहीं होगा। उपन्यास 'मैला आँचल' और 'राग दरबारी' के बारे में कई आलोचकों ने अलग-अलग राय व्यक्त की थी। उपन्यास के रूप में 'मैला आँचल' को डॉ. रामविलास शर्मा ने रिजेक्ट कर दिया था, लेकिन नलिन विलोचन शर्मा ने विभिन्न कारणों के साथ उसे सर्वश्रेष्ठ आंचलिक उपन्यास कहा। बाद में इसे स्वीकृति भी मिल गई। इसी तरह 'राग दरबारी' के बारे में भी दो छोर के विचार आए, लेकिन अन्ततोगत्वा उसे एक नये ढंग के बेहतर उपन्यास की लोकमान्यता मिल गई। इसी तरह महत्त्वपूर्ण कवियों पर हमेशा दो छोर की राय बनती है। एक राय उसे रिजेक्ट करती है तो दूसरी उसमें गुण तलाश लेती है। दोनों के बाद सार्वजनिक राय का नम्बर आता है, जिसे लोकमत कहते हैं। अन्तिम निर्णय तो लोकमत का ही आता है। आज के जमाने में लोकमत का फैसला दो से दस साल के भीतर ही हो जाता है।

संजय मिश्र : नये दौर के आलोचकों के बारे में आपकी क्या राय है? डॉ. नामवर सिंह के बाद हिन्दी आलोचना का भविष्य कैसा होगा?

नामवर सिंह : मैं निराशावादी नहीं हूँ। नये दौर में नई पीढ़ी के आलोचक भी अच्छा कार्य कर रहे हैं। किसी चीज को देखने और उसका मूल्यांकन करने की उनकी दृष्टि भी व्यापक है। इस समय मैं ऐसे आधा दर्जन आलोचकों को जानता हूँ जिनमें सम्भावनाएँ हैं। नये आलोचकों में पंकज चतुर्वेदी, कृष्णमोहन, रघुवंश, मणि त्रिपाठी, सूर्य नारायण, प्रणय कृष्ण सहित कई लड़के तेजी से उभरे हैं। इनमें लखनऊ के भी कई लड़के हैं। लखनऊ के वीरेन्द्र यादव की समझ अच्छी है। हालाँकि अभी

उनकी कोई पुस्तक नहीं आई है, लेकिन उनके प्रकाशित आलेख उनकी गम्भीरता को दर्शाते हैं। दिल्ली के अजय तिवारी, पुरुषोत्तम अग्रवाल, वीर भारत तलवार ने भी आलोचना के क्षेत्र में नाम किया है। नये दौर के कई बड़े कवि भी अच्छी आलोचना लिखते हैं। अरुण कमल और राजेश जोशी मूलतः कवि हैं, लेकिन वे आलोचना भी बेहतर ढंग से लिखते हैं। इनका नाम हमारी पीढ़ी के बाद के आलोचकों में आएगा। गोरखपुर के डॉ. रामदेव शुक्ल एवं डॉ. विश्वनाथ प्रसाद तिवारी में आलोचना की गहरी समझ है, लेकिन उनकी बुराई है कि वे लिखते ही नहीं।

संजय मिश्र : एक अच्छे आलोचक की क्या विशेषता होनी चाहिए?

नामवर सिंह : गौर कीजिए, अपने समकालीन साहित्य पर तो सभी लिखते हैं, लेकिन अच्छा आलोचक वह है जो अपने पूर्ववर्ती साहित्यकारों पर भी लिखे। अंग्रेजी में शेक्सपियर, कीट्स, मिल्टन पर जो नहीं लिखता है, उसे आलोचक नहीं कहा जाता। कोई आलोचक केवल उन्हीं लोगों के बारे में ही लिखे जिन पर पहले कभी नहीं लिखा गया हो तो वह अकेले शेर होगा, लेकिन जिनके बारे में सभी ने लिखा हो, उन पर नया लिखें तो विशेषता मानी जाएगी।

संजय मिश्र : साहित्यकारों का एक वर्ग आपको आलोचना का तानाशाह कहता है। ऐसी धारणा को आप किस रूप में लेते हैं?

नामवर सिंह : (चेहरे पर खुद का बचाव करने का भाव लाते हुए) एक बार तानसेन ने शेर लिखा :

मिलना तुमन का गैर से
कोई झूठ कोई सचमुच कहे
किस किस का मुँह मूँदूँ सजन
कोई कुछ कहे कोई कुछ कहे।

मतलब यह कि मेरे बारे में कोई निजी विचार बना ले तो मैं उसका मुँह कैसे बन्द कर सकता हूँ, वैसे मुझे ऐसा कहने वालों से मैं यह जरूर कहूँगा कि वे पहले पढ़ें, लिखें, फिर मेरे बारे में कोई टिप्पणी करें।

हमने रो-रो के रात काटी है
आँसुओं में ये रंग तब आया।

जो लोग मेरे आँसुओं का रंग देखते हैं, शायद उन्हें नहीं मालूम कि कितनी रातें मैंने रो-रो के काटी हैं। इस रंग के पीछे पचास-साठ साल की साधना है।

['दैनिक जागरण' के तत्त्वावधान में आयोजित संवाद, 2006]

ग्लासनोस्त की भूमिका रूसी लेखकों ने ही बनाई है

शंभुनाथ सिंह की बातचीत

शंभुनाथ सिंह : सोवियत संघ में आज ग्लासनोस्त का दौर चल रहा है, इस स्थिति के निर्माण में वहाँ के साहित्य की क्या भूमिका है?

नामवर सिंह : इस सवाल पर मैं कुछ समय पहले अपने विचार रख चुका हूँ। मैंने राजकमल प्रकाशन (नई दिल्ली) से पेरेस्त्रोइका और ग्लासनोस्त काल के सार्थक साहित्य के प्रकाशन की योजना बनाई थी, जिसमें पाँच पुस्तकें छप चुकी हैं। उसकी भूमिका में मैंने लिखा था कि भले ही 1984-85 के आसपास मिखाइल गोर्बाचोव के नेतृत्व में पेरेस्त्रोइका और ग्लासनोस्त का आन्दोलन चला हो, लेकिन इसकी पृष्ठभूमि सोवियत संघ में लेखकों, कलाकारों, रंगकर्मियों और फिल्म-जगत से जुड़े लोगों ने बहुत पहले से शुरू कर दी थी। मोटे तौर पर 1956 में हुई बीसवीं पार्टी कांग्रेस के बाद से ही लेखकों-कलाकारों को थोड़ी-सी स्वाधीनता प्राप्त हुई थी। तब से लगातार वे इसकी माँग कर रहे थे और इसके लिए संघर्ष कर रहे थे। इसलिए साहित्यकारों, बुद्धिजीवियों और कलाकारों को निश्चय ही इसका श्रेय देना चाहिए कि उन्होंने सोवियत संघ की कम्यूनिस्ट पार्टी के नेतृत्व पर दबाव डाला कि वे आगे बढ़कर स्वयं अपनी भूमिका पहचानें और अगुआई करें। इस दौर में भी देखा जाए, तो सबसे आगे बढ़कर, राजनीतिक नेतृत्व से कहीं ज्यादा वहाँ के लेखकों-बुद्धिजीवियों ने गोर्बाचोव को समर्थन दिया।

शंभुनाथ सिंह : इस दौर का साहित्य किस मायने में ग्लासनोस्त-पूर्व के साहित्य से भिन्न है? क्या ग्लासनोस्त की वजह से समसामयिक सोवियत साहित्य में कोई सर्जनात्मक उभार आ गया है?

नामवर सिंह : देखिए, अगर हम यह बात समझ लें कि ग्लासनोस्त की भूमिका क्या है, तो तुलना में आसानी होगी। 1956 के बाद से सोवियत संघ में कुछ खुलापन आया और लेखकों को थोड़ी आजादी मिली, लेकिन पूरी नहीं मिली थी। उसके

बाद फिर एक बार 60 के दशक के मध्य में थोड़ा खुलापन आया। इस तरह पिछले लगभग 25 वर्षों में लेखकों के संघर्ष में कई लहरें आईं। इस खुलेपन से केवल एक ही बात हुई कि लेखकों में सच कहने का साहस और मजबूत हुआ। मैं नहीं मानता कि इस खुलेपन से कोई नया सर्जनात्मक उभार आ गया है, क्योंकि अपने समाज के सच को कहने का साहस और यथार्थ को देखने की दृष्टि सोवियत लेखकों में बराबर रही है। स्तालिन के आतंक-युग में भी कुछ-न-कुछ लेखक ऐसे जरूर रहे हैं, जिन्होंने केवल सच ही लिखा; जिसको सच समझते थे, वही कहा। ऐसे बहुत-से लेखकों के नाम मिलेंगे, मसलन ओसिप मंदेलस्ताम, जिन्होंने स्तालिन पर एक व्यंग्य कविता लिखी थी, जो स्तालिन तक पहुँची और उसके कारण मंदेलस्ताम पकड़े गए, उन्हें लेबर कैम्प में रखा गया और बाद में हत्या कर दी गई। यह 1939-40 के आसपास की घटना है। उनकी पत्नी ने अपनी आत्मकथा में मंदेलस्ताम के बारे में विस्तार से लिखा है, जो बहुत मशहूर हुई। बोरिस पास्तरनाक स्तालिन काल के ही हैं और उसी दौर में उन्होंने 'डॉ. जिवागो' की रचना की थी। महत्त्वपूर्ण कवि जबलोत्स्की भी उन दिनों जेल की हवा खा चुके थे। तो गद्य और कविता, दोनों में प्रयोगधर्मा काम हुए हैं, खुलेपन से हुआ यही कि बहुत सारा साहित्य, जो लिखा जाता रहा, अब प्रकाश में भी आने लगा। आपने पढ़ा होगा कि वहाँ के लेखक संघ ने यह फैसला किया है कि जो पुस्तकें 20-25 साल से लिखी पड़ी हुई थीं, उन्हें प्रकाशित किया जाएगा।

लेकिन वहाँ पुस्तकाकार प्रकाशन से ज्यादा महत्त्वपूर्ण होता है पत्रिकाओं में धारावाहिक प्रकाशन। हमें नहीं भूलना चाहिए कि ग्लासनोस्त के बहुत पहले ख्रुश्चेव के जमाने में 'नोवीमीर' के सम्पादक प्रसिद्ध कवि आलक्सांद्र त्वारदोवस्की, जिन्हें अपने साहस के कारण 1970 में हटा दिया गया था, ने ही दुदित्सेव की मशहूर कथाकृति 'नॉट बाइ ब्रेड एलोन' (सिर्फ रोटी नहीं) को अपनी पत्रिका में प्रकाशित किया था। उन्होंने ही सबसे पहले सोल्झेनित्सिन का प्रसिद्ध पहला उपन्यास 'वन डे इन दि लाइफ ऑफ इवान देनिसोविच' छापा था।

इसलिए हम कह सकते हैं कि ग्लासनोस्त के कारण प्रकाशन के क्षेत्र में एक खुलापन आया, लोकतंत्र कायम हुआ और वह साहित्य जो बहुत कुछ भूमिगत रहता था, सार्वजनिक रूप से सुलभ होने लगा। चूँकि ग्लासनोस्त का काल तो संक्षिप्त ही है—चार-पाँच साल का, इसलिए जो रचनाएँ इस बीच प्रकाशित हुई हैं, वे पहले की रचनाएँ हैं। तमाम रचनाएँ ऐसी हैं, जो 15-20 साल पहले लिखी गई थीं। ग्लासनोस्त ने केवल ऐसे साहित्य के सार्वजनिक रूप से प्रकाशन की सुविधा दी या कहना चाहिए कि उसने प्रतिबन्ध को हटाया और सेंसर के शिकंजे को ढीला किया। लिखने के लिए लेखक जो अपने ऊपर आन्तरिक सेंसर लगाते थे और जिससे उनकी सर्जनात्मकता को क्षति पहुँचती थी या यों कहिए कि बहुत कुछ झूठा

यथार्थ प्रकाशित होता था और सोवियत समाज की रंगीन तसवीर पेश करनेवाला साहित्य ही ज्यादातर छापा जाता था, उस पर रोक लगी।

शंभुनाथ सिंह : कई लोगों का मानना है कि ग्लासनोस्त के बाद का सोवियत साहित्य मूलतः भंडाफोड़ साहित्य (लिटरेचर ऑफ एक्सपोजर) है। अगर ऐसा है, तो उसकी सार्थकता और प्रासंगिकता बहुत सीमित हो जाती है, क्योंकि गम्भीर मार्क्सवादी आलोचकों ने 'भंडाफोड़ साहित्य' को कभी भी महान साहित्य का दरजा नहीं दिया। आप इस बाबत क्या सोचते हैं?

नामवर सिंह : एक बात तो पहले यह कह दूँ कि स्वयं सोवियत संघ में भी लोग इसके प्रति बहुत सतर्क हैं। मैं कुछ दिन पहले वहाँ की प्रसिद्ध साहित्यिक पत्रिका 'जनामिया' के प्रधान सम्पादक ग्रिगोरी बाक्लानोव का एक साक्षात्कार पढ़ रहा था, जिसमें उनसे यही प्रश्न किया गया था कि क्या इन दिनों सोवियत पत्र-पत्रिकाओं में कुछ वैसे लेखकों को ज्यादा महत्त्व नहीं दिया जा रहा है, जो सनसनीखेज हों या भंडाफोड़ कर रहे हों? तो उन्होंने उदाहरण देकर बताया था कि 'जनामिया' में हमने जो त्वारदोवस्की की कविताएँ या बोल्गाकोव की कहानी थी, फजिल इस्कंदर की चीजें इस बीच छापी हैं, क्या आप उन्हें सनसनीखेज या भंडाफोड़ कहेंगे? उन्होंने कहा कि हम लोग इस चीज से अच्छी तरह परिचित हैं कि क्या भंडाफोड़ है और क्या स्थायी साहित्य है। अभी मैं राजकमल प्रकाशन वाली जिस पुस्तकमाला का जिक्र कर रहा था, जिसका मैंने सम्पादन किया है, उसमें खुद मैंने इस ओर इशारा किया है कि इस बीच जो कुछ आ रहा है, बहुत सम्भव है कि उसमें ऐसा भी काफी कुछ हो जो भंडाफोड़ करता है। भंडाफोड़ दो चीजों के बारे में हो रहा है। एक तो स्तालिन के जीवन के बारे में और उनके द्वारा कराई गई हत्याओं के बारे में, जिसमें खास तौर पर खुफिया एजेंसी के कारनामों का परदाफाश किया गया है। दूसरा समकालीन जीवन में वहाँ की नौकरशाही, दफ्तरशाही या पार्टी के कुछ नेताओं के अन्दर फैले हुए भ्रष्टाचार के बारे में। इन सब घटनाओं को लेकर लिखा है लोगों ने। मीडिया में, विशेष रूप से अखबारों और साप्ताहिकों में ज्यादा लिखा गया है और उसी से मिलता-जुलता कुछ साहित्य भी लिखा गया है। लेकिन स्वयं सोवियत लेखक उन चीजों के महत्त्व के बारे में बहुत ही सावधान हैं। यहाँ मैं एक छोटी-सी बात और कह दूँ कि इस बीच रूसी साहित्य में एक नई विधा—वृत्तचित्रधर्मी गद्य—काफी लोकप्रिय हुई है। यह कहानी या उपन्यास से अलग होता है और बहुत सशक्त विधा है। भंडाफोड़ के लिए यह ज्यादा कारगर हथियार है। इसको सर्जनात्मक कथा-साहित्य से अलग समझा जाता है। लेकिन इसकी भूमिका स्वीकार की जाती है, क्योंकि इसके लिए एक खास वर्णनात्मक प्रतिभा की जरूरत होती है।

आप जो कह रहे थे कि बहुत कुछ भंडाफोड़ का ही साहित्य है, तो वह

भंडाफोड़वाला साहित्य अखबार की खबरों के लिए और इस तरह की दूसरी विधाओं में लिखा जा रहा है, जिसमें से कुछ साहित्य के अन्तर्गत आता है और कुछ नहीं आता। सारा साहित्य उस प्रकार का ही साहित्य है, ऐसा नहीं है। सच पूछा जाए, तो रूस के बाहर पश्चिम का जो बुर्जुआ प्रेस है, उसकी दिलचस्पी पेरेस्त्रोइका और ग्लासनोस्त में उन्हीं चीजों की ओर है, जो भंडाफोड़ और सनसनीखेज हैं। वे जो तसवीरें पेश कर रहे हैं, उनसे हमारे सामने वर्तमान सोवियत संघ की यही तसवीर सामने आती है कि वहाँ तो केवल भंडाफोड़ का ही काम हो रहा है, और कुछ नहीं लिखा जा रहा है। जो सर्जनात्मक गम्भीर साहित्य है, उसमें उनकी कोई दिलचस्पी नहीं है।

शंभुनाथ सिंह : आइत्मातोव, रस्पुतिन, अस्ताफियेव या मझायेव जैसे प्रतिष्ठित रूसी लेखकों की रचनात्मक चिन्ता का विषय वही है, जो गोर्बाचोव की राजनीतिक चिन्ता का। सोवियत परम्परा के अनुसार ये सभी बड़े लेखक सी.पी.एस.यू. के सदस्य भी हैं। यहाँ सवाल उठता है कि मिखाइल शोलोखोव ने 'वर्जिन स्वायल अपटर्न्ड' लिखकर स्तालिन के सामूहिकीकरण का समर्थन किया था, तो अलेक्सांद्र मझायेव 'मुझूकी अबाबी' लिखकर गोर्बाचोव द्वारा सामूहिकीकरण की आलोचना का समर्थन कर रहे हैं। इस तरह देखा जाए, तो दोनों ही युग के लेखक अपने-अपने नेता की विचारधारा के पक्ष में तर्क तलाशते दिखते हैं। फिर इसकी क्या गारंटी है कि अगले दस सालों में मझायेव के साहित्य और गोर्बाचोव की राजनीति का वही हश्र नहीं होगा, जो शोलोखोव के साहित्य और स्तालिन की राजनीति का आज हो रहा है?

नामवर सिंह : एक बात तो तय है कि चाहे सोवियत साहित्य हो या कोई और साहित्य, वह अपनी तात्कालिकता के कारण नहीं जाना जाता। शोलोखोव रूसी साहित्य और विश्व साहित्य में 'धीरे बहे दोन रे' ('क्वाइट क्लोज दि डोन') के लिए याद किये जाते हैं। उनका जो दूसरा उपन्यास था, जिसकी आप चर्चा कर रहे हैं, वह प्रोपेगेंडा या प्रचारात्मक था। उसे रूस में भी और रूस के बाहर भी कोई महत्त्व नहीं दिया जाता। इसलिए यदि कोई लेखक आज अवसरवादिता के कारण गोर्बाचोव की दृष्टि का समर्थन करने के लिए उपन्यास लिखेगा, तो स्वभावत: उसका वही हश्र होगा जो शोलोखोव का हुआ। और, इसमें कोई सन्देह नहीं कि हर समाज में और हर साहित्य में ऐसे अवसरवादी लोग पाए जाते हैं। उसी तरह सोवियत साहित्य में भी जो कट्टर स्तालिनवादी थे, बाद में ख्रुश्चेव के समर्थक हो गए, फिर ब्रेझनेव के भी समर्थक हो गए और अब गोर्बाचोव के समर्थक हो जाएँगे। हर दौर में ऐसे लेखक होते हैं। लेकिन ऐसे शोलोखेव वहाँ नहीं हैं। जिन लेखकों का मैंने नाम लिया या आप ले रहे हैं, वे लेखक गोर्बाचोव के पहले से काम कर रहे हैं और उन लोगों ने इसकी परवाह नहीं की।

हाँ, सोवियत लेखक संघ में स्थिति थोड़ी भिन्न है। इसी वर्ष जनवरी के

पहले हफ्ते में मिखाइल गोर्बाचोव ने वैज्ञानिकों, समाज वैज्ञानिकों, साहित्यकारों, कलाकारों, रंगकर्मियों और सिनेमा की दुनिया में काम करनेवालों के प्रतिनिधियों की एक सभा बुलाई और उनसे विचारों का आदान-प्रदान किया। इस चर्चा में कई प्रख्यात लोगों ने लेखक संघ के कार्यकलाप के बारे में बड़ी कड़ी टिप्पणियाँ कीं। 'नोवीमीर' के सम्पादक ज्यालागिन, जो पार्टी मेम्बर नहीं हैं, तथा थियेटर फेडरेशन के चेयरमैन मिखाइल उलियानोव ने कहा कि लेखक संघ में जिस तरह की बहस पिछली बैठकों में हुई है, वह बहुत खतरनाक है ; यही नहीं बल्कि शर्मनाक है, क्योंकि वहाँ व्यक्तिगत राग-द्वेष के आधार पर बहस हो रही है और ग्लासनोस्त का दुरुपयोग हो रहा है। अपने भाषण में मिखाइल गोर्बाचोव ने भी इसका जिक्र किया कि हर जगह जिम्मेदारी के साथ इस खुलेपन का उपयोग नहीं किया जा रहा। बल्कि व्यक्तिगत राग-द्वेष की अभिव्यक्ति ज्यादा हो रही है और लोग अपना-अपना पुराना हिसाब चुकता कर रहे हैं।

मालूम होता है कि लेखक संघ राजनीतिक सत्ता के बहुत करीब रहा है और उससे सम्बद्ध रहा है। स्तालिन के जमाने में भी था, ख्रुश्चेव के जमाने में था और ब्रेझनेव के जमाने में भी था। ब्रेझनेव के जमाने में कितना करीब था, इसका सबसे बड़ा सबूत यह है कि ब्रेझनेव को साहित्य का लेनिन पुरस्कार दिया गया। लेखक संघ के तत्कालीन अध्यक्ष ने स्वयं प्रस्तावित किया था कि उन्हें साहित्य का लेनिन पुरस्कार दिया जाना चाहिए, जबकि साहित्य में ब्रेझनेव का एकमात्र योगदान यही था कि उन्होंने अपने बचपन की एक कहानी लिखी थी, जिसकी कड़ी आलोचना की गई और जिसकी लोगों ने तो यहाँ तक कहा कि किताब किसी और से लिखवाई गई। भाड़े पर। इससे आप अन्दाजा लगा सकते हैं कि लेखक संघ में राजनीतिक सत्ता के प्रति कितना मोह है। इसीलिए संघ में नये सुधारों और परिवर्तनों का प्रतिरोध होता रहा है। यह प्रतिरोध कितना आक्रामक था, इसका प्रमाण यह है त्वारदोवस्की को 'नोवीमीर' के सम्पादक पद से इसलिए हटा दिया गया कि उन्होंने यथास्थिति के विरुद्ध जो श्रेष्ठ साहित्य था, उसे छापा था। उन्होंने सोल्झेनित्सिन को भी सबसे पहले छापा।

यहाँ एक चीज ध्यान देने की है, वह है लेखक संघ में हुई बहस और उस पर गोर्बाचोव की टिप्पणी। कई लोगों ने शिकायत की कि अवसरवादियों और नई नीति का विरोध करनेवालों को दंडित किया जाए। इस पर गोर्बाचोव ने कहा कि हम यह नहीं करेगे, क्योंकि जिस चीज के लिए हम स्तालिनवादी या ब्रेझनेववादी व्यवस्था की आलोचना करते हैं, वह रास्ता हम नहीं अपनाएँगे, बल्कि वैचारिक संघर्ष के द्वारा ऐसे लोगों को समाज में अकेला कर देना तथा उनकी शक्ति को क्षीण कर देना ज्यादा महत्त्वपूर्ण है, बजाय इसके कि उनको दंड दिया जाए या देश-निकाला दिया जाए।

शंभुनाथ सिंह : एक चीज जो सामान्य रूप से देखने में आती है, वह यह है कि हर दौर और हर समाज में रचनाकार अपने-अपने ढंग से अपनी सृजन-प्रक्रिया में ग्लासनोस्त (खुलेपन) का उपयोग करता रहा है और सृजन-विरोधी व्यवस्थाओं में भी उसने अपनी बात कहने के रास्ते ईजाद कर लिये हैं। ग्राम्सी की 'प्रिजन नोट बुक', लातिन अमेरिका और अफ्रीका का 'ब्लैक लिटरेचर' सोवियत संघ के ही पास्तरनाक, सोल्झेनित्सिन, ब्रोद्स्की, अख्मातोवा आदि का साहित्य इसका बेमिसाल उदाहरण है। यही नहीं, तमाम दबावों से गुजरते हुए इन रचनाकारों ने साहित्य की नई-नई विधियों, प्रतीकों, तरीकों, और जादुई यथार्थवाद जैसी अभिनव साहित्य शैलियों का विकास भी किया है। फिर साहित्य में अलग से ग्लासनोस्त की माँग करने का क्या अर्थ रह जाता है?

नामवर सिंह : इस सवाल को अगर उलट दिया जाए, तो आप देखेंगे कि कितना खतरनाक निष्कर्ष निकलता है। चूँकि तानाशाही के दौर में भी सच्चे सर्जक होते हैं और लोग अच्छा साहित्य लिखते हैं, क्या इसीलिए इसे बरकरार रखना चाहिए?

शंभुनाथ सिंह : मेरा मतलब यह नहीं था, बल्कि...।

नामवर सिंह : हाँ, विरोधी व्यवस्थाओं में भी लिखा है लोगों ने, उदाहरण के लिए आप पड़ोसी देश पाकिस्तान को देख लीजिए। पाकिस्तान में जनरल जिया-उल हक के ज़माने में कितना प्रतिबन्ध था लेकिन उच्च स्तर का साहित्य लिखा गया। उपन्यासों, कहानियों और कविताओं के माध्यम से उन लोगों ने एक वातावरण बनाया। लेकिन पाबन्दियों से वहाँ के साहित्य को नुकसान भी पहुँचा।

शंभुनाथ सिंह : डॉ. जिवागो, कैंसर वार्ड, गुलाग आकपिलॉग जैसी प्रतिबन्धित रचनाओं के पुन:प्रकाशन की श्रृंखला में नोबोकोव की कुख्यात कृति 'लोलिता' का नाम भी लिया जा रहा है। क्या 'लोलिता' का प्रकाशन ग्लासनोस्त की प्रामाणिकता के लिए आवश्यक है?

नामवर सिंह : दो बाते हैं, जिनसे मैं इसका समर्थक हूँ। एक तो यह कि रूस को किसी साहित्य से डर नहीं। आप देखें कि जॉर्ज आरवेल का '1984' और 'एनिमल फार्म' भी वे छाप रहे हैं, जिन्हें घनघोर रूप से सोवियत-विरोधी माना जाता है। तो उनको विरोधी विचारों से डर नहीं है। नोबोको पोर्नोग्राफी का लेखक नहीं है और न ही 'लोलिता' सस्ती किताब या पोर्नोग्राफी है। उसकी आलोचना की जा सकती है, उस पर मतभेद हो सकता है, लेकिन वह एक गम्भीर बात है, यह मैं मानता हूँ। जब छपा था तब से लेकर आज भी अपनी मान्यता पर दृढ़ हूँ। ऐसा नहीं हो सकता कि एक तरफ तो आप खुलेपन का नारा दीजिए और दूसरी ओर कहिए कि खुलापन

सीमित हो। इसलिए प्रामाणिकता के लिए यह जरूरी है कि सब खुला रहे। खास तौर से जितने रूसी लेखक हैं, उन सबको तो छापना ही पड़ेगा। विश्वसनीयता के लिए भी यह जरूरी है। कुछ समय तक यह चलेगा। गोर्बाचोव ने कहा है कि मास मीडिया तथा प्रकाशन के लिए एक अलग से कानून बनाया जा रहा है। कानून के बाद उसकी सीमा-रेखा अपने-आप निर्धारित हो जाएगी। जब तक नहीं बनता, तब तक छूट दे रहे हैं, ताकि लोगों के मन में जो तरह-तरह की आशंकाएँ, डर आदि हैं, वे दूर हों।

दूसरी बात यह है कि जिस देश में शत-प्रतिशत साक्षरता हो, शिक्षा हो और एक विचारधारा का इतने दिनों तक प्रभाव रहा हो, वहाँ यह आत्मविश्वास तो होना ही चाहिए। अपने सामान्य पाठकों के विवेक पर भरोसा करना चाहिए। इधर उनके अखबारों में पाठकों के जो पत्र छप रहे हैं, मीडिया पर जो टिप्पणियाँ आ रही हैं, स्वयं पेरेस्त्रोइका के पक्ष-विपक्ष में जो कुछ छप रहा है, यह उनके आत्मविश्वास का परिचायक है। अभी अस्ताफियेव की किताब पर एक पाठक का पत्र छपा था, जिसमें उसने लिखा था कि यह किताब केवल झूठ ही नहीं, बल्कि एक गन्दा झूठ है। तो 'लोलिता' भी जब छपेगी, तो उसके विरुद्ध भी कमेंट करनेवाले लोग होंगे। इसलिए पाठक किसी कृति को स्वीकार करता है या नहीं, यह उसके विवेक पर ही छोड़ देना उचित है। कोई दूसरा आदमी जिन्दगी-भर गार्जियन नहीं बना रह सकता।

['रविवार' के किसी अंक में प्रकाशित]

स्वतंत्रता-संग्राम का युग आलोचना का स्वर्ण युग

रेणु खंतवाल की बातचीत

रेणु खंतवाल : अधिकांश पुस्तकों में आपकी जन्मतिथि 1 मई, 1927 लिखी हुई है। लेकिन कई सन्दर्भों में कुछ और मिलता है?

नामवर सिंह : मेरी जन्मतिथि 28 जुलाई, 1926 है। मेरे पिताजी ने स्कूल में दाखिला कराते समय 1 मई, 1927 लिखवा दिया था। तभी से यह जन्मतिथि कागजों में चली आ रही है। जन्मपत्री 28 जुलाई, 1926 के अनुसार बनी है।

रेणु खंतवाल : कविता लिखते-लिखते आपने आलोचना कैसे शुरू कर दी?

नामवर सिंह : लगभग 1951 से अध्यापक हूँ। शायद एक कारण यह हो सकता है, जिस वजह से मैं कवि से आलोचक बन गया। कक्षा में आकर आपको केवल कविता पढ़नी नहीं होती, बल्कि कक्षा में छात्रों को ज्ञान की बात बतानी होती है। कक्षा में कहानी, कविता, नाटक, उपन्यास की व्याख्या की जाती है, समीक्षा की जाती है, आलोचना की जाती है; साहित्य का इतिहास, उसका शास्त्र बताया जाता है। साहित्यकारों का मूल्यांकन कराया जाता है, इसलिए मुझे मुख्य रूप से ऐसा लगता है कि अध्यापक होने की वजह से ही मैं आलोचक बन गया।

रेणु खंतवाल : आलोचना बहुत धारदार विधा मानी जाती है। क्या वजह है कि उसकी धार अब उतनी तेज नहीं रही?

नामवर सिंह : पहले पत्रिकाओं में समीक्षाओं के लिए बहुत कम जगह होती थी। अब तो स्वतंत्र रूप से पुस्तक समीक्षाओं की पत्रिकाएँ निकल रही हैं, जिनमें केवल पुस्तक समीक्षा होती है और अब यह एक व्यावसायिक धन्धा भी हो गया है। चूँकि छात्रों को परीक्षाओं के लिए उनकी जरूरत पड़ती है, इसलिए यह व्यवसाय भी है। जब कोई चीज बाजार में आ जाएगी तो जाहिर है, उसमें उत्तम-मध्यम तो होगा। हड़बड़ी भी रहेगी उसको लिखने में। अब समीक्षाएँ बहुत हो रही हैं और बहुत-से

लोग समीक्षाएँ लिखनेवाले हो गए हैं। लेकिन उसमें फर्क मालूम हो जाता है। कुछ रचनाकार भी बहुत अच्छी समीक्षाएँ लिखते हैं। कुछ कहानीकार ऐसे हैं, जो कहानी भी अच्छी लिखते हैं और कहानी की समीक्षा भी बहुत अच्छी करते हैं। कुछ कवि ऐसे हैं, जो कविता भी अच्छी लिखते हैं और कविता की समीक्षा भी अच्छी लिखते हैं। यही बात उपन्यास, नाटक आदि के बारे में भी कही जा सकती है। चूँकि ये लोग रचना-प्रक्रिया को अन्दर से जानते हैं। जो लोग साहित्य की रचना-प्रक्रिया को जानते हैं, उनसे उम्मीद की जाती है कि वे साहित्य को अच्छी तरह समझते भी हैं और यदि वे लिख दें तो फिर क्या कहना :

रेणु खंतवाल : आप आलोचना का स्वर्णिम काल किसे कहेंगे?

नामवर सिंह : मेरी नजर में स्वाधीनता-संग्राम का युग या यूँ कहें कि आजादी से पहले के समय को मैं आलोचना के स्वर्णिम युग के रूप में देखता हूँ।

रेणु खंतवाल : आज की आलोचना में क्या खास बात लग रही है? क्या आप आलोचना की स्थिति से सन्तुष्ट हैं?

नामवर सिंह : इन दिनों आलोचना पर काफी किताबें लिखी जा रही हैं। पत्र-पत्रिकाओं में आलोचनाएँ भी खूब छप रही हैं। इन दिनों जो नई और अच्छी चीज निकलकर आई है, वह है विमर्श। इन दिनों स्त्री-विमर्श, दलित-विमर्श, अल्पसंख्यकों की समस्याओं को लेकर खूब विमर्श हो रहा है। यह प्रयास स्वागतयोग्य है।

रेणु खंतवाल : इन दिनों अनूदित पुस्तकें खूब आ रही हैं। अनुवाद कार्य में आई तेजी की वजह क्या लगती है?

नामवर सिंह : निश्चित रूप से अनुवाद के कार्य में तेजी आई है। इसकी मुख्य वजह है ग्लोबलाइजेशन। आज देखिए, विश्व में किसी भी भाषा की किताब को कोई बड़ा पुरस्कार मिलता है या कोई पुस्तक चर्चा में आती है तो तुरन्त उसका हिन्दी अनुवाद बाजार में आ जाता है। अनुवाद ने विश्व साहित्य को करीब ला दिया है। आज हम अनुवाद की सहूलियत की वजह से विश्व साहित्य-जगत की हलचलों से वाकिफ हैं।

रेणु खंतवाल : आज जिस प्रकार साहित्य में खेमेबाजी है, क्या इस तरह की खेमेबाजी पहले भी थी? उसका स्वरूप किस प्रकार का था?

नामवर सिंह : बनारस में जब गुरुजी (आचार्य हजारी प्रसाद द्विवेदी) थे तो उन्होंने खुद नवसंस्कृति संघ की नींव रखी थी। वे आचार्य नरेंद्र देव की प्रेरणा से समाजवादी सोच के थे। प्रगतिशील लेखक संघ भी सक्रिय था और भी कई संस्थाएँ थीं। इस

तरह भिन्न-भिन्न विचारधारा के लोग उस समय भी थे। गोष्ठियाँ भी खूब होती थीं। अलग-अलग गुट भी थे, लेकिन उसमें रचनात्मक ग्रोथ थी। कहीं-कहीं कुछ लोग उसे गुटबाजी के रूप में भी देख सकते थे, लेकिन उसका साहित्यकारों के सम्बन्धों पर कोई असर नहीं पड़ता था। सभी लोग हिन्दी पढ़ने-लिखनेवाले थे और मिलते-जुलते थे।

रेणु खंतवाल : फिल्म के प्रमोशन के लिए जिस प्रकार फिल्म के अंश लेकर प्रोमो बनाए जाते हैं, उसी तर्ज पर आजकल पुस्तक के अंश प्रकाशित करके पुस्तकों का प्रमोशन हो रहा है। क्या पुस्तक के प्रचार का यह तरीका आपको फिल्मी अन्दाज का नहीं लगता?

नामवर सिंह : पुस्तकों को पाठकों तक पहुँचाने के कई तरीके हैं। किसी अखबार, साप्ताहिक, मासिक में समीक्षा छपवाना। पुस्तकों के अंश छपना। पुस्तक प्रदर्शनी लगाना। पुस्तक मेले लगाना। पुस्तक का लोकार्पण कराना, जो कि आजकल बहुत हो रहा है। इस बहाने पुस्तक का प्रचार हो जाता है। कम-से-कम सौ-दो सौ लोग तो उस समय होते ही हैं। फिर प्रेस वाले अगले दिन अखबारों में रिपोर्ट छापते हैं। पुस्तक पर चर्चा होती है तो लोगों के दिमाग में यह बात भी आ जाती है कि पुस्तक महत्त्वपूर्ण है, इसीलिए तो इतने लोग बोल रहे हैं। जब अखबारों में छपता है तो पुस्तक की बिक्री और उसके प्रचार-प्रसार पर भी असर पड़ता है। पहले जमाने में ऐसा बहुत कम होता था। लेकिन दिन-पर-दिन ये चीजें बढ़ती जा रही हैं और यह अच्छा है।

रेणु खंतवाल : इन दिनों क्या कर रहे हैं?

नामवर सिंह : कुछ लोगों को मुझसे शिकायत है कि मैंने लिखना छोड़ दिया है। एक खास उम्र के बाद लिखना थोड़ा कम हो जाता है। बेशक मैंने लिखना कम कर दिया है, लेकिन मैं बहुत अच्छा पाठक हूँ। मेरे घर में लगभग सभी पत्र-पत्रिकाएँ आती हैं, मैं सब पढ़ता हूँ। दिल्ली में लगभग हर दूसरे-तीसरे दिन कोई-न-कोई चर्चा-परिचर्चा, पुस्तक लोकार्पण, गोष्ठी आयोजित होती रहती है। मैं वहाँ जाता हूँ, बोलता भी हूँ। खामोश नहीं हूँ। 'आलोचना' नाम की एक त्रैमासिक पत्रिका का सम्पादक हूँ।

रेणु खंतवाल : इस बार आपके जन्मदिन पर क्या खास होनेवाला है?

नामवर सिंह : इस बार 28 तारीख को जे.एन.यू. के मेरे भूतपूर्व छात्रों ने मिलकर मुझ पर एक किताब लिखी है। इस किताब में मेरे जे.एन.यू. के समय का वर्णन है। इस पुस्तक का लोकार्पण प्रभाष जोशी करेंगे। पुस्तक राजकमल से आ रही है।

रेणु खंतवाल : इस उम्र में आपकी दिनचर्या किस प्रकार की है?

नामवर सिंह : सुबह चार बजे उठता हूँ। उसके बाद टहलने जाता हूँ। लगभग 40 मिनट टहलता हूँ। घर आकर चाय पीता हूँ और उसके बाद नहाकर नाश्ता करता हूँ। फिर अखबार पढ़ता हूँ। ये सभी काम 9.30 बजे तक कर लेता हूँ। कोई मीटिंग हुई तो वहाँ चला जाता हूँ, नहीं तो घर पर ही पढ़ता हूँ। दिन के भोजन के बाद लगभग दो घंटा मैं विश्राम करता हूँ। रात 10.30 बजे तक सो जाता हूँ। लोगों से मिलने का समय सुबह नाश्ते के बाद से भोजन के समय तक या फिर शाम को चार-पाँच बजे के बाद का रखा हुआ है। शाकाहारी हूँ, इसलिए सब्जी, फल व दाल-रोटी ही खाता हूँ।

['दैनिक भास्कर' में प्रकाशित]

साहित्य में लोकतंत्र बना रहे, इसके लिए आलोचना जरूरी है

अनिल अनलहातु और अभिषेक कश्यप की बातचीत

प्रश्न : आलोचना के जरिये हम रचना का अनुपूरक संसार रचते हैं या सम्पूरक संसार?

नामवर सिंह : यह इस पर निर्भर है कि कब, कैसी आलोचना आप लिख रहे हैं। एक आलोचना केवल सम्मति होती है और सम्मति जो है, कोई संसार नहीं रचती। पढ़ने वाले को एक क्षण-विशेष में कोई कृति कैसी लगी, यह इसी बात को बताती है, ऐसी आलोचना कम हो रही है। लोग साफ-साफ नहीं बताते कि यह किताब उन्हें अच्छी लगी कि नहीं लगी। तीन पन्ने पढ़ने के बाद भी यह पता नहीं चलता कि इस आलोचक को यह किताब अच्छी लगी कि नहीं लगी। आजकल ऐसा बहुत देखा जा रहा है। लोग बड़े चालाक हो गए हैं। सीधे नहीं कहते कि यह किताब मुझे अच्छी नहीं लगी। अरे भाई, पहले ही वाक्य में कह दो कि यह किताब मुझे अच्छी नहीं लगी और इसीलिए इस पर जो मैं तीन पन्ने लिख रहा हूँ, वह यह बताने के लिए कि यह किताब मुझे अच्छी क्यों नहीं लगी या यह कि किताब मुझे बहुत अच्छी लगी और यह बताने के लिए मैं तीन पन्ने लिख रहा हूँ कि यह मुझे क्यों अच्छी लगी। साफ-साफ कह देना चाहिए। उस आलोचना का पाठक खुद को छला हुआ महसूस करता है, जो घंटे-भर बर्बाद करने बाद भी यह जान नहीं पाता है कि आलोचक को यह किताब अच्छी लगी कि नहीं। आलोचना में मूल्य-निर्णय होना चाहिए, मूल्यांकन होना चाहिए। आलोचक बताएँ, अपना निर्णय दें। इस आलोचना में संसार रचने, न रचने का प्रश्न नहीं होता। राय होती है और आपको उनकी राय मालूम हो जाती है। एक तो यह है।

दूसरा यह कि कुछ आलोचनाएँ ऐसी होती हैं जिसमें आप उस रचना के साथ में तन्मय होते हैं, तादात्म्य अनुभव करते हैं, तदाकार होते हैं और उसको पढ़ते हुए आप उसी के समानान्तर एक रचना का प्रतिसंसार रचते हैं। उदाहरण के लिए 'अँधेरे

में' कविता को पढ़ते हुए मैंने मुक्तिबोध के समानान्तर, उस कविता को पढ़ते हुए मेरे मन में जो संसार पैदा हुआ, उसे अभिव्यक्त किया था।

प्रश्न : क्या आप 'अँधेरे में' कविता को सप्लीमेंट करते हैं?

नामवर सिंह : मैं कह नहीं सकता कि मैं उसे सप्लीमेंट करता हूँ। मैं यह कह सकता हूँ कि मुक्तिबोध की कविता के आधार पर वह मेरी अपनी रचना है और जिस हद तक पाठक उस रचना से स्वयं का तादात्म्य स्थापित करता है, इस पर उसकी सफलता और उसका सही होना निर्भर है। कोई पाठक कह सकता है कि साहब, आपने जो प्रतिसंसार रचा है, वह मुझे कायल नहीं करता। कह सकता है और फिर वह दूसरा संसार रच सकता है। हर बड़ी रचना में इतनी सम्भावनाएँ होती हैं, एक से अधिक प्रतिसंसार रचे जाने की। यह इस पर निर्भर है कि दोनों उस रचना की अर्थवत्ता को कितनी दूर तक उद्‌घाटित करते हैं, यह खुला सवाल है और इसमें सर्जनात्मक प्रतिस्पर्धा हो सकती है, होनी भी चाहिए, इसके लिए निमंत्रण भी देना चाहिए।

प्रश्न : क्या आलोचना के सूत्र हमें अनिवार्य रूप से रचना में ही ढूँढ़ने चाहिए या रचना से इतर जो बाह्य संसार है, वह हमें आलोचना के सूत्र देगा?

नामवर सिंह : रचना प्रस्थान-बिन्दु मात्र होती है। जैसे ऊँची उड़ान भरने के लिए भी यह धरती प्रस्थान-बिन्दु है। आप धरती पर ही रेंगते रह जाएँ, यह आपकी यात्रा नहीं। आप इसे छोड़कर उड़ान भी भर सकते हैं। रचना आधार है, प्रस्थान-बिन्दु है, लेकिन उस रचना का अक्षरशः, उसकी टीका आप करते रहे हैं तो आपकी गिनती सरीसृप जन्तुओं में होगी। लेकिन इस धरती पर पक्षी नाम के भी जीव हैं जो उड़ान भरते हैं, लेकिन ये भी पृथ्वी के गुरुत्वाकर्षण से बँधे रहते हैं। लेकिन जो चन्द्रलोक पर जाता है, वह भी धरती से ही उड़ान भरता है और गुरुत्वाकर्षण से कभी-कभी मुक्त हो जाता है। आलोचना में ये तीनों चीजें होती हैं। सरीसृप आलोचना भी होती है—साँप की तरह धरती पर रेंगती है, पक्षी की तरह आसमान में उड़ती है और रॉकेट की तरह पृथ्वी के गुरुत्वाकर्षण से मुक्त होकर चन्द्रलोक की यात्रा करती है।

प्रश्न : इन तीनों आलोचनाओं में आपके मतानुसार कौन-सी आलोचना श्लाघ्य है या होनी चाहिए?

नामवर सिंह : यह कृति पर निर्भर है कि वह कृति कैसी है जो चन्द्रलोक तक जाने की छूट देती है या केवल गुरुत्वाकर्षण की सीमा में उड़ने की गुंजाइश देती है या केवल उसी के ऊपर रेंगने तक ही उकसाती है। यह रचना के गुण पर निर्भर है, आलोचक पर नहीं।

प्रश्न : क्या यह आलोचक की समझ की सीमा पर भी निर्भर करता है?

नामवर सिंह : हाँ। कुछ चिड़ियाँ होती हैं, जिनके पंख नहीं होते जो धरती पर ही चलती हैं। और कुछ रॉकेट ऐसे भी होते हैं जो चन्द्रमा तक नहीं पहुँचते, बीच में ही नष्ट हो जाते हैं। तो आलोचना की भी सीमा होती है।

प्रश्न : क्या अलग-अलग साहित्यिक विधाओं के लिए समीक्षा के अलग-अलग टूल्स होने चाहिए या एक ही उपकरण से अलग-अलग विधाओं की समीक्षा की जा सकती है?

नामवर सिंह : महत्त्वपूर्ण रचनाएँ अपनी व्याख्या के लिए, मूल्यांकन के लिए नये मानदंड की चुनौती पेश करती हैं। सामान्य रचनाएँ या परम्परित रचनाएँ परम्परित मानदंडों से ही निबटाई जा सकती हैं।

प्रश्न : क्या कविता के जाँचने-परखने के उपकरणों से ही कहानी को भी जाँचा-परखा जा सकता है?

नामवर सिंह : कुछ आलोचक ऐसे होते हैं जो कविता के टूल्स कहानी पर इस्तेमाल करते हैं और कुछ कहानीकारों ने मुझ पर यह आरोप लगाया है। लोगों ने कहा कि मैं कहानी की आलोचना कविता के रूप में करता हूँ।

प्रश्न : क्या यह सवाल सही है?

नामवर सिंह : यह बात अगर वे साबित करें तो बताएँ। चूँकि मैंने एक लेख में लिख दिया है कि मैं कविता का आलोचक रहा हूँ कि कहानी की ओर आया हूँ। तो इसको अक्षरशः लोगों ने मान लिया कि कविता की आलोचना करते हुए मैं कहानी की ओर भटक गया हूँ। कविता कोई बुरी चीज नहीं है। फिराक ने कहा है कि जब मैं गजल लिखता हूँ तो संगीत की सरहदों को छू लेता हूँ। प्रतीकवादी कविता फ्रांस की थी। प्रतीकवादी कहते थे कि जो तन्मयता और घनत्व कला की ऊँचाई है, वह संगीत में होती है। सबसे सूक्ष्म माध्यम संगीत का होता है, संगीत में केवल नाद होता है, भाषा नहीं होती। चित्र तो स्थूल होता है, रंग होते हैं, कैनवास होता है। स्कल्पचर में पत्थर या सीमेंट, बालू होता है। कविता में सार्थक शब्द होते हैं। संगीत ही ऐसी कला है जिसमें आप केवल नाद से, स्वरों से, ध्वनियों से एक विचार, भाव सृष्ट करते हैं। संगीत को सबसे कठिन और परफेक्ट आर्ट माना जाता है इस दुनिया का। लेकिन वे कविताएँ जिन्हें मलार्मे और अन्य कवियों ने लिखा, संगीत के लिए नहीं लिखा। उसी तरह कई कथाकार हैं जिनकी यह तमन्ना रही है कि हम ऐसी कहानी लिखें, ऐसा उपन्यास लिखें जो काव्य का-सा प्रभाव उत्पन्न करे। और ऐसे बड़े लोग रहे हैं। जैसे जेम्स ज्वायस की 'यूलिसिस' में सिर्फ कहानी

कहने में दिलचस्पी नहीं है। इसी अर्थ में कुछ कहानियाँ ऐसे अनुभवों को व्यक्त करती हैं जो बड़े ही काव्यात्मक अनुभव होते हैं—चाहे वे प्रेम के हों, करुणा के हों या मृत्यु के हों। कई लोगों ने ऐसी कहानियाँ लिखी हैं, निर्मल वर्मा ने लिखीं। इधर के कहानीकारों में उदय प्रकाश ने ऐसी ही कहानियाँ लिखी हैं। जैसे 'और अन्त में प्रार्थना' या 'छप्पन तोले का करधन'। यह नहीं कि ये कहानियाँ काव्यात्मक भाषा में लिखी गई हैं, प्रतीक उपमाओं से ही कविता नहीं बनती। वह अनुभव इतना इंटेंस हो कि आप पढ़ते-पढ़ते कुछ ऊपर उठ जाते हैं। उन कहानियों की आलोचना आप कैसे करेंगे—कथा का वर्णन करके करेंगे? जिन कहानियों में कुछ मार्मिक, अत्यन्त मार्मिक प्रसंग होते हैं जिनको और किसी भाषा के अभाव में हम काव्यात्मक कहते हैं। प्रेमचन्द की 'कफन' कहानी में आखिर में वे शराबखाने में जाकर 'नैना क्यों झपकाए ठगिनी' गाते हैं, कविता नहीं है तो क्या है? जबकि यह कहानी घनघोर यथार्थवादी है। चेखव की एक मशहूर कहानी है : 'दुख', जिसमें एक कोचवान जिसका जवान बेटा मर गया था, दिन-भर अपने इस दुख को बाँटने की कोशिश करता है। किन्तु सवारियों को तो जाने की जल्दी होती थी, वे उसकी बात नहीं सुनते। अन्त में वह जब खाली होकर घर लौटा है तब अपनी घोड़ी के गले में बाँहें डालकर कहता है कि सुनती हो, मेरा बेटा मर गया है। कोई सुन नहीं रहा है, मैं कहना चाहता हूँ। एक मनुष्य इतना अकेला हो, जो जिसके दुख को दूर करना, साझा करना तो दूर रहा, उसके दुख को सुनने की फुरसत भी समाज को नहीं है। यह कवित्व-बोध है। मैंने किसी की कहानी को उसकी काव्यात्मक, रोमांटिक, उपमाबहुल भाषा के लिए काव्यात्मक नहीं कहा। निर्मल वर्मा की कहानी को भी नहीं कहा। अभिधा का वाक्य भी संगीत की सरहद को छू सकता है। हेमलेट जब आत्महत्या करने की सोचता है और अन्त में कहता है कि 'To be or not to be that is the question?' यह कविता की भाषा तो नहीं है। फ्लैट लैंग्वेज है, लेकिन यह एक वाक्य संगीत की सरहदों को भी छूता है और कविता की ऊँचाइयों तक पहुँचता है। इन बेवकूफ कहानीकारों को कौन समझाए जो यथार्थवाद के नाम पर बकवास लिखते हैं! आदमी काव्यात्मक ऊँचाई तक पहुँचता है और तुम नहीं पहुँचते हो तो रेंगो जमीन पर। तुम्हें किसने रोका है? रेणु जी की कहानियाँ भी पोयटिक हैं। 'ठुमरी', 'लालपान की बेगम', 'तीसरी कसम' आदि कहानियाँ कवित्वपूर्ण हैं। उनके उपन्यास 'मैला आँचल' और 'परती : परिकथा' का अन्त जिस तरह से होता है, वह अद्‌भुत रूप से कवित्वपूर्ण है। किसी कविता से ज्यादा कवित्वपूर्ण सर्जनशीलता है कहानी में कविता का होना। मूर्ख हैं वे, जो इसे नहीं समझते और उन्हें समझाया नहीं जा सकता।

प्रश्न : कुछ महत्त्वपूर्ण लेखकों ने आलोचक की भूमिका को लेकर प्रश्न खड़े किये

हैं। तो क्या लेखक और पाठक के बीच आलोचक का होना जरूरी है? आलोचक की भूमिका इन दोनों के बीच एक पुल की तरह होती है या एक बिचौलिये की तरह होती है?

नामवर सिंह : इसमें कौन मियाँ है और कौन बीवी है, पता चले तब बताऊँगा कि बीच में आलोचक है कि नहीं। आजकल बहुत चला हुआ है बिचौलिये का, गोया साहित्य नहीं हुआ, यह बिजनेस हो गया जो मिडिलमैन होगा। बोफोर्स की तोप की तरह। ये वे लोग हैं जो दलाल के रूप में अपने जनसम्पर्क अधिकारी रखते हैं और उन्हें 'आलोचक' कहते हैं। फिल्मी दुनिया में हरेक एक्टर का एक पब्लिक रिलेशन ऑफिसर होता है, चाहे जो भी स्टार हो—अमिताभ बच्चन हों या माधुरी दीक्षित हों। यह पब्लिक रिलेशन ऑफिसर पब्लिसिटी करता रहता है, कांटेक्ट दिलाता रहता है, पैसा लेता है। तो मैं कहना चाहता हूँ कि क्या साहित्य को आप यही बाजार बनाना चाहते हैं? कुछ लोगों के लिए आलोचक ऐसा ही होगा और तलाश में रहते हैं। उन्हें मिल भी जाते हैं। ऐसे कई लोग हैं हिन्दी में, उन्हें पहचान लेना चाहिए। ऐसे लोग हर समय में रहे हैं, थोड़े-से होते हैं। कोई हम पट्टा लिखा के आए हैं कि हर किताब पर लिखेंगे, जो लिखने लायक लगेगी उस पर लिखेंगे। देखिए, तमाम रचनाकारों को आलोचकों से शिकायत रही है। चेखव, गोर्की, तोल्स्तोय आदि रचनाकारों ने आलोचकों की भूमिका पर सवाल खड़े किये हैं लेकिन चेखव ने कहा है इसलिए किसी लल्लू-पंजू को अधिकार नहीं मिल जाता कि किसी आलोचक पर ढेला फेंके। पहले वह गोर्की बने और तब वह आलोचक के बारे में राय देने का हक हासिल करेगा।

प्रश्न : आपने कहा कि आलोचना पाठक नहीं पढ़ते, तो पाठक और आलोचक की क्या भूमिका होती है या कोई भूमिका आलोचक की होनी चाहिए?

नामवर सिंह : हिन्दी में समालोचक नाम की चीज बहुत हाल की है। उन्नीसवीं शती के उत्तरार्द्ध से पहले न समालोचना शब्द था संस्कृत में और न समालोचक। उन्नीस सौ में 'गुलेरी' ने 'समालोचक' नामक पत्रिका निकाली और 'सच्ची समालोचना' नामक लेख 'बालकृष्ण भट्ट' ने लिखा। संस्कृत के लोग सहृदय होते थे, रसज्ञ होते थे, रसिक होते थे। एक-एक श्लोक को उसी तरह चखकर बताते थे और रस लेते थे, जैसे कि लोग इत्र-फुलेल सूँघ-सूँघकर बताया करते हैं। ये लोग समालोचक नहीं थे। समालोचक का वजूद पहली बार तब आया जब हिन्दी में पत्र-पत्रिकाएँ छपने लगीं। उन पत्रिकाओं में किताबों की चर्चा शुरू हुई, बहस शुरू हुई, तब आलोचक की जरूरत पड़ी क्योंकि जब से अखबार आया है और सम्पादक नाम की चीज हुई, तब से उसमें कॉलम हुए, तब से उसमें समालोचक हुआ। यह याद

रखो, इसका सौ साल से पुराना इतिहास नहीं है। अखबार वालों में अखबार के जो रिपोर्टर होते हैं न, उसमें से कुछ दलाल होते हैं, कुछ पब्लिक रिलेशन का काम करते हैं और कुछ खरे ईमानदार होते हैं, जो अपने पेशे के प्रति ईमानदार होते हैं और लिखते हैं। उसी तरह आलोचक भी संवाददाता की तरह दलाल भी होते हैं, पब्लिक रिलेशन का भी काम करते हैं और खरे ईमानदार भी होते हैं कि जैसा देखा है, वैसा लिखूँगा—चाहे हमारी गर्दन कट जाए। इसलिए आलोचक को बिचौलिया कहने वाले अपने घर जाकर बैठें, उनको मालूम नहीं कि आलोचक होता क्या है।

प्रश्न : यह तो वही बात हुई कि अखबार की जरूरत है?

नामवर सिंह : रही होगी तभी तो आया होगा। लोग कहें कि जो चीज आ गई है, अब वह नेसेसरी एविल है, नहीं भी हो सकती है। इन्दिरा गांधी ने तो चाहा था कि सब अखबार बन्द हो जाएँ। लोकतंत्र के लिए अगर अखबार जरूरी है तो साहित्य के लोकतंत्र के लिए समालोचना जरूरी है। याद रखो, साहित्य में लोकतंत्र बना रहे, इसके लिए आलोचना जरूरी है। पाठक मंच होना चाहिए, आलोचक होने चाहिए। जरूरी है, यह मैं सोचता हूँ। अगर साहित्य में आप लोकतंत्र नहीं चाहते, आप चाहते हैं कि नक्सल मूवमेंट की तरह से गुपचुप आन्दोलन हुआ करें जो छिप करके, षड्यंत्र करके काम करें कि किसको मारना है, किसको खत्म करना है, किसे गद्दी पर बैठाना है—यदि ऐसा चाहते हैं तो आप आलोचना बन्द कर दीजिए और बन्द कमरे में बैठकर षड्यंत्र करते रहिए। साहित्य खुले में पढ़ने और बहस करने की चीज है। साहित्य में जो विमर्श होता है, उसी का नाम आलोचना है।

प्रश्न : यह जो काम है, क्या वह एक पाठक नहीं कर सकता?

नामवर सिंह : हुजूर, आलोचक मुख्यत: पाठक ही होता है। आलोचक एक ट्रेंड रीडर है, सुशिक्षित, दीक्षित, सुसंस्कृत पाठक। अच्छे अर्थ में जो प्रोफेशनल रीडर है। वैसे तो हर आदमी अखबारबाजी कर सकता है, लेकिन कुछ प्रोफेशनल जर्नलिस्ट होते हैं, उनमें प्रोफेशनलिज्म होता है। उसी तरह से कोई किताब पढ़ लो, अच्छी लगी, बुरी लगी, आपने कह दिया तो आप कैजुअल रीडर हुए, जैसे कैजुअल लेबर होता है। तो कुछ लोग दिहाड़ी वाले होते हैं—डेली वेज, तो अगर आप चाहते हैं कि डेली वेज वाले ही रहें और नियमित और प्रोफेशनल पाठक न रहें, तो ठीक है, साहित्य उन्हीं लोगों के हवाले कर दीजिए। वह संस्थान डूब जाएगा जिसमें खाली डेली वेजर काम करेंगे और कुछ दिनों के बाद वही कमबख्त कहते हैं कि हमको रेगुलर कर दो, क्योंकि आठ साल से हम डेली वेजर हैं। हिन्दी के अनेक आलोचक हैं जो जिन्दगी-भर डेली वेज ही वाले लेबर बने रहते हैं और चाहते हैं कि उनको आलोचक मान लिया जाए!

प्रश्न : किसी रचना की सफलता किस बात पर निर्भर करती है?

नामवर सिंह : इसका जवाब इस बात पर निर्भर है कि लेखक की नजर में सफलता क्या है—ज्यादा-से-ज्यादा पाठकों तक पहुँचना या अपनी जो बात वह कहना चाहता है, वह ठीक-ठीक उसी रूप में व्यक्त कर पाया है या नहीं? तो ये दो मानदंड हुए। एक लेखक अपनी बात को ज्यादा-से-ज्यादा लोगों तक पहुँचाकर अपनी रचना को सफल मानता है जबकि दूसरी तरह का लेखक यह चाहेगा कि उसकी बात ठीक-ठीक उसी रूप में अभिव्यक्त हो, जिस रूप में वह चाहता है, तो इसी में वह अपनी रचना की सफलता खोजता है। अब चाहे उसकी रचना का एक ही पाठक हो, या हजार हों, उसे फर्क नहीं पड़ता। तो ये दो आदर्श हैं। अब लेखक इनमें से किसे अपनाता है, यह उस पर निर्भर करता है।

प्रश्न : सुधीश पचौरी जी ने आपको अन्तिम आलोचक कहा है। इसे आप किस रूप में लेते हैं?

नामवर सिंह : ईश्वर करे, वे ऐसी टिप्पणी करनेवाले अन्तिम आदमी हों। इसके बाद और कोई ऐसी टिप्पणी करनेवाला न मिले। इस दौर में बहुत-से लोग जो देर से आए हैं, उनके न आरम्भ का पता है और न अन्त का। हर चीज उनके लिए अन्तिम हो गई। इतिहास अन्तिम है, विचारधारा का अन्त है। बहुत जल्दी इन लोगों को अन्तिम दिखाई पड़ने लगा है। मुझे तो अन्त दूर तक दिखाई ही नहीं पड़ रहा है।

प्रश्न : ये सारी घोषणाएँ तो पश्चिम से आईं कि उपन्यास का अन्त हो गया है... इतिहास का अन्त हो गया है...।

नामवर सिंह : चाहे जहाँ से आई हों, यह जुमलेबाजी है। उर्दू में होता है कि आखिरी बात कह दी, ...The last word... फरमा दिया, तो अहंकार है इसमें। अन्तिम शब्द या अन्तिम शताब्दी... जो आदमी अन्तिम कहता है, उसके अहंकार की मैं दाद देता हूँ। क्या हम जान सकते हैं कि अन्तिम चीज क्या है? इस समय हम—आप बात कर रहे हैं, मैं तो नहीं जानता कि यह अन्तिम शाम है। आपकी मेरे लिए, हमारे-आपके मिलन की यह अन्तिम घड़ी है, यह मैं नहीं जानता हूँ। ऐसा विश्वास घोर अहंकार का सूचक है और कोई जो अपनी नाक के आगे नहीं देख सकता, वही आदमी ऐसी बात करता है।

['अनलहक' 2008 : अंक में प्रकाशित]

साहित्य को राजनीति से खुराक मिलती है

श्रेयसी मिश्रा की बातचीत

श्रेयसी मिश्रा : डॉ. रामविलास शर्मा मार्क्सवाद और मार्क्सवादी विचारधारा के श्रेष्ठ विश्लेषणकर्ता रहे हैं। उनके बाद यह धारा थम-सी गई। ऐसा क्यों?

नामवर सिंह : ठहराव तो नहीं कह सकते। डॉ. शर्मा ने इतिहास, प्राचीन इतिहास आदि पर लिखना शुरू कर दिया था। शुरुआती दिनों में उन्होंने आलोचनाएँ लिखीं। बाद में उन्होंने अपनी धारा बदल दी और इतिहास लेखन की ओर मुड़ गए। उनकी अन्तिम रचना शायद ऋग्वेद पर थी। उन्होंने अपने समकालीनों—जैसे नागार्जुन, केदारनाथ अग्रवाल, शमशेर—पर तो लिखा पर अपने बाद की पीढ़ी पर नहीं लिखा। जबकि बाद की पीढ़ी में भी अच्छे साहित्यकार हुए। डॉ. शर्मा निर्विवाद रूप से ऊँचे लेखक हैं।

श्रेयसी मिश्रा : राजनीतिक स्तर पर सभी वामपंथी पार्टियाँ परस्पर सहयोग कर रही हैं। केन्द्र व पश्चिम बंगाल की सरकार इसका उदाहरण हैं। इसी तरह प्रलेस, जलेस (जनवादी लेखक संघ) और जसम (जन संस्कृति मंच) एकजुट होकर कार्य क्यों नहीं करते?

नामवर सिंह : परस्पर सहयोग तो कर ही रहे हैं। प्रलेस और जलेस का अक्सर साझा मंच होता है। कई समारोहों में सभी आते हैं। जसम की उपस्थिति थोड़ी कम होती है, पर नगण्य नहीं होती। परस्पर सहयोग बना रहता है।

श्रेयसी मिश्रा : झारखंड में आप क्या सम्भावनाएँ देखते हैं?

नामवर सिंह : झारखंड राज्य जब तक अलग नहीं हुआ था, व्यापक पैमाने पर साहित्य लिखा जा रहा था। राँची में अब भी साहित्य लिखा जा रहा है और अच्छा

लिखा जा रहा है। सम्भावनाएँ तो बहुत हैं। सम्भावनाएँ कभी खत्म नहीं होतीं। राँची को मैं साहित्य का अच्छा मंच मानता हूँ।

श्रेयसी मिश्रा : अंग्रेजी और विश्व की अन्य भाषाओं की तरह हिन्दी के लेखकों को पुरस्कृत करने और उनके जीवन-यापन के लिए प्रलेस क्या चाहता है?

नामवर सिंह : हिन्दी के अपने पुरस्कार हैं। दिक्कत यह है कि आप 'बुकर' आदि पुरस्कारों के बारे में छापते हैं, हिन्दी के पुरस्कारों को तरजीह नहीं देते, खास कर अंग्रेजी अखबार वाले। अंग्रेजी अखबारों में हिन्दी के लिए मिलनेवाले पुरस्कारों की चर्चा नहीं होती, जबकि हिन्दी अखबार अंग्रेजी के लिए मिलनेवाले पुरस्कारों को काफी तरजीह देते हैं।

श्रेयसी मिश्रा : कलात्मक लेखन (उपन्यास, कहानी, नाटक आदि) की तुलना में आलोचनात्मक लेखन अधिक हो रहा है, ऐसा क्यों है?

नामवर सिंह : एक दौर था जब राष्ट्रीय नाट्य विद्यालय खुला था, तो देश में कई नाटककार पैदा हुए। मोहन राकेश जैसे नाम आज भी भुलाए नहीं जा सकते। मुद्राराक्षस ने भी अच्छा काम किया। नाटकों का मंचन तो हो रहा है, उपन्यासों का नाट्य रूपान्तरण भी हो रहा है, जो पसन्द भी किया जा रहा है, पर यह सच है कि नाटक कम लिखे जा रहे हैं। ऐसा क्यों है, इसकी कोई वजह समझ में नहीं आती।

श्रेयसी मिश्रा : राजनीतिक दलों के प्रभाव से साहित्य को कैसे दूर रखा जा सकता है?

नामवर सिंह : साहित्य को राजनीति से दूर रखने की कोई जरूरत नहीं है। राजनीति और राजनीतिज्ञ समाज का हिस्सा हैं। समाज इनसे बच नहीं सकता। इन पर समाज में बाकायदा चर्चा होती है। साहित्यकार भी समाज का हिस्सा है। फिर कैसे कर सकते हैं हम साहित्य को राजनीति से अलग? साहित्य को तो राजनीति से खुराक मिलती है।

श्रेयसी मिश्रा : यहाँ प्रलेस ने जो मशहूर शायर मख्दूम पर कार्यक्रम आयोजित किया है, उस पर कुछ कहें?

नामवर सिंह : हर इंकलाबी शायर दुधारी तलवार की तरह होता है। मख्दूम एक तरफ इंकलाबी शायर हैं, तो दूसरी तरफ उन्होंने प्यार-मुहब्बत की भी बात की है। उन्होंने कहा है : 'हयात ले के चलो, कायनात ले के चलो। चलो तो सारे जमाने को साथ ले के चलो।' यहाँ मैं एक बात कहना चाहूँगा कि जो आदमी प्यार में

बगावत नहीं करता, वह सियासत में क्या बगावत करेगा? राँची और जमशेदपुर में उर्दू के अच्छे लेखक हैं। उन्हें यहाँ न देखकर निराशा हुई।

श्रेयसी मिश्रा : इन दिनों क्या लिख रहे हैं?

नामवर सिंह : बहुत कुछ लिख रहा हूँ। साल-भर में सामने आ जाएगा।

['हिन्दुस्तान', राँची, रविवार : 25 नवम्बर, 2007 में प्रकाशित]

साहित्य में कोई आरक्षण नहीं होता

सुधीर कुमार सिंह की बातचीत

सुधीर कुमार सिंह : आप केदारनाथ अग्रवाल पर आयोजित कार्यक्रम के सिलसिले में यहाँ आए हैं, तब जबकि केदार सम्मान का कार्यक्रम बाँदा से चलकर इलाहाबाद आ गया है। और, अभी तक आपने केदार जी पर कभी कुछ नहीं लिखा। यह भी कि जब केदार जी पर सबसे अधिक लिखनेवाले डॉ. रामविलास शर्मा नहीं रहे और केदार जी भी चले गए। क्या केदार जी पर चर्चा का अब सही वक्त आया है या अब आपको वक्त मिला है?

नामवर सिंह : यह आपका भ्रम है। सन् 1956 में 'आधुनिक साहित्य की प्रवृत्तियाँ' में केदार अग्रवाल की चर्चा मैंने प्रगतिवाद के अध्याय में की थी, जबकि शमशेर की चर्चा उसमें प्रयोगवाद में की थी। इसके बाद 1967 में 'आलोचना' के दूसरे अंक में मैंने आग्रह करके शमशेर जी से 'फूल नहीं रंग बोलते हैं' नाम से जो केदारनाथ का संग्रह प्रकाशित हुआ था, उसकी समीक्षा लिखवाई। ऐसा इसलिए भी करना पड़ा कि उस समय अज्ञेय कह रहे थे कि केदारनाथ रूपवादी कवि हैं। इस धारणा से हम सहमत नहीं थे, इसलिए शमशेर जी से उस किताब की समीक्षा के बहाने लिखवाया और उनका वह लेख रामविलास शर्मा के तमाम लेखों से बेहतर है। इसके बाद जब आलोचना का पुन:प्रकाशन हुआ था तो एक पूरा अंक केदारनाथ व रामविलास पर केन्द्रित था जिसमें 'मित्र-संवाद' जो दोनों के पत्रों का संग्रह था, उसकी समीक्षा मैंने स्वयं लिखी थी किन्तु यह सही है कि केदारनाथ अग्रवाल पर कोई व्यवस्थित लेखन मैं नहीं कर सका।

सुधीर कुमार सिंह : इधर कई महिला लेखिकाओं की आत्मकथाएँ आई हैं जिनमें प्रभा खेतान की 'अन्या से अनन्या', चन्द्रकिरण सोनरेक्सा की 'पिंजरे की मैना' और मन्नू भंडारी की 'एक कहानी यह भी' जैसी रचनाएँ हैं। इस विधा में महिला लेखिकाओं के आगमन का कोई विशेष कारण है या संयोगवश यह घटित हुआ है?

नामवर सिंह : महिलाओं में या दलितों में इस किस्म के उभार कुछ पश्चिम के अनुकरण पर और कुछ भारतीय राजनीति में आरक्षण की राजनीति के चलते भी आया है। समाज के अपेक्षितों में अपनी पहचान को लेकर यह चेतना आई है। हालाँकि मैं इस बात को भी यहाँ कहना चाहूँगा कि अपने दौर में मीराबाई, सुभद्रा कुमारी चौहान और महादेवी वर्मा साहित्य के केन्द्र में रहीं और वे महिला होने के ही कारण नहीं थीं बल्कि उनकी उपस्थिति अपनी लेखकीय शक्ति के कारण थी। महादेवी ने अपने को कभी स्त्री मानकर नहीं पेश किया, या 'नई कहानी' के दौर में कृष्णा सोबती, उषा प्रियम्वदा और स्वयं मन्नू भंडारी को स्त्री होने के कारण कोई रियायत नहीं मिली। दरअसल, साहित्य में कोई आरक्षण नहीं होता। यह अपमान है कि स्त्री मानकर महत्त्व दिया जाए या दलित के रूप में कोई दर्जा दिया जाए। प्रेमचन्द उर्दू में इसलिए नहीं स्वीकृत हुए कि वह हिन्दू थे।

सुधीर कुमार सिंह : आपने एक स्थान पर कहा था कि 'मैं अपने पिता की तरह ही अकेला हूँ'...जबकि हम देखते हैं कि आप हिन्दी क्षेत्र में सबसे अधिक आदर पानेवाले व्यक्ति हैं।

नामवर सिंह : अकेलापन साहित्य में नहीं, जीवन का है। त्रिलोचन ने लिखा था : 'आज मैं अकेला हूँ, अकेला रहा नहीं जाता' या निराला का कहना : 'मैं अकेला/ देखता हूँ आ रही/ मेरे दिवस की सांध्य बेला'। हालाँकि प्रगतिशील लेखक संघ है जिसके संगठन से मैं जुड़ा हूँ। भरा-पूरा साहित्य संसार है। जे.एन.यू. का मेरा सम्पर्क है, जहाँ मैं रहा। मेरे परिवार के लोग हैं—बेटा, बेटी, भाई—उनका परिवार। उस रूप में भी अकेलापन नहीं है। मैं आज भी सक्रिय हूँ और अन्तिम समय तक अपने को व्यक्त करते रहना चाहता हूँ।

सुधीर कुमार सिंह : हाल के लोकसभा चुनाव के परिणाम के हवाले से देखें तो उनमें वामपंथी पार्टियों की ताकत कम हुई है। इसके क्या कारण देखते हैं आप?

नामवर सिंह : अभी मैं 'इकोनॉमिक एंड पॉलिटिकल वीकली' में अशोक मित्रा का लेख पढ़ रहा था, जो कभी ज्योति बसु की सरकार में वित्तमंत्री हुआ करते थे। उन्होंने बहुत अच्छे तरीके से उन कारणों का उल्लेख किया है जिनके चलते खास तौर से पश्चिम बंगाल में वाममोर्चे की सीटें कम हुई हैं। वामपंथी का एक रूप और है जो माओवाद के रूप में दिखाई पड़ रहा है। नेपाल से लेकर उधर दक्षिण तक एक उभार है, नक्सलवादी गतिविधियों का जिसके पीछे ये जो संसदीय पार्टियाँ हैं, उनकी असफलता ही है। यह एक संकट का दौर है वामपंथी पार्टियों के लिए और वास्तव में तो यह पूरी लोकतांत्रिक प्रणाली के लिए भी संकट है। वामपंथी पार्टियों

में सातवें दशक के बाद जो कैडर आए हैं, उसमें सत्ता से जुड़े हुए भ्रष्ट आचरण भी शामिल हुए हैं, उनकी छँटनी करनी पड़ेगी।

सुधीर कुमार सिंह : इधर कुछ समय से महाश्वेता देवी सहित कुछ बुद्धिजीवी तबका वामपंथियों के खिलाफ मोर्चे में ममता बनर्जी के साथ आया है। इसका क्या कारण है?

नामवर सिंह : महाश्वेता देवी पहले तो ममता के साथ नहीं थीं, बल्कि वह तो सी.पी.आई.एम.एल. के साथ थीं। साथ ही अशोक मित्रा जैसे वाममोर्चे के पुराने नेता भी वाम के खिलाफ हैं, बहुत-से लोग ममता के साथ खड़े हैं...।

(बीच में) ...राजनाथ सिंह और अमर सिंह भी खड़े हुए हैं...।

(थोड़ी देर चुप रहने के बाद) हाँ, ये सब भी हैं। राजनीति तो है ही।

सुधीर कुमार सिंह : पिछले दिनों आपने जसवन्त सिंह की उस किताब का विमोचन किया जिसके बाद उन्हें भाजपा से निकाल दिया गया। भाजपा के इस कदम और उस किताब के बारे में कुछ कहेंगे?

नामवर सिंह : जसवन्त सिंह जब मंत्री थे, तब मैं उनके साथ नहीं था। यह किताब जो अंग्रेजी के साथ हिन्दी में भी, साथ ही प्रकाशित हुई है तो चूँकि इसका हिन्दी संस्करण भी था, इसलिए हिन्दी का होने के नाते मुझे बुलाया उन्होंने। इसलिए मैं गया था। जहाँ तक इस किताब के बारे में सवाल है तो लगभग 5-6 साल पहले जब वीरेन्द्र कुमार बरनवाल की किताब जिन्ना के बारे में आई, तब से जिन्ना के बारे में नये सिरे से बहस शुरू हुई। आम तौर पर जिन्ना को एक 'विलेन' के रूप में यहाँ प्रचारित किया जाता है। जसवन्त सिंह इस धारणा को दुरुस्त करना चाहते थे। वीरेन्द्र कुमार बरनवाल ने तो जिन्ना को 'कर्ण' कहा है लेकिन मैं जिन्ना को एक 'ट्रेजिक हीरो' कहता हूँ। यही मैंने वहाँ लोकार्पण में भी कहा।

मैंने जिन्ना को सेकुलर नहीं कहा। जिन्ना के बारे में मेरी यह धारणा है कि वह आजादी को लेकर हड़बड़ी में थे, हड़बड़ी में तो ब्रिटिश भी थे क्योंकि 46 के नौसैनिक विद्रोह के बाद उन्होंने समझ लिया था कि अब जाना है और जल्दी जाना है। वह यहाँ से जल्दी चले जाना चाहते थे और इधर कुछ लोगों को सत्ता भोगने की जल्दी थी। जिन्ना की सेहत ऐसी थी कि ज्यादा दिन नहीं जी सकते थे, यह बात वह जानते थे। जल्दी केवल गांधी को नहीं थी। रही बात जसवन्त सिंह की, तो भाजपा से निकालने का जहाँ तक सवाल है तो यह सच है कि भाजपा का यह निर्णय उनकी पस्ती का सबूत है। यह भाजपा का हताशा से भरा कदम है, जो आर.एस.एस. के दबाव में उठाया गया है।

सुधीर कुमार सिंह : इलाहाबाद में और अन्य जगहों में कई बड़े लेखकों के घर बहुत बुरी हालत में हैं। जैसे पन्तजी का घर अब किसी और के मालिकाने में है और महादेवी के घर का कोई हाल नहीं है। लेखकों के इन स्मृति-केन्द्रों को कैसे बचाया जाए?

नामवर सिंह : सही सवाल है यह। महादेवी पर इलाहाबाद के ही दूधनाथ सिंह ने एक बड़ी महत्त्वपूर्ण किताब लिखी है। उसमें घर का भी सवाल उठाया है। इलाहाबाद में केवल लेखकों को ही नहीं, बल्कि यहाँ के नागरिकों को भी इन धरोहरों को स्मृति-केन्द्रों के रूप में बचाने के लिए पहल करनी चाहिए।

['डेली न्यूज ऐक्टिविस्ट', लखनऊ : 30 अगस्त, 2009]

लक्ष्य हो कि आलोचना रचना की तरह पढ़ी जा सके

आलोक गुप्त की बातचीत

आलोक गुप्त : हिन्दी आलोचना में आपने कई उतार-चढ़ाव देखे हैं। आपके माध्यम से हम इस परिदृश्य को समझना चाहेंगे। छठे दशक से प्रारम्भ करें तो उस समय नई रचनाशीलता और वैचारिक टकराहट अपनी ऊँचाई पर थी। आप उस समय रचना और आलोचना, दोनों क्षेत्र में सक्रिय थे। हम पहले जानना चाहेंगे कि उस छठे दशक के बारे में आपके क्या विचार हैं?

नामवर सिंह : यह आजादी के बाद का पहला दशक था और मेरी उम्र पच्चीस के आसपास रही होगी। विश्वविद्यालय से पढ़कर निकला था और काशी हिन्दू विश्वविद्यालय में पढ़ाने का काम भी मिल गया था। तो उस नई उम्र में एक नई आशा और नई सम्भावनाएँ आँखों में थीं। मैं तो आलोचना को रचना का सहचर बल्कि कुछ एक कदम पीछे चलनेवाला मानता हूँ। किसी भी साहित्य का इतिहास देखें तो रचना पहले आई है, आलोचना का सृजन बाद में हुआ है। संस्कृत में भी हुआ है और उसके बाद की भाषाओं में भी हुआ है। 1947 में आजादी विभाजन के साथ आई थी। खून-खराबा भी बहुत हुआ था। देश के दो टुकड़े हो चुके थे। अशान्ति भी थी, तो मिली-जुली मानसिक प्रतिक्रिया से साहित्य में जो धाराएँ प्रवाहित हो रही थीं, उनमें 'तार सप्तक' के बाद की कविता का माहौल था। कथा-साहित्य में आप देखें तो बँटवारे को ले करके बहुत-से उपन्यास और कहानियाँ लिखी गईं। मोटे तौर से 'नई कहानी' का दौर था। हिन्दी के केन्द्र में उस समय सबसे गहमागहमी जहाँ थी, वह इलाहाबाद शहर था। तब मैं बनारस में था। बनारस से इलाहाबाद आता था। दो प्रवृत्तियाँ आमने-सामने थीं। एक ओर प्रयोगवाद से निकली हुई 'नई कविता' का आन्दोलन था, जिसे अज्ञेय के नेतृत्व में इलाहाबाद की 'परिमल' नाम की संस्था चला रही थी और दूसरी ओर सन् '36 से पैदा हुई प्रगतिशील आन्दोलन की धारा थी। प्रगतिवाद की लहर थी। 1953 के आसपास प्रलेस के लगभग निष्क्रिय होने के बाद भी पत्रिकाएँ निकल रही थीं। एक ओर 'प्रतीक', दूसरी ओर 'हंस';

एक ओर 'परिमल' और दूसरी ओर 'प्रगतिशील'। 'हंस' भी '53 के बाद बन्द हो गया। लेकिन नई पत्रिकाएँ भी निकलीं और उनके द्वारा आलोचना में वह धार कायम रही। इसका गहरा सम्बन्ध अन्तरराष्ट्रीय राजनीति और अन्तरराष्ट्रीय साहित्यिक आन्दोलन से था। बड़े जोर-शोर से पश्चिमी देशों में आधुनिकतावाद का आन्दोलन चल रहा था। उस आन्दोलन के साथ एक और भी प्रवृत्ति थी : वामपंथ विरोध या मार्क्सवाद विरोध की। शीतयुद्ध का वातावरण था। 'कांग्रेस कल्चर फ्रीडम' कायम हुई थी और व्यक्तिगत स्वतंत्रता को महत्त्व दिया जा रहा था। समझाया जाता था कि समाजवादी विचारों वाले लोग, लेखक की स्वतंत्रता में विश्वास नहीं करते। एक ओर यह था और दूसरी ओर प्रतिबद्धता का विचार था। जनचेतना, सामाजिक चेतना, सामाजिक उद्‌देश्य-सोद्‌देश्य आदि को प्रमुखता देनेवाले लोग बहुतायत में थे। यशपाल का 'दिव्या' उपन्यास, रेणु का 'मैला आँचल' उपन्यास उसी दौर में छपे। इन दो प्रवृत्तियों के बीच मैं देख रहा था।

आलोचना का जन्म मेरी दृष्टि में वाद-विवाद-संवाद से होता है तो वाद-विवाद के माहौल में ही मैंने आलोचना का काम शुरू किया। मेरी उस समय की रचनाओं को देखें तो एक ओर 'छायावाद' और 'नई कहानी' पर मैंने लिखा। आगे चल करके उसकी झलक आपको 'वाद-विवाद-संवाद' में मिलेगी। तो मुख्य सवाल यह था की रचना की समीक्षा कैसे की जाए? कविता का आप उदाहरण लें तो एक ओर अज्ञेय हैं और अज्ञेय के साथ चलनेवाले कवियों में धर्मवीर भारती को आप देखें। इधर शमशेर को भी शामिल किया गया था। वे प्रगतिशील थे। दूसरी ओर देखें तो कविता में केदारनाथ अग्रवाल, नागार्जुन, मुक्तिबोध, त्रिलोचन—ये कवि थे। अज्ञेय आदि की दृष्टि में इनकी कविता लोकप्रिय कविता थी। कला की बारीकी नहीं थी। कलाकारिता उनको 'नई कविता' में दिखाई पड़ती थी। इसके बरअक्स आप देखें तो उपन्यास और कहानी की दुनिया में भीष्म साहनी, कृष्णा सोबती, अमरकान्त, राजेन्द्र यादव, कमलेश्वर, मोहन राकेश—ये नई प्रतिभाएँ आई थीं और कहानी में कुछ नया करने का प्रयास हो रहा था। एक ओर 'नई कविता' और दूसरी ओर 'नई कहानी'। इनके बीच, इनका मूल्यांकन, इनकी समीक्षा। और उस समय महत्त्वपूर्ण पत्रिका 'आलोचना' का प्रकाशन शुरू हुआ था, शिवदान सिंह चौहान के नेतृत्व में। अज्ञेय का उपन्यास उस समय 'नदी के द्वीप' आया था तो देखा जा रहा था कि एक ओर साहित्य के केन्द्र में शहर का मध्यवर्ग और उसका जीवन आ गया था। उसकी अनुभूतियाँ, जैसे 'नदी के द्वीप' में हैं। व्यक्तिवादी प्रवृत्ति दिखाई पड़ती थी। और दूसरी ओर अमरकान्त की कहानी 'दोपहर का भोजन' को आप याद करें। गरीब तबके के और गाँव के लोग? ये चीजें आपको 'मैला आँचल' में दिखाई पड़ती हैं। तो उस समय साहित्य के विषय दो थे : एक ओर गाँव के रहनेवालों की गरीबी, उनका अपना संघर्ष, उनकी व्यथा, उनकी पीड़ा; दूसरी ओर वह जीवन जो

मुख्यत: अज्ञेय के साहित्य में आया—'नदी के द्वीप' में। अज्ञेय ने 'नदी के द्वीप' में एक कविता भी लिखी है—

हम नदी के द्वीप हैं, धारा नहीं हैं
स्थिर समर्पण है हमारा।

तो ये दोनों प्रवृत्तियाँ उस समय के साहित्य में मौजूद थीं। इसके दौरान आप देखें तो 'व्यापकता और गहराई' नाम का लेख मैंने लिखा था। वे लोग कहते थे कि साहित्य में ये लोग जो अज्ञेयवादी हैं, वे गहराई वाले हैं और प्रेमचन्द को ये लोग कहते थे कि इनमें तो गहराई है ही नहीं, व्यापकता होगी। मैंने सवाल उठाया कि इन दोनों के बीच क्या रिश्ता होता है, यह मैंने उस लेख में दिखाने की कोशिश की थी। और यह एक शुरुआत थी।

आलोक गुप्त : डॉक्टर साहब, 'इतिहास और आलोचना' और 'कहानी-नई कहानी' में संकलित लेख उस समय की आपकी आलोचनाधर्मिता के परिचायक हैं। 'नई कहानी' पर आपने व्यवस्थित लिखा। कहानी पर आपकी जो लेखमाला प्रकाशित हुई थी, वह व्यवस्थित कहानी समीक्षा की शुरुआत थी। मेरी यह जानने की बहुत इच्छा है कि आपने फिर कहानी का क्षेत्र बिलकुल क्यों छोड़ दिया? टिप्पणियाँ आप करते हैं लेकिन उस तरह से आपने क्यों नहीं लिखा?

नामवर सिंह : असल में 'कहानी' और 'नई कहानी' नाम की पत्रिकाएँ निकलती थीं। कुछ निजी स्वार्थों के कारण, नाम लेने में कोई हर्ज नहीं, खास तौर से कमलेश्वर, राजेन्द्र यादव, मोहन राकेश 'कहानी' के समानान्तर 'नई कहानियाँ' निकालने लगे, उस पर कब्जा कर लिया उन लोगों ने, भैरवप्रसाद गुप्त को वहाँ से हटना पड़ा। 'नई कहानी' में भीष्म साहनी, अमरकान्त महत्त्व के नहीं, शेखर जोशी महत्त्वपूर्ण नहीं हैं बल्कि ये ही लोग असल में दावेदार हैं। तब मैंने कहा कि ऐसी साहित्य रचना में राजनीति और बुर्जुगी चलने लगे तो बेहतर है कि कोई दूसरा काम करें और मैंने लिखना बन्द कर दिया। बाद में उन लोगों ने भी, वह रास्ता छोड़ दिया। 'अकहानी' का एक आन्दोलन चल पड़ा, फिर समांतर कहानी का आन्दोलन चल पड़ा था। कहानी सम्बन्धी आन्दोलन खत्म हो गया। मेरा जोर था कि कहानी मनोरंजन के लिए पढ़ी जाती है, कहानी पर गहराई से समीक्षा होती ही नहीं। हिन्दी आलोचना ज्यादातर कविता की आलोचना रही है। कथा-साहित्य की आलोचना इतनी गम्भीरता से की ही नहीं गई, उपन्यास की तो हुई। कहानी को लोग समझते थे कि कहानी तो बड़ी हल्की चीज है, महत्त्वपूर्ण नहीं है। मैंने कोशिश की। कहानी आज के दौर में सामान्य जनजीवन के अधिक निकट है। कविता की आलोचना की परम्परा सैकड़ों साल पुरानी है, कहानी तो अब आई है। इसकी आलोचना के

लिए कोई पद्धति, कोई तरीका, कोई सिद्धान्त बनना चाहिए। कोशिश की थी। वह रह गई। बाद में छिटपुट की कुछ एकाध कहानियों की चर्चा मैंने इधर के दौर में करना शुरू किया है, लेकिन जो बीत गई, सो बात गई।

आलोक गुप्त : आपका 'कविता के नये प्रतिमान' एक ऐसा ग्रंथ है जिसे पूरे ग्रंथ की योजना बनाकर आपने लिखा है। और वह 'नई कविता' को समझने का ही नहीं, नये कवियों को दिशा-निर्देश देनेवाला भी ग्रंथ है। हालाँकि उस पर दोनों पक्षों की तीखी टिप्पणियाँ भी हुईं और दूसरे संस्करण में आपने विस्तार से उन चीजों को लिया है। आज इतने वर्षों के बाद भी कविता को समझने के लिए उसी पर निगाह टिकती है। हम जानना चाहेंगे कि उस समय जो प्रतिक्रियाएँ थीं, आज आप उसको किस तरह से देखते हैं?

नामवर सिंह : यह किताब 1968 में छपी थी और आगे चलकर इसको दो वर्ष बाद साहित्य अकादमी का पुरस्कार मिला। मेहनत करके लिखी थी मैंने। कविता को जाँचने का एक तरीका तो पुराने संस्कृत के काव्यशास्त्र का था, जिसमें अभिधा, लक्षणा, व्यंजना और अलंकारों के द्वारा किया जाता था। आधुनिक कविता की आलोचना की कोई व्यवस्थित पद्धति बनी नहीं थी। शुक्ल जी ने भी जो आलोचना लिखी थी, वह आरम्भिक कुछ छायावादी कवियों को ध्यान में रखकर लिखी थी। यूँ उनका ज्यादातर काम सूर, तुलसी, जायसी के बारे में था। मेरे सामने गजानन माधव मुक्तिबोध की लम्बी कविताएँ थीं। ये दूसरे ढंग की कविताएँ हैं। लम्बी कविता या प्रबन्ध-काव्य नहीं है। न मुक्तक है, न महाकाव्य है। 'लम्बी कविता' नाम की एक नई विधा चली। उर्दू में गजल और रुबाई होती है, उसके अलावा नज्म होती है। इस दौर के अनेक बड़े कवि जो उर्दू के हुए, वे नज्म की ओर गए। मसलन फैज अहमद फैज, उन्होंने गज़लें भी लिखीं, नज्में भी लिखी हैं, लेकिन वे अपनी नज्मों के लिए याद किये जाते हैं। उसी तरह से मुक्तिबोध को केन्द्र में रखकर मैंने लिखा। खास तौर से 'अँधेरे में' नाम की कविता, जिस पर एक लम्बा लेख भी है। यह 'कामायनी' से अलग है। 'कामायनी' एक तरह का प्रबन्ध-काव्य है। बिना कथा के एक लम्बी कविता एक भाव और विचार के द्वन्द्व को, आत्मसंघर्ष को, अन्तर्द्वन्द्व को सामने लाती है। यह '60 के दशक में मैं लिख रहा था। मुझे लगा कि कविता केवल भाव का उद्गार नहीं है। साहित्य महत्त्वपूर्ण होता है द्वन्द्व से, अन्तर्द्वन्द्व से, अन्तःसंघर्ष से और यह अन्तःसंघर्ष सामाजिक संघर्ष का आईना होता है। उस संघर्ष में लिखी कविता की आलोचना कैसे की जाए और उसके लिए उसके सिद्धान्त क्या होंगे, इस पर एक खंड में विचार किया गया है। ब्योरे में जाने का समय नहीं है। इस दृष्टि से हिन्दी आलोचना के बारे में, बाद में तो लोगों ने 'लम्बी कविता का काव्यशास्त्र' नाम की पुस्तक भी लिखी। यह नई कोशिश थी। कई लोगों को ठीक-ठाक लगी, कई लोगों

ने इसके खिलाफ भी लिखा। मुझे उससे कोई फर्क नहीं पड़ता। एक जरूरत के तहत, युग की माँग के अनुसार, मैंने लिखने की कोशिश की थी।

आलोक गुप्त : आपका दूसरा महत्त्वपूर्ण ग्रंथ है : 'दूसरी परम्परा की खोज'। इसकी शैली एकदम अलग है। यह हजारी प्रसाद द्विवेदी पर केन्द्रित है। यह एक ऐसा ग्रंथ है जिसमें समग्रता है। उसके बारे में हम जानना चाहेंगे।

नामवर सिंह : पंडित जी तो सौभाग्य से हमारे गुरु थे। तब शांतिनिकेतन में थे और काशी विश्वविद्यालय में आए। हम लोगों में संस्कार में तीन ऋण होते हैं—देव ऋण, ऋषि ऋण, गुरु ऋण। कुछ लोग पितृ ऋण भी कहते हैं। गुरु के ऋण से उऋण तो हुआ नहीं जा सकता। लेकिन उनके दिवंगत होने के बाद यह पुस्तक मैंने लिखी है। मैं आज जो कुछ हूँ, उन्हीं का प्रसाद मानता हूँ। यह किताब मैंने 10 दिन में लिखी है। तैयारी मैं बरसों करता रहा। 1979 में उनका निधन हुआ था। साल-दो साल सोचता रहा उनके बारे में। किताब में दिखाया गया है कि हम लोग अक्सर परम्परा-परम्परा बहुत करते हैं। एकवचन में प्रयोग करते हैं। मुझे मालूम हुआ कि परम्परा नहीं, हमारे देश में परम्पराएँ हैं। इस देश में एक नदी नहीं बहती, कई नदियाँ बहती हैं और उत्तर भारत को ही लें तो हमारे यहाँ गंगा है। गंगा के साथ यमुना भी है। दोनों का संगम होता है। गंगा की संस्कृति अलग है, यमुना की संस्कृति अलग है। मुझे लगा कि चार हजार-पाँच हजार साल की हमारी सभ्यता है। क्या भेड़िया चाल की तरह सब लोग एक ही बात सोचते थे? बाकी हाँ-में-हाँ मिलाते थे? दूसरे ढंग से सोचने वाले लोग नहीं थे? हमारे देश के लोकतंत्र में एक विपक्ष भी तो है न, जिसके बिना लोकतंत्र कहाँ? तो ऐसा खुला हुआ देश, खुले हुए दिमागवाला, एक ही लीक पर चलनेवाले लोग तो नहीं रहे होंगे। उसके बरअक्स दूसरी लीक भी रही होगी। तीसरी भी रही होगी। दूसरी का मतलब नम्बर 2 नहीं है। नम्बर दो बड़ा खराब शब्द है। दूसरी का मतलब है समानान्तर धाराएँ, दूसरी का मतलब अन्य। यह उन्हीं से जाना मैंने। तुलसी हैं तो फिर कबीर भी हैं। इस देश में सगुण को माननेवाले थे तो निर्गुण को माननेवाले भी थे। भई, पुरुष सोचता है तो पुरुष के अलावा स्त्री भी तो है न। स्त्री क्या सोचती है? उसके बिना प्रेम कैसे पूरा होगा? इसलिए उस दूसरी धारा, दूसरी परम्परा पर मेरा ध्यान गया। एक लीक पर चलनेवाला देश यह नहीं रहा है। विविधता है इसमें। लोग कहते हैं, एकता में अनेकता। बहुलता। हिन्दी साहित्य में दूसरी धारा क्या है? विद्रोह की, विरोध की, अस्वीकृति की। कौन अच्छी है, कौन बुरी है, यह निर्णय बाद में करेंगे। इसको दिखाने के लिए मैंने वह पतली-सी किताब लिखी। जाहिर है, उस पर बहस भी हुई है। मैं उसका स्वागत करता हूँ। उस पुस्तक की इतनी भूमिका है।

आलोक गुप्त : 'आलोचना' नामक पत्रिका के आप सम्पादक रहे। 20वीं शताब्दी में उसके 93 अंक निकले। उसके बाद 'सहस्राब्दी आलोचना' के 25 अंक निकल चुके हैं। आप प्रधान सम्पादक हैं। लेकिन इधर जो हिन्दी आलोचना में हम लोग देखते हैं कि आलोचना में जार्गन विशेष रूप से देखा जाता है। जैसे एक निराशा का भाव है। यानी आलोचना की जो गरमाहट थी, छठे दशक की, वह कहीं नदारद है, यानी उसको पढ़ने के बाद भी कोई उत्तेजना नहीं होती। उसको मैं यह कहूँ कि ज्ञानवर्द्धक ज्यादा है। उस सन्दर्भ में आप बताइए कि आलोचना का क्या भविष्य आप देखते हैं?

नामवर सिंह : देखिए आलोक जी, ऐसा है कि एक होती है कूट भाषा। सरकारी दफ्तर की एक भाषा होती है न। जार्गन प्रशासनिक भाषा होती है जिसको कूट भाषा कहते हैं। कूट भाषा चोर, डाकुओं की होती है। उसी तरह से वैज्ञानिक लोग हैं, अर्थशास्त्री लोग हैं। कूट भाषा का उदाहरण है—ग्लोबलाइजेशन, लिबरलाइजेशन अर्थशास्त्र के लोग बोला करते हैं। समझ में नहीं आता कि इतना अच्छा शब्द है तो खराब कैसे हो गया? साहित्य आलोचना में भी जो नई पारिभाषिक शब्दावली है न—यह एक पंडित कहेगा, दूसरा पंडित समझेगा। आम आदमी की समझ में कुछ नहीं आए, ऐसी बात कर रहे हैं। साहित्य ऐसा है कि सर्वजन सुलभ होना चाहिए। कविता और कहानी लोगों की समझ में आती है। आलोचना कोई पढ़ना नहीं चाहता। इसी कूट भाषा के कारण। मैंने कोशिश की कि आलोचना सर्वजनसुलभ आम भाषा में हो जिसे लोग समझ सकें। उसका भी स्वाद ले सकें। आलोचना भी पढ़ने लायक हो, रस लेने लायक हो, जैसे कहानी है और उपन्यास है। छद्म भाषा कूट भाषा का एक पहलू तो यह है। दूसरी चीज मैं यह कहना चाहता हूँ कि कोई आदमी जब किसी चीज को खुद नहीं समझता है, तभी वह कूट भाषा का सहारा लेता है, इसलिए आलोचना आभास देती है पांडित्य का, लेकिन स्वयं कविता, कहानी का जो मर्म है, उस मर्म तक तो पहुँचने की कोशिश यह नहीं है बल्कि उसको ढँकने की कोशिश है। अपने अज्ञान को छिपाने का यह सीधा साधन है। इसलिए आलोचना अपठनीय हो गई है। यद्यपि आप नतीजा यह निकालेंगे कि आलोचना से निराशा हो रही है, मैं नहीं मानता। मैं मानता हूँ कि तमाम चीजों के बीच भी प्रतिभाएँ हैं। हमारे बाद की पीढ़ी में, आनेवालों में, नई पीढ़ी में भी प्रतिभाएँ हैं। देखिए, बड़ी छोटी-सी बात है। आलोचना ज्यादातर विद्यार्थियों के लिए और परीक्षा पास करने के लिए लिखी जा रही है। वह वस्तुतः आलोचना की कोटि में नहीं आती। वह कुंजी और नोट्स की तरह है। परीक्षोपयोगी। लेकिन साहित्य में रुचि पैदा हो, रस पैदा हो, रमें लोग आलोचनाओं को पढ़के, किताब पढ़ने का मन करे, ऐसी आलोचना कम है।

कुछ कविताओं को लेकर व्याख्या करें, कुछ कहानियों को लेकर व्याख्या करें, कुछ समझाएँ। कुछ उपन्यासों के बारे में ऐसा-ऐसा लिखें कि पढ़ने का मन करे। नन्दकिशोर नवल ने बहुत काम किया है। आलोचना में हमारे सहयोगी भी रह चुके हैं। दूसरे हैं, विश्वनाथ त्रिपाठी। उन्होंने कुछ कहानियों की बड़ी अच्छी व्याख्या की है। दूधनाथ सिंह ने निराला पर बहुत अच्छी पुस्तक 'आत्महन्ता निराला' लिखी थी। उसके बाद भी कुछ और अच्छा लिखा है, लिखते हैं, मुझे पसन्द आता है। और एक बड़ा ध्वंसात्मक लेख उन्होंने 'आज की कविता में रीतिवाद' लिखा था जो 'माध्यम' में छपा था। बाद की पीढ़ी में इधर के नये लोगों में भी मुझे दिखाई पड़े हैं। कथा-साहित्य पर वीरेन्द्र यादव ने बहुत अच्छा लिखा है। उनकी कई आलोचनाएँ मुझे अच्छी लगी हैं। लम्बी आलोचनाएँ लिखी हैं उन्होंने। किताब उनकी अभी कोई नहीं आई है। 'तद्‌भव' में खास तौर से लिखा है। उसके अलावा कुछ कहानियों और कविताओं की समीक्षा लिखी है, कृष्ण मोहन ने। उनकी एक किताब भी आई है। दूसरी किताब भी उनकी आ रही है। 'युवा' हैं और बहुत अच्छा लिखते हैं। उनका उर्दू साहित्य पर भी अच्छा अधिकार है और एक नाम प्रफुल्ल कोलाख्यान का है। ये तीन युवा लोग हैं। और किसी दौर में, किसी पीढ़ी में अगर तीन भी ऐसे आदमी हों तो गनीमत जानिए। कवि-कथाकारों की संख्या बहुत है, लेकिन आज की आलोचना में दरअसल लोग साहित्य पर कम लिख रहे हैं, विमर्श बहुत कर रहे हैं। स्त्री-विमर्श, दलित-विमर्श, जाति-विमर्श, भूमंडलीकरण—इन तमाम चीजों पर, गैर-साहित्यिक विषयों पर लिख रहे हैं जो अखबार का काम है, जो समाजशास्त्र का काम है। फिर भी साहित्य को पढ़कर विचार करनेवाले हैं। सम्भावनाएँ हैं। 'शहर अब भी सम्भावना है' एक किताब का नाम भी है।

[23 फरवरी, 2006 को हुई बातचीत। अब तक अप्रकाशित।
लिप्यंतरण : सुरेखा सिकरजार]

प्रतिक्रिया, स्वीकार्यता और अस्वीकार्यता से आधुनिकतावाद की निर्मिति

सुकृता पॉल कुमार की बातचीत

सुकृता : मैं आधुनिक लघुकथा पर इस परिचर्चा की शुरुआत आधुनिकतावाद की अवधारणा को स्पष्ट करते हुए करना चाहूँगी। अंग्रेजी भाषा में बीसवीं शताब्दी के दौरान पश्चिम में जिस तरह से आधुनिकतावाद का उभार हुआ और जिस तरह से हमारी हिन्दी के परिप्रेक्ष्य में आधुनिकतावाद का स्वागत या इसका विकास हुआ, इन दोनों के बीच के अन्तर को समझने में हमें इससे मदद मिलेगी। आधुनिकतावाद के अभ्युदय को शायद इस सदी के प्रारम्भ में पश्चिम में सम्पूर्ण सभ्यता के संकट के एक परिणाम की तरह देखा जा सकता है। स्थापित विचारधाराओं पर सख्त सवाल, एक दार्शनिक परीक्षण तथा 'विश्वास' और धर्म के वैज्ञानिक एवं तार्किक परीक्षण ने समाज का कायाकल्प किया। इस दरमियान जो साहित्य रचे गए, उनमें खंडित 'मानव दृष्टि' को उसके विविध और नये रूपों में ज्यादा अभिव्यक्त किया गया। नई संवेदनशीलता की सर्जनात्मक अभिव्यक्ति के लिए परम्परागत रूप अपर्याप्त थे। भारतीय लघुकथा पर इस आधुनिकतावाद का असर लगभग तीन दशकों के बाद स्वातंत्र्योत्तर काल और प्रेमचन्द की कहानियों के बाद वाले कालखंड में घटित होता प्रतीत होता है। औपचारिक नवाचार या आधुनिकतावादी परिप्रेक्ष्य का औचित्य सिद्ध करने के लिए काश, कि हम इस असर को महज एक ओढ़ी हुई औपनिवेशिक खुमारी कह सकते या क्या वाकई यह अपने अस्तित्व का औचित्य किसी और मायने में सिद्ध कर पाता है?

नामवर सिंह : देखिए, मैं आधुनिकतावाद को एक अनुभव के नजरिये से देखता हूँ। आपका कहना सही है, ऐसा पश्चिम में बीसवीं सदी के प्रारम्भिक काल में प्रथम विश्वयुद्ध के आसपास देखने को मिलता है। मेरे खयाल में सामाजिक तौर पर तब एक बदलाव हुआ था। उस युग के मिजाज से एक अर्द्ध-औद्योगिक, अर्द्ध-वैज्ञानिक दृष्टिकोण का संकेत मिलता था। मजदूर आन्दोलन ने विकास के प्रति सरोकार की

भावना को मजबूत किया। मैं इसे अर्द्ध-विकास कहता हूँ क्योंकि अर्द्ध-अभिजात वर्ग वाला अंग्रेजी समाज, उदाहरण के लिए, पुरानी एवं स्थापित मान्यताओं के विस्थापन को आसानी से स्वीकार नहीं कर सका। धर्म पर उठाए गए सवालों को भी बर्दाश्त नहीं किया जा सका। तो इसलिए, हमें एक स्पष्ट प्रतिक्रिया दिखाई देती है—इलियट और पाउंड एवं कुछ अन्य तो आधुनिक, प्रौद्योगिकी-उन्मुख समाज के बेहद गम्भीर आलोचक थे। और डी. एच. लारेंस में आदिमवाद के चैम्पियन के बारे में तो सब बखूबी जानते ही हैं।

सुकृता : आधुनिकतावाद में 'प्रतिक्रिया' के शक्तिशाली तत्त्व को देखना वास्तव में सोच और विचारों की उन नई धाराओं के प्रचंड विप्लव को जानना भी है, जिनको धीरे-धीरे ग्रहण करने की जरूरत है ताकि सभ्यता स्वतंत्र रूप से आगे बढ़ सके।

नामवर सिंह : समझ में हो रहे बदलाव की इसी 'प्रतिक्रिया', स्वीकार्यता और अस्वीकार्यता के अनुभव को मैं आधुनिकतावाद कहता हूँ। 'आधुनिक आभिजात्य' समाज के प्रति आलोचनात्मक रुख की पहचान भी इस युग में की जा सकती है। इलियट ने 'समझ की असम्बद्धता' से पहले पूर्व मिल्टन-युग के मूल समाज की ओर इशारा किया था। इस परिप्रेक्ष्य में डन को 'आधुनिक' कवि माना जाना चाहिए। हमारे साहित्य में, तथापि, हिन्दी गद्य के बहुत पहले, हिन्दी काव्य के प्रारम्भिक चौथे दशक में हम आधुनिकतावादी आन्दोलन को देख सकते हैं।

सुकृता : इस तथ्य के अलावा कि ऐतिहासिक रूप से, भारत में आजादी के लिए संघर्ष जारी था, राष्ट्रवादी आन्दोलन अन्ततः देश को स्वतंत्र कराने की ओर बढ़ रहा था। हमारे विश्वास में मूल्यों का कोई संकट नहीं था जिसका हमारे समाज को सामना करना पड़ता। और इसके बावजूद ऐसा प्रतीत होता है, पश्चिम का आधुनिकतावाद हमारे साहित्य में प्रभावी रूप से प्रवेश कर गया।

नामवर सिंह : मैं कहूँगा कि, तीस के दशक में, हमारे लेखक आधुनिकतावाद को वैचारिक दृष्टिकोण के आधार पर अपना रहे थे। 'प्रगतिशील लेखन' की ओर एक शक्तिशाली रुझान था और 'विकास' के प्रति सरोकार कमोबेश सैद्धान्तिक-भर था। वह एक प्रकार का आधुनिकतावाद था। साहित्य की रचना एक खास विचारधारा की पृष्ठभूमि के साथ की जा रही थी। उसके बाद इलियट का 'आधुनिकतावाद' आया जिसने पूरी दुनिया में विचारों की नई तरंगों का संचार कर दिया। और हमारे अपने देश में, आजादी के बाद, परिस्थितियाँ बदली हैं। औद्योगिकीकरण की ओर एक योजनाबद्ध प्रगति-यात्रा चल रही है, विज्ञान और प्रौद्योगिकी के प्रति एक सुसंगठित, व्यावहारिक सरोकार दिखाई दे रहा है। ठीक ऐसे ही वक्त, ढेर सारी कहानियाँ और उपन्यास एक नये उत्साह के साथ रचे जा रहे थे। तथापि, आधुनिकतावाद

का 'अनुभव' जिसे मैंने परिभाषित किया, वह फणीश्वर नाथ रेणु जैसे लेखकों के लेखन में परिलक्षित हुआ जिनमें शहरीकरण के विरुद्ध आक्रोश था और जिसे ग्राम्य पृष्ठभूमि में मात्र देहाती पात्रों के जरिये अभिव्यक्ति दी जा रही थी। एक तरफ 'वास्तविकता' और देहात की ओर ध्यान तो दूसरी ओर 'प्रगति' के प्रति सरोकार, यही चीजें हैं जिन्हें मैं 'आधुनिकतावाद' के अनुभव के रूप में देखता हूँ।

सुकृता : परम्परा और आधुनिकता पर जिस बौद्धिक विमर्श को वर्तमान सदी के प्रथम तिहाई के इंग्लैंड ने अभिप्रेरित किया, उसकी ओर भारतीय समाज का ध्यान बाद में पचास के दशक में जा पाया। थोड़ा आपके उस अभिमत की ओर लौटें जिसके अनुसार हिन्दी साहित्य में दो प्रकार का आधुनिकतावाद उपस्थित है। क्या यह अच्छा नहीं होगा कि आप इन मतान्तरों पर थोड़ा विस्तार से प्रकाश डालें?

नामवर सिंह : जिस आधारभूत अन्तर का पहले ही उल्लेख किया जा चुका है, उसके साथ ही, मैं सोचता हूँ, पहले प्रकार के आधुनिकतावाद में बहुत सारा अंग्रेजीकरण दाखिल नहीं हुआ। दूसरे प्रकार के मामले में, अंग्रेजी भाषा और साहित्य का प्रभाव स्पष्ट रूप से दिखता है। बिम्ब-विधान एवं प्रतीकों को भी कभी-कभी जैसे का तैसा ले लिया गया है। तथापि, नवाचार और प्रयोग की जैसी स्पिरिट पहले देखी गई, वह पचास के दशक में काफी कम है।

सुकृता : कोई सोच सकता है कि आजादी के लिए जितना प्रयास किया गया, उसे एक भारतीय के मानस में आत्मबल और दृढ़ विश्वास पैदा करना चाहिए था। अपनी संस्कृति के साथ-साथ अपने मिथकों एवं आदर्शों को निर्भय होकर अपनाना चाहिए था जिससे एक स्पष्ट मूल तथा प्रामाणिक भारतीय अस्मिता का उभार हुआ होता। किन्तु ऐसा कोई आत्मविश्वास स्वातंत्र्योत्तर हिन्दी लघुकथा में दिखाई नहीं देता है। साथ ही नये मूल्यों और विश्वासों की पहचान हेतु बौद्धिक दृष्टि एवं दार्शनिक अन्वेषण की कमी भी दिखती है। दूसरी तरफ, पश्चिम में, नीत्शे, मार्क्स, सार्त्र और कई अन्य प्रखर बुद्धिजीवियों ने दार्शनिक खोज को जिन्दा रखा एवं इसके लिए उन्होंने पूरी शताब्दी-भर वास्तविकता की धारणा पर विमर्शों और बहसों को प्रोत्साहित किया। महात्मा गांधी का वही प्रभाव, मेरे खयाल में, किसी भारतीय के मानस पर होना चाहिए था। लेकिन भारतीय बुद्धिजीवी या लेखक सार्त्र या मार्क्स के प्रभाव में ज्यादा संचालित होता प्रतीत होता है। केवल साठ के दशक में और शायद सत्तर के भी, जब एक परिपक्व 'आधुनिक' हिन्दी लघुकथा आकार लेना शुरू करती है, जिससे मेरा अभिप्राय है कि एक सुस्पष्ट एवं अभिज्ञेय भारतीय स्वर को महसूस किया जा सकता है।

नामवर सिंह : जहाँ तक आत्मविश्वास का प्रश्न है, निःसन्देह इसकी कमी साफ-

साफ दिखाई देती है। लेकिन, ऐसा क्यों है, इस प्रश्न का जवाब ढूँढ़ने के लिए हमें शायद, प्रश्न की थोड़ी और गहराई में जाना होगा। हमें इस बात का एहसास होना चाहिए कि हमें कठिन संघर्ष से आजादी मिली और कैसे मिली! साथ ही, किसी ने देश के विभाजन की कल्पना नहीं की थी। देश के विभाजन की त्रासदी ने हर एक व्यक्ति को झकझोर कर रख दिया।

सुकृता : तो, आजादी की स्पिरिट से कहीं ज्यादा, विभाजन की घटना ने देश को स्तम्भित किया?

नामवर सिंह : हाँ, बिलकुल। उस वक्त जो साम्प्रदायिक दंगे, नरसंहार हुए, वे उस खुशी पर भारी पड़ गए जो अंग्रेजों की गुलामी से आजाद होने पर हो सकती थी। यही कारण है कि आप विभाजन या दंगों की पृष्ठभूमि पर लिखे गए ढेर सारे उपन्यास और कहानियाँ पाते हैं। देश में तकरीबन पाँच-छह वर्षों तक कोई स्थायित्व नहीं था। यह पूरी तरह से अव्यवस्था की स्थिति में था।

सुकृता : दूसरी ओर, यदि हम इसकी तुलना विदेशी शासन से मुक्ति के अफ्रीकी अनुभव से करें तो स्पष्ट अन्तर दृष्टिगोचर होता है। आजादी के आनन्द, 'नेग्रिट्यूड' यानी नकारात्मकता के विस्तार तथा 'अफ्रीकीकरण' के उत्साह की अभिव्यक्ति एक ऐसे साहित्य में हुई जो एक नई स्वदेशी लय, एक मुक्ति और एक आत्मविश्वास से लबरेज था।

नामवर सिंह : हमारी कहानी सचमुच में बिलकुल भिन्न है। आजादी के बाद हजारों की संख्या में लोग विस्थापित हुए और 'शरणार्थी संस्कृति' की एक दुखद छाया पूरे देश के ऊपर उभर आई। आपने महात्मा गांधी का उल्लेख किया। ध्यान रखिए, आपको नहीं भूलना चाहिए कि उनकी हत्या हुई और उनकी हत्या के साथ, मैं सोचता हूँ, पूरी-की-पूरी गांधीवादी संस्कृति की हत्या हो गई—वे मूल्य बिखर गए और 'आत्मविश्वास' के बजाय एक संशय की स्पिरिट पैदा हो गई।

पचास और साठ के दशकों की लघुकथा पर नजर डालें तो आप पाएँगी कि रेणु सहित अनेक लेखकों ने दो पीढ़ियों के पात्रों को प्रस्तुत किया; एक तो पुरानी जिसने अतीत के गौरव को सही ठहराया और दूसरी युवा पीढ़ी, जो वर्तमान की निराशाजनक जटिलता का सामना करते हुए आगे बढ़ने की कोशिश कर रही है। पुराने वक्तों की सच्चाइयों से सरोकार रखनेवाली अनेक कहानियों में पुरानी पीढ़ी को एक या दो पात्रों के माध्यम से प्रतिनिधित्व दिया गया। इसने प्राचीन और नवीन समय के अन्तर्विरोध पर बल दिया। वस्तुत: हिन्दी कथा-साहित्य में प्रेमचन्द से आगे 'आदिमवाद' की एक लहर दिखाई देती है।

सुकृता : किन्तु तब, क्या यह कहना सही होगा कि जिसे आप आधुनिकतावाद के 'अनुभव' की संज्ञा देते हैं, उसने भारत में जन्म लिया और उसे एक स्वदेशी सर्जनात्मक अभिव्यक्ति मिली, मान लें कि साठ या सत्तर के दशक में?

नामवर सिंह : तीस के दशक का हमारा 'आधुनिकतावाद' का अनुभव बहुत कम था। यह एक बौद्धिक उपक्रम कहीं ज्यादा था। यह हमारी संस्कृति में धीरे-धीरे आया और आजादी के बाद में इसने एक वास्तविक वृहद भारतीय अनुभव का रूप लिया।

सुकृता : स्वातंत्र्योत्तर काल के लेखन की आलोचनात्मक धारणा की बात करें, तो मुझे आश्चर्य होता है कि मुश्किल से कोई खास साहित्यिक आन्दोलन हुआ जिस पर आलोचकों की दृष्टि पड़ी हो। हर एक महान लेखक अपने-आप में एक श्रेणी निर्मित करता हुआ प्रतीत होता है। दूसरी ओर, अंग्रेजी साहित्य में, 'आधुनिकतावाद' की, बल्कि, अनाकार अवधारणा के बावजूद कथा-साहित्य लेखक वैचारिकी के विशिष्ट समूहों में वर्गीकृत किये जाते हैं, जिसका अभिप्राय यह कि कुछ आम आलोचनात्मक अवधारणाओं पर विचार किया जाता है और 'अभिव्यक्तिवाद', 'प्रकृतिवाद', 'प्रभाववाद', 'प्रतीकवाद' आदि के प्रमुख ट्रेंड का निर्धारण किया जाता है। आप क्यों सोचते हैं कि हिन्दी कथा-साहित्य के प्रति आलोचनात्मक दृष्टि के परिप्रेक्ष्य में, आलोचकों द्वारा कोई प्रयास नहीं किये गए? क्या इसका कारण यह हो सकता है कि हिन्दी कथा-साहित्य स्वयं ऐसे वर्गीकरण का इच्छुक नहीं है।

नामवर सिंह : पहले सवाल के उत्तर में, मैं सोचता हूँ, आधुनिक हिन्दी कथा-साहित्य में विशिष्ट 'आन्दोलन' कहीं परिलक्षित नहीं होता। वैचारिकी की कोई धारा ही नहीं थी जिसके चहुँओर बहुत सारा लेखन किया गया होता। केवल एक ही लेखक में आप कई प्रवृत्तियाँ देख सकते हैं जो परस्पर भिन्न भी हो सकती हैं। उसमें, लेखक अपने-आपमें एक विचार है, एक स्वतंत्र श्रेणी है। उदाहरण के लिए, निर्मल वर्मा जिस तरह से लिखते, उस तरह से केवल वही लिख सकते हैं। काशीनाथ सिंह के आसपास उसी समझवाले अन्य लेखक नहीं मिलेंगे। साथ ही, मैं सोचता हूँ, हिन्दी आलोचक या तो उदासीन रहे हैं या उनकी बहुत अधिक दिलचस्पी नहीं रही है। ऐसा लगता है कि आलोचनात्मक सुविधा के लिए उनको 'काल अवधारणा' के जरिये किसी आसान राह की तलाश रही—जैसे पचास के दशक या साठ के दशक आदि की कहानी। इसमें कोई सन्देह नहीं कि 'पीरियड कांसेप्ट'—'काल अवधारणा' से आलोचक को कहानी की ऐतिहासिकता का पता करने में मदद मिलती है। लेकिन, मैं सोचता हूँ कि आलोचक ने पर्याप्त मेहनत नहीं की है। उन्हें लेखक के अनुभव संसार की ओर अधिक गहराई में उतरने की जरूरत है—उसके प्रमुख विचार-प्रक्षेपित वर्तमान का विवेचन करने के लिए। तब

शायद, कुछ लेखकों की आम विशेषताओं पर मन्थन किया जा सकता है। हिन्दी कथा-साहित्य को, मुझे क्षमा कीजिएगा, आलोचक द्वारा किसी निर्दिष्ट धारणा से सम्बद्ध नहीं किया गया है।

सुकृता : अच्छा, तब यदि मान लें कि हिन्दी कथा-साहित्य में मुश्किल से कोई आलोचनात्मक दृष्टि हो, यह बात समझी जा सकती है कि कथा-साहित्य के पाठकों का सामान्य साहित्यिक स्तर भी खराब है। आलोचक, तब ऐसा प्रतीत होता है, कि साहित्यिक अभिरुचि को परिष्कृत करने में अपनी भूमिका का निष्पादन नहीं कर रहा है। क्या विश्वविद्यालयों के विभाग आलोचना के मापदंड और स्तर को सुधारने या उसे तय करने के सचेत प्रयास कर रहे हैं?

नामवर सिंह : कुछ भी नहीं। पश्चिम में आलोचना का निरन्तर उन्नयन हो रहा है। विश्वविद्यालयों के विभाग आलोचना के केन्द्र बन जाते हैं जिनमें आलोचना की दृष्टियों का विकास होता है। हमारे मामले में साहित्य के विभाग केवल परीक्षाओं के लिए पढ़ाने वगैरह तक सीमित रह गए लगते हैं। शायद, एक कारण आधुनिक साहित्य के लोकप्रिय न होने का यह है कि जो कुछ आज साहित्य में चल रहा है, उसमें किसी प्रकार की जीवन्त संलग्नता दिखाई नहीं देती। बस, केवल पुराने स्थापित विचार हैं जिन्हें बिना किसी आलोचनात्मक समीक्षा के बड़े आराम से पीढ़ी-दर-पीढ़ी स्थानान्तरित किया जा रहा है। वस्तुतः, आधुनिक साहित्य के प्रति साफ तौर पर अरुचि दिखती है, शायद, इसलिए क्योंकि इसमें स्वतंत्र सोच-विचार और एक अलग दृष्टिकोण की जरूरत पड़ती है। मैं कहूँगा कि साहित्यिक आलोचना में विश्वविद्यालयों की भूमिका शून्य के बराबर है।

सुकृता : मैंने आपका एक साक्षात्कार पढ़ा, जो हाल ही में एक पत्रिका में प्रकाशित हुआ है, वहाँ मैंने शशांक की लघुकथाओं पर आपकी एक टिप्पणी देखी। आपने उल्लेख किया है कि आपको उनकी लघुकथाएँ बमुश्किल आकर्षित करती हैं। वस्तुतः, आप यह कहते आगे बढ़ते हैं कि आपको यकीन ही नहीं होता कि आप उस रचना को एक लघुकथा भी कहें। बेहतर होगा, यदि आप अपने इस दृष्टिकोण को थोड़ा और विस्तार दें।

नामवर सिंह : लेखक के बजाय यह बल्कि मेरी अपनी सीमा रही है। हाँ, ऐसा लगता है कि यह युवा लेखक इसके बारे में जागरूक ही नहीं है, कि वह क्या कहना चाहता है। जिस 'रूप' का वह प्रयोग करता है या तो वह पूरी तरह से तरल है या अनाकार और कभी-कभी विषय सामग्री में ही आले दर्जे की कमी है। बल्कि मैं बहुत खिन्न महसूस करता हूँ जब कहानी, लेखक के मन्तव्य को ही सम्प्रेषित नहीं कर पाती। स्थिति तब और खराब हो जाती है जब लेखक से ही संकेत मिलता है

कि उसे ही अपने मन्तव्य की कोई समझ नहीं है। शशांक जैसे उसी पीढ़ी के दूसरे लेखक हैं जिनकी भी सर्जनात्मक अभिव्यक्ति के प्रति ऐसी ही संलग्नता है; जो भी हो, मैं इसके बारे में कोई प्रतिक्रिया नहीं दे सकता।

सुकृता : क्या आप इसकी तुलना एलेन रोबे-ग्रीले की 'इम्प्रेसनिस्टिक स्टाइल', 'प्रभाववादी शैली' के साथ करना चाहेंगे जिसमें विषयवस्तु और पाठक के बीच लेखक के हस्तक्षेप के बिना बिम्ब प्रयोग में लाए जाते हैं। मेरा अभिप्राय यह है कि बिम्बों की सार्थकता से बचा जाता है, उदाहरण के लिए, उनके उपन्यास 'जेलसी'—'ईर्ष्या' को ही ले लें। प्रयुक्त तकनीक ऐसी है कि अपनी सम्पूर्णता में 'ईर्ष्या' का प्रभाव समूचे पाठक वर्ग पर पड़ता है और लेखक को भी इसका भान नहीं होता। रचना-विधान सिनेमाई है और स्वरूप गुप्त।

नामवर सिंह : मैं इस फ्रांसीसी उपन्यासकार की लेखनी से परिचित हूँ और इसके अमूर्तन होने के बावजूद इसके कथा-साहित्य का पक्षधर भी हूँ। लेकिन यह अलग हटकर है। इसमें तकनीक के साथ अन्तर्गुंफित एक स्पष्ट दृष्टिकोण है। हमारी हाल की कहानियों में मैंने देखा है कि उनमें बिना किसी स्पष्ट दृष्टिकोण के, 'रूप' के साथ प्रयोग करने की एक प्रवृत्ति है। और वह एक ऐसी चीज है जिसे मैं पसन्द नहीं करता। यहाँ तक कि आज भी मैं वैसा ही महसूस करता हूँ कि हिन्दी का लेखक यथार्थवादी परम्परा के साथ बहुत ज्यादा सहज है। अधिक-से-अधिक, उसने 'रिपोर्ताज' की पत्रकारीय शैली को अपना लिया है जो पिछले कुछ सालों से पश्चिम में बहुत ज्यादा प्रचलन में है।

सुकृता : हिन्दी और उर्दू, दोनों साहित्यिक परिदृश्यों को देखते हुए, मैं अचम्भित हूँ कि क्यों उर्दू में सर्जनात्मक चाह कहीं बहुत ज्यादा सक्रिय है। हिन्दी की तुलना में उर्दू में कहीं बड़ी संख्या में 'प्रामाणिक' लघुकथाएँ लिखी जा रही हैं। क्या कोई इस अन्तर की पड़ताल कर सकता है? मैं कहूँगी कि समझ के अनुसार दोनों को काफी नजदीक होना चाहिए।

नामवर सिंह : उर्दू में कहानी-लेखन की बेहतर परम्परा है। और सआदत हसन मंटो से इस्मत चुगताई तक और वहाँ से लेकर मौजूदा वक्त तक 'आधुनिक समझ' से लबरेज ढेर सारी लघुकथाएँ लिखी गई हैं। मेरे दोस्त जोगिन्दर पॉल बहुत अच्छी लघुकथाएँ लिख रहे हैं, लेकिन उनके बाद क्या? उसी आत्मविश्वास के साथ कितने नये लेखक सामने आए हैं?

सुकृता : पाकिस्तान में, उर्दू में, बहुत सारा नव-लेखन हो रहा है।

नामवर सिंह : अच्छा, ऐसा पाकिस्तान में हो सकता है, लेकिन जहाँ तक नई

पत्रिकाओं की बात है, ढेर सारी साहित्यिक गतिविधियों—भारतीय उर्दू परिदृश्य के परिप्रेक्ष्य में, मैं नहीं समझता कि हिन्दी और उर्दू साहित्यिक भागीदारी में कोई खास अन्तर है।

सुकृता : बीसवीं सदी में अंग्रेजी साहित्य में 'अवैयक्तिकता' की ओर एक प्रबुद्ध आन्दोलन की पहचान की जा सकती है—यीट्स ने शब्द और उसे उच्चरित करनेवाले व्यक्ति के बीच एक दूरी दर्शाने के लिए 'मुखौटे' का और यहाँ तक कि मेरियोनेट थियेटर का भी प्रयोग किया। मेरा अभिप्राय यह है कि बीसवीं सदी के साहित्य के प्रारम्भ में स्वयं या व्यक्ति के लिए जो सरोकार थे, उसकी अदम्य चाह अब नहीं रही। यदि, उदाहरण के लिए, कहानी जो एक स्त्री-पात्र के इर्द-गिर्द घूमती है, यह उसकी वैयक्तिक अस्मिता नहीं है जो लेखक की प्रमुख चिन्ता है, यह 'स्त्री' एक परिघटना स्वरूप उपस्थित है। क्या ऐसा ट्रेंड हिन्दी में भी है?

नामवर सिंह : नहीं, मैं ऐसा नहीं सोचता। बल्कि मेरे विचार में एक नया लक्षण जो देखने में आया, वह था हिन्दी में ढेर सारी महिला लेखिकाओं का आविर्भाव—उनमें से कुछ अच्छी प्रतिबद्ध लेखिकाएँ थीं—राजी सेठ, मृणाल पांडे, मंजुल भगत एवं कुछ और।

[मूलतः हिन्दी से अंग्रेजी में सुकृता पॉल कुमार द्वारा अनूदित,
अंग्रेजी से हिन्दी में लक्ष्मीकान्त शर्मा द्वारा पुनरानुवाद]

जन-संगठन और जनान्दोलन कमजोर हुए हैं

उमेश चौहान की बातचीत

उमेश चौहान : क्या जन-कविता का कोई अलग स्वरूप है और उसका साहित्य की मुख्यधारा से अलग कोई स्थान है?

नामवर सिंह : 'जन' शब्द पर विचार करने से पहले हमें यह विचार करना चाहिए कि इससे पहले 'लोक' शब्द था। साहित्य की दो मुख्यधाराएँ थीं : शिष्ट साहित्य और लोक-साहित्य। लोक-साहित्य का गहरा सम्बन्ध लोक-बोलियों से था। लोक-साहित्य की जो परिभाषा की जाती थी, उसका अर्थ यह होता था कि लोक के द्वारा लिखा हुआ, लोक के बारे में लिखा हुआ और लोक-भाषा में लिखा हुआ। बाद में 'जन' शब्द का प्रयोग हुआ। सारे लोग 'जन' नहीं होते। इसीलिए जन-संगठन बने। जन-नाट्य मंच बना। बाद में जनवादी लेखक संघ बना। तो 'जन' का मतलब यह हुआ कि लोक में जो अधिक सचेतन हो। एक तरह की राजनीतिक चेतना से सम्पन्न हो। उसमें राजनीतिक दृष्टि हो। चूँकि इसका प्रारम्भ मार्क्सवादी लोगों ने किया, इसलिए उसमें सर्वहारा की समझ होनी आवश्यक थी। वर्ग-चेतना होनी चाहिए थी। इस प्रकार जन-साहित्य और जन-नाट्य की लोक-साहित्य व लोक-मंच से अलग एक अवधारणा बनी। इसी आधार पर जन-नाट्य मंच (इप्टा) की स्थापना हुई। 'जन' राजनीतिक चेतना से सम्पन्न लोग हैं, गँवार नहीं हैं। 'जन' वह है जो वर्ग-भेद एवं वर्ग-संघर्ष को जानता है, समझता है। उसमें वर्ग-चेतना है। इस प्रकार हम कह सकते हैं कि जो शिष्ट साहित्य है, उसके बरअक्स मार्क्सवादी विचारधारा के लोगों ने विशेष रूप से 'जन' शब्द का प्रयोग किया और उसे विशेष अर्थ दिया। जन-नाट्य संघ ने नाटकों के साथ-साथ जन-गीत लिखे। उनकी बोली भोजपुरी, मगही या मैथिली होती थी या फिर बोल-चाल की मराठी या बंगला होती थी। जन-भाषा वही होती है, जो बोल-चाल की भाषा की छौंक लिये हो, साधु भाषा न हो। उसका अपना ही पद-विन्यास है, पूरा-का-पूरा व्याकरण है। जब प्रगतिशील आन्दोलन शुरू हुआ तो उन्होंने जन-नाट्य शैली पर अधिक जोर दिया। इसमें जन-गीत होते थे। इनमें

स्वर तो जनता के बीच प्रचलित गीतों का था लेकिन भाषा राजनीतिक थी। इनमें वर्ग-संघर्ष होता था। इप्टा के नाटक खुले मंच पर खेले जाते थे। वे छोटे-छोटे होते थे। उनमें जन-समस्याएँ होती थीं। उनमें किसान होते थे, मजदूर होते थे। मजदूरों में वे लोग थे जो अपनी ग्रामीण पृष्ठभूमि से आए थे। शहरों में काम करने लगे थे। गाँव को भूले नहीं थे। जो शहरों में पले-बढ़े नहीं थे। जन-नाट्य मंच की तरफ से उनकी कहानियाँ लिखी जाती थीं। गीत लिखे जाते थे।

उमेश चौहान : जन-साहित्य को अगर साहित्य की मुख्यधारा के सन्दर्भ में देखें तो इसकी परम्परा की शुरुआत कहाँ से होती दिखती है?

नामवर सिंह : पुराने समय में इसका स्वरूप आल्हा में दिखाई पड़ता है। कबीर की रचनाओं में भी जन-कविता की झलक है। मराठी में भी पवाड़े लिखे गए। लेकिन इसकी असली शुरुआत तभी हुई जब कम्यूनिस्ट पार्टी की स्थापना हुई। पुराने समय में जो अवधी, बृज, बुन्देलखंडी जैसी लोक-बोलियाँ थीं, उन्हीं में लोक-गीत रचे गए। ये लोकगीत प्रायः भक्ति के होते थे, विरह के होते थे, प्रेम के होते थे या फिर होली के होते थे। इन्हीं को जन-कवियों ने आधार बनाया और उनको राजनीतिक रंग दे दिया। उनमें एक राजनीतिक मोड़ ला दिया या कहें कि उनमें चेतना का रंग मिला दिया। इप्टा के हबीब तनवीर छत्तीसगढ़ से थे और वे जन-नाटक लिखा करते थे। उनके नाटकों में लोक-बोलियों के गीतों पर आधारित जन-गीत होते थे। इप्टा के बैनर तले हबीब तनबीर ने जो काम किया वह जन-लेखन की सबसे अच्छी मिसाल है। बाद में कई और लोगों ने भी यही काम किया। मराठी में पवाड़े गाए गए। नुक्कड़ नाटकों का चलन बढ़ा। कारखानों में काम करनेवाले मजदूरों के लिए जिन नाटकों का मंचन किया जाता था, उसके लिए बहुत ज्यादा किसी ताम-झाम की जरूरत नहीं होती थी। बस, एक परदा लगा दिया। दो आदमियों ने एक चादर पकड़ ली—बस, वही परदा हो गया। इप्टा के लोगों को किसी थिएटर की जरूरत नहीं होती थी। कारखाने के गेट के बाहर थोड़ी-सी जगह में ही छुट्टी होने के समय छोटे-से नाटक की प्रस्तुति हो जाती थी। इस प्रकार एक तरह से मैं इसकी शुरुआत इप्टा से ही मानता हूँ।

उमेश चौहान : साहित्य की लोकप्रिय धारा में मंचीय कविताओं का प्रमुख स्थान है। क्या इस लोकप्रिय मंचीय कविता का जन-कविता से कोई सम्बन्ध है?

नामवर सिंह : मंचों से जुड़े हुए कई जन-कवि हुए हैं। जैसे आल इंडिया रेडियो से जुड़े रहे अवधी के मशहूर कवि रमई काका। उन्हीं की परम्परा में अवधी में वंशीधर शुक्ल व 'पढ़ीस' जैसे अन्य कवि भी हुए हैं। ब्रज भाषा में भी हुए हैं। भोजपुरी में 'बिदेसिया' नाटक खेला जाता था। इप्टा आम तौर पर इन तीनों बोलियों का इस्तेमाल किया करता था। भोजपुरी में तो भिखारी ठाकुर ने 'बिदेसिया' को

राजनीतिक रूप देकर बहुत ही चर्चित बना दिया था। आम तौर पर कम्यूनिस्ट पार्टी ने किसानों के बीच उनके संघर्षों के लिए जो काम करना शुरू किया था, उसके लिए इन लोक-नाट्य-रूपों से जुड़ाव आवश्यक था। उन्होंने किसानों तथा मजदूरों के बीच राजनीतिक चेतना उत्पन्न करने के लिए इन पुराने लोक-नाट्य-रूपों का राजनीतीकरण किया।

उमेश चौहान : मंचीय कविता के कुछ कवि जैसे हरिवंश राय बच्चन, गोपाल दास नीरज, रमानाथ अवस्थी आदि बहुत ही लोकप्रिय रहे हैं। क्या इनकी कविता को जन-कविता माना जा सकता है?

नामवर सिंह : इन सब मंचीय कवियों की भाषा खड़ी बोली थी। ये लोग स्वर से पढ़ते थे। ये लोग सुनाते नहीं थे, गाते थे। ये लोग जन-कवि नहीं थे। ये शिष्ट कविता के लोग थे। इनके बरअक्स लोक-बोलियों में लिखने और गाकर सुनानेवाले लोग भी थे। उनकी कविताएँ भी अच्छी थीं। वे राजनीतिक चेतना की कविताएँ लिख रहे थे। सिर्फ मिलन, विरह व प्यार की कविताएँ नहीं लिख रहे थे। इन कविताओं का राजनीतिक मंचों पर इस्तेमाल किया जाता था। इसकी शुरुआत आम तौर पर राष्ट्रीय आन्दोलन के दौर में ही हो चुकी थी। जब हम देश की स्वाधीनता के लिए विदेशी गुलामी के खिलाफ लड़ रहे थे, तब कांग्रेस के जमाने से ही यह शुरू हो गया था। कम्यूनिस्ट पार्टी ने किसानों व मजदूरों के सरोकारों पर ज्यादा जोर दिया और यही बात उनके आन्दोलन की अन्तर्वस्तु बनी।

उमेश चौहान : साहित्य की आलोचना में जन-कविता को एक तरह से हाशिये पर ही रखा गया तथा उसका समुचित मूल्यांकन नहीं किया। इसका क्या कारण है?

नामवर सिंह : जब प्रगतिशील आन्दोलन शुरू हुआ तब नागार्जुन, केदारनाथ अग्रवाल और निराला जी ने इस पर काफी काम किया। उनकी कविताएँ भी सशक्त थीं। 'राम की शक्ति-पूजा' लिखनेवाले निराला शिष्ट कवि थे। लेकिन बाद में उनकी खड़ी बोली सरल होती गई। उसमें काफी बदलाव आया। सुमित्रानन्दन पन्त ने अपनी 'ग्राम्या' में गाँव की बोली का प्रयोग किया। जब हमारी राजनीतिक चेतना में बदलाव आया और साहित्य जनोन्मुख हुआ तो उसका असर खड़ी बोली में कविता लिखनेवाले निराला और पन्त जैसे लोगों पर भी पड़ा। पन्तजी जब इलाहाबाद छोड़कर कालाकाँकर में रहने लगे थे तो उनमें और भी बदलाव आया। यह हमारे स्वाधीनता-संग्राम का ही विस्तार था। जैसे-जैसे इसका जनाधार बढ़ता गया और किसानों आदि पर इसका असर हुआ, वैसे-वैसे किसान-सभाओं के बीच बोलियों के साहित्य की पैठ बढ़ती गई। स्वाधीनता-संग्राम के आखिरी दौर में हम इसकी छाप स्पष्ट तौर पर देख सकते हैं। ऐसा नहीं है कि जन-साहित्य पर आलोचकों का ध्यान नहीं गया।

डॉ. रामविलास शर्मा ने इस पर काफी लिखा है। उन्होंने इसके लिए 'भदेस' शब्द का प्रयोग किया। उन्होंने भदेस की तरफ निरन्तर हमारा ध्यान खींचा। उन्होंने कहा कि वे भदेस को बुरे अर्थ में नहीं लेते और वह उन्हें आकृष्ट करता है। शिष्ट लोग भले ही इसको भदेस कहें लेकिन भदेस का भी अपना एक विशिष्ट सौन्दर्य है। भदेस को हम गर्हित न समझें, उसकी भी अपनी शोभा है—जैसे गाँववालों के लिबास की भी अपनी एक सुन्दरता होती है। रामविलास जी ने भदेस को हिकारत की दृष्टि से नहीं देखा बल्कि उसे एक सामान्य स्वभाव की तरह से लिया।

उमेश चौहान : जब बात नारों, पोस्टरों या स्लोगनों की आती है तो जन-कविता ही सहारा बनती है। लेकिन क्या कारण है कि उसे साहित्य की मुख्यधारा में कभी नहीं माना गया?

नामवर सिंह : हमारी एक पुरानी परम्परा चली आ रही है। यह केवल हिन्दी की ही समस्या नहीं है। अन्य भाषाओं की भी यही समस्या है। शिष्ट भाषा का साहित्य ही केन्द्रीय स्थान ले लेता है। देखा जाए तो खड़ी बोली तो बहुत बाद में आई है। हिन्दी का सर्वश्रेष्ठ साहित्य तो अवधी और बृज में ही लिखा गया है। बाद में जब खड़ी बोली आई तो लोक-बोलियाँ हाशिये पर चली गईं और मुख्यधारा में खड़ी बोली आ गई। लेकिन इससे लोक-बोलियों का महत्त्व कम नहीं हो जाता। उनमें आज भी साहित्य लिखा जा रहा है। लेकिन आज अगर हम यह सोचें कि कोई व्यक्ति अवधी में 'रामचरितमानस' जैसी कोई रचना करेगा तो यह असम्भव है। आज वह खड़ी बोली में लिखेगा। जमाना बदलता रहता है। उस समय संस्कृत के विरुद्ध एक समानान्तर धारा चली थी। आज भी वैसा ही है. जब तक उस तरह का भेद समाज में बना हुआ है तथा शहर और गाँव में अन्तर बना हुआ है, तब तक शिष्ट और जन का यह भेद रहेगा। जब गाँव और शहर, दोनों एक हो जाएँगे या उनके बीच की दूरी न्यूनतम हो जाएगी, तभी जाकर भाषा एवं बोलियों का और उनमें रचे जानेवाले साहित्य का यह अन्तर मिटेगा। शहर और गाँव का यह भेद शायद हर देश में है। जब रूस में समाजवाद आया तब भी वहाँ शहर के 'मास' की जो रसद थी और जो गाँवों की थी, उसमें अन्तर था। जैसे-जैसे शिक्षा का प्रसार होगा, यह अन्तर मिटेगा। लेकिन तब भी यह कहना कठिन है कि भेद एकदम मिट जाएगा।

उमेश चौहान : क्या आज जन-कविता की धार कुंद हो रही है? क्या उसकी उपयोगिता या प्रासंगिकता घट रही है?

नामवर सिंह : जनान्दोलन और जन-संगठन कमजोर हुए हैं। खास कर आज जो अर्थनीति चली है, उसके चलते तरह-तरह के राजनीतिक दल आ गए हैं, जिनको जन-सरोकारों से कोई मतलब नहीं है। यह जो परिवर्तन आया है, उसमें एक तरह

से पूँजी का जो भूमंडलीकरण हुआ है तथा बाजार का जो वर्चस्व बढ़ा है, उसका असर हमारी भाषाओं और साहित्य पर भी पड़ रहा है। अब कहानियों व उपन्यासों में गाँव के पात्र आते हैं तो उनकी बोली का इस्तेमाल भले ही हो जाता है, लेकिन कुल मिलाकर उनका स्वर दूसरा ही होता है। अब फणीश्वरनाथ रेणु या नागार्जुन जैसे लिखनेवाले कम दिखाई पड़ते हैं। नई पीढ़ी से आप पूछें तो वह इनके बारे में जानती भी नहीं। यह जो हमारी नई अर्थ-व्यवस्था है, वही इस पर असर डाल रही है। गाँवों को हम एक तरह से कस्बा बना रहे हैं, भले ही वे पूरी तरह शहर न बन रहे हों। इसी के चलते यह जो परिवर्तन आ रहा है, उसका असर हमारी भाषा और साहित्य पर भी पड़ रहा है।

उमेश चौहान : नुक्कड़ नाटक और जन-कविता के बीच क्या सम्बन्ध है? क्या दोनों अभिव्यक्ति के एक ही जैसे फार्म हैं?

नामवर सिंह : नुक्कड़ नाटक और जन-कविता एक-दूसरे के पूरक हैं। नुक्कड़ नाटकों में अक्सर जन-गीतों का प्रयोग होता है। नुक्कड़ नाटकों की शुरुआत एक तरह से इप्टा ने की थी जो कम्यूनिस्ट पार्टी से जुड़ा था। हिन्दी के अलावा मराठी में भी नुक्कड़ नाटकों का काफी प्रचलन हुआ। ये लोक-गीतों पर आधारित लोक-नाट्यों का एक परिष्कृत रूप थे। अब यह परम्परा विलुप्त हो रही है। अब राजनीतिक दल भी नुक्कड़ सभाएँ नहीं करते। अब तो पैसों का बोलबाला है। बस, बड़ी-बड़ी सभाएँ ही आयोजित की जाती हैं, जिनमें हजारों की भीड़ जुटाई जाती है। पहले तो ज्यादातर कारखानों के गेट के बाहर ही नुक्कड़ सभाएँ हो जाती थीं। वहाँ नुक्कड़ नाटक भी खेले जाते थे। मजदूर जैसे ही छूटते थे, इन्हें देखते थे। गेट-मीटिंगें व गेट-नाटक आम तौर पर कारखानों के सामने ही हुआ करते थे; या फिर शाम को किसी चौराहे पर खड़े होकर उनकी प्रस्तुति होती थी और आने-जानेवाले लोग उन्हें देखते थे। अब तो कम्यूनिस्ट पार्टी भी गेट-मीटिंगें या गेट-थिएटर नहीं करती है।

उमेश चौहान : समय-समय पर अनेक खड़ी बोली की कविताओं में जन-कविताओं जैसी वाग्मिता दिखाई पड़ती है। मसलन दुष्यन्त व अदम गोंडवी जैसे कवियों की हिन्दी गजलें। इन्हें आप किस दृष्टि से देखते हैं?

नामवर सिंह : दुष्यन्त का साहित्य शिष्ट साहित्य है। उनका लगाव जन-कवियों की तरह सामाजिक सरोकारों से तो था, लेकिन वे लोक-बोली की ओर नहीं गए। अदम गोंडवी सीधे-सीधे लोक से जुड़े थे। वही अन्दाज है उनका। वही भाषा है। कहीं-कहीं खुरदरापन भी है, लेकिन बहुत ही सहज भाषा है उनकी। अतः गोंडवी की कविता जन-कविता के बहुत नजदीक है।

उमेश चौहान : आपकी दृष्टि में जन-कविता का भविष्य कैसा है?

नामवर सिंह : जन-कविता का भविष्य है, इसमें मुझे कोई भी शक नहीं। अभी हमारे यहाँ इतना शहरीकरण नहीं हो गया है कि गाँव की सभ्यता और संस्कृति का पूरी तरह आधुनिकीकरण हो जाए। गाँव और शहर का जो अन्तर है, वह जब तक बना रहेगा, तब तक भाषाओं में भी अन्तर रहेगा। लोगों के स्वभाव, मिजाज, बोल-चाल, कपड़ा-लत्ता पहनने आदि से सम्बन्धित गाँव और शहर के बीच का यह अन्तर या भेद जब तक रहेगा, तब तक जन-भाषा, जन-संस्कृति, और जन-साहित्य बराबर बना रहेगा। आज भी त्योहारों व शादी-ब्याह आदि के समय इसका पता चल जाता है। गाँव की औरतें जहाँ भी जुटती हैं, लोकगीत गाती हैं। अभी उनकी दुनिया नहीं बदली है। जब तक गाँव और शहर के बीच वेश-भूषा, रहन-सहन और खान-पान का ऐसा अन्तर है, तब तक भाषा का अन्तर खत्म नहीं होगा। भाषाओं का इतिहास तो बहुत लम्बा होता है। इतना सब बदलने के बाद भी, शहरों में आ जाने के बाद भी, हम लोग अपनी बोली बोलते हैं। मातृभाषा जो माँ के दूध के साथ सीखी जाती है, वह कभी खत्म नहीं हो सकती। संस्कृत के काल में जैसे प्राकृतें थीं, जो बहुत लम्बे समय तक प्रचलित रहीं। फिर लोक-बोलियाँ आ गईं। बृज और अवधी वगैरह आ गईं। फिर खड़ी बोली आ गई। राजभाषा बनने के बाद भी खड़ी बोली तथा गाँव की बोलियों के बीच का अन्तर अभी मिटा नहीं है। हम लोगों के जीते-जी तो यह मिटनेवाला भी नहीं है। उसके बाद भी इसका मिटना मुश्किल है। भाषाओं को मिटाना बहुत मुश्किल है। इसलिए जन-कविता रहेगी और इसे रहना भी चाहिए, क्योंकि भाषा की जो सर्जनात्मकता है, वह इसी में निहित है। इन्हीं लोक-बोलियों ने खड़ी बोली की हिन्दी को वह ताकत दी है जिसकी बदौलत वह उर्दू जैसी साफ-सुथरी खड़ी बोली के बरअक्स आगे बढ़ सकी है। अगर लोक-बोलियों का प्रभाव न होता तो हिन्दी तो उर्दू हो गई होती। इन्हीं लोक-बोलियों ने हिन्दी को संस्कृतनिष्ठ होने से बचाया है। इसलिए इन बोलियों का निकट भविष्य में या कह लें, सुदूर भविष्य में भी अस्तित्व मिट नहीं सकता; या हो सकता है कि एक ऐसा दौर भी आए, जिसमें इनका उत्थान हो।

[उमेश चौहान की पुस्तक 'सृजन, समाज और संस्कृति' में संकलित]

अखबार तो एडिटर के व्यक्तित्व का प्रतिरूप होता है

मधुकर की बातचीत

मधुकर : अखबारों से तो आपका बहुत आत्मीय और निकट का सम्बन्ध है। बहुत हद तक तो पाठकों की राय से भी आप रूबरू होंगे। अखबारों में खबरों के स्थान के बारे में आपकी और पाठकों की क्या राय है?

नामवर सिंह : यू.पी.एस.सी. की परीक्षाओं में परीक्षार्थियों से पूछते हैं, आप कौन-सा अखबार पढ़ते हैं? उनमें आप पहले क्या पढ़ते हैं? ज्यादातर लोग कहते हैं कि वे पहले पृष्ठ के बाद एडिट पेज पढ़ते हैं। बहुत कम कहते हैं कि स्पोर्ट्स या सिटी न्यूज पढ़ते हैं। विदेश के समाचार पढ़ते हैं, ऐसे बहुत कम जवाब आते हैं। एडिट पेज वाले ज्यादा मिलते हैं। आवश्यक रूप से वे नहीं कहते कि हम एडिट पेज पढ़ते हैं, क्योंकि एडिटोरियल पढ़ते हैं, इसलिए मेरा खयाल है कि स्पोर्ट्स अन्दर में होना चाहिए।

मधुकर : हिन्दी अखबारों के सम्पादकीय पृष्ठ के बारे में आपकी क्या राय है?

नामवर सिंह : हिन्दी का एडिट पेज कमजोर है। एक तो अंग्रेजी अखबारों का ही एडिट पेज कमजोर होता है। कभी-कभार अच्छा आ जाता है।

मधुकर : क्या कारण है कि हिन्दी अखबारों का सम्पादकीय पृष्ठ कमजोर होता है?

नामवर सिंह : कारण यह है कि हिन्दी अखबारों की जरूरत के मुताबिक लिखनेवाले लोग कम हैं या उनको एप्रोच कम किया जाता है और चिन्तन का, विचारों का जो स्तर है, मसलन विदेशी समस्याओं पर लिखनेवाले हिन्दी में बहुत कम लोग हैं और देश की जो राष्ट्रीय समस्याएँ, खास कर आर्थिक मुद्दों के बारे में, हिन्दी में मुझे बहुत कमजोर दिखाई देता है। बहुत ही कमजोर। यह इसलिए कि उदाहरण के लिए यह समझ लीजिए कि अयोध्या का जो विवाद है, उसके इतिहास या पुरातत्त्व की पृष्ठभूमि के सम्बन्ध में आपके सम्पादकीय विभाग को जो कुछ भी लिखा दिया जाए, छप जाता है। दूसरे विद्वानों से लेकर देने की बात बहुत कम होती है। अखबारों

में, अंग्रेजी के अखबारों में इससे जुड़ी सामग्री ज्यादा है। विभिन्न राजनीतिक दलों की स्थिति या अन्तरराष्ट्रीय मुद्राकोष या विश्वबैंक वाली स्थिति, इस समस्या के बारे में जो लिखा जाना चाहिए था, सार्वजनिक संस्थानों के बारे में सरकार ने जो नीति तय की है, उस पर सम्पादक को अपनी टिप्पणी लिखनी चाहिए।

मधुकर : भाषाई पत्रकारिता के बारे में आपकी क्या राय है?

नामवर सिंह : भाषाई पत्रकारिता का अपना इतिहास है। भाषाई पत्रकारिता आम जनता की आवाज को सामने रखती है और उसके दबाव के द्वारा ब्यूरोक्रेट और सरकार को प्रभावित करती है। भाषाई पत्रकारिता में मुझे एक बहुत बड़ी कमजोरी दिखाई देती है। हिन्दी के अखबारों में सम्पादक के नाम वाले कॉलम में लोग पत्र लिखते ही नहीं। इस कॉलम को क्यों नहीं इतना जीवन्त बनाया जाता कि लोग गर्व करें कि साहब, मैंने सम्पादक के नाम पत्र लिखा है? अपनी समस्या पर पत्र लिखकर सरकार का ध्यान आकृष्ट कर सकते हैं।

मधुकर : आपकी राय में पत्र वाले कॉलम को कैसे जीवन्त किया जा सकता है?

नामवर सिंह : मैं नहीं जानता कि सम्पादक के नाम पत्र वाले इंचार्ज कौन होते हैं। रघुवीर सहाय यह काम करते थे कि पत्रों के लिए बहुत जिम्मेदार आदमी को रखते थे और कहते थे कि सम्पादक के नाम जो पत्र आता है, उसको ध्यान से पढ़कर, चुनकर प्रकाशित करो। उसे 'मत-सम्मत' के नाम से छापते थे। आवश्यक नहीं कि आप लेख लिखें, लेकिन किसी समस्या पर प्रतिक्रिया स्वरूप छोटा-सा पत्र तो लिख ही सकते हैं। आप देखते होंगे कि 'टाइम्स ऑफ इंडिया' में लेटर टू एडिटर का कॉलम महत्त्वपूर्ण स्थान पर रहता है। पुराने अखबारों में हम देखते हैं कि इस कॉलम को बहुत महत्त्व दिया जाता था। इसके लिए ढंग से संगठित करना होगा। जो अच्छे पत्र आते हैं, लीड पत्र हैं, उन्हें पुरस्कृत करें। उसे टोकन के रूप में या प्रोत्साहन के रूप में इस्तेमाल करें, तो इसका महत्त्व बढ़ेगा। इससे एकरसता टूटती है। लेटर छापने को महत्त्व देंगे तो क्यों नहीं पत्र लिखेंगे? मैं खुद लिखना चाहता हूँ, किन्तु हिन्दी में बहुत छोटा-सा, कोने में पत्र का कॉलम बनाकर उसे महत्त्वहीन कर दिया जाता है।

मधुकर : अखबारों की अपनी विशिष्ट पहचान कैसे बनती है?

नामवर सिंह : अखबार तो एडिटर के व्यक्तित्व का प्रतिरूप होता है। 'दिनमान' में वात्स्यायन ने अपनी छाप डाली, रघुवीर सहाय ने अपनी छाप डाली। दैनिक अखबारों में देखें, 'एक्सप्रेस' में अरुण शौरी, गिरीलाल जैन ने अपना प्रभाव छोड़ा। प्रभाष जोशी की भी अपनी पहचान है। इससे भाषा की अपनी खास ठसक बनती है। राजेन्द्र माथुर ने अपनी हिन्दी चलाई, जो 'एस.पी.' (सुरेन्द्र प्रताप) नहीं छोड़

सके। एस.पी. बहुत अच्छे कार्यकारी सम्पादक हैं। लेकिन कुल मिलाकर राजेन्द्र माथुर ने विचारों के स्तर पर जो अपनी पहचान बनाई, वह एस.पी. नहीं कर पाए। वहाँ तो सूर्यकान्त बाली जैसे लोग उनकी नाक के नीचे भाजपा का डंका पीटते हैं। एक तो भाषाई तेवर होता है। दूसरा यह कि भाषाई तेवर के साथ एक पहचान बनती है। चरित्रहीन अखबार नहीं चाहिए। कुछ कॉज ऐसे होते हैं जिन पर लगातार प्रहार होना चाहिए। कुछ मुद्दे ऐसे हैं जिन्हें निरन्तर उठाना चाहिए। कुछ मुद्दे मुख्यधारा के हों, कुछ इलाकाई हों, इससे अखबार की अपनी पहचान बनती है। क्रिया से युक्त वाक्य शीर्षक के रूप में लिये जाएँ, यह राजेन्द्र माथुर का चलाया हुआ है। पहले अखबारों के शीर्षक में क्रिया नहीं होती थी।

मधुकर : पूरे देश में छोटे या अलग राज्यों की जो माँग उठ रही है या टूटन की जो प्रक्रिया चल रही है, आपकी नजर में उसके क्या कारण हैं?

नामवर सिंह : सोवियत संघ के अनुभवों को देखते हुए हमारे यहाँ जो स्थिति है, वह राज्य-सत्ता का, खास कर आर्थिक विकास के केन्द्रीकरण का नतीजा है, जो बहुत ही हानिकर है। आज जो कुछ हो रहा है, उसका मुख्य कारण यह है कि राजनीतिक सत्ता-योजना का केन्द्रीकरण हुआ है। हमने रूस का मॉडल लिया है, इसीलिए हमें तत्काल सबक लेना होगा। संयुक्त परिवार जब नहीं चल पाता है, तो घर का समझदार मुखिया सबको अलग-अलग कर देता है। वहाँ प्रेम बना रहता है। पारिवारिक जीवन से हमें कुछ तो सीखना चाहिए। मैं समझता हूँ, इसमें कोई हर्ज नहीं है। विक्रेन्द्रीकरण तो होना ही चाहिए। यह राजनीतिक आग लगाई हुई है हमारे कांग्रेसी लोगों की, जिन्होंने बड़े जिलों को तोड़कर छोटे जिले बनाए।

जिस तरह एक प्रान्त के अन्दर बड़े जिले को तोड़कर छोटे जिले बनाए हैं, उसी तरह से स्वायत्त क्षेत्र की कल्पना, जो रूस के संविधान में थी, वैसे ही। अब तो लोग नहीं मानेंगे। पंडित जी ने अगर कर दिया होता तो आज यह स्थिति नहीं होती। मेरा खयाल है कि देश के अन्दर जितने आदिवासी क्षेत्र हैं, उनको स्वायत्तशासी क्षेत्र बनाकर पूरे अधिकार दे दें। ये लोग कोशिश करें। प्रत्येक राज्य के आदिवासी जिले को स्वयत्तशासी क्षेत्र बनाकर उन्हें पूरे अधिकार देना चाहिए। उत्तर प्रदेश में जो पहाड़ी इलाका है, जिसके अलग राज्य की माँग विश्वनाथ प्रताप करते हैं, उसे स्वायत्तशासी क्षेत्र बना देने से काम हो जाएगा। स्वायत्तशासी परिषदों को ताकतवर बनाएँ, उन्हें आर्थिक शक्ति दें। विकास करने का, निर्णय करने का अधिकार दें, तो झारखंड, कुमाऊँ, गढ़वाल जैसे अलग राज्य के सवालों का स्वत: जवाब मिल जाएगा। ध्यान दें कि स्वायत्तशासी क्षेत्र जब हम कह रहे हैं तो स्वायत्तशासी क्षेत्र का रूप यह होगा कि विधान सभाओं का जो निर्धारण होगा, उसमें चुनकर तो वही लोग जाते हैं और प्रेशर ग्रुप के रूप में काम करते हैं, इनकी अपनी विधान सभा होगी।

स्वशासी क्षेत्र में अधिकारियों की नियुक्ति का अधिकार कौंसिल का होगा—जिस प्रकार राज्य का केन्द्र से रिश्ता होता है, वैसे ही। स्वशासी क्षेत्र की अपनी सेवा होगी।

जो समस्याएँ हैं, उनका राजनीतीकरण होने में कोई हर्ज नहीं है। वह राजनीतिक दल अप्रासंगिक हो जाएगा, जो यह काम नहीं करेगा। नरसिंह राव यह चला रहे हैं आम सहमति के नाम पर। उस वक्त कोई आदमी यदि राष्ट्रीय परिप्रेक्ष्य में लेगा और उस रूप में विशेष समर्थन करेगा तो वही जिम्मेवार माना जाएगा। इसके लिए संविधान में सेफगार्ड जरूरी है। भाषाई राज्य की कल्पना जब की गई थी, सरकार ने रो-रोकर भाषाई राज्य बनाए। उसी वक्त अगर सरकार ने इलाकाई स्वायत्तता दे दी होती और इसे संविधान में डाल दिया होता तो आज हमारे सामने यह समस्या खड़ी नहीं होती।

नक्सलवादी आन्दोलन जो सबके लिए आज सिरदर्द हो गया है, इसके लिए सरकारें ही जिम्मेवार हैं। सरकारों ने तो आदिवासियों को नागरिक माना ही नहीं। अब भी देर नहीं हुई है, इसको जल्द-से-जल्द करें। नहीं तो समाधान ढूँढ़े नहीं मिलेगा। सरकारों की जानकारी में आदिवासियों में विदेशी मिशनरियाँ घुसीं, सी.आई.ए. के लोग घुस गए। अब उसका फायदा उठाकर नक्सली आ गए हैं। इसलिए, संविधान में सेफगार्ड होना चाहिए। स्वायत्तशासी क्षेत्र का फल तुरत नहीं मिलेगा, पर उसके परिणाम दूरगामी होंगे। इसके कारण आदिवासी क्षेत्रों में राजनीतिक समीकरण बदल जाएँगे। दबाव डालनेवाली शक्ति से राज्य और केन्द्र का रवैया भी इनके प्रति बदलेगा।

आज की स्थिति में अखबार या विश्वविद्यालयों में काम करने वाले लोग ही कुछ कर सकते हैं। देश के विभिन्न हिस्सों में छोटे-छोटे समूहों में बिखरे ईमानदार लोगों को जोड़ने का काम एकमात्र अखबार ही कर सकते हैं। इसमें 'प्रभात खबर' को भूमिका निभानी चाहिए। हरिवंश जी में यह क्षमता है और यह कर सकते हैं।

मधुकर : हिन्दी पत्रकारिता की मौजूदा स्थिति के बारे में आपकी क्या राय है? क्या यह धारणा सही है कि हिन्दी पत्रकारिता अपने शिखर पर पहुँचकर अब पलट यात्रा कर रही है?

नामवर सिंह : हिन्दी पत्रकारिता का सबसे बड़ा संकट यह है कि अभी तक हिन्दी में राष्ट्रीय दैनिक का गौरव प्राप्त करने वाला कोई अखबार नहीं है। पहला प्रयास हमारा यह होना चाहिए कि हिन्दी दैनिक भी राष्ट्रीय दैनिक कहलाने की क्षमता रखें। खास कर वे, जो उन्हीं प्रतिष्ठानों से निकलते हैं, जहाँ से निकले अंग्रेजी अखबार राष्ट्रीय दैनिक कहलाते हैं। संकट, मैंने कहा कि ये और ठीक-ठीक से सही-सच्चे अर्थों में क्षेत्रीय या इलाकाई भी नहीं हो सके हैं। इसे नापने का एक ही तरीका है और मुझे लगता है, गहरे सच्चे अर्थों में क्षेत्रीय अखबार होकर भी कोई अखबार राष्ट्रीय अखबार हो सकता है। इसका उदाहरण है : 'नई दुनिया'।

सम्पादकीय प्रतिबद्धता की कमी मुझे इसके मूल में लगती है। दैनिकों की प्रगति हुई है। इसको तकनीकी या पत्रकारिता की कला कहते हैं। इस मामले में तो बहुत ही विकास हुआ है। आज जो हिन्दी के दैनिक हैं, उनकी भाषा, समाचार को देने की पद्धतियाँ, शैलियाँ, उनमें बहुत विकास हुआ है। पहले वे आम तौर से अनुवाद मालूम होते थे। इसलिए आज भाषा में बहुत जीवन्तता है, शक्ति है। समाचार के सम्पादन की पद्धतियों में भी बहुत विकास हुआ है। इस तरह का विकास बहुत हुआ है, लेकिन नेतृत्व, चरित्र और पहचान बननेवाली जो बात है, उसमें जरूर ह्रास आया है।

[1991 में 'गूँज' के उद्घाटन के समय 'प्रभात खबर' के संवाददाता से अनौपचारिक बातचीत के कुछ अंश]

फासिज्म का संकट आज राष्ट्रीय संकट है

रविभूषण की बातचीत

आज का संकट ग्लोबल है, नेशनल है। हिन्दी प्रदेश से शुरू करने पर हम वहीं अटके रह जाएँगे। गलत जगह पर पहुँच जाएँगे। गुजरात, बाबरी मस्जिद से शुरू हुआ है। गुजरात हिन्दी प्रदेश से अलग नहीं है तो फिर हम कैसे केवल हिन्दी प्रदेश पर बात कर सकते हैं? पिछले एक दशक से हिन्दी प्रदेश की सारी समस्याएँ पूरे भारत से जुड़ी हुई हैं। पहले हिन्दी समाज पूरे देश की बात करता था। गांधी ने इसीलिए यहाँ से अपना कार्य आरम्भ किया, गुजरात से नहीं। बंगाल बांग्ला समाज की बात करता था। हिन्दी समाज का सोच कभी क्षेत्रीय नहीं था। मार्क्स ने कभी समाजवाद की बात एक देश में नहीं की थी। क्या मार्क्स केवल जर्मनी के लिए लड़ रहा था? हम अपने गौरव को याद करके 'गौरव-यात्रा' करेंगे। गलत दिशा से पकड़ रहे हैं मुद्दे को। पूँजीवाद ग्लोबल है तो समाजवाद भी ग्लोबल होगा। टेक्नोलॉजी की पहल चीन में शुरू हुई थी। कागज, पाउडर—ये सब चीन में पैदा हुए थे। भूमंडलीकरण का विरोध क्यों कर रहे हो? मार्केट बुरी चीज नहीं है। मुख्य बात यह है कि ग्लोबलाइजेशन कैसे किया जाए? हमारा हस्तक्षेप कैसा हो?

अमेरिकी सोरेस कार्ल पॉपर का शिष्य है। उसकी पुस्तक है : 'ओपेन सोसायटीज एंड एनेमिज'। सोरेस ने रूस में सबसे अधिक आर्थिक सहायता की।

राष्ट्रीय और क्षेत्रीय संकट भी नई विश्व-व्यवस्था की उपज हैं। इस नई व्यवस्था में विश्वबैंक, अन्तरराष्ट्रीय मुद्रा कोष, विश्व व्यापार संगठन और अमेरिका का वर्चस्व है। इस समय साम्राज्यवाद ग्लोबल है। 11 सितम्बर की घटना ने अमेरिका को चुनौती दी। अमेरिका अजेय नहीं है। इस घटना ने एक ध्रुवीय विश्व पर प्रश्न खड़ा किया। उसने बताया कि तुम वेध्य हो, तुम्हें चुनौती दी जा सकती है। जो डरा हुआ है, वही सबको डराने की कोशिश करता है। 'कामायनी' के 'इड़ा' सर्ग में प्रसाद ने लिखा है : 'भयभीत सभी को भय देता, भय की उपासना में विलीन'। अमेरिका सबको डराने की कोशिश कर रहा है, पर हम भयभीत नहीं हैं। अमेरिका को इस्लामिक देशों से

खतरा है। इस्लामिक देश लगभग ग्लोबल है। तारिक अली की पुस्तक है : 'क्लैश ऑफ फंडामेंटलिज्म'। इस्लामिक देशों को देखें तो इस्लाम के अर्द्धचन्द्र का एक 'ऑर्क' बनता है। 'सभ्यताओं के संघर्ष' में इस्लाम का खतरा सबसे बड़ा है। 11 सितम्बर के बाद अमेरिकी वर्चस्व की दहशत पैदा हुई थी। अमेरिका सूचना-क्रान्ति का केन्द्र है और सैनिक हथियार का मालिक है। वह अपना सर्वस्व कायम करेगा। वह दुनिया में ऐसी तमाम ताकतों को बढ़ावा दे रहा है जो उसके वर्चस्व को सुरक्षित रख सके। नस्ल के आधार पर, धर्म के आधार पर वह राष्ट्र को विभाजित करता है। वह लोकतंत्र की कसम खाकर लोकतंत्र को नष्ट करता है।

पिछले दस वर्षों में हमारे यहाँ हिन्दुत्ववादी शक्तियाँ प्रबल हुई हैं। इसके आन्तरिक कारण भी हैं पर अमेरिका प्रमुख कारण है। पहले हमने भारत-रूस सन्धि की थी। अब रूस को हम पूछते नहीं। अमेरिका सहायता की बात करता है और अब हम अमेरिका की मदद ले रहे हैं। कश्मीर के लिए बार-बार उसके पास जाते हैं। विश्व के परिदृश्य में राष्ट्र को और राष्ट्र के परिदृश्य में क्षेत्र, दलित, नारी और ब्राह्मण को रखकर विचार किया जाना चाहिए।

विश्व स्तर, राष्ट्र स्तर या प्रदेश स्तर पर आज जो संकट है, उसका उत्तर एक व्यापक जनमोर्चा होगा, कोई पार्टी नहीं। गांधी ने 'कांग्रेस' नाम ले लिया। 'कांग्रेस' एक फ्रंट था, जिसमें कम्यूनिस्ट, समाजवादी और हिन्दू महासभा वाले भी थे। तब देश की स्वाधीनता का मुद्दा मुख्य था। गांधी के मोर्चे 'कांग्रेस' में मजदूर संगठन, किसान संस्थाएँ, सभी थीं। आज़ादी के बाद इसीलिए गांधी ने 'कांग्रेस मोर्चा' को खत्म करने की बात कही थी। तब व्यापक जनमोर्चा द्वारा ही आजादी प्राप्त की जा सकती थी। फासिज्म और भूमंडलीकरण के खिलाफ भी एक पार्टी नहीं लड़ सकती। एक व्यापक जनमोर्चा ही इसके खिलाफ लड़ सकता है। प्रकृति से पूँजीवाद और फासीवाद ग्लोबल है। इसका विरोध भी ग्लोबल होगा, जिसमें हमारे साथ नोम चोम्स्की भी खड़े हो सकते हैं। फासिज्म का संकट आज राष्ट्रीय संकट है। आज मोर्चे की कहीं अधिक जरूरत है। देखना यह है कि यह मोर्चा हिन्दी प्रदेश में बन सकता है या नहीं? मुलायम और कांग्रेस आपस में नहीं मिले। भाजपा और मायावती मिल गई। फासिज्म ने मोर्चा बना लिया। हम एक वैकल्पिक मोर्चा कैसे बना सकते हैं? अभी के टुकड़ों को जोड़कर वैकल्पिक मोर्चा नहीं बनाया जा सकता है। मुख्य मुद्दा हिन्दू फासीवाद है। इस मुद्दे पर कितने लोग एक साथ हैं? सांस्कृतिक राष्ट्रवाद के विरुद्ध एक बड़ा जन सांस्कृतिक मोर्चा जरूरी है। प्रोफेशनल्स हवा बनने पर शामिल होते हैं। छोटे व्यापारी भी इस मोर्चे में शामिल होंगे। हमारे सामने विश्व और राष्ट्र का परिप्रेक्ष्य नहीं है। हमारा संकुचित स्वार्थ है। मुलायम उत्तर प्रदेश में और लालू बिहार में बने रहना चाहते हैं। दिल्ली में किसी

का राज रहे और वे अपने प्रदेशों में बने रहें, ऐसा लम्बे समय तक नहीं हो सकता। मायावती को यह समझ है। आज जैसा नासमझ, बेपढ़ा लिखा 'लेफ्ट' हमने नहीं देखा था। इसका 'भूमंडलीकरण' पर कोई बड़ा 'डॉक्यूमेंट' हमने नहीं देखा है। हिन्दी प्रदेश के विकास के लिए, इस देश के लिए कोई राजनीतिक दल चिन्तित नहीं है। मुक्तिबोध ने 'एक साहित्यिक की डायरी' में लिखा था कि किसी राजनीतिक दल के पास समाज-सुधार का कोई कार्यक्रम नहीं है। घर के बाहर कम्यूनिस्ट हैं, घर के भीतर दूसरे हैं। शादी-ब्याह पुराने ढंग से ही करेंगे। हमने परिवार नहीं बदला। बाहर दूसरी बातें हुईं और घर में पुरानी प्रणाली चली।

19वीं सदी का नवजागरण अधूरा रह गया। राजनीतिक प्रश्न प्रमुख रहा। राजनीतिक स्वाधीनता मुख्य हो गई और सामाजिक स्वाधीनता का प्रश्न गौण हो गया। परिवार और समाज को बदलने का कार्यक्रम पूरा नहीं हुआ। समाज-सुधार के लिए बड़े स्तर पर जब तक लड़ाई नहीं लड़ेंगे, कुछ भी नहीं बदलेगा। आज सामाजिक-सांस्कृतिक सुधार की आवश्यकता है। 1949 की 'न्यू डेमोक्रेसी' के 25 वर्ष बाद माओ को चीन में सांस्कृतिक क्रान्ति की बात करनी पड़ी थी। यह दूसरी बात है कि वह 'एक्सट्रीम' पर चली गई। लेनिन भाषा, संस्कृति और नस्ल के स्थायित्व के बारे में जानते थे। गांधी जी जिसे रचनात्मक कार्यक्रम कहते थे (औरतों के हाथों में चरखा पकड़ना आदि), उसका 'सुधार' और 'विकास' से सम्बन्ध था। बंगाल में सुधारवादी आन्दोलन चला था, वहाँ इसीलिए आज स्थिति भिन्न है। कम्यूनिस्ट सीधे 'वर्ग-संघर्ष' करते रहे। बिहार में जाति-पाँति पर कम्यूनिस्ट पार्टी टूट गई। लोहिया के वर्ग-वर्ण के प्रश्न पर कम्यूनिस्ट टूट गए। बिहार में भूमि-सुधार के बारे में किसी ने नहीं सोचा। महाराष्ट्र में मराठों ने यह कार्य किया। बिहार, यूपी, अंशतः मध्य प्रदेश में भूमि-सुधार का प्रश्न प्रमुख है। राजस्थान और मध्य प्रदेश में रियासतें थीं। बिहार और यूपी में जमींदार और ताल्लुकेदार थे।

कांग्रेस का पतन हिन्दी प्रदेश की सबसे बड़ी गड़बड़ी है। उसने हिन्दी प्रदेश का औद्योगिक विकास नहीं किया। हिन्दी प्रदेश कृषि-प्रधान क्षेत्र बना रह गया। पहले कानपुर सबसे बड़ा औद्योगिक नगर था। कांग्रेस के पैटर्न पर सभी दल चले। चरण सिंह चाहते तो गन्ना का कोऑपरेटिव बना सकते थे। महाराष्ट्र कोऑपरेटिव सोसायटी के कारण ही आगे बढ़ा। पश्चिमी उत्तर प्रदेश में गन्ना उद्योग है। इस उद्योग को विकसित नहीं होने दिया गया। छोटी मिलें बन्द हो गईं। हिन्दी प्रदेश का आधुनिकीकरण नहीं हुआ। बिहार-यूपी में कंप्यूटर का नाम सुनाई नहीं पड़ता। केरल में साक्षरता सर्वाधिक है। केरल के विकास का बड़ा कारण साक्षरता है। हमारे यहाँ साक्षरता नहीं बढ़ी। औरतों की शिक्षा, सार्वजनिक कार्यों में महिलाओं की भागीदारी हिन्दी प्रदेश में कम है। हमारे यहाँ सामाजिक आन्दोलन को बढ़ाया

नहीं गया। दलित जातियों का दमन कम नहीं हुआ। हिन्दी प्रदेश में सम्प्रदायवाद, जातिवाद तथा स्त्रियों का पिछड़ापन है। मुस्लिम लीग का गढ़ बिहार और यूपी था। अलीगढ़ इसका केन्द्र था। दयानन्द का 19वीं सदी का आन्दोलन पंजाब में कामयाब हुआ, बिहार में नहीं। दयानन्द का कोई प्रभाव बिहार और यूपी में नहीं पड़ा। हिन्दी प्रदेश की ये सभी बुनियादी समस्याएँ हैं। हिन्दी प्रदेश के नेता लोहिया और जयप्रकाश हुए, कम्यूनिस्ट नहीं हुए। मूल चीज परिवर्तन है। इसकी दो प्रक्रियाएँ हैं : 'सुधार' और 'क्रान्ति'। रोजा लुक्ज़मबर्ग ने कहा था, सुधार क्रान्ति का विरोधी नहीं है। कीन्स के सिद्धान्त के बाद 'कल्याणकारी राज्य' के कारण पूँजीवाद सुधर गया। पूँजीवाद अपने अन्तर्विरोधों को दूर करते हुए आगे बढ़ता गया। क्रान्ति-मोह में कम्यूनिस्टों ने सुधार को महत्त्व नहीं दिया। सुधार भी जरूरी है। इन्होंने 'पोल जंप' को प्रमुखता दी—छलाँग लगाएँगे, चलेंगे नहीं।

साहित्य गाँवों-कस्बों की ओर लौट रहा है। अब यह नगर-केन्द्रित नहीं रहा है। सब समझने लगे हैं कि हमारी जड़ें वहीं हैं। पहले भी साहित्य में मजदूर कम थे। अब भी हैं। ट्रेड यूनियनें खत्म हो गई हैं। यह एक बड़ा कारण है। भाजपा का भी अपना मजदूर संगठन है। दत्ता सामन्त के बाद महाराष्ट्र में मजदूर संगठन खत्म हो गया। सारी दुनिया में मजदूर आन्दोलन नहीं है। आज बदली हुई स्थिति में सफेदपोश मजदूर आ गए हैं। एक तरह से वह मध्यवर्ग है। दैनिक मजदूर आज गाँव के किसान से बेहतर स्थिति में हैं। उसके पास मोबाइल भी है। झुग्गी-झोंपड़ियों में दिहाड़ी पर काम करनेवाले मजदूरों को देखिए और खेतवाले किसानों को देखिए। मजदूरों को लेकर साहित्य नहीं लिखा जा रहा है, तो बड़ी बात नहीं है।

मैं यह नहीं मानता कि हिन्दी में आज बौद्धिक नहीं हैं। साहित्यिक बौद्धिकों की संख्या अधिक है। साहित्य के बाहर भी बौद्धिक हैं। सच्चिदानन्द सिन्हा, किशन पटनायक, श्यामाचरण दुबे, पी. सी. जोशी आदि बौद्धिक साहित्य से बाहर के हैं। ये परिवर्तनकामी लोग हैं। स्वाधीन भारत में धर्मनिरपेक्ष प्रजातंत्र जो कायम हुआ तो वामपंथ में संसदीय रास्ते से परिवर्तन और बाहर से परिवर्तन की बातें होती रहीं। नेहरू के समय तक अविभाजित कम्यूनिस्ट पार्टी में दोनों रास्ते बने रहे। वामपंथ ने लोकतंत्र के ढाँचे में रहते हुए भी लोकतंत्र के बाहर की 'सिविल सोसायटी' और गैर-राजनीतिक संस्थाओं पर ध्यान नहीं दिया। आज 'मेंबरशिप' की कमी हो गई है। आज वहाँ कोई प्रोग्राम नहीं है। चुनाव ही उनका प्रमुख सोच बन गया।

छोटे-छोटे संघर्षों और कार्यक्रमों की आज अधिक जरूरत है। प्रत्येक दिन कुछ-न-कुछ करते रहिए। चुनाव के अलावा भी अनेक कार्यक्रम हैं। सामाजिक कार्यक्रमों में भी दखल दें।

['प्रभात खबर' 2002 के दीपावली अंक में प्रकाशित रविभूषण की बातचीत का सारांश]

खंड–2

प्रेमचन्द : तुलसीदास के बाद सबसे बड़े लेखक

राजेन्द्र माथुर की बातचीत

राजेन्द्र माथुर : प्रेमचन्द की कथा-परम्परा आज हिन्दी साहित्य में आपको कहाँ नजर आती है क्या वह विद्यमान है? या भूमिगत और लुप्त है? यदि भूमिगत है तो उसके पुन: उभरने की सम्भावना है?

नामवर सिंह : हमें पहले देखना होगा कि प्रेमचन्द की वह परम्परा है क्या, जिसे बाद के लेखकों ने बढ़ाने का प्रयत्न किया, या उससे विरत हुए। और यह हिन्दी साहित्य के सन्दर्भ में नहीं; अखिल भारतीय सन्दर्भ में, और उससे भी आगे बढ़कर बीसवीं सदी के विश्व-साहित्य के परिप्रेक्ष्य में देखना होगा। हमें सोचना होगा कि भारत के स्वाधीनता-संग्राम का बीसवीं सदी के विश्व इतिहास में कोई महत्त्व है या नहीं? लेनिन ने 1923 में बोल्शेविक क्रान्ति के बाद कहा था कि जिस दिन भारत और चीन में राष्ट्रीय मुक्ति पूर्ण और सफल हो जाएगी, उस दिन दुनिया का इतिहास बदल जाएगा। और क्योंकि प्रेमचन्द भारत के स्वाधीनता-संग्राम से जुड़े हुए थे, इसलिए उनका महत्त्व भी अन्तरराष्ट्रीय है।

1936 के साल में विश्व के तीन महान लेखकों की मृत्यु हुई। वे थे रूस के मैक्सिम गोर्की, चीन के लू शुन और भारत के प्रेमचन्द। ये तीनों लेखक उच्चतर सामाजिक गौरव की अपनी जनता की आकांक्षा के लिए लड़े और अपने राष्ट्र के मुक्ति-संग्राम के वे अंग थे। प्रेमचन्द ने एक बहुत बड़ा काम यह किया कि उन्होंने भारतीय उपन्यास को जन्म दिया...

राजेन्द्र माथुर : समस्त भारतीय भाषाओं से क्या तात्पर्य है आपका? बंकिम, रवीन्द्र और शरत्‌चन्द्र के बावजूद?

नामवर सिंह : जी हाँ, समस्त भारतीय भाषाओं से। यूरोप में आम तौर पर उपन्यास को मध्यवर्ग का महाकाव्य समझा जाता है, और कहा गया है कि मध्यवर्ग के उदय और अस्त के साथ ही उपन्यास का उदय और अस्त भी जुड़ा है। लेकिन प्रेमचन्द

के उपन्यास भारतीय किसान के उदय और विकास के साथ जुड़े हैं। उन्होंने माना कि भारतीय मुक्ति आन्दोलन की शक्ति का स्रोत बुद्धिजीवियों या मध्यमवर्ग में नहीं बल्कि किसान में है। उन्होंने पहली बार भारतीय उपन्यास को भारतीय चरित्र प्रदान किया।

इसीलिए यूरोपीय अर्थों में प्रेमचन्द के उपन्यास, उपन्यास हैं नहीं। 'रंगभूमि' और 'गोदान' को लेकर आपत्तियाँ उठाई गई हैं...।

राजेन्द्र माथुर : आपका मतलब यह है कि किसान को केन्द्र बनाने के बाद प्रेमचन्द और किसी ढंग से लिख ही नहीं सकते थे?

नामवर सिंह : नहीं लिख सकते थे, क्योंकि कंटेंट और फॉर्म एक-दूसरे से जुड़े हुए हैं। रवीन्द्र, शरतचन्द्र, बंकिम और यहाँ तक कि वि.स. खांडेकर भी मध्यवर्ग के नायक को केन्द्रीय मानते हैं। इसलिए वे प्रेमचन्द की तरह भारतीय उपन्यास की सृष्टि नहीं करते। अत: प्रेमचन्द को यूरोपीय परम्परा से भिन्न मानकर उनका मूल्यांकन करना होगा।

राजेन्द्र माथुर : भिन्न होते हुए भी उन पर यूरोपीय लेखकों की नकल के आरोप लगाए गए!

नामवर सिंह : लगाए गए थे। थैकरे के 'वेनिटी फेयर' जैसे बढ़िया उपन्यास की नकल का आरोप उन पर लगा और टॉल्स्टॉय के 'रिसरेक्शन' की छाप 'प्रेमाश्रम' पर देखी गई। लेकिन ये सारी चीजें सतही थीं। और आरोप लगानेवाले वस्तुत: प्रेमचन्द की जीवन-दृष्टि के विरोधी थे। 'सरस्वती' में जिन अवध-उपाध्याय ने ये आरोप लगनेवाले लेख लिखे थे, उनका साहित्य से कोई सम्बन्ध नहीं था। वे गणितज्ञ थे। एक आरोप की धारा यह भी थी कि प्रेमचन्द कायस्थ होने के कारण ब्राह्मण-विरोधी लेखक हैं।

राजेन्द्र माथुर : क्या उस समय का मध्यवर्गीय पाठक किसानों की तकलीफों के बारे में पढ़ना ज्यादा पसन्द करता था—किसी आदर्शवादी रूमानियत के अन्तर्गत, और आज का पाठक नहीं करता?

नामवर सिंह : 'अहा, ग्राम्य-जीवन भी क्या है' वाला नॉस्टेल्जिया कवियों के मन में होगा, लेकिन प्रेमचन्द के उपन्यासों में वह नहीं है। ग्राम-जीवन की कटुता और नग्नता का चित्रण किया है और गाँवों की सरलता की ओर लौट जाने का आह्वान उनमें कहीं नहीं है।

राजेन्द्र माथुर : रोमांटिसिज्म का एक दूसरा रूप भी हो सकता है। चिली में या

बोलिविया में असहमत लोगों को यंत्रणाएँ दी जा रही हैं, उनसे हमारा वामपंथ रोमांटिक रंग से विचलित है।

नामवर सिंह : यह आज की बात है। मैं तब की बात कहता हूँ। हमारी यह धारणा बन गई है कि लेखक राजनेताओं के पीछे-पीछे चलता है। गांधी और कांग्रेस ने किसानों के बीच काम शुरू किया। इसलिए प्रेमचन्द भी प्रभावित होकर उनके बारे में लिखने लगे। लेकिन ऐसा नहीं है। गांधी तो चम्पारन के समय गाँवों की ओर आकृष्ट हुए लेकिन प्रेमचन्द उसके पहले से गाँवों के बारे में कहानियाँ लिख रहे थे। हाँ, गांधी जी के कारण प्रेमचन्द पर दूसरे प्रभाव जरूर पड़े! इनमें जमींदारों के हृदय-परिवर्तन की धारणा प्रमुख है, जो थोड़े दिनों तक रही और बाद में उन्होंने छोड़ दी।

मध्यवर्गीय पाठक के मन में उन दिनों गाँव की जिन्दगी के बारे में जानने की कोई ललक नहीं थी। सरशार की 'आजाद कथा' धारावाहिक छपती थी, और पढ़ी जाती थी। पाठकों के अनुरोध पर सरशार कथा बदल देते थे। तब का पाठक टूटते हुए सामन्ती जीवन की कहानियाँ पढ़ना चाहता था। वह बंकिमचन्द्र चाहता था। वह रवीन्द्रनाथ की खास किस्म की उदासी चाहता था। वह शरत की दुखी और लांछिता नारी के बारे में पढ़ना चाहता था।

राजेन्द्र माथुर : आपका मतलब यह कि प्रेमचन्द ने जान-बूझकर अलोकप्रिय विषयवस्तु को चुना?

नामवर सिंह : निश्चित रूप से। आप देखिए कि उस समय के कवि भी क्या लिख रहे थे। वे प्रकृति का और सुन्दरता का बखान कर रहे थे।

राजेन्द्र माथुर : लेकिन अलोकप्रिय थीम चुनकर भी प्रेमचन्द लोकप्रिय हो गए? उस समाज के परिवेश में कुछ तो होगा, जिसके कारण वे पसन्द किये गए?

नामवर सिंह : प्रेमचन्द लोकप्रिय लेखक थे, यह भी एक मिथ है, जिसकी जाँच की जानी चाहिए। सही अर्थ में प्रेमचन्द कभी लोकप्रिय नहीं हुए। कितनी प्रतियाँ बिकीं उनके उपन्यासों की, कितनी रॉयल्टी मिली?

राजेन्द्र माथुर : लेकिन लोग तब भी कहते थे कि वे लखपति हो गए हैं।

नामवर सिंह : यह वही अवध उपाध्याय मनोवृत्ति है। आजकल फिर एक अभियान प्रेमचन्द के खिलाफ चल निकला है। किसी को उनकी पासबुक मिल गई है, कोई चेक बुक और बैंक अकाउंट खोज लाया है, और अब ये लोग साबित करना चाहते हैं कि प्रेमचन्द गरीब थे ही नहीं। वे गरीब नहीं थे, इसलिए वे गरीबों के लेखक भी नहीं हैं। उस वक्त भी जो लोग उनके वैचारिक विरोधी थे, वे ऐसे ही हथकंडे इस्तेमाल करते थे।

राजेन्द्र माथुर : हम अपने पहले प्रश्न की ओर लौटें। प्रेमचन्द-परम्परा का अब क्या हाल है? स्वाधीनता-संग्राम का जिक्र आपने किया, लेकिन वह तो एक साहित्येतर विषय है।

नामवर सिंह : मैं उसे साहित्येतर विषय नहीं मानता। उसका भारतीय मनुष्य की नियति से गहरा सम्बन्ध है। और यदि साहित्य का विषय मनुष्य है, अपना देश और समाज है, तो स्वाधीनता-संग्राम सिर्फ राजनीतिक घटना नहीं है। 'गोदान' में कहीं रूस नहीं है, झंडे नहीं हैं। लेकिन प्रेमचन्द ने समझ लिया था कि अंग्रेजों का राज अफसरों, जमींदारों, मुल्ला-पंडितों के बूते पर टिका है। पुराने दया-माया वाले जमींदार और नये क्रूर अर्थवादी जमींदार (जैसे ज्ञानशंकर) का फर्क भी वे नेताओं से ज्यादा समझ चुके थे। और ये चीजें उन्होंने किताबों या घोषणा-पत्रों से नहीं, सीधे जिन्दगी से सीखी थीं।

राजेन्द्र माथुर : ठीक है कि प्रेमचन्द 1936 में रूस और प्रगतिशील आन्दोलन के साथ थे, जैसे कि नेहरू भी थे। लेकिन यदि वे दस साल जीवित रहते, तो यह साथ कितने दिन चलता? क्या आज के राजनीतिक वामपंथ से उनका मोहभंग नहीं हो जाता?

नामवर सिंह : क्या होता यह तो अन्दाज का विषय है। लेकिन उनके लेखन का मूल स्वर देखिए। जब जवाहरलाल राजनीति में नहीं आए थे, तब 1918 में प्रेमचन्द ने रूस की समाजवादी क्रान्ति का स्वागत किया था। 'प्रेमाश्रम' में किसान स्वागत करते हैं कि एक देश ऐसा है जहाँ किसान राज आ गया है। 1919 में, जब कम्यूनिस्ट पार्टी देश में कायम भी नहीं हुई थी, तब उन्होंने 'जमाना' साप्ताहिक में एक लेख लिखा था : नया जमाना, पुराना जमाना, जिसमें उन्होंने व्यक्तिगत सम्पत्ति की समाप्ति की वकालत की थी। 1930 में उन्होंने कांग्रेसियों तक की आलोचना की थी, और कहा था कि जो स्वराजी लोग आज इतना ऐश कर रहे हैं, वे बाद में क्या करेंगे? तो प्रेमचन्द आज भले ही अमुक आन्दोलन के साथ होते या न होते, लेकिन जनता की पक्षधरता का निर्णय उन्होंने कर लिया था, और इस आधारभूमि से वे किसी हालत में हटते नहीं। वे जनता के बारे में नहीं, जनता के साथ सोचते थे।

राजेन्द्र माथुर : लेकिन उनकी परम्परा का बाद में क्या हश्र हुआ?

नामवर सिंह : प्रेमचन्द के बाद पश्चिम शिक्षित किताबी मार्क्सवादी लेखकों ने भारतीय जीवन को जाने बगैर मजदूर को अपनी कथाओं का नायक बना लिया। वे मजदूर को भी जानते कहाँ थे? वे यह बात भूले कि भारत में मुख्य संघर्ष सामन्त-विरोधी है, पूँजी-विरोधी नहीं। सारी तीसरी दुनिया में यही संघर्ष प्रमुख है। प्रगतिशील कथाकारों ने इस बात को देर से पहचाना।

लेकिन कुछ वर्षों बाद नागार्जुन आए जिन्होंने गाँव के बँधुआ मजदूरों के बारे

में 'बलचनमा' लिखा। केदारनाथ अग्रवाल ने कविताएँ लिखीं। राहुल सांकृत्यायन ने अपने ढंग से परम्परा को आगे बढ़ाया। धूमिल जैसे कवि ने कोई उपन्यास नहीं लिखा, लेकिन उनमें भी प्रेमचन्द-परम्परा है।

लेकिन प्रगतिशील आन्दोलन से इतर जो बाकी हिन्दी साहित्य है, वह प्रेमचन्द परम्परा के विकास के लिए व्यवधान ही बना रहा। प्रेमचन्द को छोड़कर उसने शरत्चन्द्र की पटरी अपना ली। नारी-समस्या लेखक की केन्द्रीय चिन्ता हो गई। जैनेन्द्र कुमार, भगवतीचरण वर्मा, अज्ञेय, इलाचन्द्र जोशी, ये प्रेमचन्द के बाद हिन्दी के बड़े लेखक हैं, और सबकी केन्द्रीय समस्या नारी है, मध्यवर्ग है, इसी वर्ग की नैतिकता है। यशपाल जैसे प्रगतिशील लेखक ने भी मध्यवर्ग को ही अपने कैनवास के लिए चुना।

तो हिन्दी साहित्य की मुख्यधारा ने प्रेमचन्द की परम्परा को छोड़ दिया। सारे हिन्दी साहित्य में प्रगतिशील आन्दोलन की स्थिति केन्द्रीय नहीं थी। वह हाशिये का आन्दोलन था, इसलिए प्रेमचन्द की परम्परा भी हिन्दी में हाशिये की चीज बन गई।

राजेन्द्र माथुर : प्रेमचन्द जैसा सशक्त लेखक नहीं मिला, इसलिए यह परम्परा हाशिये में चली गई? या परम्परा हाशिये में चली गई, इसलिए लेखक पैदा नहीं हुआ?

नामवर सिंह : प्रेमचन्द शायद अपने जमाने में भी परम्परा की दृष्टि से हाशिये के लेखक थे। उस समय की परम्परा...।

राजेन्द्र माथुर : लेकिन उपन्यास-सम्राट आदि तो वे कहाने लग गए थे...!

नामवर सिंह : वह बाद की बात थी। लेकिन उन दिनों छायावाद का बोलबाला था, और प्रेमचन्द हाशिये पर पड़ते थे। अगर आचार्य रामचन्द्र शुक्ल ने छायावाद के बारे में तीस पेज लिखे हैं, तो प्रेमचन्द पर उन्होंने सिर्फ तीन पेज लिखे हैं।

राजेन्द्र माथुर : तो उस समय कथा की मुख्यधारा में आप किस लेखक को गिनेंगे, जयशंकर प्रसाद को?

नामवर सिंह : सच पूछिए तो उपन्यास हिन्दी साहित्य की मुख्य विधा न तो तब था, न आज है। हिन्दी साहित्य की मुख्यधारा कविता के साथ है। पिछले दिनों कुछ साल कहानियों की चर्चा रही, लेकिन वह भी खत्म हो गई।

राजेन्द्र माथुर : अगर आप प्रेमचन्द के लेखन को लेखन के अन्दर से ही जाँचें, जिसके आप अनभ्यस्त रहे हैं, तो आप उन्हें कितना बड़ा लेखक मानेंगे? जाहिर है कि दो तरीके हैं। आप खिड़की-दरवाजे से आकर इस कमरे की समीक्षा कमरे के रूप में भी कर सकते हैं, और भोपाल के मास्टर प्लान के अंग के रूप में भी।

लेकिन मान लीजिए, आपको कमरे की जानकारी हो और मास्टर प्लान की नहीं...?

नामवर सिंह : कला और शिल्प की दृष्टि से भी श्री प्रेमचन्द ने कम-से-कम बीस ऐसी कहानियाँ लिखी हैं, जो बेजोड़ हैं। जैसे 'ठाकुर का कुआँ', 'दूध का दाम', 'जुर्माना', 'पूस की रात'...। उनके उपन्यासों के गठन को ढीलाढाला बताया गया है, लेकिन कमजोरियों के बावजूद वे कलात्मक दृष्टि से ऊँचाइयों को छूते हैं। इस श्रेष्ठता का आधार है वास्तविकता की पहचान, जीवन्त चरित्रों का निर्माण-पात्रों के मानसिक गठन और व्यवहार की परख। केवल समकालीन विषयों पर लिखने के कारण उनका महत्त्व ऐतिहासिक होता लेकिन उनका महत्त्व कलात्मक भी है।

राजेन्द्र माथुर : हिन्दी साहित्य के देवी-देवताओं में प्रेमचन्द को आप कितनी ऊँचाई पर रखते हैं?

नामवर सिंह : यदि सिर्फ नाम लेने हों, तो तुलसीदास के बाद मैं प्रेमचन्द को मानता हूँ। उसके आगे अगर आप पूछें तो मैं कबीर और फिर निराला का नाम लूँगा। इनके आगे सूरदास और फिर मुक्तिबोध।

राजेन्द्र माथुर : प्रेमचन्द्र को आप कबीर से ऊँचा मानते हैं, और निराला को सूरदास से ऊँचा?

नामवर सिंह : जीवन के कथ्य की जितनी विविधता और फॉर्म की जितनी नवीनता निराला में है, उतनी शायद हिन्दी में किसी में नहीं है। तुलसीदास ने 'पार्वती-मंगल' और 'रामलला नहछू' जैसे ग्रंथ लिखे, लेकिन निराला के हर ग्रंथ में नयापन है।

राजेन्द्र माथुर : प्रेमचन्द के बारे में गरीबी की जो किंवदन्ती गढ़ी गई है, उसके बारे में आपकी क्या राय है? जाहिर है कि वर्षों तक उनकी स्थिति ठीकठाक थी।

नामवर सिंह : हिन्दी के मध्यवर्ग में परपीड़न की एक मनोवृत्ति है। वह अपनी सहानुभूति तभी देता है, जब लेखक गरीब हो। प्रेमचन्द को दया का पात्र दिखाकर हिन्दी-जगत गौरवान्वित अनुभव करना चाहता है। लेकिन यदि प्रेमचन्द धनी भी थे, तो सो व्हाट?

राजेन्द्र माथुर : नहीं, कोई एतराज नहीं है।

नामवर सिंह : उस जमाने को देखते हुए प्रेमचन्द की क्या तसवीर बनती है? एक तो आज के लेखकों से भी उनकी अंग्रेजी ज्यादा अच्छी थी। पहनावा और रहन-सहन उनका ठीक-ठाक था। फिर हिन्दी-भाषी भारत में कायस्थ लोग आधुनिक शिक्षा और संस्कृति के अग्रदूत रहे हैं। तो यदि प्रेमचन्द बचपन में गरीब रहे हों तो भी उन्हें कल्चर की सुविधाएँ मिली थीं।

राजेन्द्र माथुर : उनकी जीवनियों में तो लिखा है कि वे गाँव में मौलवी से फारसी पढ़ते थे, गन्ने के खेतों में घूमते थे, और सौतेली माँ के कारण लावारिस-से थे।

नामवर सिंह : यह गाँववाला भ्रम भी अब दूर कर लेना चाहिए। यों तो पूरा बनारस ही एक गाँव है। पांडेपुर के पास लमही को उसका मोहल्ला ही समझिए। रोज बनारस आना-जाना होता था। इसमें कोई शक नहीं कि प्रेमचन्द उस जमाने की एलीट (कुलीन वर्ग) के अंग थे। उन्होंने कभी हल नहीं चलाया, खेती नहीं की। उनकी जिन्दगी बनारस, लखनऊ, कानपुर, गोरखपुर में बीती। वे देश के शिक्षित मध्यमवर्ग के अंग थे।

राजेन्द्र माथुर : अमृतराय ने 'कलम का सिपाही' में लिखा है कि प्रेमचन्द मरे, तो गुमनाम आदमी की तरह। उनकी अरथी जब जा रही थी, तो रास्ते में किसी ने किसी से पूछा, के रहल? दूसरे ने जवाब दिया, कौनो मास्टर था।

नामवर सिंह : एक यह छोर अमृतराय का है, जो स्वयं अपने को गरीब बाप का बेटा बताते हैं। प्रेमचन्द ने श्रीपत और अमृत को इलाहाबाद के म्योर हॉस्टल में रखा और आज भी उतनी अच्छी शिक्षा लोग अपने बच्चों को नहीं दे सकते। नन्ददुलारे वाजपेयी ने लिखा है कि उनकी मौत पर 15 आदमी ही गए थे। भाव यह है कि उनकी कद्र करनेवाले नगण्य लोगों में हम भी थे।

दूसरे छोर पर कमलकिशोर गोयनका जैसे जनसंघी लोग हैं, और शैलेश जैदी हैं, जिन्होंने पूरी किताब लिखकर प्रेमचन्द का चरित्र-हनन किया है। साम्प्रदायिक लोग आज इस औजार से प्रेमचन्द पर हमला कर रहे हैं।

तीन बातें इस चरित्र-हनन के सिलसिले में कही गई हैं। एक तो यह कि प्रेमचन्द बहुत अमीर थे, और वे सूद पर पैसा देते थे। यानी जो आदमी खुद ब्याजखोरी करता हो, वह पूँजीवादी है, और वह महाजनी सभ्यता के खिलाफ बोलने का क्या अधिकार रखता है? दूसरे यह कि वे झूठे आदमी थे। भाई को धोखा देकर उन्होंने प्रेस हड़प लिया और मुंशी दयानारायण निगम तथा इम्तियाज अली ताज को वे अपनी पतली हालत के बारे में गलतबयानी करते रहे। यानी जो झूठ बोलता है वह यथार्थवादी लेखक कैसे होगा? और तीसरी बात यह कि प्रेमचन्द चरित्रहीन थे और मृत्युशैया पर उन्होंने नाजायज ताल्लुकों के लिए शिवरानी देवी से क्षमा माँगी थी।

विद्रोही और क्रान्तिकारी लेखक पर जो अन्तिम अस्त्र सम्प्रदायवादी लोग चलाते हैं, वह बस यही सेक्स का अस्त्र है। कह देंगे कि लँगोट ढीली थी। नारी की नैतिकता की बात करते थे, लेकिन खुद पाखंडी थे। लेकिन इससे खुद आरोप लगानेवालों का चरित्र उजागर होता है।

आजकल पश्चिम की तर्ज पर एक फैशन यह आ गया है कि हम अपने महानों की सच्ची-सच्ची बातें बताने लगे हैं। रवीन्द्रनाथ की शताब्दी मनी, तो लोगों ने लिखा कि किन-किन नारियों से उनके सम्बन्ध थे। इस तरह पिछड़े समाज में हम अपने-आपको आधुनिक और साहसी सिद्ध करते हैं। कहते हैं कि प्रेमचन्द सूदखोर थे, तो क्या हुआ? हम बड़ा लेखक स्वीकार कर रहे हैं। यों कई लोगों को उन्हें बड़ा लेखक स्वीकार करने में भी एतराज है। नगेन्द्र ने लिखा है कि वे तो दूसरे दर्जे के थे, और जैनेन्द्र कुमार से आप पूछें तो वे भी इसे मान लेंगे, क्योंकि इस प्रकार वे प्रेमचन्द से एक-दो अंगुल ऊपर उठ जाते हैं।

['नई दुनिया' : 27 जुलाई, 1980]

पन्तजी का सौन्दर्यबोध आत्मनिष्ठ है

[पन्त और उनकी कृति 'गुंजन']

विश्वम्भर 'मानव' की बातचीत

मानव : कहिए, नामवर सिंह जी, पन्तजी के काव्य-ग्रंथों में 'गुंजन' आपको कैसा लगता है?

नामवर सिंह : 'कैसा' से आपका तात्पर्य क्या है मानव जी?

मानव : किसी कवि के काव्य-ग्रंथों में विशेष कारणों से कोई-न-कोई ग्रंथ पाठकों का प्रिय ग्रंथ होता है। 'गुंजन' आपका प्रिय ग्रंथ है या नहीं?

नामवर सिंह : 'गुंजन' मुझे पसन्द है परन्तु आप पन्तजी के 'काव्य-ग्रंथों' में पूछते हैं, तो 'गुंजन' का महत्त्व कम किये बिना मैं कहूँगा कि 'गुंजन' प्रिय तो है पर 'पल्लव' के बाद।

मानव : 'पल्लव' में तो विशेष रूप से प्रकृति का वर्णन है। 'गुंजन' में मैं देखता हूँ कि पन्तजी प्रकृति से जीवन की ओर बढ़े हैं। तब क्या काव्य के लिए जीवन से प्रकृति का क्षेत्र आपको अधिक प्रिय है?

नामवर सिंह : जी नहीं, प्रकृति और जीवन को इस प्रकार पृथक् रूप में मैं नहीं देखता। 'पल्लव' में भी प्रकृति के माध्यम से जीवन की अभिव्यक्ति हुई है और मैं प्रकृति और जीवन के स्थान पर 'मानवेतर प्रकृति' तथा 'मानव-प्रकृति' शब्दों का प्रयोग मुझे अधिक वैज्ञानिक लगता है। 'गुंजन' में भी प्रकृति-चित्रण की कमी नहीं है। लेकिन प्रश्न प्रकृति और जीवन के निरपेक्ष चित्रण का नहीं, बल्कि उनके भीतर से स्फुरित होनेवाली अनुभूति में रचना की उत्कृष्टता अनुभूति और अभिव्यक्ति के सफल सामंजस्य में मानता हूँ और इसी दृष्टि से 'पल्लव' मुझे अधिक प्रिय है।

मानव : मैं अपनी बात थोड़ी स्पष्ट कर दूँ। 'पल्लव' में प्रकृति की स्वतंत्र सत्ता को स्वीकार किया गया है और उसके प्रति कवि का अनुराग यहाँ तक बढ़ गया है

कि उसके सौन्दर्य के सामने नारी की ओर देखने का भी उसे अवकाश नहीं, पर 'गुंजन' का मुख्य विषय है जीवन—जीवन का उल्लास। इसमें प्रकृति का जितना सौन्दर्य है, वह कवि की प्रियतमा के सौन्दर्य का प्रतिबिम्ब मात्र है। 'गुंजन' में 'मानव' शीर्षक से एक स्वतंत्र रचना है जिसमें कवि का कहना है कि मनुष्य के कारण ही प्रकृति सुन्दर प्रतीत होती है अर्थात् प्रकृति मानव का अनुकरण करती है। ऐसी दशा में जीवन की वास्तविक अभिव्यक्ति जहाँ पहली बार सम्भव हुई है, वह 'गुंजन' ही है।

नामवर सिंह : आपके कथन में अनेक अपवाद हैं और उनकी ओर आपका भी ध्यान होगा। 'पल्लव' में नारी की उपेक्षा कहाँ है! 'उच्छ्वास' और 'आँसू' की बालिका से पर्वत, निर्झर, बादल, इन्द्रधनुष सभी रंजित हैं :

छोड़ द्रुमों की मृदु छाया
तोड़ प्रकृति से भी माया
बाले! तेरे बाल जाल में कैसे उलझा दूँ लोचन!

के सीधे वाच्यार्थ से 'पल्लव' में अन्तर्भुक्त स्नेहानुभूति का अभाव नहीं सिद्ध होता। वह कैशोर स्नेह 'गुंजन' में वय प्राप्त कर लेता है और तरुण अनुभूतियाँ पल्लव-कालीन प्रकृति-चित्रण को दबाकर अधिक उभर आती हैं। 'उच्छ्वास' की बालिका 'भावी पत्नी' के रूप में भावनाएँ रँग देती है। इसके सिवाय 'गुंजन' में 'मानव' सम्बन्धी कविता है और 'जीवन' शब्द अनेक बार आया है, इसीलिए उसमें मानव जीवन है, यह निष्कर्ष गणित की दृष्टि से सही लग सकता है, परन्तु काव्यदृष्टि कुछ और गहरे जाने का आग्रह करती है। फिर आपने जीवन के साथ ही 'जीवन का उल्लास' भी 'गुंजन' में बतलाया है। क्या आपका ध्यान 'गुंजन' की पहली कविता 'उन्मन गुंजन' तथा स्वयं कवि के विज्ञापनगत इस कथन की ओर भी है : 'यह मेरे प्राणों की उन्मन गुंजन मात्र है।'

मानव : आपकी बात से यह तो सिद्ध होता ही है कि 'गुंजन' में जीवन को ग्रहण करने के लिए कवि का आग्रह कुछ बढ़ चला है। यही मेरा आशय था। रहा 'उन्मन' शब्द। केवल उसको पकड़कर पाठक की बुद्धि धोखा नहीं खा सकती। शब्द से अधिक हमें गीतों की आत्मा में डूबना चाहिए। इसी कविता के अन्त में कवि ने कहा है :

जीवन मधु संचय को उन्मन
करते प्राणों के अलि गुंजन

तात्पर्य यह कि कवि की दृष्टि जीवन मधु संचय की ओर है। 'गुंजन' में और भी

बहुत-सी ऐसी रचनाएँ हैं जिन्हें बाहरी दृष्टि से देखने पर ऐसा ही भ्रम फैल सकता है। विरह सम्बन्धी एक गीत है : 'कब से बिलोकती तुमको'। इसका अन्त भी आशाप्रद है। 'चाँदनी' शीर्षक उस कविता से भी जिसमें उसे 'रुग्ण जीवन बाला' के रूप में देखा गया है, ऐसा प्रतीत हो सकता है कि यहाँ कवि की दृष्टि निराशापूर्ण हो उठी है, पर यहाँ चाँदनी साधिका के रूप में है। इसी से अन्त में कहा गया है कि वह तो तापसी है और नवजीवन का वर पाने के लिए स्वर्ण मोर की प्रतीक्षा कर रही है। छाया-प्रकाश के समान उदासी भी जीवन से थोड़ी-बहुत सदैव लिपटी ही रहती है, पर 'गुंजन' में कवि जीवन के सौन्दर्य और आनन्द की ही बार-बार चर्चा करता है। इससे सिद्ध होता है कि जीवन के उल्लास का विजय-घोष करना ही कवि का लक्ष्य है। लगता ऐसा है कि गुंजन-काल में उनकी वृत्ति विशेष रूप से आनन्दमयी ही रही है। पर नामवर सिंह जी, यह तो बतलाइए कि गणित के जीवन और जीवन की गहराई में क्या अन्तर है और वह 'गुंजन' पर कैसे लागू होती है?

नामवर सिंह : मानव जी, गणित-दृष्टि के विपरीत काव्य-दृष्टि के आग्रह से मेरा यही अभिप्राय था कि हमारा ध्यान 'गुंजन' की विविध भावभूमियों की ओर जाए, किसी एक कविता अथवा कवि की निजी विज्ञप्ति के सहारे समूचे कविता-संग्रह को एक ही मन:स्थिति की रचना कहने के पक्ष में मैं भी नहीं हूँ। वस्तुत: 'गुंजन' में 1922 से '32 ही तक की कविताएँ संकलित हैं इसलिए इसमें एक ओर पल्लवकालीन बाल-सुलभ विस्मय और सरल कल्पना है, तो दूसरी ओर युवा हृदय की उन्मद आकांक्षा तथा सुख-दुख का प्रौढ़ चिन्तन भी है। इस विविधता के बावजूद जब हम 'गुंजन' के सामूहिक प्रभाव की खोज करते हैं तो निश्चय ही सन् '32 की लिखी हुई कविताएँ मन पर छा जाती हैं और संख्या में प्राय: ये ही अधिक भी हैं। ऐतिहासिक दृष्टि से जब पल्लवकाल के बाद गुंजन-काल का नाम लिया जाता है तो इन्हीं कविताओं की भावभूमि को ध्यान में रखकर और निश्चय ही वे सुख-दुख आकांक्षा-अभिलाषा आदि के विमन गीत तथा 'एकाकी तारा' का विषण्ण अवसाद समूचे काव्य-संग्रह पर भारी पड़ते हैं। आपने सम्भवत: उल्लास और आनन्द को पर्याय मान लिया है इसीलिए उन्मन को आनन्द का विरोधी भी। परन्तु उन्मन अर्थात् अनमती मनोदशा में भी आनन्द सम्भव है। इसके अन्तर्गत उच्चादर्शों को प्राप्त करने की आकांक्षा भी आती है तथा जीवनसंगी के सान्निध्य की अभिलाषा भी, व्यक्तिगत सुख-दुख भी तथा सामाजिक जीवन का मधु संचय भी।

मानव : उन्मन मनोदशा के अन्तर्गत आप आकांक्षा, अभिलाषा, सुख-दुख, मधु संचय इनके अतिरिक्त और भी जो कुछ चाहें मान सकते हैं, आपको पूरी स्वतंत्रता और अधिकार है लेकिन आप आनन्द को सम्भव मानते हैं, यही बात मैं आपसे कहलाना चाहता था। आपने जो सुख-दुख के विमन गीत और एकाकी तारा के

विषण्ण अवसाद को समूचे काव्य-संग्रह पर भारी पड़ते देखा है, उसके सम्बन्ध में मैं यही कहना चाहता हूँ कि किसी रचना में यह जानने के लिए कि कवि का आशय क्या है, हमें यह देखना होगा कि उसका अन्त कवि ने कैसे किया है। 'गुंजन' में से आप ऐसी एक रचना ढूँढ़कर नहीं ला सकते जिसका अन्त विषादपूर्ण हो। यह ठीक है कि पन्तजी जीवन में सुख-दुख के दो तत्त्व पाते हैं। यह भी ठीक है कि वे किसी भी प्रकार की अति में विश्वास नहीं करते। सुख-दुख का मधुर मिलन ही जीवन को पूर्णता प्रदान कर सकता है, ऐसा उनका विश्वास है। इतना होने पर वे अन्त में कहते यही पाए जाते हैं कि सुख-दुख सत्य नहीं है, जीवन ही सत्य है :

अस्थिर है जग का सुख-दुख
जीवन ही नित्य चिरंतन।

इसके ऊपर जीवन का सुखमय पक्ष ही उन्हें अधिक भाता है, जैसे :

लाई हूँ फूलों का हास
लोगी मोल, लोगी मोल,
तरल तुहिन वन का उल्लास
लोगी मोल, लोगी मोल।

'एक तारा' रचना भी जिसे आपने विषादात्मक बताया है, अन्त में सुखात्मक हो गई है। उदास संध्या चाँदनी भरी रात में बदल गई है। वह तारा अब अकेला नहीं रहा, 'एक' से 'बहु' हो गया है। सामूहिकता में अपने व्यक्तित्व को प्रतिफलित करता हुआ जगमगा रहा है। देखिए :

जगमग जगमग नभ का आँगन
लद गया कुन्द कलियों से घन
वह आत्म और यह जग दर्शन!

मानव : पन्तजी सौन्दर्य-प्रिय व्यक्ति हैं नामवर सिंह जी! क्या आप उनके सौन्दर्य-बोध पर कुछ प्रकाश डाल सकेंगे?

नामवर सिंह : आपने इन उदाहरणों द्वारा 'गुंजन' में जिस उल्लास और सुख की प्रमुखता प्रतिपादित की है, उसके विषय में मानव जी, मुझे इतना ही कहना है कि वह कवि का यथार्थ नहीं, बल्कि स्वप्न है, 'गुंजन' में जीवन का जो यथार्थ अभिव्यक्त हुआ है, वह विषाद और चिन्तापरक ही है। कविताओं के सुखान्त और आशामय अन्त का यही अभिप्राय है कि कवि को कटु वास्तविकताओं के बीच आशा और सुख की आकांक्षा है। यथार्थ तो एकाकी तारा के 'जलते विकल प्राण', 'सजल नीरव नयन' तथा 'दुस्सह मूक भार' ही हैं। जगमग जगमग नभ का आँगन आत्मसन्तोष के लिए की हुई कल्पना है।

रहा पन्तजी के सौन्दर्य-बोध का स्वरूप। पन्तजी ने सौन्दर्य का उदात्त और सूक्ष्म, दोनों प्रकार का चित्रण किया है। एक ओर जहाँ अप्सरा में उदात्त और विराट सौन्दर्य की झलक मिलती है, दूसरी ओर 'भावी पत्नी' की आंगिक चेष्टाओं में सूक्ष्म से सूक्ष्म अनुभावों की रेखाएँ भी लक्षित होती हैं। नारी का एक चित्र तो यह है :

उषा-सी स्वर्णोदय पर भोर
दिखा मुख कनक किशोर
प्रेम की प्रथम मदिरतम कोर
दृगों में दुरा कठोर
छा दिया यौवन शिखर अछोर
रूप किरणों में बोर।

दूसरा चित्र है :

विकम्पित मृदु उर पुलकित गात
सशंकित ज्योत्स्ना-सी चुपचाप
जड़ित पद नमित पलक दृगपात।

पन्तजी का सौन्दर्य-बोध मांसल अथवा वस्तुनिष्ठ उतना नहीं है जितना आत्मनिष्ठ।

बन गई मानसि तुम साकार।

लेकिन मानव जी, पन्तजी सौन्दर्य-प्रिय तो हैं ही, प्रणय के कवि भी हैं। क्या आप उनकी प्रणय-भावना का भी आकलन करेंगे?

मानव : प्रेम-सम्बन्धी रचनाएँ 'गुंजन' में बहुत मधुर बन पड़ी हैं। अधिक चित्र मिलन के ही हैं। प्रेयसी की मुसकान, उसके नयन या अन्य अवयवों का वर्णन करते हुए कवि अघाता नहीं। भेंट का एक चित्र तो अत्यन्त सांकेतिक एवं मुग्धकारी है :

आज रहने दो यह गृह काज
प्राण! रहने दो यह गृह काज
आज जाने कैसी वातास
छोड़ती सौरभ 'श्लथ उच्छ्वास,
प्रिये! लालस सालस वातास
जगा रोओं में सौ अभिलाष।
शिथिल, स्वप्निल पंखड़ियाँ खोल
आज अपलक कलिकाएँ बोल
गूँजता भूला भौंरा होल
सुमुखि! उर के सुख से वाचाल!

आज क्या प्रिये सुहाती लाज!
आज रहने दो यह गृह काज!

पन्तजी की प्रेम-भावना में स्थूलता बिलकुल नहीं पाई जाती। अत: उसमें तीव्रता का अभाव है, पर उनके वर्णनों से मानसिक तृप्ति खूब होती है। उनकी प्रणय-भावना स्थूलता पर आधारित नहीं है,पर वासना के पीछे जो दबी हुई संस्कृत कल्पना और छनी हुई मानसिकता रहती है, वह पूरी-पूरी पाई जाती है। अत: ऐसी कविताओं का आनन्द वे रसज्ञ अधिक उठा सकेंगे जो स्थूलता के पीछे पागल न रहकर उसमें छिपे सौन्दर्य से उत्पन्न प्रतिक्रिया का कलात्मक रूप देखना पसन्द करते हैं। इस प्रकार के वर्णनों में उनका अभिव्यक्ति पक्ष उनकी बहुत ज्यादा सहायता करता है। कुछ लोग तो उनके भाव-पक्ष से भी उनके कला-पक्ष पर अधिक मुग्ध हैं।

नामवर सिंह : लेकिन मैं उन लोगों में नहीं हूँ जो पन्तजी में कला-पक्ष का अधिक उभार देखते हैं। निस्सन्देह उन्होंने काव्य-शिल्प के क्षेत्र में बड़े मनोयोग से कार्य किया है। उन्हीं के शब्दों में :

सहज चुन-चुन लघु तृण ,खर-पात
नीड़ रच-रच निशि दिन सायास,
छा दिये तूने शिल्पि सुजात
जगत की डाल-डाल में वास।

इस सुजात शिल्पी ने अपनी पूर्व पीढ़ी से प्राप्त काव्य-भाषा को अपने अभिप्रेत सूक्ष्म और कोमल भावों के साथ किस प्रकार ढाला, इसका थोड़ा-सा अनुमान 'पल्लव' की भूमिका से लगाया जा सकता है। पन्तजी ने प्राप्त काव्य-भाषा की पदावली व वाक्य गठन, छन्द-विधान—सबको नये भावों के अनुरूप नये-नये ढंग से रूपायित किया। आरम्भिक प्रयत्नों में कहीं-कहीं जो शिल्प-कौतुक था, वह 'गुंजन' तक आते-आते सहज सन्तुलित हो उठा। वय के साथ ही पहले का कैशोर शब्द मोह, चित्र मोह, जल्द-जल्द छन्द परिवर्तन आदि की प्रवृत्ति कम हो गई। 'गुंजन' के 'झर गई कली' और 'लोगी मोल' जैसे गीतों में जो उचित लघुत्व तथा एकान्विति आई, वह भी इसी प्रौढ़ता का परिणाम है।

मानव : तब आपने शिल्पी उन्हें किस अर्थ में कहा?

नामवर सिंह : पन्तजी को शिल्पी कहते समय, मानव जी, मेरा ध्यान विशेषत: उनके शब्द-शिल्प की ओर था। शब्द-चयन में पन्तजी ने ब्रज भाषा के अनेक शब्दों के अतिरिक्त प्राचीन संस्कृत काव्यों के विस्मृत शब्दों का मूल अर्थों में पुनरुद्धार किया है, जैसे वायु गीत में 'प्राण! तुम लघु लघु गात' अथवा लघु भार का लघु

शब्द हल्के और सूक्ष्म अर्थ में आया है। इसी प्रकार 'बिखराती जल में तार हार' के 'तार हार' शब्द का मर्म समझने के लिए कालिदास की यह उक्ति देखनी होगी :

उवाच वाग्मी दशनप्रभाभि: संवर्धितोश्स्थलतार हार:

जिसका अर्थ है—स्थूल मुक्ताहार। नवल कलिकाओं की-सी बाण में भी 'बाण' शायद संस्कृत की नर्तकी है, हिन्दी का तीर नहीं।

इस प्रकार पन्तजी ने छोटे-छोटे शब्दों के सहारे गूढ़ अर्थों की व्यंजना करने के साथ ही हिन्दी का शब्द-समूह समृद्ध करने में सम्भवत: आधुनिक कवियों में सबसे अधिक योग दिया है।

[अब तक अप्रकाशित, पहली बार प्रकाशित]

अपनी जड़ों से कटकर कोई भी विशेष नहीं बन सकता

सूर्यप्रकाश सेमवाल की बातचीत

सूर्यप्रकाश सेमवाल : विगत दिनों बनारस हिन्दू विश्वविद्यालय में आयोजित 'महादेवी वर्मा : वेदना एवं विद्रोह' विषयक एक संगोष्ठी में आपने छायावाद के एक प्रमुख आधार-स्तम्भ कवि सुमित्रानन्दन पन्त की कविताओं के अधिकांश हिस्से को 'कूड़ा' बताते हुए महादेवी वर्मा को उनसे ऊपर बताया, यह कहाँ तक सत्य है?

नामवर सिंह : देखिए, इस द्वि-दिवसीय संगोष्ठी में मैंने उद्घाटन भाषण भी दिया था जिसमें कवयित्री महादेवी वर्मा से लेकर प्रायः सभी छायावादी कवियों पर भी टिप्पणी की थी, किन्तु कुछ लोगों ने समापन भाषण पर कहे गए मेरे वक्तव्य पर अनर्गल बवाल मचाया। मुख्य मुद्दा था कि उस दौर के कवियों में क्या गजब की प्रतिभा थी! जहाँ तक श्रेष्ठ कवि पन्तजी का प्रश्न है तो उनकी जन्म-शताब्दी वर्ष 2000 के अवसर पर मैंने इलाहाबाद में पन्तजी पर लगभग डेढ़ घंटे का व्याख्यान दिया था, जिसमें प्रो. गोविन्द चन्द्र पांडे, शेखर जोशी और सत्य प्रकाश मिश्र आदि उपस्थित थे। बाद में यह लेख 'माध्यम' में प्रकाशित हुआ, जो कुछ मैंने उस समय कहा था। यहाँ पर भी उससे कुछ अलग नहीं कहा।

हिन्दी साहित्य में, 20वीं शताब्दी में, पाँच बड़ी विभूतियाँ—प्रेमचन्द, जयशंकर प्रसाद, सुमित्रानन्दन पन्त, सूर्यकान्त त्रिपाठी 'निराला' और महादेवी वर्मा हुईं। 400 वर्ष पूर्व सूरदास, तुलसीदास, कबीरदास व मलिक मुहम्मद जायसी और मीरा जैसी विभूतियाँ ही इस स्तर की मानी जा सकती हैं।

सूर्यप्रकाश सेमवाल : सुमित्रानन्दन पन्त आपकी दृष्टि में छायावादी कवियों में कहाँ स्थिति पाते हैं और मूल्यांकन का आधार क्या माना जाए?

नामवर सिंह : हाँ, यदि मूल्यांकन की बात होती है तो मोटे तौर पर केवल कविता के आधार पर मूल्यांकन नहीं होना चाहिए अपितु समग्र साहित्य-साधना के आधार पर मूल्यांकन होना चाहिए। उर्दू में मीर को 'खुदा-ए-सुखन' कहा जाता है। गालिब

ने भी उनकी महत्ता को स्वीकार किया है। मीर ने सर्वाधिक लिखा भी, लेकिन इसके बावजूद बड़े कवि तो गालिब ही माने जाते हैं क्योंकि गालिब ने विवेक से काम लिया और चुनकर अपना 'दीवान' बनाया।

कवि सुमित्रानन्दन पन्त भी नई भाषा, नई संवेदना और नई दृष्टि के साथ हिन्दी कविता में उदित हुए। 'पल्लव' हालाँकि प्रकाशित बाद में हुआ किन्तु वे उससे पूर्व ही छा गए। 'पल्लव', 'गुंजन' और 'ग्राम्या' कवि पन्त की सर्वश्रेष्ठता के प्रमाण हैं। पन्तजी यद्यपि आजीवन लिखते रहे किन्तु वास्तव में जो उठान उन्होंने प्रारम्भ की, वह सम्भवत: हिन्दी साहित्य में किसी अन्य रचनाकार को नसीब नहीं हुआ। बाद में 'लोकायतन' महाकाव्य लिखा, कुछ कहानियाँ लिखीं। एक नाटिका भी लिखी, किन्तु जैसा प्रारम्भ हुआ, वैसा समापन नहीं। यदि पन्तजी 'ग्राम्या' लिखकर ही रुक जाते तब भी उनकी कीर्ति हिन्दी साहित्य में उतनी ही सार्वकालिक व श्रेष्ठ रहती। पन्तजी की तुलना में महादेवी जी ने केवल गीत लिखे। प्रकृति-चित्रण आदि पर उतना ध्यान नहीं दिया। आईं भी वे कुछ बाद, पर रचनाएँ चुनकर छापीं। 1940 के बाद उन्होंने कविताएँ लिखनी बन्द कर दीं और गद्य साहित्य लिखना प्रारम्भ कर दिया। उनको पता था कि वे अब वैसी कविताएँ नहीं लिख पाएँगी।

सूर्यप्रकाश सेमवाल : आप सुमित्रानन्दन पन्तजी के अत्यधिक निकट रहे हैं, एक व्यक्ति के रूप में आप उनके व्यक्तित्व से कितने प्रभावित रहे?

नामवर सिंह : मैं वास्तव में पन्तजी के अपेक्षाकृत अधिक करीब रहा, उनका भी अपार स्नेह था मेरे प्रति। पन्तजी की विद्यालयी शिक्षा काशी में हुई थी। मेरे कहने पर वे 1952 में अपने पुराने विद्यालय को देखने गए थे। हमारे साथ आचार्य हजारी प्रसाद द्विवेदी भी थे। वे यात्राएँ ज्यादा पसन्द नहीं करते थे, फिर भी मेरे प्रति अगाध प्रेमभाव होने के कारण वे काशी आए। पन्तजी विचारों में बड़े प्रगतिशील थे। 'कला और बूढ़ा चाँद' में बुढ़ापे को वे स्वयं स्वीकार चुके हैं।

छायावादियों में प्रसाद जी की मृत्यु 1937 में हो गई थी। यदि वे नाटक न लिखते तो शायद ही निराला के बाद नम्बर दो पर रहते। निराला ने 'सरोज-स्मृति', 'राम की शक्ति-पूजा' और 'तुलसीदास' जैसी लम्बी कविताएँ लिखीं, गीत लिखे, कहानियाँ लिखीं, उपन्यास लिखे तो वे तो नम्बर एक हैं ही। प्रसाद ने भी कविताओं और नाटक के साथ-साथ तीन कहानी-संग्रह व दो उपन्यास भी लिखे। यह था इन लोगों का कृतित्व। महादेवी वर्मा के विषय में स्वयं आचार्य रामचन्द्र शुक्ल ने भी लिखा है कि गीत लिखने में जितनी सफलता महादेवी जी को मिली, उतनी किसी को नहीं।

सूर्यप्रकाश सेमवाल : पन्तजी पर समाज से कटे रहने और आत्मकेन्द्रित रहने का आरोप लगता है, यह कहाँ तक सत्य है?

नामवर सिंह : वास्तव में यह पूरी तरह सच है। पन्तजी का कोई सामाजिक जीवन नहीं था। वे ज्यादातर अपनी दुनिया में रहते थे और इलाहाबाद छोड़कर कहीं नहीं गए। वे इलाहाबाद आने के बाद पहाड़ कभी-कभी ही गए और उन्होंने कूर्मांचल के विषय में भी कहीं कुछ नहीं लिखा। महादेवी वर्मा का पहाड़ से कोई लेना-देना नहीं था, फिर भी वे नियमित जाती थीं और ताकुला (रामगढ़) में उन्होंने जमीन भी ली थी। पहाड़ के लोगों, विशेष कर महिलाओं से वे अत्यधिक प्रभावित थीं, इस पर उन्होंने संस्मरण भी लिखे हैं।

मेरे मन में पन्तजी के प्रति श्रद्धा और आदर में कोई कमी नहीं है। मैं हमेशा उनकी कविताओं का पाठक रहा हूँ और आज भी मुझे उनकी कई कविताएँ कंठस्थ हैं। आज भी हिन्दी के आम पाठकों के लिए पन्तजी गौरव का विषय हैं और उनकी जन्मशती पर बननेवाले वृत्तचित्र में मैंने यह बात जोर-शोर से कही है। 'लोकायतन' के लोकार्पण पर नई दिल्ली में पन्तजी की उपस्थिति में मैंने जब वक्ता रूप में यह कहा कि 'लोकायतन' छन्दोबद्ध उपन्यास माना जा सकता है, तब पन्तजी अत्यन्त प्रसन्न हुए थे और उन्होंने कहा था कि वास्तव में तुमने अच्छे और युक्तियुक्त शब्दों का प्रयोग किया है।

आज जो लोग इस प्रकरण पर शोर मचा रहे हैं, उन्होंने पन्तजी को पढ़ा ही नहीं और कितनों ने उन पर कोई लेख लिखा है? पन्तजी की मृत्यु पर कितने लोग गए थे उनके पास? कितनी अधिक उपेक्षा हुई थी पन्तजी की, उनके जीवन-काल में और उसी इलाहाबाद में साहित्यिक समाज में!

मैं एक बार अपनी बात पुनः दोहराना चाहता हूँ, मैंने पन्तजी के कद और महत्त्व पर कोई प्रश्नचिह्न नहीं लगाया। मैंने उनके एक-चौथाई साहित्य को अपेक्षाकृत हल्का बताया था और आज भी मैं स्वीकार कर रहा हूँ कि हिन्दी साहित्य में जिस ऊँची उठान के साथ पन्तजी का पदार्पण हुआ था, यदि वह यथावत् जारी रहता तो पन्त समूचे हिन्दी-जगत के सिरमौर होते।

सूर्यप्रकाश सेमवाल : प्रायः पहाड़ के लेखक व रचनाकार वहाँ की उपेक्षा करते हैं। वे महादेवी सृजनपीठ की वकालत तो कर लेंगे किन्तु कौसानी की दुर्दशा पर न तो उनका ध्यान गया और न ही वहाँ की सरकार का, आपकी क्या राय है?

नामवर सिंह : वास्तव में सुमित्रानन्दन पन्त की जन्मस्थली कौसानी का बुरा हाल है। वहाँ देखनेवाला कोई नहीं है, जबकि कौसानी हिन्दी-जगत के लिए ही नहीं, सम्पूर्ण समाज के लिए तीर्थस्थल है। लोग रानीखेत और अल्मोड़ा जाते हैं और मैं तो कौसानी भी गया हूँ।

जहाँ तक सरकारी उपेक्षा और अपेक्षा का प्रश्न है तो तिवारी जी की सरकार ने भी कौसानी के लिए कुछ नहीं किया लेकिन अब भुवन चन्द्र खंडूड़ी जैसा

कुशल प्रशासक वहाँ आया है तो उम्मीद की जानी चाहिए कि विशेष कर पहाड़ से सम्बन्धित हिन्दी के रचनाकार व संस्कृतिकर्मी कौसानी का कायाकल्प करवाएँगे।

जहाँ तक पहाड़ के रचनाकारों का अपने क्षेत्र की उपेक्षा का प्रश्न है तो मनोहर श्याम जोशी अजमेर में पैदा हुए। मैदान में रहे, फिर भी 'कसप' में उन्होंने बागेश्वर व अल्मोड़ा का जो पूरा वृत्त दिया है, उससे बाकी लोगों को सीख लेनी चाहिए। शेखर जोशी का 'कोसी का घटवार' प्रसिद्ध है और विद्यासागर नौटियाल तो गढ़वाल के विषय में निरन्तर लिखते रहते हैं। उत्तराखंड के ज्यादातर लोग मैदानों में आ गए हैं। जो आदमी वहाँ हैं और सबसे जिनका जीवन्त सम्पर्क है, उन्हें कुछ-न-कुछ लिखना चाहिए क्योंकि अपनी जड़ों से कटकर कोई भी व्यक्ति विशेष नहीं बन सकता।

सूर्यप्रकाश सेमवाल : उत्तराखंड में साहित्यिक और सांस्कृतिक गतिविधियों के लिए क्या सम्भावना है? नई पीढ़ी में पहाड़ मूल का कौन-सा रचनाकार आपको प्रभावित करता है?

नामवर सिंह : उत्तराखंड में प्राचीन काल से ही साहित्यिक-सांस्कृतिक वातावरण समृद्ध रहा है। एक अविच्छिन्न परम्परा वहाँ लोक-संस्कृति की देखी जा सकती है। इस पर व्यापक कार्य-योजना की आवश्यकता है। कुमाऊँ तथा गढ़वाल विश्वविद्यालय जैसे शिक्षा-केन्द्र ठोस व रचनात्मक कार्य कर सकते हैं।

नई पीढ़ी के पहाड़-मूल के रचनाकारों में वीरेन डंगवाल और नवोदित कवि हरीश चन्द्र पांडे मुझे सर्वाधिक प्रभावित करते हैं। पुराने स्थापित कवियों में मंगलेश डबराल और लीलाधर जगूड़ी को भी सर्वप्रथम 'आलोचना' में मैंने ही छापा था। विद्यासागर नौटियाल और शेखर जोशी तो मेरे पुराने साथी हैं और उनके लेखन से मेरा गहरा लगाव है।

अभी कुछ ही दिन पहले नेहरू स्मारक संग्रहालय में पंडित नैन सिंह रावत की डायरी तथा हिमालय-सर्वेक्षण सम्बन्धी ग्रंथ पर शेखर पाठक ने एक संगोष्ठी का आयोजन किया था, उसमें मुझे भी बोलने के लिए बुलाया गया था। उससे हिन्दी के इतिहास के एक लगभग अज्ञात इतिहास का अभिज्ञान हुआ।

['उत्तरांचल पत्रिका' : मई, 2009 अंक में 'पन्तजी का कृतित्व सार्वकालिक व श्रेष्ठ' शीर्षक से प्रकाशित]

हर सच्चा कवि एक कुकनुस (अग्नि-पक्षी) की तरह होता है

राकेश पांडेय की बातचीत

राकेश पांडेय : आपकी त्रिलोचन जी से पहली मुलाकात कब हुई?

नामवर सिंह : सन् 1941 के अगस्त का महीना रहा होगा, जब मैंने उनको पहली बार देखा। मैंने उदय प्रताप कॉलेज में 7वीं कक्षा में प्रवेश लिया था। जो कॉलेज का मुख्य द्वार है, ठीक उसी के पास ही एक भवन में 'क्षत्रिय मित्र' नाम की एक पत्रिका का वह सम्पादन कर रहे थे। उसके जो सम्पादक थे, सम्भवत: शंभुनाथ सिंह, हमारे कॉलेज के प्राचीन छात्र थे और वह एक प्रसिद्ध गीतकार भी थे। उस समय वह छुट्टी पर चले गए थे और उनकी जगह त्रिलोचन जी काम देख रहे थे। मैं भी उस समय छात्रावास में न रहकर बाहर एक लॉज में रहता था तो वहीं से होकर कॉलेज में अन्दर जाना पड़ता था। मुझे त्रिलोचन जी के दर्शन वहीं हुए थे। पत्रिका के लिए मैं भी कविताएँ लेकर जाया करता था। पत्रिका के लिए जो कविताएँ आती थीं, वह पढ़कर सुनाते थे और बहुत-सी बातें उनसे होती रहती थीं। वह पढ़ने-लिखने का सुझाव भी देते रहते थे कि फलाँ पुस्तक पढ़ो।

राकेश पांडेय : त्रिलोचन जी से परिचय के बाद आप प्रगाढ़ता और निकटता कब महसूस करने लगे?

नामवर सिंह : त्रिलोचन जी से जब सम्बन्ध बना तब मैं छात्रावास में आ गया था और छात्रावास का जो मुख्य द्वार था, उसके बाहर एक लॉज था। वह शिवपुर के भी पास पड़ता था। वहाँ से त्रिलोचन जी हमारे यहाँ आते थे। क्योंकि सम्बन्ध बन गया था। वह साइकिल पर आते थे। उस समय वह ट्यूशन कर रहे थे। एक कमलिनी मेहता जो बाद में काशी हिन्दू विश्वविद्यालय में अध्यापिका बनीं, लेकिन उस समय उनको हिन्दी पढ़ाने के लिए, परीक्षा की तैयारी के लिए त्रिलोचन जी

ट्यूशन करते थे। उस समय वह खूब कविताएँ लिख रहे थे और हमारे छात्रावास में आते रहते थे। आम तौर पर वह छात्रावास में शाम का भोजन हमारे साथ ही मेस में करते थे। यह नित्य का कार्य था और यह सिलसिला 9वीं और 10वीं, दोनों कक्षाओं तक चला। उस समय वह आते रहते थे और जो कविताएँ लिखते थे, उन्हें सुनाते रहते थे। बड़ी तीव्र गति से वह दो-तीन कविताएँ तो रोज लिखते ही थे। जब यह सिलसिला चला तो जिसमें साहित्यिक चर्चाएँ होती थीं, कविताएँ होती थीं, तो सन् 1945 में मैंने हाईस्कूल पास किया। उसके बाद 1946-47 में भी मैं उसी छात्रावास में रहा, जहाँ मैंने इंटरमीडिएट पास किया और दूसरे छात्रावास में चला गया। वहाँ भी त्रिलोचन जी आते थे और यह सिलसिला चल निकला।

उस समय की एक घटना मुझे याद है कि वह एक दिन आए और जब हाईस्कूल का फार्म भरा जा रहा था, सर्दियों के दिन रहे होंगे, उन्होंने कहा कि 'मैं हाईस्कूल की परीक्षा देना चाहता हूँ।' मैं चकित रह गया। इतनी प्रौढ़ उम्र में वह हाईस्कूल की परीक्षा क्यों देना चाहते हैं? वह उस समय 'हंस' का सहायक सम्पादन भी कर रहे थे। मैंने उनसे कहा कि फार्म भरने की तारीख तो बीत गई है और अब तो देर हो गई है। वह प्राइवेट भरना चाहते थे, जो सम्भव नहीं है। उन्होंने जो कारण बताया, वह अब भी याद है। उन दिनों वे 'हंस' के सम्पादन से जुड़े हुए थे। अमृतराय उसके सम्पादक थे। वे उनको 60 या 50 रुपये देते थे। त्रिलोचन जी ने कहा कि इतने में हमारा खर्च नहीं चलता है। कुछ बढ़ा दो, महँगाई का जमाना है। तो अमृतराय जी ने कहा कि तुम हाईस्कूल तो पास नहीं हो। तुम्हें 60 रुपये दे रहा हूँ, वह क्या कम है?' यह बात उनको लग गई। यही बताया उन्होंने मुझे। इसमें सच्चाई कितनी है, तथ्य कितना है, मुझे नहीं मालूम। लेकिन उन्होंने मुझसे कहा तो मैंने उनसे कहा कि आपको जरूरत तो नहीं है लेकिन अगर करना है तो अगले साल कर लीजिएगा।

एक और छोटी-सी घटना याद है जो यह सम्बन्ध उनसे बना रहा। लगभग रोज का ही मिलना था। वह कविताएँ सुनाते थे और मैं भी उन्हें सुना देता था। इसके बाद सिलसिला चलता रहा और मैं काशी विश्वविद्यालय गया। मैं वहाँ दो साल तक रहा। उस समय वह रहने के लिए लंका पर आ गए थे। चूँकि हम लोग पास ही रहते थे तो गंगा-स्नान करने के लिए नियमित प्रातः स.थ ही जाया करते थे। कभी वह छात्रावास में हमारे यहाँ भोजन करते थे और उनकी पत्नी भी वहाँ आ गई थीं। तो मैं स्वयं भी उनके यहाँ भोजन किया करता था। यह सिलसिला लगभग 1952 तक चलता रहा। इस तरह सन् 1942 से 1952 तक सिलसिला निरन्तर साथ-साथ चलता रहा। हम साथ-साथ गोष्ठियों में भी जाया करते थे। उस समय काशी में कोई हमारे साथ यदि सबसे निकट था, हमारे अभिभावक की तरह तो वह त्रिलोचन जी थे।

राकेश पांडेय : आपने सन् 1942 से 1952 तक का जिक्र किया। वह काल भारत की स्वतंत्रता का था। उस समय आपने त्रिलोचन जी में कोई परिवर्तन महसूस किया था?

नामवर सिंह : मुझे याद नहीं पड़ता है कि यह घटना सन् 1942 से पहले की है या बाद की। एक काव्य-गोष्ठी सरस्वती भवन में हुई थी। उसमें शमशेर आए थे। शमशेर जी उस समय बनारस में ही थे। और यूँ याद आता है कि उस समय शमशेर जी भी 'हंस' कार्यालय में काम करते थे। याद नहीं कि उस समय त्रिलोचन जी 'हंस' में थे या नहीं। उस समय शिवदान सिंह चौहान भी वहीं थे। युवा साहित्यकार के रूप में मैं भी था। उसमें त्रिलोचन जी ने अपनी कविता सुनाई थी। उसमें शमशेर जी ने नरेन्द्र शर्मा जी की कविता सुनाई थी जो उन्होंने जेल से भेजी थी। चौहान जी ने 'बिटिवा' या कुछ ऐसे ही एक कहानी सुनाई थी। लेकिन जहाँ तक मुझे याद है, कोई राजनीतिक चेतना या ऐसा कुछ नहीं था।

राकेश पांडेय : त्रिलोचन जी अब हम लोगों के बीच में नहीं हैं। उनके 'होने' और 'न होने' को हिन्दी कविता के सन्दर्भ में आप किस रूप में लेते हैं?

नामवर सिंह : असल में त्रिलोचन जी की पहली पुस्तक 'धरती' उनके प्रदीप कार्यालय से छपी थी। उन दिनों उसकी पहली समीक्षा सन् 1946 में 'हंस' में मुक्तिबोध ने की थी और 'धरती' की पहली प्रति जो मेरे पास थी, उसमें सन् 1945 की तारीख पड़ी हुई थी। उसके लगभग 9-10 वर्ष बाद 'दिगन्त' का प्रकाशन हुआ। उसकी उस समय कोई समीक्षा हुई हो, मुझे यह याद नहीं आता। उसके बाद उनकी कविताओं का प्रकाशन-क्रम देखें, वर्ष-क्रम से मालूम होगा, तो बीच में उनकी उर्दू की गजलों का 'गुलाब-ओ-गुलुल' छपी थी। और उसके बाद बहुत देर से उनकी पुस्तकों का प्रकाशन हुआ। मेरे खयाल से जब दिल्ली आ गए थे, तब 'शब्द' का प्रकाशन हुआ। 'अर्धाग्न' विष्णु चन्द्र शर्मा ने छापा। सन् 1980 के बाद एक बहुत लम्बा अन्तराल है उनकी रचनाओं के बीच। 'धरती' और 'शब्द' के बीच में 10-11 वर्ष का अन्तराल है और उर्दू की गजलों 'गुलाब-ओ-गुलुल' पर लोगों ने ध्यान नहीं दिया। साथ के लोग कहने लग गए कि त्रिलोचन जी कहाँ उर्दू में लिखने लग गए। फिर सन् 1980 के बाद त्रिलोचन जी '70 वर्ष पूरे होने पर उन पर अधिकांश लेख और पुस्तकें आईं। गोविन्द प्रसाद ने एक पुस्तक का सम्पादन किया था। मैंने त्रिलोचन जी के सन्दर्भ में आलोचना का एक पूरा विशेषांक निकाला था और 'जनसत्ता' में लेख भी लिखा था। इस तरह सन् 1980 के बाद ही त्रिलोचन जी की चर्चा शुरू हुई। वह भोपाल भी गए, सागर में रहे। सच पूछिए तो 'नई कविता' के तथाकथित दौर में वे धारा से जुड़े हुए थे। उस दौर में नागार्जुन, केदारनाथ अग्रवाल, 'तार सप्तक' के कारण मुक्तिबोध और त्रिलोचन की थोड़ी-बहुत चर्चा हो गई थी। इन कवियों की चर्चा आप देखें तो जो प्रयोगशील दौर था। उस दौर में लोग जानते

तो थे और उनकी रचनाओं से भी परिचित थे। उनकी कविताएँ 'कल्पना' में छपी हैं, 'प्रतीक' में छपी हैं, बावजूद इसके कोई महत्त्वपूर्ण लेख लिखा गया हो या कोई पुस्तक छपी हो तो यह सब तो बहुत बाद में लिखा गया है।

राकेश पांडेय : हम बात कर रहे हैं कि अब त्रिलोचन जी नहीं हैं। आज के दौर में ऐसे लोग नहीं हैं जो त्रिलोचन जी की कमी पूरी कर सकें।

नामवर सिंह : त्रिलोचन जी को इसका एहसास था। वह लिख चुके हैं कि प्रगतिशील कवियों की नई लिस्ट में उनका नाम नहीं था। और रामविलास जी से भी शिकायत की है। क्योंकि रामविलास जी केदारनाथ अग्रवाल का नाम तो लेते थे, नागार्जुन का लेते थे, लेकिन मुक्तिबोध और त्रिलोचन के बारे में खामोश थे। इसका मतलब है कि जिस प्रकार की कविता लिख रहे थे लोग, उस साँचे में त्रिलोचन की कविता ढलती नहीं थी। किसी वाद के अन्तर्गत नहीं आती थी। उनका सबसे अलग रंग था और उनको यह एहसास भी था। उन्होंने एक कविता में भी लिखा है कि 'मैं बहुत अलग कहीं और हूँ, खोज लो, कहाँ हूँ, मुझे शब्द-शब्द में देखो, मैं कहा हूँ।' उनको यह एहसास था कि वह अलग ढंग के हैं। बँधी-बँधाई लीक पर वह नहीं थे। इसलिए जब मैंने एक लेख लिखा तो उसमें मैंने कहा कि त्रिलोचन के लिए एक अलग काव्यशास्त्र की आवश्यकता है, क्योंकि वह किसी साँचे में, किसी वाद में, किसी धारा में नहीं थे।

राकेश पांडेय : त्रिलोचन बातचीत में अक्सर कहते थे कि मैं पुश्तैनी किसान हूँ, इसलिए पुश्तैनी कम्यूनिस्ट भी हूँ। जिस दिन कम्यूनिस्ट नहीं रहूँगा, उस दिन मरना पसन्द करूँगा। इतनी प्रतिबद्धता के बावजूद उन्हें प्रगतिवादियों ने अपने वृत्त से बाहर क्यों रखा? आपकी लिस्ट में त्रिलोचन कहाँ हैं?

नामवर सिंह : जहाँ तक मेरी लिस्ट का सवाल है, मैं तो उन पर दो लेख लिख चुका हूँ। और सोचा है कि पुस्तक भी लिखूँगा। जो उस लिस्ट से बाहर थे, वे थे मुक्तिबोध और त्रिलोचन। तो मैंने मुक्तिबोध पर लिखा और त्रिलोचन पर भी लिखा है तथा अभी और लिखने का इरादा भी है। क्योंकि उन्होंने एक जो अलग रास्ता बनाया है, वह क्या है, यह बताने की जरूरत है। इसलिए यदि उनकी उपेक्षा हुई तो इस पर आश्चर्य नहीं होना चाहिए। लोगों ने उन्हें देर से पहचाना। कारण यह था कि उनका अलगाव उनकी भाषा के कारण प्रतीत होता है, उसकी शब्द-रचना से होता है। एक बार मैंने त्रिलोचन जी से पूछा था, जब 'शब्द' संग्रह छपकर आया कि 'आपकी सबसे प्रिय पुस्तक कौन-सी है?' तो उन्होंने कहा, 'शब्द'।' वह शब्द-साधक और शब्दों की गहरी चेतना वाले आदमी थे। उसका एक कारण यह भी था कि उन्होंने शब्द-कोशों में ही काम किया। नागरी प्रचारिणी सभा में शब्दकोश में काम

करते थे, दिल्ली विश्वविद्यालय में आए तो जो यहाँ कोश बन रहा था, उसमें काम किया। उनका ध्यान साहित्य में आए हुए शब्दों से ज्यादा जो अवध में बोलचाल के शब्द हैं, उन शब्दों पर ज्यादा था। वह मानते थे कि शब्द-साधना ही काव्य है। इसलिए वह गद्य और पद्य में अन्तर भी नहीं करते थे। बहुत-से लोगों को उनकी कविता पूरा गद्य मालूम होती है। उस गद्यात्मकता में लोगों को कवित्त भी दिखाई नहीं पड़ता। बहुत देर से हिन्दी कविता में जब यह परिवर्तन आया, खास तौर पर 60 के दशक के बाद, जो धूमिल आदि का दौर आया। एक तरह से साँचे में ढली प्रगतिशील कविता, नई कविता, प्रयोगवाद, हर तरह की कविताओं से मुक्त होकर एक नई भाषा कविता की गढ़ी जा रही थी। उस समय लोगों के ध्यान में त्रिलोचन आए और उनके महत्त्व को इस पीढ़ी के लोगों ने पहचानना शुरू किया। यद्यपि त्रिलोचन में कुछ विशिष्टता है, यह शमशेर भी जानते थे। दोनों के प्रगाढ़ सम्बन्ध थे। लेकिन नई पीढ़ी के कारण लोगों ने त्रिलोचन के महत्त्व को पहचानना शुरू किया।

राकेश पांडेय : आप कहते रहे हैं कि अज्ञेय को शब्दों से मोह है लेकिन त्रिलोचन को शब्द से लगाव है। इधर आपकी दृष्टि अज्ञेय के प्रति सहानुभूतिमय हुई है। क्या 'मोह' और 'लगाव' के मायनों में भी कोई बदलाव आया है?

नामवर सिंह : किस सन्दर्भ में मैंने यह वाक्य कहा, मुझे यह याद नहीं। लेकिन आप एक चीज देखें कि लोक-बोली के शब्दों का प्रयोग कभी-कभी अज्ञेय भी करते थे, लेकिन अज्ञेय जैसे एक शहर का आदमी लोक-बोली के शब्द को प्रयोग में ले तो जैसे कि एक विदेशी टूरिस्ट आकर गाँव में आकर्षित होता है, वह आकर्षण अज्ञेय जी का दिखाई पड़ता है। नगर जीवन का अभ्यस्त और पश्चिम की आधुनिक सभ्यता में पला-पोसा आदमी लोकभाषा के शब्द को, लोक-जीवन को देखता है तो एक दृष्टि होती है। त्रिलोचन शहर में रहते हुए भी शहर के कभी नहीं बने। उन्हें भूमिपुत्र के रूप में कहिए और चिरानी पट्टी और उसमें भी उनकी अपनी अवधी। सुलतानपुर की अवधी अलग है, बैसवारे की अवधी अलग है, रायबरेली की अलग है तो उस अलग-अलग अवधी को पहचानना बड़ी बात है। दरअसल लोक-बोली बोली नहीं होती थी, उसके साथ जुड़े लोक-जीवन के चरित्र से लगाव था और लगाव ही नहीं, उनके बीच का आदमी उन शब्दों को हिन्दी में ले आता था। इसलिए मैंने कहा कि मोह और वह आकर्षण दूसरा था।

राकेश पांडेय : आपसे बातचीत में काशी का जिक्र आया। काशी के भैरों का सोंटा आपको भी लगा, त्रिलोचन को भी लगा। गोष्ठियों में उस सोंटे की चोट की अभिव्यक्ति आप अक्सर करते रहते हैं, लेकिन त्रिलोचन ने उस सोंटे की चोट के विरुद्ध 'चूँ' तक नहीं किया। ऐसा क्यों?

नामवर सिंह : देखिए, जिक्र भले ही न किया हो। इसका मतलब है कि मैं तो काशी जनपद का ही रहनेवाला हूँ। त्रिलोचन जी तो रहनेवाले सुलतानपुर के थे। बनारस आ गए थे, रहे जरूर। गंगा स्नान करते हुए उन्होंने बनारस पर कविताएँ लिखीं जरूर। राजघाट के पुल पर कविता लिखी, बनारस पर उन्होंने कविताएँ बहुत लिखीं। ऐसा नहीं कि उन्हें लगाव न हो। शुरू से ही उनकी वृत्ति यायावरी थी। जैसे वह बनारस रहे, वैसे ही इलाहबाद रहे, उसी तरह दिल्ली में रहे, उसी तरह सागर में रहे। जगह-जगह वह रहते रहे और इसलिए उनके लिए अपना ठिकाना तो चिरानी पट्टी ही थी। बनारस तो उनके लिए उसी तरह था, जैसे सागर था। मेरे लिए केवल बनारस ही था। इस कारण हमारे-उनके सम्बन्ध बनारस को लेकर भिन्न थे।

राकेश पांडेय : आधुनिकता के अन्दर आत्मसंघर्ष करनेवाले मुक्तिबोध और परम्परा के अन्दर संघर्ष करनेवाले त्रिलोचन में से आज कौन कवि ज्यादा प्रासंगिक हैं?

नामवर सिंह : देखिए, अपने साहित्य के सन्दर्भ में आधुनिकता शब्द का प्रयोग जो हम लोग करते हैं, वह आम तौर से पश्चिम में जिस तरह आधुनिकता का इस्तेमाल किया जाता है। तो वह पश्चिमी साहित्य से परिचित होकर, उदाहरण के लिए हिन्दी में छायावाद के लिए करते हैं, तो अंग्रेजी का रोमांटिकसिज्म ध्यान होता है। प्रगतिशील आन्दोलन भी मार्क्सवाद से प्रभावित था। इसी तरह उत्तर-आधुनिकता की बात करते हैं, यह भी पश्चिम से लिया हुआ है। हम लोग जब आधुनिकता की बात करते हैं, उसमें कई चीजें मिल जाती हैं। हमारा आधुनिकता से सम्बन्ध स्वाधीनता के बाद से है और स्वाधीन होने के बाद जो विकास का नया दौर चला है, उससे हमारा सम्बन्ध है। इसलिए पुरानी शब्दावली में तो वर्णित किया नहीं जा सकता। इसलिए मैंने त्रिलोचन जी के बारे में कहा था कि उनकी कविता पर छायावाद का कोई प्रभाव ही नहीं पड़ा। वह प्रगतिवादी शब्दावली से भी मुक्त रहे। हिन्दी कविता का जो स्वाभाविक विकास देखा जाए तो वह अत्यन्त प्रिय कवि और अवधी के नाते भी तुलसीदास थे। हमारी कविता की जो पुरानी परम्परा चली आ रही थी, वह छायावाद के महत्त्व को मानते हुए भी जो सहज प्रवाह था हिन्दी कविता का, जो अपनी बोली-बानी और जनता के बीच से निकली थी, उसके बीच त्रिलोचन निकलते दिखाई पड़ते हैं। इसलिए उनके यहाँ छायावाद बहुत कम मिलेगा। उत्तर-छायावाद के जो कवि कहे जाते हैं, बच्चन जी हैं, दिनकर जी हैं, इन लोगों की भाषा से भी त्रिलोचन अलग थे। उनका सहज विकास है।

राकेश पांडेय : त्रिलोचन किंवदन्ती पुरुष के रूप में स्थापित थे। आपने भी कहा था, वह अपनी उम्र छिपाते हैं। उनसे जब इसका उत्तर चाहा गया तो आपके लिए उन्होंने कहा था कि 'मैं उनकी एक व्यक्ति के रूप में इज्जत करता हूँ परन्तु उन्हें

खुलकर बोलना चाहिए।' क्या इस अवसर पर आप पाठकों के लिए खुलकर बोलना चाहेंगे?

नामवर सिंह : अपने व्यक्तिगत जीवन के बारे में त्रिलोचन जी बहुत कम बोलते थे। जबकि दूसरे बहुत-से लोग अपने बारे में बहुत कुछ बोलते हैं। उनसे जितनी देर बात कीजिए, वह एक शब्द के ऊपर घंटों बोलते चले जाएँगे। साहित्य के बारे में बात करें, किसी कवि के बारे में बात करें, किसी लेखक के बारे में बात करें, लेकिन वह साहित्य से इतर व्यक्ति और प्रसंगों के बारे में बिलकुल बात नहीं करते थे। इस मामले में वह निर्विकार थे। इसलिए अगर अपने बारे में वे कुछ कहें तो पता चले। व्यक्तिगत रूप से आप जानते हों कि वह कब गाँव जाते हैं, उन्होंने अपनी पत्नी के बारे में चिट्ठी में या पुत्र के बारे में कभी कुछ नहीं लिखा जबकि लगाव था उनका। अपनी राजनीति के बारे में कभी कोई बात नहीं की। कभी कोई कुछ कह नहीं सकता, कुछ लिखा भी नहीं उन्होंने इस बारे में। वह एक रचनाकार और कवि ही थे। गद्य भी उन्होंने बहुत कम ही लिखा है। लाचार होकर उन्हें गद्य की एक-दो चीजें लिखनी पड़ी हैं। वह रोजनामचा-डायरी जरूर लिखते थे और उन्होंने डायरी भी अधूरी छोड़ दी। उनकी दो-तीन साल की डायरी होगी। तारीख वाली डायरी लाते थे। पन्ना भर जाता था तो छोड़ देते थे। उसी में वह व्यक्तिगत चीजें—किससे मिले, लिखते थे। बाकी इसके अतिरिक्त उन्होंने कुछ लिखा ही नहीं। इसी प्रसंग में मैंने कहा होगा।

राकेश पांडेय : समकालीन युवा कवियों के प्रेरणास्रोतों में धूमिल और दुष्यन्त कुमार का नाम जिस शिद्दत से लिया जा रहा है, उतना त्रिलोचन जी का नहीं। इसके क्या कारण हैं?

नामवर सिंह : धूमिल 60 के दशक के कवि हैं। जब भारत-चीन का युद्ध हुआ था, उस समय धूमिल उदित हुए थे और मैंने उनके बारे में लेख भी लिखा था। अब देखिए, जिस प्रकार धूमिल की बड़ी दुखद मृत्यु हुई, असमय हुई, उसी तरह से धूमिल शिखर पर थे उस समय। तभी धूमिल की चर्चा हुई। उसके बाद आज कोई नाम नहीं लेता। दुष्यन्त की भी यही स्थिति है। भोपाल में एकाध लोगों ने संस्था बना रखी है उनके नाम पर। दुष्यन्त केवल हिन्दी में गजल के ही कवि नहीं हैं, उसके अलावा भी दुष्यन्त ने लिखा है लेकिन गजल के अलावा कोई चर्चा नहीं करता है। इससे मालूम होता है कि तात्कालिकता के दबाव में ही इन कवियों की चर्चा हुई। त्रिलोचन जी में क्लासिकी तत्त्व है। उस सादगी और सरलता के बावजूद इतना है कि अपने समकालीनों में जितनी कविताएँ त्रिलोचन ने लिखी हैं, उतना किसी ने नहीं लिखीं—नागार्जुन ने नहीं, केदारनाथ अग्रवाल ने नहीं, शमशेर ने नहीं, अज्ञेय

ने नहीं। आप मात्रा और परिमाण की दृष्टि से देखें तो त्रिलोचन ने जितनी कविताएँ लिखी हैं और जितनी तरह की कविताएँ लिखी हैं, अकेले किसी एक कवि ने इतनी नहीं लिखी हैं। इतनी विविधता भी नहीं है और बहुलता भी नहीं है। इसलिए जब धीरे-धीरे नई पीढ़ी के लोग आए तो उन्हें श्रेय देना चाहिए कि त्रिलोचन को उन्होंने खोजा। जब तमाम कवियों की चर्चा समाप्त हो गई तो त्रिलोचन में ही कुछ ऐसा है, क्लासिकी रंग है, वह खाली सामयिकता ही नहीं है उनमें। त्रिलोचन में नये अर्थ मिलेंगे, नई सम्भावनाएँ मिलेंगी।

राकेश पांडेय : आपने अपने एक आलेख में त्रिलोचन शास्त्री को 'प्राग आधुनिक' कहा था। इस 'प्राग' आधुनिकता की अर्थव्यंजना और प्रासंगिकता क्या है?

नामवर सिंह : तथाकथित जो आधुनिकतावाद है, जिसका मतलब हुआ कि हमारे यहाँ छायावादी और प्रगतिवादी कविता के बाद जो प्रयोगवादी और 'नई कविता' चली, यह हुई आधुनिकता। त्रिलोचन जी अपने को जोड़ते हैं। मंगलेश डबराल से बात करते हुए कहा है, उससे पहले श्रीधर पाठक, रामनरेश त्रिपाठी, जो स्वच्छन्दतावादी लोग कहलाते हैं। खड़ी बोली की कविता जब से शुरू हुई तो उस खड़ी बोली वाली परम्परा की चर्चा करते हैं। खास तौर से रामनरेश त्रिपाठी का नाम उन्होंने लिया है, शायद इसलिए कि वह भी सुलतानपुर के थे। उनकी भाषा का जो विन्यास है खड़ी बोली का, उस खड़ी बोली का वह ठाठ छायावाद से पूर्व वाली धारा से अपने को जोड़ती है। पन्त, प्रसाद, निराला के महत्त्व को मानते हुए भी उनकी भाषा में छायावादियों की झलक आपको नहीं मिलेगी। इसलिए मैंने कहा कि 'प्राग आधुनिकता'।

चूँकि वह लोक-जीवन से जुड़े हुए थे और लोकभाषा से लेते थे तो लोकभाषा में आधुनिक और अनाधुनिक तो होता नहीं है। लोक-जीवन तो जो है, वह प्राग-आधुनिक है। इसलिए सतह पर होनेवाले परिवर्तनों से अलग हट करके लोक-जीवन और लोकभाषा की जो अन्तरधारा है, उस क्रम में त्रिलोचन जी आते हुए दिखाई पड़ते हैं। इस दृष्टि से उनका उस इतिहास से कोई सीधा सम्बन्ध दिखाई नहीं पड़ता है।

राकेश पांडेय : आपका त्रिलोचन जी के साथ गहरा रिश्ता रहा है। क्या ऐसा कोई संस्मरण आपके मन-मस्तिष्क में इस समय आ रहा है, जिससे हिन्दी का पाठक कुछ सीखकर गौरवान्वित हो सके?

नामवर सिंह : देखिए, पहली बात उन्होंने किसी से बात करते हुए कहा कि उन्हें शब्द और शब्दों के इतिहास में गहरी रुचि थी। उनकी शिकायत थी कि कविता में प्रयुक्त शब्दों को लोग नहीं समझते हैं। एक शब्द की चर्चा वह घंटों भर कर

सकते थे। उदाहरण के लिए एक पक्षी का जिक्र जायसी ने किया है 'कुकनुस', जिसे अग्नि-पक्षी कहते हैं। एक बार वह विस्तार से बताने लगे। चूँकि वह उर्दू के शब्दकोश पर काम करते थे तो अरबी-फारसी से परिचित थे, जिसमें कुकनुस के बारे में कुछ कहा गया है। उसके बारे में पूरी दन्तकथा जुड़ी हुई है और जायसी ने इस शब्द का प्रयोग किया है। उसका उल्लेख मिलता है दूसरे कवियों में भी। सम्भवतः कबीर ने भी इस्तेमाल किया कुकनुस शब्द का कि वह गाता है। तो गाने से उसके शरीर से आग उठती है और वह जल जाता है, राख हो जाता है। उसके बाद फिर उसी राख से एक नया कुकनुस पैदा होता है। यह कहकर वह बताना चाहते थे कि एक सच्चा कवि कुकनुस की तरह अपनी ही आग से जल जाता है और फिर एक नया कवि पैदा होता है। हर सच्चा कवि एक कुकनुस की तरह होता है। यह बात मुझे उनसे मालूम हुई। अब यह प्रयोग था, बाद में कुछ लोगों ने अग्नि-पक्षी कहकर छोड़ दिया था। लेकिन उसके साथ एक कहानी जुड़ी हुई है। कुछ लोग ग्रीक मैथोलॉजी कहते हैं और कुछ अरब मैथोलॉजी कहते हैं। आज के लोगों में कोई उसको नहीं जानता है। हम लोग चकोर को तो जानते हैं जो आग खाता है, लेकिन वह अग्नि-पक्षी नहीं है। कुकनुस ही अग्नि-पक्षी है। इस तरह कई शब्दों के इतिहास और उनकी अन्तरकथा की जानकारी त्रिलोचन जी को थी। अथाह उनका कोश था। आज वही चीजें मन में आती हैं। जब किसी शब्द के बारे में मन में जिज्ञासा होती है तो तुरन्त त्रिलोचन जी की याद आती है कि वह होते तो उनसे पूछता और वह निश्चित रूप से बता देते। अब कोई बतानेवाला नहीं है। इसलिए शब्दों के इतिहास में, उनकी उत्पत्ति में, उनके प्रयोग में, उनके मूल स्रोत में जाना, त्रिलोचन पर काम करनेवालों को त्रिलोचन द्वारा प्रयोग किये गए शब्दों की सूची बनानी चाहिए। आधुनिक कवियों में से किसी ने इन शब्दों का प्रयोग नहीं किया है। सहज-सुलभ शब्दों के अलावा ऐसे बहुत शब्द मिलेंगे जो किसी प्राचीन कवि ने प्रयोग किये होंगे। उसके बाद किसी ने नहीं किये होंगे। बोलचाल में भी होंगे तो किसी ने कविता में प्रयोग नहीं किये होंगे। संस्कृत की पूरी पदावली कालिदास घोंटे हुए थे। वह ऐसे शब्दों को ले आते थे जिनको हिन्दी में किसी ने प्रयोग ही नहीं किया था। इस तरह का काम जहाँ तक कालिदास का सम्बन्ध है, हमारे गुरुदेव आचार्य हजारी प्रसाद द्विवेदी करते थे या फिर इन कवियों में खास तौर पर त्रिलोचन जी करते थे। ऐसे ही कुछ शब्दों को ढूँढ़ लाने का काम अज्ञेय ने किया है। ये थोड़े-से लोग हैं। यही बातें मेरी स्मृति में जुड़ी हुई हैं।

राकेश पांडेय : त्रिलोचन जी के बारे में कोई बात आप अपनी ओर से कहना चाहें जो साक्षात्कार में न आ पाई हो?

नामवर सिंह : पुस्तक न भी हो सके तो अपने दो लेखों में जो मैंने कहा है और जो

चीजें छूट गई हैं, बाद में सोचता रहा हूँ। किताब न भी पूरी हो सके तब भी त्रिलोचन जी पर एक लम्बा लेख लिखना चाहता हूँ। यही मेरी आकांक्षा है और जिस दिन वह पूरा हो जाएगा, उस दिन समझूँगा कि मैं एक तरह से गुरुऋण अदा कर रहा हूँ। वह मेरी एक तरह से गुरु-दक्षिणा भी होगी। यही इच्छा है मेरी।

'कलम का सिपाही' : अमृतराय की सर्वश्रेष्ठ उपलब्धि

स्वतंत्र कुमार जैन और नामदेव की बातचीत

प्रश्न : आज हम अमृतराय पर क्यों बात कर रहे हैं?

नामवर सिंह : पचहत्तर वर्ष की लम्बी आयु और लगभग चालीस-पैंतालीस वर्ष की लम्बी साहित्य-सेवा के बाद जब कोई साहित्यकार उठ जाता है तो उसके अभाव को महसूस करते हुए उसके सम्पूर्ण अवदान पर विचार करने की मनःस्थिति बनती है।

प्रश्न : 1956 में अमृतराय ने भारतीय कम्यूनिस्ट पार्टी से इस्तीफा दे दिया था, उसकी क्या वजह थी?

नामवर सिंह : 1956 में कम्यूनिस्ट पार्टी और उसके साथ ही प्रगतिशील लेखक संघ, दोनों से त्यागपत्र देने का कारण था। सोवियत संघ की कम्यूनिस्ट पार्टी में ख्रुश्चेव ने स्तालिन की आलोचना करते हुए व्यक्ति पूजा का जो दौर था, उसका उद्घाटन किया। मुझे याद है, उन दिनों इलाहाबाद में उनसे मेरी मुलाकात हुई। अमरीकी कम्यूनिस्ट लेखक हार्वर्ड फास्ट की पुस्तक 'द नेक्ड गॉड' आई थी। अमृतराय ने इस पुस्तक को पढ़ा था और मुझसे भी पढ़ने के लिए कहा था। इस पुस्तक ने उनकी आस्था को झकझोर दिया था। इस किताब का आज इसलिए भी महत्त्व है कि अमृतराय ने उनके प्रसिद्ध उपन्यास, जो जॉर्ज स्पार्टाकस के जीवन पर आधारित है, का 'आदिविद्रोही' नाम से हिन्दी में अनुवाद किया था। तात्कालिक कारण ख्रुश्चेव की स्पीच ही है। लेकिन ऐसा लगता है कि उसकी पृष्ठभूमि तीन-चार साल पहले से ही तैयार हो रही थी। भारतीय कम्यूनिस्ट पार्टी में उनके जो अनुभव थे, इन अनुभवों की रोशनी में भी इस त्यागपत्र को देखा और समझा जा सकता है।

लेकिन हाँ, एक बात उल्लेखनीय है कि कम्यूनिस्ट पार्टी छोड़ने के बाद अमृतराय अन्य भूतपूर्व कम्यूनिस्टों की तरह पार्टी के विरोधी नहीं बने, मार्क्सवाद के विरोधी नहीं बने, भारत में कम्यूनिस्ट आन्दोलन के विरोधी नहीं बने। इसलिए उनकी चर्चा करते समय यह अन्तर करना जरूरी है। वे बराबर वामपंथी और जनतांत्रिक शक्तियों के

साथ बने रहे। और इसका प्रमाण है। 1957 में इलाहाबाद में लेखक सम्मेलन हुआ था, जिसमें अधिकांश प्रगतिशील लेखक थे। इसके आयोजन में उन्होंने महत्त्वपूर्ण भूमिका अदा की। इसी समय की एक घटना का उल्लेख करना बहुत जरूरी है। तीन-चार वर्षों से जो 'हंस' बन्द पड़ा था, उसका एक अर्द्धवार्षिक संकलन, पुस्तकाकार में इस सम्मेलन के अवसर पर उन्होंने प्रकाशित किया था। इसमें मेरा भी एक लेख है : 'आस्था का प्रश्न', जिसे मैंने ख्रुश्चेव के एक व्याख्यान का और प्रतिक्रिया का उल्लेख करते हुए लिखा है। 'हंस' का अर्धवार्षिक संकलन उनकी आस्था का प्रमाण है कि इस्तीफा देने के बाद भी वे एंटी-कम्यूनिस्ट नहीं हुए थे।

प्रश्न : अमृतराय की पुस्तक है : 'हाउस डिवाइडेड'। उन्होंने यानी एक हिन्दी के साहित्यकार ने उसे अंग्रेजी में क्यों लिखा, साहित्यकार ने उसे अंग्रेजी में क्यों लिखा, जबकि यह पुस्तक मुख्य रूप से हिन्दी-उर्दू विवाद पर है?

नामवर सिंह : अमृतराय को जवाहर लाल नेहरू फेलोशिप मिली थी। और इसके लिए जो प्रोजेक्ट उन्होंने दिया था, वह यही था। उस प्रोजेक्ट में तब तक, मेरी जानकारी में, लोगों ने इंग्लिश में ही अपना काम पूरा करके दिखाया था। इसलिए उन्होंने इंग्लिश में लिखा था।

मेरी जानकारी में वह प्रोजेक्ट हिन्दी के लोगों में उनसे पहले मोहन राकेश को मिला था, जिसे वे पूरा नहीं कर सके। उनका देहान्त हो गया। राकेश के बाद हिन्दी के लोगों में यह अमृतराय को मिला। वह प्रोजेक्ट उन्होंने पूरा किया, यह अच्छी बात है, सन्तोष की बात है। उनके ध्यान में था कि इस पुस्तक को हिन्दी में भी होना चाहिए। इस पर उन्होंने काम भी शुरू कर दिया था। अनुवाद नहीं, उसके आधार पर स्वतंत्र पुस्तक। मुझे सूचना मिली है कि वे करीब आधा काम तो कर चुके थे। दुर्भाग्य से यह पूरा नहीं हो सका।

उल्लेखनीय है कि इस फेलोशिप के अन्तर्गत इंग्लिश में लिखना अमृतराय का एक चुनाव था, उसी तरह से जैसे मोहन राकेश अपना काम हिन्दी में कर रहे थे। अंग्रेजी में लिखना फेलोशिप का कोई प्रतिबन्ध जैसा नहीं है।

प्रश्न : बहुत सारी पुस्तकें हिन्दी में अनुवादित होती रही हैं, फिर भी इसकी ओर किसी का ध्यान नहीं गया?

नामवर सिंह : अब अनुवादित होती हैं। यह किताब क्यों नहीं अनुवादित हुई, मैं नहीं जानता। लेकिन वह किताब पढ़ी गई, मैंने वह किताब पढ़ी है। उर्दू-हिन्दी विवाद में दिलचस्पी रखनेवाले विद्वानों ने उसे पढ़ा है। इसलिए यह महत्त्वपूर्ण नहीं है कि वह किताब हिन्दी में नहीं आई तो उसकी उपेक्षा हुई है। वह किताब पढ़ी गई है। ऑक्सफोर्ड यूनिवर्सिटी प्रेस से वो किताब छपी है, जो एक महत्त्वपूर्ण प्रकाशन

संस्थान है। इसलिए लोगों ने पढ़ा है उसे, चर्चा हुई है उसकी।

स्वतंत्र कुमार जैन : इस पुस्तक में जो सवाल-उत्तर तलाशे गए हैं, उसके बारे में कोई टिप्पणी?

नामवर सिंह : इस पुस्तक में अमृतराय ने बहुत मेहनत की है सामग्री एकत्र करने में। गम्भीर विचार किया है। और जो निष्कर्ष उन्होंने निकाला, पुस्तक के नाम से ही मालूम होता है, कि 18वीं सदी तक हिन्दी और उर्दू दोनों की एक मिली-जुली धारा चल रही थी, उसके बाद हिन्दी संस्कृत का सहारा लेकर एक तरफ बढ़ी और उर्दू अपनी पहचान बनाने के लिए फारसी की तरफ मुड़ी। परोक्ष रूप से इसमें उन्नीसवीं सदी के नवजागरण का भी हाथ है जिसमें सर सैयद के नेतृत्व में, उनकी अपनी शिनाख्त कायम करने के लिए उनके अधिकारों की रक्षा के लिए मुस्लिम लीग की स्थापना हुई। दूसरी ओर नवजागरण में हिन्दू धर्म, हिन्दू दर्शन, हिन्दू परम्परा के आधार पर जिसमें दयानन्द, विवेकानन्द, अरविन्द घोष थे, इन लोगों की धारा चली। तो ये जो उन्नीसवीं सदी का दो धाराओं में विभाजन है, इसका असर भी एक हद तक पड़ा।

इस विवेचन में अमृतराय का जोर इस बात पर है कि विभाजन की मुख्य जिम्मेदारी वे उर्दू पर डालते हैं। खास तौर पर उर्दू का लखनऊ स्कूल जो था, उसने 'मतरूकात' का सिद्धान्त लागू किया। मीर, सौदा, नजीर अकबराबादी की जबान में फारसी के साथ-साथ ब्रजभाषा के भी शब्द मिलते थे, ठेठ बोलचाल के भी बहुत ज्यादा मिलते थे, उनको चुन-चुनकर, भाखा और गंवारी हिन्दी समझकर निकाला गया। अमृतराय का कहना है कि मतरूकात ने उर्दू को मिली-जुली भाषा से अलग किया। आगे चलकर अपनी किताब में उन्होंने बाबा-ए-उर्दू मौलवी अब्दुल हक, जो पाकिस्तान चले गए थे, के 1960-62 के व्याख्यान का एक अंश भी उद्धृत किया, जो पाकिस्तान के किसी अखबार में छपा था। इसमें उन्होंने साफ कहा था, बल्कि पाकिस्तान के हुक्मरान से शिकायत की थी कि जिस उर्दू की वजह से पाकिस्तान बना उसी उर्दू की उपेक्षा हो रही है पाकिस्तान में। यानि अमृतराय ने मुख्य स्थापना के समर्थन में यह लिखा था कि उर्दू के कारण ही पाकिस्तान बना। हिन्दी से जो अलग हुई उर्दू उसी के कारण पाकिस्तान बना। 'हाउस डिवाइडिड' का मतलब भाषा का घर ही विभाजित नहीं हुआ, बल्कि मुल्क का, हिन्दुस्तान का विभाजन हुआ, तक्सीम हुई। उन्होंने कहा कि अब्दुल हक खुद इसको स्वीकार करते हैं।

इस सिलसिले में और जिक्र कर दूँ। अभी अंग्रेजी में ऑक्सफोर्ड प्रेस से एक और किताब आई है। लेखक का नाम है : क्रिस्टोफर किंग। वे अमरीका या कनाडा में कहीं पढ़ाते हैं, हिन्दुस्तान आ चुके हैं कई बार। किताब का नाम है : 'वन लैंग्वेज टू स्क्रिप्ट्स'। इसमें क्रिस्टोफर ने अमृतराय की स्थापना की थीसिस का खंडन

किया है। उन्होंने जोर देना चाहा है कि जो दो लिपियों में लिखी जानेवाली भाषा हिन्दी या हिन्दवी थी, उसे बाँटने की जिम्मेदारी मुख्यत: उन हिन्दी लेखकों और विचारकों पर है जो नागरी लिपि और संस्कृतनिष्ठ हिन्दी को हिन्दुत्व के प्रतीक के रूप में स्थापित करने की कोशिश कर रहे थे। यह पुस्तक अभी दो-तीन साल पहले प्रकाशित हुई। भाई अमृतराय ने उसे देखा या नहीं, मुझे नहीं मालूम। और यह भी नहीं मालूम कि कहीं लिखकर उन्होंने उनकी स्थापना का खंडन किया अथवा नहीं।

प्रश्न : अमृतराय विश्वविद्यालयों के पाठ्यक्रमों में उपेक्षित हैं?

नामवर सिंह : जहाँ तक मेरी जानकारी है, हिन्दी विभागों में जहाँ भी प्रेमचन्द पढ़ाए जाते हैं, और सम्भवत: हर जगह पढ़ाए जाते हैं, वहाँ उनकी 'कलम का सिपाही : प्रेमचन्द', अनुमोदित पुस्तकों में शामिल है। इसके अलावा साहित्य की प्रवृत्तियों में प्रगतिवाद, प्रगतिवादी आलोचना हर जगह है। और प्रगतिवादी आलोचना का जब जिक्र किया जाता है तो अमृतराय के बारे में भी बताया जाता है।

उनकी कोई कहानी, उनका कोई उपन्यास, सम्भव है, कहीं न हो; लेकिन इस मामले में अमृतराय अकेले नहीं, अनेक प्रगतिशील लेखक हैं।

प्रश्न : विश्वविद्यालयों में शोध में उनके प्रति कम रुचि का कारण? उन पर अभी बमुश्किल दो-तीन शोध हुए हैं!

नामवर सिंह : इससे आप हिन्दी विभागों के स्वरूप को समझ सकते हैं। लेकिन इसका मतलब यह नहीं है कि हिन्दी-जगत अमृतराय की उपेक्षा कर रहा है। विश्वविद्यालय के हिन्दी विभाग समकालीन हिन्दी साहित्य से कितने विमुख हैं, इसका अन्दाजा लगाया जा सकता है इससे। अमृतराय पर शोध दो-तीन तो हुए ही हैं, बहुत-से लेखक तो ऐसे भी हैं जिन पर कोई शोध-कार्य नहीं हुआ है। वे महत्त्वपूर्ण लेखक हैं—उनको साहित्य अकादमी पुरस्कार, उत्तर प्रदेश हिन्दी संस्थान पुरस्कार, सोवियत भूमि पुरस्कार मिला है। उनको नेहरू फेलोशिप मिली है। इसलिए अमृतराय उपेक्षित साहित्यकारों में नहीं हैं। उनको पूरा सम्मान दिया गया है। सम्मान मिला है।

प्रश्न : हरिवंश राय बच्चन ने मात्र दो समर्थ गद्य लेखकों को हिन्दी में माना है—अमृतराय और अमृतलाल नागर। इसमें अमृतराय अधिक श्रेष्ठ हैं, क्योंकि उन्होंने कविता को छोड़ सभी विधाओं में हस्तक्षेप किया है, जबकि अमृतलाल नागर ने सिर्फ उपन्यास लिखे हैं।

नामवर सिंह : बच्चन जी हमारे वरिष्ठ और आदरणीय साहित्यकार हैं। उनकी राय का मैं सम्मान करता हूँ। स्वयं वे कवि के साथ मेरी नजर में बहुत ऊँचे गद्य

लेखक भी हैं। लेकिन आप मुझसे पूछें तो मैं कहूँगा कि अमृतराय से अच्छे गद्य लेखक तो बच्चन जी हैं। 'क्या भूलूँ, क्या याद करूँ' शीर्षक आत्मकथा का पहला खंड बेहतरीन गद्य का नमूना है।

प्रश्न : प्रेमचन्द की परम्परा में अमृतराय को माना जाता है। कुछ लोग कहते हैं कि वे **प्रेमचन्द** की नकल करते हैं। क्या प्रेमचन्द से अलग, उनके बिना अमृतराय का कोई महत्त्व है? उनकी कोई विशेष दृष्टि है?

नामवर सिंह : अमृतराय की शुरू से यह कोशिश रही कि साहित्य में उनकी अलग पहचान हो। हर संवेदनशील लेखक की तरह उन्हें इस बात से खीझ होती थी कि उन्हें प्रेमचन्द के बेटे के रूप में आदर-सम्मान दिया जाए। इस खीझ का परिणाम है वह लेख जो 'मेरा बाप' नाम से उन्होंने 'वसुधा' में लिखा था। जहाँ तक मुझे याद है, उनका पहला कहानी-संग्रह 'तिरंगा कफन' सम्भवत: 1949-50 के आसपास छपा था। नाम से ही अन्दाज लगा सकते हैं कि इसके पीछे कौन-सी राजनीतिक दृष्टि थी। अमृतराय उस समय कम्यूनिस्ट पार्टी में थे, और उस पार्टी की लाइन '48-49 के आसपास यह थी कि यह आजादी झूठी है। इस समझ के तहत उर्दू-हिन्दी के अन्य कवियों-कथाकारों की तरह अमृतराय ने भी वैसी ही तीखी कहानियाँ लिखीं। इन कहानियों की भाषा प्रेमचन्द से बहुत दूर है। उनमें कृश्न चन्दर की भाषा का रंग ज्यादा दिखाई पड़ता है। कुछ दिनों बाद उनका पहला उपन्यास 'बीज' प्रकाशित हुआ। यह एक तरह से आत्मकथात्मक उपन्यास है। यह उपन्यास भी प्रेमचन्द की भाषा और यथार्थ-दृष्टि से अलग है। इन दोनों किताबों के आधार पर किसी भी पाठक को यह समझने में दिक्कत नहीं होगी कि लिखने के मामले में अमृतराय प्रेमचन्द से अलग होकर अपना रास्ता निकालने की कोशिश कर रहे थे।

प्रश्न : 'नई कहानी' आन्दोलन में अमृतराय की क्या जगह थी?

नामवर सिंह : 'नई कहानी' आन्दोलन सरस्वती प्रेस से निकलनेवाली पत्रिका 'कहानी' से शुरू हुआ, जिसके संस्थापक सम्पादक प्रेमचन्द के बड़े पुत्र श्रीपत राय थे। और दूसरे सम्पादक थे भैरव प्रसाद गुप्त जो प्रेमचन्द की परम्परा के हिमायती और जानेमाने प्रगतिशील कथाकार थे। उस पत्रिका में सम्भव है, अमृतराय की भी कुछ 'कहानियाँ छपी हों, यद्यपि इस समय मुझे उनकी कोई कहानी याद नहीं आ रही। लेकिन इतना याद है कि वे 'नई कहानी' आन्दोलन के साथ नहीं थे और न उनकी गिनती उस दौर के नये कहानीकारों में होती थी; जब कि उन्हीं की उम्र के अन्य प्रगतिशील कथाकार भीष्म साहनी का उल्लेख इस आन्दोलन के उल्लेखनीय कथाकारों में है। स्पष्ट है कि संवेदना और शिल्प, दोनों स्तर पर वे 'नई कहानी' से अपने को अलग मानते थे। इसलिए आगे चलकर जब 'नई कहानी' की प्रतिक्रिया

स्वरूप 'सचेतन कहानी' या 'अकहानी' जैसे आन्दोलन खड़े हुए तो अमृतराय ने 'सहज कहानी' का नारा दिया। यह और बात है कि इस सहज कहानी के इकलौते लेखक वे स्वयं ही रहे!

प्रश्न : 'साहित्य में संयुक्त मोर्चा' नामक उनकी पुस्तक के बारे में कोई टिप्पणी?

नामवर सिंह : प्रगतिशील आन्दोलन में अमृतराय का महत्त्वपूर्ण योगदान है। 'साहित्य में संयुक्त मोर्चा' नाम की छोटी-सी पुस्तक 1951 में छपी थी। यह पुस्तक एक तरह से कम्यूनिस्ट पार्टी, भा.क.पा. और प्रगतिशील लेखक संघ के अन्दर उस समय चलनेवाले वैचारिक संघर्ष का एक महत्त्वपूर्ण दस्तावेज है। इस पुस्तक में बी.टी. रणदिवे की अतिवामपंथी राजनीति और डॉक्टर रामविलास शर्मा की संकीर्णतावादी साहित्यिक दृष्टि का तीव्र विरोध है। अमृतराय ने इस पुस्तक के द्वारा सुमित्रानन्दन पन्त, राहुल सांकृत्यायन, यशपाल, रांगेय राघव, हजारी प्रसाद द्विवेदी जैसे बड़े साहित्यकारों पर रामविलास जी द्वारा लगाए हुए, आरोपों का खंडन करते हुए उन्हें प्रगतिशील साहित्यधारा के अन्तर्गत पुनः प्रतिष्ठित किया।

प्रश्न : अमृतराय के साहित्यिक योगदान पर आपकी टिप्पणी!

नामवर सिंह : जहाँ तक हिन्दी साहित्य में अमृतराय के महत्त्व का सवाल है, इस विषय में फिलहाल इतना ही कह सकता हूँ कि सिर्फ एक पुस्तक 'कलम का सिपाही : प्रेमचन्द' अमृतराय को अमर बनाने के लिए काफी है। यदि और कुछ भी न लिखते तो भी उनका नाम सुरक्षित रहता। यह भी एक विडम्बना ही है कि जिस प्रेमचन्द को वे अपने यश के लिए खतरे के रूप में देखते थे, उन्हीं की जीवनी लिखकर अमृतराय यश के शिखर पर पहुँचे। कहने की आवश्यकता नहीं कि छोटी-मोटी खामियों के बावजूद 'कलम का सिपाही : प्रेमचन्द' हिन्दी में किसी साहित्यकार की पहली साहित्यिक और सर्जनात्मक जीवनी है, और अमृतराय के साहित्य-सृजन की सर्वश्रेष्ठ उपलब्धि भी।

प्रश्न : हमें कुछ उनके संस्मरण बताइए।

नामवर सिंह : अमृतराय से मेरी जान-पहचान 1943-44 के आसपास की है। वे इलाहाबाद से एम. ए. की पढ़ाई पूरी करके बनारस आए थे। उस समय मैं बनारस में हाईस्कूल का विद्यार्थी था। वे काशी प्रगतिशील लेखक संघ के सचिव हुए और मैं उसका एक अदना सदस्य था।

प्र.ले.स. की गोष्ठियों के दौरान उनसे अक्सर मुलाकात होती रहती थी। बाद में जब वे 1950 के आसपास इलाहाबाद चले गए तब भी वे बनारस आते रहते थे। और मैं अक्सर इलाहाबाद जाता रहता था। इस तरह उनसे मिलने-जुलने का

सिलसिला बराबर बना रहा। इन मुलाकातों की अनेक मधुर स्मृतियाँ हैं, उनकी चर्चा फुरसत से कभी।

फिलहाल इतना ही कह सकता हूँ कि अमृत दिल के बहुत साफ और आपसी सम्बन्धों में बड़े ही सहज तथा स्नेहशील इनसान थे। उनका ठहाका उन्हें अपने बाप से विरासत में मिला था।

['देशकाल संवाद' : सितम्बर, 1996]

खंड–3

महावीर अग्रवाल की बातचीत

पुरुष-प्रधान समाज की रूढ़ियों को तोड़ती : 'मित्रो'

महावीर अग्रवाल : मेरे लिए यह खुशी की बात है, आपने कथाकार कृष्णा सोबती के उपन्यास 'मित्रो मरजानी' के इस नये रूप पर चर्चा की स्वीकृति दी है। आप जानते ही हैं, कूँची और कलम की जुगलबन्दी के साथ 'टाइपोग्राफिक' प्रस्तुति, नई तकनीक से विकसित हुई अनूठी विधा है। उपन्यास 'मित्रो मरजानी' का नया संस्करण इसी रूप में छपा है। 'मित्रो मरजानी' के नाट्यरूप की इस 'टाइपोग्राफिक' प्रस्तुति को पढ़ते-देखते हुए क्या आपको एक शानदार नाटक को महसूस करने जैसे सुख और आनन्द की अनुभूति हुई?

नामवर सिंह : पहली बात तो यह महावीर जी, मेरा यह सौभाग्य है कि 'मित्रो मरजानी' को मंच पर मंचित होते हुए मैंने देखा है। अभिनय, गीत-संगीत, मंच सज्जा, मेकअप और प्रकाश-संयोजन के साथ निर्देशन की ऐसी प्राणवान प्रस्तुतियाँ मैंने जीवन में कम ही देखी हैं। राष्ट्रीय नाट्य विद्यालय, रंगमंडल की शानदार प्रस्तुति के लिए निर्देशक बी. एम. शाह सबसे अधिक बधाई के पात्र हैं। सभी कलाकारों ने कमोबेश कमाल का अभिनय किया है। उनकी छवियाँ जेहन में कहीं-न-कहीं मौजूद हैं। इसलिए भी 'टाइपोग्राफिक' के माध्यम से 'मित्रो मरजानी' पढ़ने में एक अलग तरह के आनन्द की अनुभूति मुझे हुई।

पुरुष-प्रधान समाज के व्यापक स्वार्थ और संकुचित सोच के चलते स्त्री के जीवन में कदम-कदम पर बन्धन हैं। 'मित्रो' समाज के बन्धन तोड़ती है। बिना डरे अपने मन की बात कहती है। मेरा साध्य निरपेक्ष भाव से पुस्तक का मूल्यांकन करना है। इस लम्बी कहानी या लघु उपन्यास में रूढ़िगत वर्जनाओं की लकीर फाँदती 'मित्रो' में स्वयं की ही नहीं, स्त्री-जाति की दबी हुई उदात्तीकृत भावनाओं की मुखर अभिव्यक्ति है। मन के भीतर उतरकर संवाद करती है यह पुस्तक। ऐसी पुस्तकों को देखकर पढ़ने की नई ललक पैदा होने लगती है।

एक बात और, ऊँची उड़ान भरने को आतुर संसार में, अपनी सुविधानुसार धीरे-धीरे फेस बुक, वाट्स ऐप, ब्लाग के साथ ई. मेल के दलदल में धँसती हुई नजर आती है हमारी नई पीढ़ी। इलेक्ट्रॉनिक मीडिया की चकाचौंध और नायाब

नुस्खों के सामने 'पुस्तक का संसार' सिकुड़ने लगा है। जटिल परिस्थितियों के बीच पुस्तक के भविष्य पर संकट के बादल हैं। ऐसी स्थिति में कथाशिल्पी कृष्णा सोबती के उपन्यास 'मित्रो मरजानी' की यह 'टाइपोग्राफिक' प्रस्तुति द्वारा ग्राफिक कलाकार नरेन्द्र श्रीवास्तव किताब पढ़ने की दिशा में सुख का नया द्वार खोलते हैं। हाँ, पुस्तक का मूल्य किस तरह पाठकों की सीमा तक लाया जा सकता है, इस पर प्रकाशन जगत् को जरूर विचार करना चाहिए।

महावीर अग्रवाल : कृष्णा सोबती के उपन्यास 'मित्रो मरजानी' की इस 'टाइपोग्राफिक' प्रस्तुति को 'राजकमल प्रकाशन' ने बेहद सलीके, नजाकत और खूबसूरती के साथ प्रकाशित किया है। जीवन में पहली बार पुस्तक पढ़ते हुए लगता है, पर्दे की ओट से एक सुन्दर नाटक सामने आकार लेने लगा है। नरेन्द्र श्रीवास्तव का यह अभिनव प्रयोग अभिभूत करता है। ललित कलाओं की गहरी जानकारी के साथ एक कलाप्रेमी और वरिष्ठ रचनाकार के रूप में आप क्या कहते हैं?

नामवर सिंह : कहना क्या है? आप जानते हैं, पिछले छह-सात दशक से पुस्तकों की दुनिया में ही डूबता-उतराता रहा हूँ। हजारों-हजार पुस्तकें देखीं और पढ़ीं। प्रत्येक पुस्तक की अपनी अलग और महती भूमिका होती है। नाना प्रकार की पुस्तकें, कला, साहित्य, संगीत, पुरातत्त्व और चित्रकला से जुड़ी पुस्तकों की एक से बढ़कर एक बानगी मैंने देखी व समझी हैं। अनूठी पुस्तकों के अनोखे संसार में 'मित्रो मरजानी' की यह 'टाइपोग्राफिक' प्रस्तुति बेमिसाल है। उपन्यास तो हम पहले ही से ही पढ़ चुके हैं। रूढ़ियों को तोड़ती हुई 'मित्रो' से अलग तरह से प्रभावित भी हुआ हूँ। 'मित्रो' केवल कपोल-कल्पना से उपजा चरित्र नहीं है। हमारे समाज में ऐसी तेज-तर्रार और साहस की प्रतिमूर्ति महिलाएँ जीती-जागती मौजूद हैं। यह जरूर है कि इस तरह का अलवेला चरित्र हिन्दी साहित्य में पहले देखने-पढ़ने में नहीं आया। 'मित्रो मरजानी' उपन्यास पढ़ने के बाद नाटक के रूप में उसका मंचन देखकर तबीयत खुश हो गई। श्री वल्लभ व्यास (गुरुदास), नूतन शर्मा (धनवन्ती), गोविन्द नामदेव (बनवारी), हेमासिंह (सुहागवन्ती), सुरेन्द्र प्रसाद (सरदारी), हिमानी शिवपुरी (मित्रो), रवीन्द्र खानविलकर (गुलजारी), नीलिमा शर्मा (फूलवन्दी), कविता वैद (जनको), अभिजित लाहिड़ी (सत्ती), अशोक लोखंडे (विशनलाल), सीमा विश्वास (मायावन्ती), प्रेमलता भाटिया (सोमारानी), लोकेन्द्र त्रिवेदी (बेली), बापी बोस (मद्धी), अमित बैनर्जी (लक्खी), विजय शुक्ला (अवतार सिंह), मुकेश सक्सेना (रावेल सिंह), ओम प्रकाश (उस्ताद), अनुपम श्याम (पहलवान), निरुपमा वर्मा (बाला) आदि कलाकारों के जीवन्त अभिनय से कृष्णा सोबती का हर पात्र

जी उठा। हर कलाकार की गति और मुद्रा, अभिनय और संवाद-अदायगी सहित ध्वनि-प्रकाश, रूप-सज्जा और लय-ताल के साथ पर्दे के पीछे काम करनेवालों की मेहनत मंच के कोने-कोने तक साफ दिखाई दी। इन सभी बिन्दुओं पर अलग-अलग बात करने के लिए फिर किसी दिन बैठेंगे। मुझे यह बात स्वीकार करने में तनिक भी संकोच नहीं है, 'टाइपोग्राफिक' प्रति पढ़ी तो 'मित्रो मरजानी' का सन्ताप, उसका परिवेश, उसकी मजबूरी, साहसिकता और बेबाक अभिव्यक्ति पूरी तरह खुलकर सामने आ गई।

महावीर अग्रवाल : 'मित्रो मरजानी' उपन्यास का मैं मुरीद रहा हूँ। कृष्णा सोबती ने लिखा है : 'कस्बे के मामूली-से परिवार में मित्रो का प्रवेश जिस साधारण-सी नाटकीयता को उद्घाटित करता है, वह न अनोखा है, न ही विस्मयकारी, अगर कुछ है तो साधारण का ही विशेष है। ...घरेलू आक्षेप और प्रताड़ना की टकराहट में उसका संवाद अनोखी हार्दिकता प्रकट करता है। एक नया स्वरूप ग्रहण करता है।' मुझे लगता है, मित्रो का यही चरित्र उसकी शक्ति है, उसकी अपनी अलग पहचान बना देता है। मेरा यह मानना है, उसकी साधारणता में ही गुँथी हुई है असाधारणता। औपन्यासिक प्रस्तुति आँखों के साथ हमारे समूचे वजूद को बताती चलती है। नारी के भीतर अपने विचार के साथ, अपने निर्णय के साथ करवट लेती चेतना का प्रतीक बनती है, कस्बे की मामूली लड़की 'मित्रो'।

नामवर सिंह : आपकी इन बातों से मैं सोलह आने सहमत हूँ महावीर जी। बहुत सुन्दर बात कही है आपने : 'नारी के भीतर करवट लेती चेतना'। परम्परागत मानवीय चेतना से दो कदम आगे बढ़ती हुई चेतना। मेरे विचार से आप यह जानते-समझते हैं, 'चेतना' शब्द बहुआयामी है। 'चेतना' को केवल और केवल क्रान्तिअर्थी न समझा जाए। क्रान्ति का झंडा उठानेवालों की बपौती नहीं है यह शब्द 'चेतना'। इसमें आकाश-सी व्यापकता और सागर-सी गहराई, दोनों है। कोई भी नया विचार, नया चरित्र, नया व्यवहार हमें अटपटा लगे, या हम उससे सहमत न हों, लेकिन उसमें भी चेतना की अनुगूँज तो होती ही है। 'मित्रो' एक ऐसा ही चरित्र है, सामाजिक रूढ़ियों को तोड़ता हुआ। 'मित्रो' का चरित्रांकन करते समय कृष्णा सोबती पूरी पारदर्शिता रखती हैं। गुरुदास और बनवारी अपने तीन बेटों (बनवारी, सरदारी, गुलजारी) और अपनी तीन बहुओं (बड़ी सुहागवन्ती, मँझली मित्रो और सबसे छोटी फूलाँ) के साथ एक सामान्य परिवार की तरह रहते हैं। कृष्णा सोबती की कलम से परिवार व समाज के बीच स्त्री-देह और चेतना की जुगलबन्दी साथ-साथ आगे चलती है। उपन्यास का चर्चित चरित्र 'मित्रो' सरदारी लाल की पत्नी है और गुरुदास-धनवन्ती की मँझली बहू है। 'मित्रो' की जेठानी सुहागवन्ती पूछती है, सच-सच कह देवरानी, तू इस राह-कुराह में कैसे पड़ गई? और फिर 'मित्रो' अपनी जेठानी को जवाब देते

हुए कहती है : 'अब तुम्हीं बताओ जिठानी, तुम जैसा सत-बल कहाँ से पाऊँ-लाऊँ? देवर तुम्हारा मेरा रोग नहीं पहचानता...। बहुत हुआ, हफ्ते-पखवारे...और मेरी इस देह को प्यास है, इतनी प्यास है कि मछली-सी तड़फती है।' स्त्री के स्वायत्त संसार की बिना किसी लाग-लपेट के साफ और सच्ची अभिव्यक्ति है यह संवाद। अब इस संवाद को हर पाठक अपने-अपने तरीके से समझने और सोचने के लिए स्वतंत्र है। किसी के लिए 'मित्रो' कुलबोरनी है, तो कोई मर्यादा तोड़नेवाली मानता है, तो कुछ रचनाकारों ने इसे साफगोई और आदमी की आदिम इच्छा से जोड़कर देखा है। सामाजिक यथार्थ और मानवीय स्थिति में निश्चित रूप से फर्क होता है। 'मित्रो' को हम इतिहास और चेतना के विराट परिप्रेक्ष्य में देखें तो हमें 'मित्रो' एक नये तरह का चरित्र ही प्रतीत होगा। हमारे समाज में अनेकानेक लोग 'नैतिकता' का ढोल पीटकर अपनी कुत्सा और लपलपाती जीभ पर परदा डालते हैं। और फिर संकुचित दृष्टि के कारण 'मित्रो' को या दूसरी स्त्री को अलग नजरिये से देखते हैं, टिप्पणी करते हैं। बात आप चेतना की करते हैं तो आपको एक स्त्री की सच्ची अनुभूति को, तीखी अभिव्यक्ति को भी संवेदना के धरातल पर समझना ही होगा। कृष्णा सोबती इन बातों को बड़ी सावधानी और परिपक्वता के साथ रेखांकित करती हैं। 'मित्रो' के व्यक्तित्व में अन्याय व प्रताड़ना का प्रतिरोध साफ सुना जा सकता है।

महावीर अग्रवाल : नाटक देखने की अनुभूति के स्तर पर 'टाइपोग्राफिक' प्रस्तुति में कुछ छूट जाता है, ऐसा आप कह रहे थे। वह बात अधूरी रह गई थी।

नामवर सिंह : आपने सही बात याद दिलाई। इसी पुस्तक में पृष्ठ 9 पर लिखा है : 'कागज पर नाट्य प्रस्तुति का पहला प्रयास जिसमें दृश्य, गति, संवाद, मौन, रोष, नाटकीय वातावरण सब है... जिसे असलियत में आँखें देखती हैं।'—मेरे विचार से सारी गहरी अनुभूतियों के बाद भी नाटक देखने का सुख अलग तरह का सुख है और पढ़ने-लिखने के सुख अलग। दोनों की तुलना करना बेमानी है। हर विधा की, हर कला की सम्प्रेषणीयता और अनुभूति अलग तरह की होती है। नाटक देखने का सुख इस पुस्तक से पूरा नहीं होता। मैंने 'मित्रो मरजानी' नाटक मंचित होते हुए देखा है, इसलिए अपने विचार जिम्मेदारी के साथ रख सकता हूँ। हाँ, पहले प्रयोग की दृष्टि से यह पुस्तक स्वागत योग्य है। कृष्णा सोबती के उपन्यास 'मित्रो मरजानी' की इस 'टाइपोग्राफिक' प्रस्तुति के लिए पूरी-की-पूरी टीम के साथ नरेन्द्र श्रीवास्तव बधाई के पात्र हैं।

महावीर अग्रवाल : मंच पर नाटक देखते हुए संवाद के भीतर से निकलती व्यंजना, उसकी अन्तर्ध्वनि स्क्रिप्ट को गति प्रदान करती है। स्वर के आरोह-अवरोह के साथ अभिनय के दम पर मंच पर नाटक साकार कर देते हैं कलाकार। अभिनय में

मुखर मौन की भूमिका बहुत गहरी होती है। 'मित्रो मरजानी' के नाट्यरूप की इस 'टाइपोग्राफिक' प्रस्तुति को बार-बार पढ़ते हुए कागज पर संवाद और अभिनय को मैं एक सीमा तक अपने भीतर महसूस करता रहा।

नामवर सिंह : आपने अभी कहा : 'कागज पर संवाद और अभिनय को मैं एक सीमा तक अपने भीतर महसूस करता रहा।' पहली बात आपकी अनुभूति भी एक सीमा तक ही सिमटी रही। दूसरी बात आपने नाटक मंचित होते हुए नहीं देखा। कलाकारों द्वारा बोले गए संवाद की अपनी अलग अर्थवत्ता होती है, जो अपनी व्यंजना और गति के दम पर दर्शकों के भीतर तक उतरती चली जाती है। मेरे विचार से चित्र या रेखाचित्र 'संवाद' और उसकी नाटकीयता को उस तरह रेखांकित करने में उतने समर्थ नहीं होते। यह सही है, कलाकारों के अभिनय, संवाद और संगीत की स्वर-लहरियों का जीवन्त साथ पुस्तक को नहीं मिला है। इसके बाद भी संवेदना और सौन्दर्य की सच्ची अभिव्यक्ति से भरी-पूरी है 'मित्रो मरजानी' के नाट्यरूप की यह 'टाइपोग्राफिक' प्रस्तुति। 'मित्रो' की चित्रकथा में अनेक स्थलों पर चित्र-संवाद बोलते हुए से नजर आते हैं।

महावीर अग्रवाल : 'मित्रो मरजानी' क्या है? कृष्णा सोबती के शब्दों में : 'डूँगर (राजस्थान) के पास सिर पर बोझा उठाए एक जीती-जागती काया।' इसी काया के आसपास का घर, परिवार ही नहीं, समूचे समाज और सारे संसार की कहानी में गुँथी है 'मित्रो मरजानी'। 'मित्रो मरजानी' की दुनिया में प्रेम, सुख-दुख, ईर्ष्या-द्वेष, छल-कपट के साथ मन का ऐसा कौन-सा भाव नहीं है, जिसकी आँधी में भी 'मित्रो' चट्टान की तरह अडिग रही? सामाजिक-पारिवारिक कुत्सा के खिलाफ भी शायद यही उसकी शक्ति का स्रोत बनी।

नामवर सिंह : दैहिक तृप्ति की माँग करनेवाली 'मित्रो', अपने अधिकारों के लिए परिवार और समाज से लड़ने के लिए 'तैयार रहनेवाली 'मित्रो' केवल वाचाल या मुँहफट स्त्री नहीं है। एक गहरी बात और है 'मित्रो' के व्यक्तित्व में। महावीर जी, वह पति के साथ ही परिवार के महत्त्व को खूब अच्छी तरह जानती-समझती है। तभी तो परिवार पर जब आर्थिक संकट के बादल मँडराते हैं, और उस आर्थिक संकट से बाहर निकलने का कोई रास्ता, जब उसके ससुरालवालों को नजर नहीं आता। ऐसे कठिन समय में मित्रो अपनी जमा-पूँजी बिना किसी भय के, बिना किसी सोच-विचार के अपने पति सरदारी को दे देती है। कृष्णा सोबती अपने प्रत्येक पात्र को अपनी अन्तर्दृष्टि से देखती-समझती हैं। बहुत ही सजग, संवेदनशील और चौकस रचनाकार हैं। बचपन से मृदु अनुभवों के साथ, ससुराल पहुँचती मित्रो के कटु अनुभवों से गुजरते हुए मित्रो के भीतर की 'मित्रो' को अलग पहचान देती हुई

कृष्णा सोबती लिखती हैं : 'मित्रो ने एड़ियाँ उठा पड़छत्ती पर से टीन की सन्दूकची उतारी। ताली लगा लाल पट्टे की थैली निकाली और घरवाले के सामने रख बोली—यह दमड़ी दात परवान करो लाल जी, कौन इस नाँवे के बिना मित्रो की बेटी कुँवारी रह जाएगी।' 'मित्रो' के भीतर का यह एक ऐसा सकारात्मक पक्ष है, जिस पर चर्चा कम ही हुई है।

एक जरूरी बात छूट रही थी। मुझे जहाँ तक स्मरण है, 'मित्रो मरजानी' सबसे पहले अक्षर प्रकाशन, दिल्ली द्वारा ही वर्ष 1967 में छापा गया था। अन्यान्य कारण रहे होंगे, उसी वर्ष 'राजकमल प्रकाशन' द्वारा भी यह लघु उपन्यास प्रकाशित किया गया। हम देखें, 2017 में इसके प्रकाशन को पचास बरस पूरे हो गए। किसी भी रचना और रचनाकार के लिए इसे मैं बड़ी उपलब्धि मानता हूँ। उससे भी अधिक गहरी और रेखांकित करने योग्य बात यह है कि पचास बरस बाद भी 'मित्रो मरजानी' पूरी तरह चर्चा में है। और कृष्णा सोबती यह सब कुछ देख-सुन रही हैं। बिरले रचनाकारों को यह सौभाग्य और सुख मिलता है। पुरुष वर्चस्ववाले समाज में रह रही स्त्रियों के जीवन की अनेक परतें खोलती है 'मित्रो'। हिन्दी कथा-साहित्य के समूचे परिदृश्य पर कृष्णा सोबती अपनी संयमित-सन्तुलित अभिव्यक्ति, विलक्षण कथा-भाषा और विशिष्ट सृजनशीलता के लिए जानी और मानी जाती हैं। 'मित्रो' को सामाजिक बन्धन खोखले और बेमानी प्रतीत होते हैं। नैतिक मान्यताओं को अर्थहीन समझती हुई 'मित्रो' सारे बन्धनों से मुक्त होकर जीती है। पुरुष-प्रधान समाज में पुरुषों द्वारा स्त्रियों के लिए बनाई गई आचार-संहिता का उल्लंघन करती चलती है 'मित्रो'। पाँच दशक की यात्रा ने 'मित्रो' को साहित्य-जगत में एक अविस्मरणीय चरित्र बना दिया है। कृष्णा सोबती अपनी रचनाओं में केन्द्रीय स्थिति में रखती हैं स्त्री के जीवन और चरित्र को। उन्होंने हिन्दी साहित्य को निरन्तर समृद्ध किया है। मैं 'जिन्दगीनामा' और 'मित्रो मरजानी' को बहुत विशिष्ट और मूल्यवान मानता हूँ। कृष्णा सोबती के समूचे लेखन में स्त्री पात्र जब भी पाठक से रू-ब-रू होते हैं, तमाम वर्जनाओं से मुक्त होकर पुरुष-प्रधान समाज में रूढ़ियों को तोड़ते हुए अपनी जगह खुद बनाते हैं। किस्सा कहने की कला में कृष्णा सोबती इतनी सिद्ध हैं कि कोई आलोचक उनकी वैचारिकता पर, उनकी रचनात्मकता पर सवाल नहीं उठा सका है।

महावीर अग्रवाल : रघुवीर सहाय लिखते हैं : 'चरित्र की दृष्टि से ही मित्रो हिन्दी कहानी की अभूतपूर्व पात्र है। ...मित्रो को ऐसे धर्मभीरु, मध्यवर्गीय आदर्श परिवार में डालकर कृष्णा सोबती ने बेलौस टक्कर की योजना की है। यह टक्कर बहुत तेज है; लेकिन खत्म नहीं होती। ...पूरी कहानी इस टक्कर से स्पन्दित है। ...मित्रो जैसे व्यक्ति समाज में थे, उन्हें साहित्य में नहीं लाया गया था। मित्रो कोई

मनोविश्लेषणात्मक या असामान्य पात्र नहीं। हिन्दी कहानी में उस जैसी स्त्री का प्रवेश पहली बार हुआ।'

नामवर सिंह : बहुत सही और सटीक बातें रघुवीर सहाय ने काफी विस्तार से लिखी हैं। 'मित्रो' जैसा चरित्र हिन्दी साहित्य में पहली बार आया। हिन्दी में यह सवाल अक्सर उठता रहा है महावीर जी, समाज के वस्तुगत यथार्थ का कितना चित्रण रचना में आ सकता है? कृष्णा सोबती ने पाँच दशक पहले ही 'मित्रो' के माध्यम से शानदार जवाब दिया है। हिन्दी कहानी की बात अक्सर 'नई कहानी' की चर्चा के बगैर अधूरी ही रह जाती है। मैंने पहले भी कहा है, लिखा है : 'हिन्दी कहानी साहित्य को इस अवधि और आन्दोलन से जो उत्कृष्ट और प्रामाणिक कृतियाँ प्राप्त हुई हैं, किसी अन्य दूसरे आन्दोलन से नहीं। परन्तु विडम्बना यह है कि इस आन्दोलन का श्रेय सिर्फ तीन-चार कथाकारों—कमलेश्वर, राजेन्द्र यादव, मोहन राकेश और निर्मल वर्मा को दिया जाता है। उल्लेखनीय बात यह है कि इसी अवधि के दौरान, 'नई कहानी' आन्दोलन की उठा-पटक से बेखबर तीन महिला कथाकारों—कृष्णा सोबती, उषा प्रियम्वदा और मन्नू भंडारी—ने बिना किसी शोर-शराबे के महत्त्वपूर्ण और कालजयी रचनाएँ दीं।' इस पर भी कृष्णा सोबती सब पर बीस ही पड़ती हैं। वे हिन्दी साहित्य की शायद अकेली कथाकार हैं (महिला कथाकार की हैसियत से नहीं) जिनका पूरा-का-पूरा जीवन साहित्य के रंग से रँगा हुआ है। 'मित्रो' की ललकार से भरी अभिव्यक्ति सामाजिक मर्यादाओं को नकारती है, उनको झुठलाती हुई बेखौफ तरीके से जीने की राह चुनती है। उसकी देह तो प्यासी है ही, मन भी प्यासा है, अतृप्त है। अपनी जिठानी सुहागवन्ती से बहुत गहरी बात कहती है वह : 'जिठानी, तुम्हारे देवर-सा बगलोल कोई और दूजा नहीं।' इस पंक्ति में, इस संवाद में क्या कुछ नहीं कहती है मित्रो?

महावीर अग्रवाल : कृष्णा सोबती ने 'मित्रो मरजानी' पर बात करते हुए मुझसे कहा है : 'आप मध्य प्रदेश, यू.पी., दक्षिण भारत सहित छत्तीसगढ़ वाले चलती-फिरती, जिन्दादिल 'मित्रो' की कल्पना नहीं कर सकते; क्योंकि पंजाब की औरत क्या थी? और पंजाबी चरित्र क्या होता है? आपके यहाँ तक तो पंजाबी औरत पहुँची ही नहीं। लुटे-पिटे शरणार्थी ही आपने देखे हैं। वे हारे हुए और सकुचाए हुए आए। उन्हीं को देखकर आपने समझ लिया यही पंजाब है। अपनी कुंठाओं के चलते आप उनको समझ ही नहीं सके। पंजाबी औरत अपनी आन-बान-शान के साथ जब सीना तानकर खड़ी होती है, तो उसे देखनेवालों के पसीने छूट जाते हैं।' स्त्री-धर्म के नाम पर सास या पति की अनैतिक, विवेकहीन बातों के सामने तनकर खड़ी रहती है मित्रो। 'कहानी नई कहानी' पुस्तक में पृष्ठ अस्सी पर आपने लिखा है : 'कहानी के साथ समय का कुछ अजीब-सा सम्बन्ध है। कहानी शायद समय की कला है, समय

के साथ कहानी अनेक प्रकार की कलाएँ दिखाती है। कभी वर्षों को समेटकर एक क्षण में बाँध देती है, कभी क्षण को खोलकर वर्षों में फैला देती है। कभी समय के दायरे को तोड़ती है तो कभी टुकड़ों को जोड़कर एक दायरा बनाती है।'

कृष्णा सोबती अपने समकालीनों से भिन्न नया काव्यात्मक गद्य रचती हैं। शब्दों की लयात्मक आवृत्ति, सटीक संवाद एवं शब्द-विधान की वैविध्यपूर्ण व्यंजना और पात्रों-प्रकृति की सहज उपस्थिति उनकी भाषा को नई रौनक देती है। यही कारण है कि हर आलोचक कृष्णा सोबती की कथा-दृष्टि पर बात करते हुए उनकी भाषा-सृष्टि पर ही आ पहुँचते हैं और यही उनकी खासियत भी है। रचना के रेशे-रेशे से निकलती सामाजिक अन्तर्वस्तु की ध्वनि भी सुनी जा सकती है। कृष्णा सोबती केवल अपनी भाषा ही नहीं, रूढ़ियों के तीक्ष्ण विरोध के साथ प्रखर वैचारिकता की दृष्टि से भी अपनी तरह की अकेली कथाकार हैं। एक सामान्य परिवार की साधारण बेटी मित्रो और मध्यवर्गीय परिवार की साधारण बहू मित्रो के भीतर एक असाधारणता छिपी हुई है।

नामवर सिंह : प्रयोगधर्मी कथाकार के रूप में हिन्दी-जगत में कृष्णा सोबती की अपनी अलग पहचान है, उनका अलग मान है। पिछले पाँच दशकों से वे चुपचाप अपनी जीवन्त उपस्थिति और बेबाक अभिव्यक्ति द्वारा चकित करती और झकझोरती हैं, कौन नहीं जानता? सदियों से स्त्रियाँ सहती रही हैं, पुरुषों का अन्याय व अत्याचार। सामाजिक संरचना के भीतर बचपन में पिता, किशोरावस्था में भाई, विवाह के बाद पति, व पति की मृत्यु के बाद पुत्र के संरक्षण में उसका जीवन कटता है। उसे कभी भी स्वतंत्र एवं स्वच्छन्द वातावरण में जीने का अवसर नहीं मिला। बेमेल विवाह और बाल-विवाह द्वारा भी स्त्री-जाति का शोषण होता है। मैंने पहले भी आपसे कहा है : 'स्त्री-विमर्श मूलतः स्त्री के जीवन, देह, श्रम और सौन्दर्य का दोहन करनेवाली पितृसत्ता के लिंगवादी वर्चस्व के विरोध में स्त्री-जाति का अस्मितामूलक विमर्श है।' गहराई से देखें और वृहत्तर सन्दर्भ में समझें तो कृष्णा जी की हर रचना में 'स्त्री-विमर्श' के जुनून और जलते सवाल यत्र-तत्र मौजूद हैं।

जिठानी जब गर्भवती होती है तो खुशी की एक लहर परिवार में दौड़ जाती है। उसी समय मित्रो कहती है, 'जिन्द-जान का यह कैसा व्यापार? अपने लड़के बीज डालें तो पुण्य, दूजे डाले तो कुकर्म।' इस तरह के अनेक संवादों के साथ ही हिन्दी साहित्य में 'मित्रो' के रूप में एक नई स्त्री से आपका आमना-सामना होता है। वर्जित क्षेत्र में मित्रो का यह कथन पारम्परिक नैतिकता का मखौल उड़ाता है। परिणाम यह कि उसके आचरण पर अँगुली उठती है और उसे अराजक माना जाता है। मित्रो को इससे कोई फर्क नहीं पड़ता कि परिवार के सदस्य या बाहर लोग उसके बारे में क्या कहते हैं? अपने स्त्री होने के वजूद को आसमान दिखाती है मित्रो। सवाल यह

है महावीर जी, हिन्दी-जगत में किसी के पास समय है 'स्त्री-विमर्श' और कृष्णा सोबती पर काम के लिए? गहरी संवेदना के वृत्त में प्रतीक हैं, बिम्ब हैं। मित्रो जिठानी को, बिना किसी संकोच के, बिना झिझके बताती है : 'सात नदियों की पारु, तवे-सी काली मेरी माँ और मैं गोरी-चिट्टी उसकी कोख पड़ी। कहती है, इलाके के बड़भागी तहसीलदार की मुँहादरा है मित्रो। अब तुम्हीं बताओ, जिठानी, तुम जैसा सत-बल कहाँ से पाऊँ-लाऊँ? देवर तुम्हारा मेरा रोग नहीं पहचानता।' सुहागवन्ती और मित्रो के बीच छेड़छाड़ और ठिठोली के बीच लिपटे व्यंग्य में 'स्त्री-विमर्श' की पदचाप है। पति 'सरदारी' द्वारा पीटे जाने पर भी पति द्वारा 'आँखें' नीची कर बात करने के आदेश को भी अस्वीकार कर देती है मित्रो। 'मित्रो' अम्मा से कहती है : 'असल पैगम्बर तो तुम्हारे बेटे ठहरे, जब चाहें पौदे रोप दें।' नैतिकता के नाम पर भी चुप नहीं रहती मित्रो, शारीरिक आवश्यकताओं के बारे में पूरी तरह खुलकर बोलती है : 'मेरा बस चले तो गिनकर सौ कौरव जन डालूँ। ...पर अम्मा अपने लाड़ले बेटे को भी तो आड़-तोड़ जुटाओ—नगोड़े मेरे पत्तर के बूत में भी कोई हरकत हो।' मित्रो का एक नया रूप भी उपन्यास के अन्त में नजर आता है। माँ 'बालो' ने संकेतों में कहा, वह ससुराल न जाकर वहीं रहकर माँ का पेशा आगे बढ़ाए। यह सुन-समझकर चीख मारकर 'मित्रो' तड़पकर चीखी : 'तू सिद्ध भैरों की चेली, अब अपनी खाली कड़ाही में मेरी और मेरे खसम की मछली तलेगी, सो न होगा।' महावीर जी, 'मित्रो' के मुखारबिन्द से निकले ऐसे न जाने कितने सीधे-सच्चे संवाद झकझोरकर रख देते हैं। सच का साहस के साथ सामना करनेवाली 'मित्रो मरजानी' का समापन इन शब्दों के साथ हुआ है : 'सैंया के हाथ दाबे, पाँव दाबे, सिर-हथेली, होंठों से लगा झूठमूठ की थू कर, बोली : 'कहीं मेरे साहिब जी को नजर न लग जाए इस मित्रो मरजानी की...।' 'मित्रो' के चरित्र पर अँगुली उठती है। किसी की भी आलोचना करना बहुत सरल होता है महावीर जी। रचनात्मकता की नई मिसाल है 'मित्रो'। सदियों से जकड़ी हुई बेड़ियों को तोड़नेवाली स्त्री का नाम है मित्रो। मित्रो केवल एक नाम नहीं है, हमारे आसपास की दुनिया में एक नई स्त्री का अंकुरण है। शुरू से अन्त तक 'मित्रो' की बेबाक बातें आँखों में आँखें डालकर बात करती है। मैं अक्सर विचार करता हूँ, पुरुष-प्रधान समाज के सामने जब भी कोई स्त्री, सच के अलाव में तपे सवाल कुरेदती है, तब पुरुष-समाज की ओर से कोई सही और सटीक जवाब सुनने में नहीं आता।

['सबद निरन्तर' : जनवरी-मार्च, 2021]

खिलखिलाता हुआ जीवन मुझे सुकून से भर देता है

महावीर अग्रवाल : माँ की और पिता के साथ परिवार की कौन-सी स्मृति आपको अक्सर याद आती है?

नामवर सिंह : 'माँ' ही मेरी पहली पाठशाला रही। माँ की सीधी-सरल बातों में जीवन में आगे बढ़ने और समझने के गुर छिपे रहते थे। माता-पिता के विवाह के नौ साल बाद मेरा जन्म हुआ था। माँ कहती थी : 'तुम पहली भूख-प्यास के हो।' इस बात का अर्थ मैं स्वयं पिता बनने के बाद ही समझ पाया। मेरे चाचा बहुत अच्छी तरह मानस की चौपाई गाते थे। और पिताजी नियमित 'रामचरितमानस' का पाठ किया करते थे। अपने चाचा और पिताजी से सुन-सुनकर मुझे बचपन में ही अनेक चौपाइयाँ कंठस्थ हो गई थीं। भाइयों में गहरी आत्मीयता काशीनाथ से है। इसके भीतर मित्रता का भाव भी निहित है। 'काशी' के पत्रों की चर्चा आप अक्सर करते रहे हैं। मुझे अपने परिवार के ही नहीं, दूसरों के बच्चे बहुत अच्छे लगते हैं। हाँ, अपनी नातिनों 'लोरी', 'डोरथी' और 'दयाना' से स्नेह-लगाव कुछ अधिक महसूस करता हूँ।

महावीर अग्रवाल : नामवर जी, 'तद्भव-36' में आज बेहद आत्मीय संस्मरण सिद्धार्थ सिंह का लिखा हुआ, पढ़ने का सुख मुझे मिला। दो दिन पहले 01 फरवरी, 2018 को उसी क्षण, मैंने सिद्धार्थ सिंह को फोन पर लम्बी बधाई दी। आपने भी उनको अपना आशीर्वाद दिया ही होगा। आपने संस्मरण पढ़ने के बाद कैसा महसूस किया? आपकी प्रतिक्रिया मैं जानना चाहता हूँ।

नामवर सिंह : बहुत ही सुन्दर और दिल को छू लेनेवाला संस्मरण है। आईने की तरह साफ और सच्चा। एक पंक्ति न जाने कैसे याद आ रही है : 'दरपन झूठ न बोले।'

महावीर अग्रवाल : सिद्धार्थ सिंह ने लिखा है : 'वक्त के थपेड़ों ने और दिल्ली की आबोहवा ने हमारे बाबू जी को रूखा बना दिया था, जिसमें बच्चे बाधा के सिवा कुछ नहीं थे।' एक बालक के मन से निकलनेवाली इस सहज-सीधी अभिव्यक्ति पर आप क्या कहते हैं?

नामवर सिंह : कहना क्या है महावीर जी, जो सच है, वह सबके सामने है। जीवन की आपाधापी में बच्चों के दुलार का सुख मैंने बहुत कम पाया है। हृदय तो मेरा भी प्यार से आप्लावित रहा हमेशा। आज भी भरा हुआ है और पहले भी भरा ही था। बस, मैं उसे बाहर तक छलका नहीं पाया। मुझे कभी बताना ही नहीं आया कि मैं भीतर से आज भी तुम सबका 'बाबूजी' ही हूँ। मैं चाहकर भी अपना दुलार न दे सका। शायद इसीलिए सिद्धार्थ सिंह ने संस्मरण में यह बात लिखी।

महावीर अग्रवाल : आपने एक बार बताया था, आपके मन में इस बात का मलाल आज भी है कि आप अपनी माँ और पिताजी की सेवा उस तरह नहीं कर सके, जिस तरह करना चाहते थे।

नामवर सिंह : एक सीमा तक सेवा तो मैंने की महावीर जी, शायद कुछ छूट गया और मेरे मन में एक कसक-सी रह गई। सेवा के भाव में कोई-न-कोई बात अधूरी रह गई, ऐसा मुझे लगता है। हमारी संस्कृति में कर्तव्य-बोध की याद दिलाता हुआ शब्द है : 'पुत्र-धर्म'। इसके गूढ़ार्थ तक पहुँचने पर ही सेवा का असली अर्थ समझा जा सकता है। एक बार आपने 'पुनर्जन्म' की चर्चा मुझसे की थी, तब मैंने आपको दो पंक्तियाँ लिखवाई थीं। मेरी बात इस शेर के माध्यम से पूरी तरह स्पष्ट हो जाएगी। एक बार फिर से लिख लीजिए :

जजा सजा सब यहीं पे होगी, यहीं अजाब ओ सवाब होगा।
यहीं से उठेगा शोर ए मशहूर, यहीं पे रोज ये हिसाब होगा॥

महावीर अग्रवाल : अपने बचपन और अपने स्कूल को आप किस तरह याद करते हैं?

नामवर सिंह : मेरा सौभाग्य रहा कि मुझे प्राइमरी से लेकर विश्वविद्यालय तक हमेशा बहुत अच्छे गुरु और उनका आशीर्वाद लगातार मिलता रहा। सभी का प्यार और स्नेह पाने के लिए 'स्कूल' मुझे चुम्बक की तरह खींचता रहा। मुझे अन्ताक्षरी प्रतियोगिता में कई पुरस्कार मिले। पूरे जिला में जीत का डंका बजाते हुए मैंने प्रथम स्थान प्राप्त किया था। एक बार बनारस में जब कक्षा छठी में पं. विश्वनाथ प्रसाद मिश्र एक अन्ताक्षरी प्रतियोगिता के निर्णायक थे, उनके हाथों मुझे पुरस्कार स्वरूप 'घनानन्द और आनन्दघन' नामक किताब मिली थी।

महावीर अग्रवाल : पढ़ाई के साथ-साथ खेलकूद में आपकी कैसी और कितनी रुचि रहती थी?

नामवर सिंह : 'तैरना' मुझे बचपन से ही बहुत पसन्द रहा। त्रिलोचन जी के साथ 'तैराकी में गंगा पार का प्रसंग' आप पहले ही बहुत विस्तार से लिख चुके हैं। उन दिनों कबड्डी खेलना मुझे बहुत अच्छा लगता था।

महावीर अग्रवाल : जीवन के इस मोड़ पर हम जानना चाहते हैं, बचपन से लेकर नब्बे पार करने के बाद तक, आप किन-किन व्यक्तियों से अधिक प्रभावित रहे हैं?

नामवर सिंह : सामाजिक, साहित्यिक, सांस्कृतिक जीवन को नौ दशकों में अप्रत्यक्ष रूप से न जाने कितनों ने प्रभावित किया है। ऐसे अनेकानेक व्यक्तियों को स्मरण नहीं कर पा रहा हूँ, उन सभी के प्रति मैं कृतज्ञता ज्ञापित करता हूँ। व्यक्ति और रचनाकार, दोनों ही रूपों में गुरुदेव हजारी प्रसाद द्विवेदी से सबसे ज्यादा प्रभावित हुआ हूँ। 'फक्कड़पन' और 'मस्ती' गुरुदेव के प्रिय शब्द हैं। ये शब्द केवल शब्द नहीं हैं, इन शब्दों में गुरुवर का जीवन और रचना-संसार रचा-बसा है। श्री जयप्रकाश भारती का प्रभाव भी मैं पूरे मन से स्वीकार करता हूँ। बात-बात पर उत्तेजित और उछलते रहने की प्रवृत्ति से बचे रहना मैंने जयप्रकाश भारती जी से सीखा। इसके साथ ही स्वयं को सम्यक् दृष्टि से प्रस्तुत करने की निर्द्वन्द्व कला सीखने का गुर भी उन्हीं से मिला है। समर्थ रचनाकार के रूप में मुझे शमशेर बहादुर सिंह बहुत याद आते हैं। शमशेर जी के जीवन और रचना-संसार से गुजरते हुए ज्ञात होता है, उन्होंने कितना सहज, शान्त और गौरवशाली जीवन जिया। हिन्दी-जगत में अपने समकालीनों पर शमशेर बहादुर सिंह ने सबसे अधिक लिखा है। 'कवियों के कवि' माने जानेवाले शमशेर का गद्य गुणवत्ता में भी बेमिसाल है। शमशेर जी से पूर्णत्व और पूरी निष्ठा की प्रेरणा हमेशा मिलती रही। 'त्रिलोचन' का प्रभाव बहुत गहरा रहा है। मुझे त्रिलोचन से समाज के प्रति गहरे और निश्छल लगाव की जातीय राह सीखने में मदद मिली। त्रिलोचन से होनेवाली बहस के बीच नई-नई दिशाओं में सोचने की दिशा खुलती गई। त्रिलोचन जी के लम्बे सान्निध्य ने मुझे हमेशा प्रभावित किया।

महावीर अग्रवाल : नामवर जी, जीवन के सार्थक नब्बे बरस पूरे करते हुए एक इंटरव्यू में आपने 'लोकमत समाचार', दीपावली विशेषांक, 2016 में कहा है : 'अक्षरों के इस अनोखे संसार से मुझे कभी ऊब नहीं होती। मेरे जेहन में सक्रियता बनी रहती है और जिन्दगी मुझे चुम्बक की तरह खींचती है।' यह चुम्बक कैसा है? चुम्बक का रूप-रंग और गुण-धर्म पर हम भी कुछ जानना चाहते हैं।

नामवर सिंह : महावीर जी, सकारात्मकता से भरी हुई सोच वाले हर व्यक्ति को जिन्दगी चुम्बक की तरह ही खींचती है। कतई जरूरी नहीं है आप पुस्तक से ही प्रेम करें। आपको फुटबॉल से लगाव हो सकता है। आप जिन्दगी को आईना दिखानेवाले नाटकों में अभिनय भी कर सकते हैं। गृहिणी से लेकर हवाई जहाज उड़ाने वाली महिला तक, राजनीति की दुनिया से फिल्मी दुनिया तक, किसान, मजदूर और

टैक्सी चलानेवाले ड्राइवर से लेकर नई-नई खोज में अपनी जिन्दगी खपा देनेवाले वैज्ञानिक तक, जो व्यक्ति भी अपने काम से प्रेम करता है, अपना काम करते हुए वह आनन्द महसूस करता है, तो जिजीविषा उसके भीतर भरपूर रहेगी। मेरे लिए यह जिजीविषा पुस्तकों के भीतर से निकलती है। यह प्रेम और गहरी जिजीविषा ही चुम्बक का गुण-धर्म है।

महावीर अग्रवाल : आपकी प्रिय सब्जियाँ और फल कौन-कौन-से हैं?

नामवर सिंह : अब मैं शुद्ध शाकाहारी भोजन ही करता हूँ। पच्चीस-तीस सालों से नानवेज नहीं खाया। पहले की तरह ही, आज भी मेरे प्रिय भोजन में सतुआ और खिचड़ी है। हर प्रकार हरी सब्जी मुझे अच्छी लगती है। वैसे मुझे लौकी और तुरई की सब्जी बहुत पसन्द है। भोजन के बाद मिठाई में रसगुल्ला खाना प्रिय है। आप जानते हैं, बनारस का लँगड़ा आम अपनी मिठास के लिए दूर-दूर तक प्रसिद्ध है। मैं इस आम को फलों का राजा मानता हूँ।

महावीर अग्रवाल : भोजन के बाद 'पान' की बात छूट रही है नामवर जी।

नामवर सिंह : पान मुझे 'मगही' पसन्द है। बनारसी पान में सादी सुरती का लुत्फ ही कुछ और होता है।

महावीर अग्रवाल : मित्रता या मित्र को अथवा मित्र-भाव को आप किस तरह देखते हैं?

नामवर सिंह : मित्र-भाव में बहुत गहरा अर्थ ध्वनित होता है। अपना सौभाग्य मानता हूँ, बिना किसी स्वार्थ के साथ देनेवाले मित्रों की संख्या बहुत रही। कुछेक अपवाद छोड़ दें, मुझे हमेशा अच्छे मित्र मिले हैं। और जीवन के उत्तरार्द्ध तक मित्रता बनी रही है। 'विश्वास' तोड़नेवाले को मैं कभी मित्र नहीं मानता। मित्रता में विश्वास की महत्ती भूमिका रही है और हमेशा रहेगी।

महावीर अग्रवाल : नाटक और फिल्मों के साथ-साथ संगीत में आपकी गहरी रुचि रही है?

नामवर सिंह : आपको मैंने पहले भी बताया है। मैंने इंटर तक सिनेमा नहीं देखा। बारहवीं की परीक्षा देने के बाद ही पहली फिल्म 'ज्वार-भाटा' देखने गया था। नई-से-नई पुस्तक पढ़ने और समझने का जुनून रहता और वह आज तक बना हुआ है। सुरों की मलिका शमशाद बेगम की ठुमरी और दादरा, उस्ताद बिस्मिल्ला खाँ की शहनाई, पंडित भीमसेन जोशी और पंडित जसराज का शास्त्रीय गायन सुनना मुझे बहुत सुकून देता है। मेहँदी हसन और गुलाम अली खाँ के बाद जगजीत सिंह और

पंकज उधास की गजल गायकी के क्या कहने! लता मंगेशकर का गाया गीत 'ऐ मेरे वतन के लोगों, जरा आँख में भर लो पानी' अद्भुत है। 'बैजू बावरा' फिल्म और उसके सभी गीत बेहद सुरीले और कर्णप्रिय हैं। बाद की फिल्मों में 'मुगले-आजम' का गीत-संगीत आज भी कानों में रस घोलता है। 'सरस्वती चन्द्र' में गीतों के बोल आज भी याद आते हैं। कहाँ तक याद किया जाए? इसी के साथ 'हम लाए हैं तूफान से किश्ती निकाल के, इस देश को रखना मेरे बच्चो सँभाल के' यह गीत 'जागृति' फिल्म का है। 'जागृति' फिल्म मैंने पचास-पचपन साल पहले देखी थी। संगीत से जुड़ी बाकी चर्चा हम अगली बैठक में करेंगे। फिर साहित्य की ओर चलिए। नई पीढ़ी के बीच से गुजरते हुए कालिदास, गुरुदेव हजारी प्रसाद द्विवेदी, गजानन माधव मुक्तिबोध और एंतोन चेख़व को बार-बार पढ़ने का मन करता है। आज कवि कुलगुरु कालिदास की बहुत याद आ रही है।

महावीर अग्रवाल : आपने कालिदास पर कई बार चर्चा की है। कालिदास को सौन्दर्य का अप्रतिम कवि कहा है।

नामवर सिंह : मैं यह मानता हूँ। कविता तो अपने वश की रही नहीं, इसलिए कविता का स्वाद लेना अपने वश की चीज है। आप देखिए, नवीं शताब्दी से लेकर सत्रहवीं शताब्दी तक लगभग आठ-नौ सौ साल संस्कृत काव्यशास्त्र केवल इस पर विचार करता रहा कि किसी कृति का आस्वाद कैसे लिया जाए? रस-ग्रहण कैसे किया जाए? मैं कहना चाहता हूँ कि मार्क्सवाद की शब्दावली से न मुक्तिबोध की कविता की व्याख्या हो सकती है, न नागार्जुन की कविता की और न ही धूमिल की कविताओं की और न उसके बाद की कविताओं की। इसलिए ये जो यथार्थवाद और रूमानियत, मार्क्सवाद और आधुनिकता नाम के जोड़े बने हुए हैं, उनके द्वारा इन कविताओं की व्याख्या होती नहीं दिखाई पड़ती है। बात संस्कृत की हो रही है। आप जानते हैं, हमारे यहाँ संस्कृत की अत्यन्त समृद्धशाली परम्परा रही है।

कालिदास, केवल संस्कृत के ही नहीं, पूरे भारतीय साहित्य के, बल्कि यूँ कहें कि विश्व-साहित्य में सौन्दर्य के अप्रतिम कवि हैं। 'अभिज्ञान शाकुन्तलम्' उनका प्रसिद्ध नाटक है। 'शाकुन्तलम्' में भ्रमर निश्चिन्त भाव से और बिना कोई विचार किये हुए शकुन्तला के मुखमंडल के चारों ओर मँडराता है और रस लेता है और छिपे हुए दुष्यन्त देख रहे हैं। कालिदास लिखते हैं :

वयं तत्त्वान्वेषान्मधुकर हतास्त्वं खलु कृती

यहाँ तत्त्वान्वेषी और मधुकर, दोनों के भेद और दोनों के भाग्य के अन्तर की ओर संकेत किया गया है। इसका राजा लक्ष्मणसिंह ने बड़ा अच्छा अनुवाद किया है :

हम जातिहिं पाँति विचारि मरे, धनि रे धनि भौंर कहावत तू।

'शकुन्तला के बारे में दुष्यन्त यह सोच रहे हैं कि न जाने यह किस जाति की कन्या है, इससे प्रेम करना कहाँ तक ठीक है, इसे अपनी पत्नी बनाना कहाँ तक उचित है। जाति-पाँति का यह विचार ही तत्त्वान्वेषण है। वह मधुकर तो कवि स्वयं ही है और कृती भी।'

मेरा यह मानना है, कालिदास यौवन के सौन्दर्य के कवि हैं। वे कम-से-कम शब्दों का प्रयोग करते हैं लेकिन व्यथा का वह स्वर वहाँ भी गूँजता रहता है। सौन्दर्य के गायक होते हुए भी कालिदास कहीं-न-कहीं उस वेदना, व्यथा और पीड़ा को व्यक्त करते हैं जो उन्हें आधुनिक-बोध के निकट ले जाती है। इस ट्रैजिक सेंस के कारण कालिदास अपेक्षाकृत आज के लोगों के अधिक निकट दिखाई पड़ते हैं और उनमें आधुनिक-बोध की गूँज सुनाई पड़ती है।

महावीर अग्रवाल : आधुनिक-बोध के तारतम्य में आप विचार को किस तरह देखते हैं? पिछली बातचीत में आपने कहा था : 'विचार का जवाब किसी तलवार, तोप और बम से नहीं दिया जाता। ये सारे हथियार विचार के सामने धराशायी हो जाते हैं। यदि असहमति है और आपका पक्ष विवेक की तुला पर पूरी तरह खरा है तो विचार का उत्तर विचार से दीजिए।' उस दिन बातचीत समेटते हुए आपने यह भी कहा था : 'कलमकारों की पूछ समाज में कम हो गई है, इसके बाद भी सारी दुनिया के सत्ताधारी लोग विचारों को कुचलने का षड्यंत्र चलाते हैं।'

नामवर सिंह : महावीर जी, मैंने तर्कसम्मत बात ही कही है। जब भी कोई नया विचार, नई चिन्तन की धारा सामने आई है तो परम्परावादियों ने सदा उसका विरोध किया है। सिर्फ विरोध ही नहीं, उसे समूल नष्ट करने के षड्यंत्र किये हैं। इतिहास इस सत्य का साक्षी है। भारत में अंग्रेज शासकों ने प्रेमचन्द्र, मैथिलीशरण गुप्त, माखनलाल चतुर्वेदी आदि की रचनाएँ प्रतिबन्धित कीं। मैक्सिम गोर्की के जीवन-काल में अन्तिम दिनों में उन पर प्रतिबन्ध लगाए गए। साल्झेनित्सिन को जब साहित्य में नोबल पुरस्कार मिला तो उनके देश में इसका विरोध हुआ था। युवा कवि बेंजामिन मोलाइसे को सरेआम फाँसी पर लटका दिया गया। भारत में साम्प्रदायिक दंगों का विरोध करते हुए प्रखर पत्रकार गणेश शंकर विद्यार्थी शहीद हुए। आप जानते हैं, प्रसिद्ध रंगकर्मी सफदर हाशमी की सड़क पर नुक्कड़ नाटक करते हुए हत्या कर दी गई। पंजाब के युवा कवि 'पाश' की उग्रवादियों ने हत्या कर दी।

महावीर अग्रवाल : अपने नौ दशक के लम्बे जीवन-अनुभव में दुख और सुख को आपने किस तरह स्वीकार किया?

नामवर सिंह : महावीर जी, दुख और सुख का भाव हमेशा 'अस्थायी भाव' ही होता है। 'संवेदना' अपनी तरह से बड़ी और गहरी भूमिका अदा करती है। हवा के झोंके की तरह सभी के जीवन में दुख और सुख की दस्तक आती रहती है। मुक्तिबोध ने अपने अनूठे सूत्र 'संवेदनात्मक ज्ञान और ज्ञानात्मक संवेदना' के माध्यम से इतना कुछ कहा और लिखा है, पुनरावृत्ति का कोई अर्थ नहीं है। 'मैं और मेरा जीवन सबसे अलग नहीं है'।

महावीर अग्रवाल : 'चाची जी' (नामवर जी की पत्नी) के सम्बन्ध में कुछ बताइए। क्या उनको इस बात भान था कि साहित्य की दुनिया में आपका कितना मान-सम्मान है? आपकी छपी पुस्तकों के बारे में उन्होंने कभी कुछ कहा?

नामवर सिंह : पुस्तकों की दुनिया से वे दूर ही रहती रहीं हमेशा, इसके बाद भी 'रामचरितमानस' का पाठ कभी-कभी हम साथ बैठकर भी करते। उनके मन में मेरी छपी पुस्तकों को लेकर गर्व का भाव मैंने कई-कई बार महसूस किया है। हाँ, हमारा संयुक्त परिवार रहा है महावीर जी। बनारस में साथ रहते हुए, जे.एन.यू. में भी अपने बच्चों की सुन्दर परवरिश करते हुए भी, समूचे परिवार में छोटे-बड़े सभी सदस्यों का ध्यान उन्होंने हमेशा रखा। खाना बनानेवाली होने के बाद भी, जब तक जीवित रहीं, भोजन उन्होंने स्वयं बनाया और खिलाया।

महावीर अग्रवाल : दुख और सुख क्या हैं?

नामवर सिंह : दुख और सुख के अनेक ज्ञात-अज्ञात कारण होते हैं। ये हमारे बस में नहीं होते। शुरू से ही चापलूसी करता हुआ कोई भी व्यक्ति मुझे पसन्द नहीं आता। किसी भी कारण से साहित्य-जगत का कोई भी व्यक्ति या प्रकाशक द्वारा जब मेरी चापलूसी की जाती है, तो मैं बहुत दुखी हो जाता हूँ। सब कुछ देखता हूँ, जानता-समझता हूँ, लेकिन समय की नजाकत देखते हुए बहुत बार, अक्सर चुप रहना पड़ता है :

फुगां कि मुझ गरीब को, ये हुक्म है हयात का।
समझ हरेक राज को, मगर फरेब खाए जा॥

मुझे व्यक्तिगत तौर पर, जिस चीज से सबसे अधिक दुख होता है, वह 'विश्वासघात' है। मेरे पास एक से एक प्रतिभाशाली और हुनरमन्द आए, समझदारी से भरी हुई बड़ी-बड़ी बातें कीं। आगे-पीछे होते हुए, कदमताल करते हुए, कुछ समय में अपना जरूरी काम निकलवा लिया। उसके बाद सालों बीत गए, ऐसे महानुभावों ने मेरी ओर पलटकर भी नहीं देखा। कभी किसी आयोजन में मिले तो चरणस्पर्श करने के बाद नजर चुराते रहे। क्या कहूँ? एहसान फरामोशी मुझसे बर्दाश्त नहीं होती।

महावीर अग्रवाल : आपके मन और विचार का कुंठा और निराशा से आमना-सामना होता है, तब आप कैसा महसूस करते हैं?

नामवर सिंह : महावीर जी, सारी दुनिया से अलग कोई संवेदनहीन रोबोट तो मैं हूँ नहीं। कुंठा और निराशा जीवन में कई बार आई हैं। लेकिन मैं हमेशा धीरज और संयम के साथ उससे मुक्त होता रहा हूँ। मुझे भी दुख होता है, मैं भी विचलित होता हूँ। लेकिन जल्दी ही अपनी लिखने-पढ़ने की दुनिया में लौटकर राहत महसूस करता हूँ। कभी-कभी ऐसा भी हुआ है, चाहकर भी लिख नहीं पाया। ऐसी स्थिति में मुझे बेचैनी और घबराहट महसूस होती है। लेकिन चुनौतियाँ से घबराकर भागता नहीं, उससे जूझते हुए कोई-न-कोई रास्ता मैंने निकाला है।

महावीर अग्रवाल : हम यह भी जानना चाहते हैं, जिन्दगी में सबसे अधिक दुख और अफसोस कब महसूस करते हैं? आपको सबसे ज्यादा सन्तोष किस काम में मिलता है?

नामवर सिंह : अपने मन की रचना जब भी पूरी होती है, मुझे सुकून मिलता है। जीवन में कई बार मैंने अनेक परिचितों की 'आउट ऑफ द वे' जाकर मदद की लेकिन जब उनकी बारी आई तो किसी-न-किसी बहाने से उन लोगों ने मुँह फेर लिया। सहज विश्वास करने की अपनी आदत के कारण मैंने बहुत नुकसान उठाया और न जाने कितनी-कितनी बार ठगा गया हूँ। सहयोग और विश्वास के विपरीत विश्वासघात और दोगलेपन जब भी सामने आता है तो मैं बहुत दुखी हो जाता हूँ। जब पीठ पीछे प्रशंसा करते हैं तो मुझे लगता है, 'कामयाबी' की एक सीढ़ी मिल रही है। लिखने-पढ़ने की दुनिया से बाहर भी, मित्र हों या पारिवारक सदस्य या जिसके साथ बैठने, बात करने, यात्रा करने में अपनापन महकता रहे, उनका साथ पाकर मुझे बहुत तोष मिलता है।

महावीर अग्रवाल : चौथेपन की यह विशिष्टता मैंने देखी-सुनी है, सत्तर-पचहत्तर की उम्र तक पहुँचते-पहुँचते आदमी की रुचि अध्यात्म, ईश्वर और धर्म की ओर मुड़ने लगती है। क्या आपके साथ भी ऐसा हुआ है?

नामवर सिंह : भगवान या ईश्वर को मैं बचपन से ही एक रहस्य मानता रहा हूँ। आज भी मानता हूँ। सच कहूँ तो संयोग और परिस्थितियों के प्रहार से कोई नहीं बच सका है आज तक। इसे कुछ लोग दुर्योग या संयोग कहते हैं और अनेक लोग इसी तरह घटनेवाली घटनाओं को 'भाग्य' कहते हैं, ईश्वर का अभिशाप या वरदान मानते हैं। मैंने स्वयं को भी विपरीत परिस्थितियों की गिरफ्त में कई-कई बार घिरा हुआ पाया है। मेरी बुद्धि और तर्कशक्ति 'भाग्य' को स्वीकार नहीं करती। परन्तु न

चाहते हुए भी सौभाग्य या दुर्भाग्य को पूरी तरह नकारा नहीं जा सकता।

महावीर अग्रवाल : सामाजिक व राजनीतिक परिप्रेक्ष्य में 2018 में चारों ओर जैसी स्थितियाँ है, इन पर आप किस तरह सोचते हैं?

नामवर सिंह : चारों ओर, कहीं भी ठीक नहीं हो रहा है, इस तरह की सोच से मैं सहमत नहीं हो पाता। माना कि धुँधलका बढ़ा है। किसानों में असन्तोष है, हजारों किसान लगातार आत्महत्या कर चुके हैं। महिलाओं के मन में असुरक्षा की भावना बढ़ी है। बेरोजगारों के मन में निराशा है। ऐसी विपरीत परिस्थितियों के लिए पुरानी पीढ़ी और नई पीढ़ी, एक-दूसरे को जिम्मेदार मानती है। मैं मानता हूँ, अनेकानेक समस्याओं का विकराल रूप हमारे सामने है। लेकिन बाजी अभी हाथ से गई नहीं है। सारी समस्याओं के निराकरण की राह भी हमें ही बनानी है। विंस्टन चर्चिल ने बहुत सुन्दर बात कही है : 'स्वयं के लिए मैं बहुत आशावादी हूँ, और इसके अलावा कुछ और होना मायने भी नहीं रखता।' उम्मीद का दामन हम कैसे छोड़ सकते हैं? संगठन और एकता की राह पर चलकर ही स्थितियों को पलटकर सभी के अनुकूल बनाया जा सकता है।

महावीर अग्रवाल : आपकी दृष्टि में दुनिया में सबसे सुन्दर क्या है? किस तरह के विचार से और किस तरह की घटना से आपको भीतर-ही-भीतर घबराहट होने लगती है?

नामवर सिंह : हर व्यक्ति का जिजीविषा से भरा खिलखिलाता हुआ 'जीवन' मुझे सुकून से भर देता है। इसके साथ मृत्यु से जूझते आदमी को देखना मुझे परेशान करता है। विज्ञान की बेतहाशा प्रगति के बाद भी 'आदमी' ऐसे कठिन समय में कितना मजबूर होता है? मजदूर से लेकर करोड़पति तक स्वयं को बेहद लाचार महसूस करता है, आखिर क्यों?

महावीर अग्रवाल : अध्यात्म और धर्म की बात छूट रही है।

नामवर सिंह : आपने भी पढ़ा होगा, 'यस्य धारयेस्ति सः धर्मः'। दुनिया का कोई धर्म किसी से घृणा करना नहीं सिखलाता। प्रत्येक धर्मग्रंथ में एक-दूसरे से प्रेम की ही बात लिखी हुई है। मेरे विचार से जिसके भीतर समदृष्टि का विचार हो, अपने जीवन में समदृष्टि को अपना सके, वही सच्चा धार्मिक हो सकता है। समरसता, भाईचारा और बिना भेदभाव के प्रेम करना ही धर्म है।

महावीर अग्रवाल : अनूठी रचनात्मकता और सक्रियता के नौ दशकों में आपको पाठकों और श्रोताओं का अकूत स्नेह मिला है। नानाविध साहित्यिक सम्मानों से

आप नवाजे जा चुके हैं। आपकी दृष्टि में सबसे बड़ा सम्मान कौन-सा है?

नामवर सिंह : सबसे मिलनेवाले प्यार और अपनेपन को मैं सबसे बड़ा सम्मान मानता हूँ।

महावीर अग्रवाल : आपके लिए सबसे बड़ी खुशी क्या है?

नामवर सिंह : खुशियों को बड़ी और छोटी में बाँटकर देखना कठिन है महावीर जी। परिवार और मित्र के अपनेपन से अधिक आत्मीय दुनिया में कुछ भी नहीं है। इसके बाद भी यदि चुनने की बात आए, तो मैं कहूँगा, लिखने-पढ़ने में भी मुझे इसी तरह की खुशी मिलती है। नौ दशक के लम्बे जीवन में अभी तक तो इस सुख का मेरे घर-आँगन में बसेरा है। जीवन में जब-तक साँस चले, मेरी लिखने-पढ़ने की ऐसी ही स्थिति बनी रहे। यही सबसे बड़ी खुशी हो सकती है।

महावीर अग्रवाल : किस तरह की रचनाओं को आप बेहतर और पठनीय मानते हैं? इन दिनों आप विशेष रूप से क्या लिख रहे हैं, क्या पढ़ रहे हैं?

नामवर सिंह : पहले की तुलना में अब मैं बहुत कम पढ़ पाता हूँ। मेरी यह पक्की धारणा है, रचना में उलझाव या चमत्कार पैदा नहीं करना चाहिए। सहज रचनात्मकता से भरी हुई रचना अच्छी लगती है। जो रचना संवेदनशील और दृष्टि-सम्पन्न होगी, वही मूल्यवान और सार्थक भी होगी। रचनाकार यदि एक अच्छा इनसान भी हो, तो सोने में सुगन्ध जैसी बात साहित्य में बन सकती है।

महावीर अग्रवाल : नब्बे पार करने के बाद भी क्या आप युवा कलमकारों को पढ़ने के लिए समय निकाल लेते हैं? नई पीढ़ी के रचनाकारों से आपका संवाद कितना और किस तरह बनता है?

नामवर सिंह : महावीर जी, लेखक के साहित्यिक अवदान का सही मूल्यांकन उसका समाज करता है। आनेवाली पीढ़ी भी करती है। यह सही है कि नई पीढ़ी से मेरा सीधा संवाद पहले जैसा नहीं है, लेकिन अपनी सीमाओं में नये रचनाकारों को मैं पढ़ता-सुनता जरूर हूँ। अपनी आखिरी साँस तक मैं लिखना चाहता हूँ।

महावीर अग्रवाल : संस्कृति और साहित्य पर बात जब भी होती है, हिन्दी और हिन्दी साहित्य का भविष्य और नई पीढ़ी के सम्बन्ध में अनेक लोग ऐसा कहते हैं, कि रंगमंच में, साहित्य में, लोक-जीवन में और सांस्कृतिक गतिविधियों में नई पीढ़ी की रुचि कम होती जा रही है। क्या आप भी ऐसा मानते हैं?

नामवर सिंह : समाज में बदलते जीवन-मूल्यों के बीच बुद्धिजीवी वर्ग की यह उदासीनता खलने लगी है। वैश्वीकरण की चकाचौंध में समग्र साहित्य का वर्तमान

परिदृश्य कुछ धुँधला जरूर नजर आता है, लेकिन युवा रचनाकारों की दृष्टि में कोई धुँधलका नहीं है। नई पीढ़ी बदलती हुई स्थितियों को अपनी खुली आँखों से अधिक साफ तरीके से देखती है। यही साहित्य की स्वायत्तता का सम्मान और मूल आधार है। सामाजिक यथार्थ, प्रतिबद्धता और सौन्दर्यबोध के नये-से-नये रूप और बिम्ब युवा रचनाकारों की कविताओं और कहानियों में देखकर कभी-कभी चकित रह जाता हूँ। नई पीढ़ी के लेखन से पता लगता है, साहित्य समाज से कटी हुई संरचना नहीं है बल्कि साहित्य की जड़ें वृहत्तर दायित्वबोध तक धँसी हुई हैं। एक से बढ़कर एक युवा कवि-कहानीकार सामने आ रहे हैं, उन पर लिखना भी चाहता हूँ। साहिर लुधियानवी की यह पंक्ति मुझे हमेशा उम्मीद बँधाती है :

काली सदियों के सर से जब
रात का आँचल ढलकेगा
जब दुख के बादल पिघलेंगे,
जब सुख का सागर छलकेगा
जब अम्बर झूम के नाचेगा,
धरती नगमें गाएगी
वो सुबह कभी तो आएगी।

महावीर अग्रवाल : आप किस तरह की अपेक्षा नई पीढ़ी से करते हैं?

नामवर सिंह : पीढ़ियाँ एक के बाद एक गुजरती जाती हैं। इतिहास बनता जाता है। पीछे मुड़कर देखें, एक पीढ़ी के बाद आनेवाली प्रत्येक दूसरी पीढ़ी ही 'नई पीढ़ी' मानी जाती है। मेरा मानना है, नई पीढ़ी समझदार होती है। नई पीढ़ी के पास जितने सवाल हैं, पुरानी पीढ़ी के पास उन सवालों के जवाब पूरी तरह नहीं हैं। युवा सोच सीधे आँखों में आँखें डालकर बात करना जानती है। नई पीढ़ी के भीतर से उठते हुए सवाल इसके प्रमाण हैं। उनसे यही अपेक्षा करता हूँ, अगर हम कभी भटकें, लोभ में पड़ें तो युवा पीढ़ी को चाहिए कि वह हमें टोके।

महावीर अग्रवाल : नई पीढ़ी को क्या और कैसा सन्देश देना चाहते हैं आप? दो-तीन पंक्तियों में कुछ कहिए।

नामवर सिंह : महावीर जी, मैंने पहले भी आपसे गुरुदेव हजारी प्रसाद द्विवेदी के इस कथन की चर्चा की है : 'किसी से न डरना, गुरु से भी नहीं, मंत्र से भी नहीं, वेद से भी नहीं और लोक से भी नहीं।' मैंने जीवन-भर गुरुवर के इस मंत्र का पालन किया है। इस अनूठे मंत्र को कठिन-से-कठिन परिस्थिति में याद रखा है। आनेवाली पीढ़ीके लिए इससे बेहतर सन्देश और क्या हो सकता है?

कवियों को दोष देने की बजाय हमें जनता को शिक्षित करना होगा

महावीर अग्रवाल : कविता लिखना आपने कब से शुरू किया? यदि स्मरण हो तो यह भी बताइए कि आपकी प्रथम कविता का विषय क्या था? और आपकी प्रथम कविता किस पत्रिका में और कब छपी थी?

नामवर सिंह : मेरे साहित्यिक जीवन की शुरुआत कविता से ही हुई है। सन् 1936-37 में मैं वर्नाकुलर मिडिल स्कूल में पढ़ता था, तब पहली-पहली बार ब्रज भाषा में कविताएँ लिखी थीं। कारण यह था कि 'अवाजापुर' में उन दिनों समस्यापूर्ति ब्रज भाषा की कविताओं द्वारा की जाती थी, उनकी देखादेखी मैं भी ब्रज भाषा में तुकबन्दी करने लगा। तैंतीस वर्णों में लिखी घनाक्षरी की एक पंक्ति अभी भी याद है :

आस दुई मास पिय मिलन अवधि की है,
उसगैं उरोज रहै कंचुकि मसकि मसकि।

उन दिनों कक्षा छठी में था, इंगलैंड पर हिटलर की विजय को लेकर 'पुनीत' नाम से भी कविता लिखी थी : 'चढ़यौ बरतानिया पर हिटलर पुनीत'—ऐसे जैसे गढ़ लंक पर पवनसुत कूदिगौ'।

मिडिल पास करने के बाद, पढ़ने 1940 में 'काशी' आया तो मेरी भेंट त्रिलोचन जी और शम्भुनाथ जी से हुई। मैंने पहली बार जाना कि कविताएँ खड़ी बोली में भी लिखी जाती हैं। उन्हीं दिनों महादेवी वर्मा जी की पुस्तक 'रश्मि' मिली, जिसमें एक-दो कविताएँ सवैया में लिखी थीं। मुझे बहुत बल मिला। उन्हीं दिनों मैंने भी एक सवैया लिखा : 'तान के सोता रहा जल चादर वायु-सा खींच जगा गया कोई'। यह तालाब के ऊपर ही मेरी सवैये की कविता थी। हमारे प्रिंसिपल जे. पी. सिंह को यह कविता बहुत पसन्द आई थी। कॉलेज में जब भी समारोह होता, वे मुझसे कहते, वही कविता सुनाओ। उस कविता के साथ वे स्वयं भी गाते और लड़के भी गाते।

गोष्ठियों में भी तब मुझसे कविता सुनाने के लिए ही कहा जाता था। गीत के लिए प्रेम जरूरी था, वह था ही नहीं जिन्दगी में, इसलिए ज्यादातर में प्रकृति की कविताएँ लिखता था, जैसे : 'बादल के टुकड़े-सा दिन के तीसरे पहर में उगा चाँद'। कुछ समय बाद त्रिलोचन जी 1943 में एक दिन 'तार सप्तक' लेकर आए और मेरा परिचय कविताओं से होने लगा। तब शायद मैं नौवीं कक्षा में था। विष्णुचन्द्र शर्मा की पत्रिका 'कवि' और दूसरी पत्रिकाओं में मेरी कुछ कविताएँ छप चुकी थीं। जुलाई, 1947 में काशी हिन्दू विश्वविद्यालय पहुँचने के बाद वहाँ हमारे प्रोफेसर के घर पर आयोजित गोष्ठी में मैंने एक कविता बादलों पर सुनाई : 'सुरमई घनों के पार मूँगिया गिरि छाए'। वात्स्यायन (अज्ञेय) जी ने एक चिट पर लिखकर पूछा कि ये कविता यदि कहीं वाग्दत्ता न हो तो 'प्रतीक' के लिए प्रार्थित है। मैं गद्‌गद हो गया और मेरे भीतर कवि को बहुत बल मिला। हालाँकि यह उनकी सहज विनयशीलता ही थी, फिर भी यह मेरे लिए बहुत बड़ा सम्मान था।

'बकलम खुद' नाम से मेरी पुस्तक 1953 में जगदीश भारती ने प्रकाशित की। उन्होंने मेरा एक कविता-संग्रह 'नीम के फूल' नाम से कम्पोज करवा लिया था, लेकिन मुकदमेबाजी के कारण प्रेस में ताला लग जाने से मेरा कविता-संग्रह नहीं छप सका। 'किताब महल' प्रकाशन से भी उसी समय शमशेर, त्रिलोचन, केदारनाथ अग्रवाल और नेमिचन्द्र जैन जैसे वरिष्ठ कवियों के साथ मेरे जैसे नौसिखिया कवि की भी छोटी-छोटी काव्य पुस्तिकाएँ छापने की योजना बनी, परन्तु किसी कारण वह भी फलीभूत नहीं हो सकी। अफसोस तो हुआ, लेकिन आज कोई पछतावा नहीं है, मेरी कविताएँ पुस्तकाकार क्यों नहीं छपीं।

कभी मैंने स्वप्न में भी नहीं सोचा था कि आलोचक बनूँगा या पेशा करूँगा। मैं जब कविताएँ लिखता था, तब तय कर लिया था कि आलोचना नहीं लिखूँगा। कविता लिखने में ही मेरी रुचि थी। मास्टरी करने का तो इरादा था, लेकिन आलोचक होने का नहीं। इस सिलसिले में आदरणीय पंडित किशोरीदास वाजपेयी के संस्मरणों की पुस्तक में उनका लिखा हुआ एक छन्द याद आता है :

सोचा मैंने उष:काल में
माँ के भुवन सजाऊँ
अभिनव अर्थ उपार्जित करके
(क्या-क्या कुछ भेंट चढ़ाऊँ)
किन्तु भक्तपद प्रक्षेपों से
धूल यहाँ भर आई
रहा बुहार उसी को तब से
यों सब उम्र गँवाई।

जहाँ तक मुझे याद है, सन् 1945-46 तक मैं केवल कविताएँ ही लिखता था। लेकिन एक बार आलोचक के रूप में झाड़ू उठाई, तो वह अब तक मेरे हाथ में है।

महावीर अग्रवाल : आप कविता क्यों लिखते हैं?

नामवर सिंह : जैसा कि मैंने आपको अभी बताया, कविता लिखने में ही मेरी रुचि थी। पिछले छह दशकों में मैंने कविता नहीं लिखी। कहना न होगा कि किशोरावस्था के मेरे 'कवि' का रूपान्तरण प्रगतिशील लेखक संघ की गोष्ठियों में हुआ। गोष्ठियों में जो बहस होती थी, लेख पढ़े जाते थे, उन पर वैचारिक चर्चा होती थी, इन सबने मेरी दृष्टि बदल दी। और मैं कविता लिखना छोड़कर 'आलोचना' की राह पर चल पड़ा। आज तो याद भी नहीं महावीर जी, कितना समय बीत गया। छह दशक से अधिक हो गए, आप लोगों ने मुझे कवि की राह पर चलने ही नहीं दिया।

महावीर अग्रवाल : आप अपनी रचना-प्रक्रिया के बारे में कुछ बताइए।

नामवर सिंह : कविता की रचना-प्रक्रिया के बारे में क्या कहूँ? आप लोगों ने मुझे आलोचक जो बना दिया है। रचनाकार को यह सुविधा रहती है कि यह रचना-प्रक्रिया की चर्चा करे और चर्चा करते हुए कुछ किस्से-कहानी सुना डाले। तनिक नमक-मिर्च-नीबू लगाकर उसे थोड़ा चटपटा ही नहीं, रोचक बनाकर सुनाए, क्योंकि रचना-प्रक्रिया की कहानी सुनने की उम्मीद किसी कवि से, कहानीकार से, उपन्यासकार से, नाटककार से की जाती है। यह तो बड़ी भारी विडम्बना है कि आलोचक जो दूसरों की रचना-प्रक्रिया के बारे में बताता है, उसी आलोचक से उसकी रचना-प्रक्रिया के बारे में पूछा जाए? मैं यह जरूर कहना चाहता हूँ कि यदि मैं प्रगतिशील लेखक संघ के सम्पर्क में न आया होता तो आलोचक न होता। कवि ही बना रहता।

महावीर अग्रवाल : वस्तु और शिल्प में आप किसे प्रमुखता देते हैं और क्यों?

नामवर सिंह : एक को प्रमुख और दूसरे को गौण मानने का प्रश्न ही नहीं आना चाहिए। शब्द ही साधना की पहली सीढ़ी है। इसके बिना कोई भी रचनाकार विशाल और दमदार कथ्य के बावजूद अच्छा नहीं लिख सकता। दोनों की अपनी अहमियत और अर्थवत्ता है। अन्तर्वस्तु, शिल्प, भाषा और संवेदना की दृष्टि से कविता लगातार समृद्ध हुई है। पतंजलि का यह कथन लीजिए—'एकः शब्दः सम्यक् ज्ञातः सुप्रयुक्तः स्वर्ग लोकेच कामधुक भवति'—अर्थात् एक ही शब्द जानो। सम्यक् रूप से जानो। सही जगह उसका इस्तेमाल करो। अगर इतना ही करो तो इस लोक में तुम्हारी समस्त कामनाएँ पूर्ण होंगी। मैंने आपसे पहले भी कहा है : 'शास्त्र को अपने ऊपर

सवारी मत करने दो, शास्त्र पर सवारी करो—फिर चाहे वह भारतीय काव्यशास्त्र हो या पश्चिमी काव्यशास्त्र हो।' पिछले पाँच-छह दशकों में शिल्प या रूप-विधान लगातार बदलता गया है। कथ्य कहें या अन्तर्वस्तु में भी क्रान्तिकारी बदलाव आया है। मेरे सामने वस्तु और शिल्प में किसी एक को प्रमुखता देने का प्रश्न ही नहीं है। यह भी जरूर याद रखिए कि केवल शब्दों से खेलना ही कविता लिखना नहीं है। बचपन में पढ़ी एक पंक्ति याद आ रही है : 'हरी जात पन्नगी हरीरे पर्वत में'—अर्थात् 'हरे पहाड़ों में नागिन छिप गई है'। मतलब, इशारा था कि दो स्तनों के बीच में स्त्री की वेणी, काली वेणी छिप जाती है। अब इस रचना का शिल्प और उसमें छिपी व्यंजना की शालीन चमक देखिए।

महावीर अग्रवाल : कविता में बिम्ब, प्रतीक और मिथकों का उपयोग किस तरह हो?

नामवर सिंह : मिथक, प्रतीक और बिम्ब और व्यंजना में कविता अपने गर्भित अर्थ के साथ पूरी तरह खिल जाती है। एक उपमा द्वारा इसे समझा जा सकता है : 'जैसे शेरनी अपने नवजात शिशु को उठाती है मुँह से और एक जगह से उठाकर दूसरी जगह रख देती है। दाँत से उठाती है, चुभने का डर रहता है। कितना दबाव दें कि दाँत चुभने न पाए व बच्चा मुँह से छूटकर गिरने भी न पाए।' रचनाओं में काल का आभास कराने में इनकी भूमिका महत्त्वपूर्ण होती है। मिथक हों या प्रतीक, रचनाओं में यथार्थ के बोध को खोलकर रख देते हैं। मुझे अपने हिन्दी के प्रथम गुरुवर मार्कंडेय सिंह का कथन याद आ रहा है : 'विशेषण अच्छे गद्य के दुश्मन हैं। विशेषणों से भाषा लद्धड़ बनती है। एक से अधिक विशेषण एक साथ कभी नहीं इस्तेमाल करना चाहिए।'

महावीर अग्रवाल : कविता की भाषा को लेकर अक्सर प्रश्न खड़ा किया जाता है। आप बताइए कि कविता की भाषा कैसी होनी चाहिए?

नामवर सिंह : सवाल भाषा को आसान या मुश्किल, कोमल या कठोर बनाने का नहीं, उसे सच और वास्तविक बनाने का है :

सुगम-अगम मृदु-मंजु कठोरे।
अरथ अमित अति आखर थोरे॥
जिमि गुह मुकुर-मुकुर निज पानी।
गहि न जाइ अस अद्‌भुत बानी॥

कवि हो या कहानीकार, सबकी अपनी अलग भाषा होती है। कविता की भाषा का कोई निश्चित पैमाना या मापदंड नहीं बनाया जा सकता। पाब्लो नेरुदा कहते हैं : 'मैं अपने क्षेत्र की बोली में लिखना चाहता हूँ और उसका विश्वविद्यालय

खोलना चाहता हूँ।' एक ओर त्रिलोचन ने अवधी में, फैज ने पंजाबी में, रवीन्द्रनाथ टैगोर ने बंगला में, केदारनाथ अग्रवाल ने बुन्देली में और बाबा नागार्जुन ने मैथिली में कविताएँ लिखी हैं। दूसरी ओर आचार्य महावीर प्रसाद द्विवेदी का यह कथन बहुत प्रासंगिक प्रतीत हो रहा है : 'कवि को ऐसी भाषा लिखनी चाहिए जिसे सब कोई सहज में समझ लें और अर्थ को हृदयंगम कर सकें। पद्य पढ़ते ही उसका अर्थ बुद्धिस्थ हो जाने से विशेष आनन्द प्राप्त होता है और पढ़ने में जी लगता है। परन्तु जिस काव्य का भावार्थ कठिनता से समझ में आता है, उसके अवलोकन में जी नहीं लगता और बराबर अर्थ का विचार करते-करते उससे विरक्ति हो जाती है। जो कुछ लिखा जाता है, वह इसी अभिप्राय से लिखा जाता है कि लेखक का हृदयगत भाव दूसरे समझ जाएँ। यदि इस उद्देश्य ही की सफलता न हुई, तो लिखना ही व्यर्थ हुआ। अतएव क्लिष्ट की अपेक्षा सरल लिखना ही सब प्रकार से वांछनीय है। कालिदास, भवभूति और तुलसीदास के काव्य सरलता के उदाहरण हैं। परम विद्वान होकर भी उन्होंने सरलता ही को विशेष मान दिया है। इसलिए उनके काव्यों का इतना आदर है। जो काव्य सर्वसाधारण की समझ के बाहर होता है, वह बहुत कम लोकमान्य होता है। कवियों को इसका सदैव ध्यान रखना चाहिए।' इसके बाद भी मेरा मानना है कि गजानन माधव मुक्तिबोध की कविताएँ भाषा की दृष्टि से भी अपने-आपमें अनूठी हैं। भाषा के प्रश्न को वृहत्तर दायित्व-बोध ही नहीं, दार्शनिक चिन्तन के आधार पर समझना होगा।

महावीर अग्रवाल : पाठक वर्ग की आम शिकायत है कि कविताएँ दिन-ब-दिन दुरूह होती जा रही हैं, इसलिए लोग कविताओं से जुड़ नहीं पा रहे हैं। इस पर आपके क्या विचार हैं?

नामवर सिंह : अभिरुचि ऐसी चीज है जो निहायत ही आत्मनिष्ठ और 'सब्जेक्टिव' हो सकती है। नितान्त वैयक्तिक हो सकती है। इसके बाद भी पाठक वर्ग की यह शिकायत सुनकर मुझे पाठक समुदाय से यह कहना है, कविता पढ़ने व समझने के लिए एक मानसिक तैयारी की आवश्यकता है। मेरा अनुभव यह कहता है, जो बड़े ही शिष्ट-सभ्य जन हैं, वे किसी कृति को पढ़ने के बाद अगर आप उनसे पूछें तो नये ढंग बताएँगे कि किसी उपन्यास को पढ़ना अपने-आपमें एक अनुभव है और कहकर आँखें बन्द करेंगे। नाटक को देखना एक अनुभव है। कलादीर्घा में जाना एक अनुभव है। किसी उस्ताद का संगीत सुनना एक अनुभव है। साहित्यिक कृति अनुभव की वस्तु है और उस अनुभव को समझनेवाला बड़ा सौभाग्यशली पाठक होगा। भाषा को मीठी, मुलायम, आसान, चलती-फिरती बनाने की कोशिश भी कम नहीं हुई है। ज्ञान-विज्ञान और ललित कलाओं के

शब्दों में नाद-चित्र भरने की भी कोशिश हो रही है। इसके बाद भी मैं मानता हूँ, भाषा की चित्रात्मकता कविता के लिए महत्त्वपूर्ण होती है। और अब तो भाषा भी आम बोलचाल के बहुत करीब आ गई है। अत: भाषा की दृष्टि से कोई कठिनाई नहीं है।

आम पाठकों की यह शिकायत सही है कि आज की कविता ने लय और छन्द का परित्याग कर दिया है, जिसकी वजह से यह जुबान पर नहीं चढ़ पाती। छन्द भी भाषा की ही भगिनी है। और कविता में यह वाक्य-विन्यास का ही अंग है। विशेष गति से आते ही भाषा छन्दमयी हो जाती है। अनेकानेक कवियों ने छन्द का प्रयोग अपनी कविताओं में किया है। सबके नाम बता पाना तो सम्भव नहीं है। युवा कवि अष्टभुजा शुक्ल ने भी छन्दों को फिर से अंगीकार करने की पहल की है। दोहे काफी मात्रा में लिखे जा रहे हैं। छन्द में लिखना अपनी बात है, लेकिन छन्द के बिना भी हमारी समकालीन कविता लगातार आगे बढ़ रही है। अरुण कमल, राजेश जोशी, उदय प्रकाश आदि सहित अनेक समर्थ कवियों के बावजूद कविता अगर आम जन तक नहीं पहुँचती तो कवियों को दोष देने की बजाय हमें जनता को शिक्षित करना पड़ेगा और उसे अपनी भाषा, उसमें लिखे साहित्य और अच्छी कविताओं से प्यार करना सिखाना होगा।

महावीर अग्रवाल : लेखन एक सामाजिक दायित्व है, अत: आप बताइए कि लेखक का क्या कुछ भी निजी नहीं रह जाता?

नामवर सिंह : व्यक्ति की निजता और सामाजिक दायित्व के सम्बन्धों में भीतर उतरकर संश्लिष्ट व्याख्या करते हुए मैं सोचता हूँ, हमने इस समाज से, इस देश से कितना लिया है। हम अध्यापक और विद्यार्थी उनकी तुलना में कितनी सुविधाओं से सम्पन्न हैं। एक ओर यह सब कुछ तो देश की जनता से ही मिला है, पैसा मिला है, ढेर सारी सुविधाएँ मिली हैं। उसकी तुलना में अगर हम देखें तो हमने क्या दिया है उन लोगों को? दायित्व इसलिए भी बनता है क्योंकि सीमित अर्थों में ही सही, हमारा समाज कलमकार को समाज का प्रहरी मानता है। अनेक लोग यह भी कहते हैं कि साहित्यकार को भी आम नागरिक की तरह ही निजी जीवन जीने की छूट मिलनी चाहिए। दोनों ही स्थितियों में सामाजिक दायित्व का निर्वाह आम नागरिक हो या साहित्यकार, सभी को करना है। प्रत्येक व्यक्ति का उसकी अपनी सोच के अनुसार निजी जीवन तो होता ही है। निजता के साथ-ही-साथ सामाजिकता और सामाजिक दायित्व का बोध भी विकसित करना होगा। राष्ट्रीय-बोध की और सामाजिक दायित्व की चर्चा जब भी होती है, विचार के लिए, चिन्तन के लिए, तब मुक्तिबोध जी की ये पंक्तियाँ मुझे बेहद प्रासंगिक प्रतीत होती हैं :

अब तक क्या किया?
जीवन क्या जिया?

महावीर अग्रवाल : कवि के अन्दर, व्यक्ति और समाज के हितों के बीच का द्वन्द्व क्या किसी सार्थक लेखन की भूमिका बनाता है?

नामवर सिंह : एक सवाल यह है कि जो अपने आसपास का वस्तुगत यथार्थ दिखाई पड़ता है, उसके साथ कवि का क्या रिश्ता है? किस हद तक वह उस यथार्थ का दर्शक है, या केवल साक्षी है, या किसी हद तक उसमें दखलअन्दाजी करता है या करने का हौसला रखता है, या उसमें हस्तक्षेप न कर पाने की भी विवशता अनुभव करता है? इसी के साथ यह भी इन सारी परिस्थितियों में अपनी प्रतिक्रिया व्यक्त करते समय वह ख़ुद अपने-आपको कितनी दूर तक उस कसौटी पर रखता है कि मैं यह हूँ? पत्रकार जिस तरह समाज का प्रहरी है, उसी तरह कलमकार का भी सामाजिक सरोकार होता है। यह सामाजिक सरोकार साहित्यकार के भीतर द्वन्द्व को जन्म देता है और सार्थक लेखन की भूमिका बनती है। अन्तर्विरोध से भरा हुआ जटिल समय है। रचना जब अपने समय के गम्भीर प्रश्नों से टकराती है तब वह सामाजिक वास्तविकताओं को सामने लाती है।

महावीर अग्रवाल : लेखन के कारण आपको व्यक्तिगत जीवन में कभी किसी संघर्ष का सामना करना पड़ा? कोई अविस्मरणीय घटना?

नामवर सिंह : संघर्ष तो हर व्यक्ति के जीवन में होता है। मुझे भी समय-समय पर संघर्ष का सामना करना पड़ा है।

महावीर अग्रवाल : क्या रचनाकार के लिए वैचारिक प्रतिबद्धता का होना जरूरी मानते हैं? यदि हाँ, तो क्यों?

नामवर सिंह : कविता के सम्बन्ध में कवि की एक निश्चित विचारधारा या एक जीवन-दृष्टि के कारण, एक खास प्रकार का रिश्ता बनता है, जो बड़ा ही औपचारिक रिश्ता भी है। यह एक रिश्ता है, जिसके तहत आप लिखते हैं, सम्बोधित करते हैं, उसका पक्ष लेते हैं, उसके पक्ष की ओर से बोलते हैं। विचारों की दृष्टि से 'प्रतिबद्धता' से आपका आशय मार्क्सवाद से है। और मैं इसे जरूरी मानता हूँ क्योंकि मार्क्सवाद एक ऐसी जीवन-दृष्टि, विश्व-दृष्टि और इतिहास-दृष्टि है, जिसके विकल्प और विरोध के रूप में आधुनिकतावाद भले ही साहित्यिक नकाब पहनकर आया है, लेकिन वह उसके समकक्ष न तो है, न हो सकता है। मेरी निजी राय है, कृतियों को डूबकर पढ़ना जरूरी है। फिर सटीक विश्लेषण और व्याख्या करके रचना के अन्त:करण तक पहुँचना। अपने साथ पाठक को भी

भीतर तक पहुँचाना। किसी भी रचना पर बात करते समय हमारा दायित्व बढ़ जाता है। यहाँ दो उदाहरण देना चाहूँगा—लेनिन जैसे विचारक ने कहा है, तोल्स्तोय के विचारों से असहमत होते हुए भी मैं उन्हें बड़ा साहित्यकार मानता हूँ। इसी तरह बाल्जाक के सम्बन्ध में मार्क्स कहते हैं, उसके राजनीतिक विचारों से मैं सहमत नहीं हूँ, लेकिन वह एक बड़ा साहित्यकार है। मेरा मानना है कि परम्परा और आधुनिकता की द्वन्द्वात्मक ऐतिहासिक समझ से ही सार्थक रचना-कर्म सम्भव है। एक बार मैं फिर कहूँगा कि विश्लेषण की दृष्टि से मार्क्सवाद निश्चय ही अधिक समृद्ध है।

महावीर अग्रवाल : वर्तमान में क्या लेखन के द्वारा सामाजिक-आर्थिक बदलाव सम्भव है?

नामवर सिंह : 'फूल की पत्ती से कट सकता है हीरे का जिगर'। शब्द की, साहित्य की शक्ति अपार होती है। मेरा यह मानना है कि दुनिया में जब भी परिवर्तन या क्रान्ति का बिगुल बजा है, सीधे न सही, अप्रत्यक्ष रूप से लेखन की महत्त्वपूर्ण भूमिका हमेशा रही है। फ्रांस की राज्य-क्रान्ति से लेकर रूस की क्रान्ति तक मेहनतकश की शक्ति को स्वर साहित्य ने ही दिया है। हमारा साहित्य कोमल होते हुए भी शक्ति-सम्पन्न है।

महावीर अग्रवाल : आप किस कवि से अधिक प्रभावित हैं, या रहे हैं? उनकी कुछ उल्लेखनीय रचनाएँ, जिनसे आपके लेखन को गति या दिशा मिली?

नामवर सिंह : 'राम की शक्ति-पूजा' लिखनेवाले सूर्यकान्त त्रिपाठी 'निराला' की एक-एक पंक्ति में शक्ति व ओज है, उससे कौन प्रभावित नहीं होगा? काशी के शुरुआती दिनों में 1940 से 1950 तक शम्भुनाथ जी, गोपाल सिंह नेपाली, नरेन्द्र शर्मा और बच्चन जी के गीतों की धूम मची हुई थी। उन दिनों 'जयशंकर प्रसाद' का 'आँसू' मुझे पूरा याद था। त्रिलोचन जी से मुझे सही दिशा मिली। हिन्दी कविता की परम्परा और नई-से-नई प्रवृत्तियों के साथ ही 'तार सप्तक' से मेरा पहला परिचय 1943 में उन्होंने ही कराया था। कविता के मर्म और उसकी बारीकियों को मैं त्रिलोचन जी के सान्निध्य में धीरे-धीरे समझने लगा। मैंने आपसे पहले भी कहा है, गजानन माधव मुक्तिबोध की कविताएँ अनूठी हैं।

महावीर अग्रवाल : कविता भी एक यात्रा है। आप अपने समकालीनों में किन कवियों को अपने सहयात्री पाते हैं? अपनी पसन्द की कुछ कविताओं और उनके कवियों के बारे में बताइए।

नामवर सिंह : जिन्दगी इकहरी नहीं होती, अलग-अलग व्यक्तियों से अलग-

अलग तरह के सम्बन्ध बनते हैं, महावीर जी। आप जानते हैं, मैं लगातार कविता लिखनेवाला कवि नहीं हूँ, इसलिए किसी कवि को अपना सहयात्री कहना उचित नहीं है। कविताओं का सजग पाठक जरूर रहा हूँ। पहले भी मैं बहुत कह चुका हूँ और लिख भी चुका हूँ। 'तार सप्तक' (1943) के सात कवियों में से चार कवियों ने स्वयं को मार्क्सवादी के रूप में परिचित कराया—रामविलास शर्मा, मुक्तिबोध, नेमिचन्द्र जैन और भारतभूषण अग्रवाल। छठे और सातवें दशक में इन कवियों के अलावा केदारनाथ अग्रवाल, शमशेर बहादुर सिंह, नागार्जुन, त्रिलोचन और शील के साथ-साथ रघुवीर सहाय, सर्वेश्वर दयाल सक्सेना, केदारनाथ सिंह, धूमिल और राजकमल चौधरी की कविताएँ लगातार सराही गई हैं। अज्ञेय, भवानी प्रसाद मिश्र, विनोद कुमार शुक्ल, कुँवर नारायण की कविताएँ मान पाती रही हैं। शील और नागार्जुन की आन्दोलनधर्मी रचनाओं की परम्परा को आगे चलकर अनेक कवियों ने आगे बढ़ाया है। आलोक धन्वा की कविताओं और रमेश रंजक, शलभ श्रीराम सिंह और गोरख पांडेय के जनगीतों में यह दिखाई देती है। दुष्यन्त कुमार की गजलों में सामाजिक सरोकारों की अनुगूँज है। खुरदुरेपन के बाद भी बहुत ही सहज भाषा है अदम गोंडवी की, वे सीधे-सीधे लोक से जुड़े थे। बाद में कवियों ने काफी अच्छा साहित्य दिया है। बीच की पीढ़ी के अनेक श्रेष्ठ कवियों के अनेक जरूरी नाम तत्काल याद नहीं आ रहे हैं। इक्कीसवीं सदी में जीवन के नये-नये अनुभवों की तलाश जारी है। कविता लिखने के नये ढंग और भाव-बोध के लिए नई पीढ़ी की तारीफ करनी होगी।

महावीर अग्रवाल : कविता के विकास और सार्थक फैलाव में रेडियो, दूरदर्शन और कवि-सम्मेलनों पर आपके क्या विचार हैं?

नामवर सिंह : टेक्नोलॉजी के चमत्कार और ज्ञान के विस्फोट से हमारा समय करवट लेता जा रहा है। मीडिया की सार्थक भूमिका कैसे बने, यह प्रश्न मुझे मथता है। श्रेष्ठ कविताएँ कैसे लोकप्रिय होंगी, यह जनसंचार के माध्यमों और साक्षरता पर निर्भर है। एक ओर हमारे जनसंचार के माध्यम नये बाजारवाद के चलते जितनी दिलचस्पी उपभोक्ता सामग्रियों के विज्ञापन तथा राजनीति में ले रहे हैं, उसका शतांश भी साहित्य और कविता में नहीं ले रहे हैं। दूसरी तरफ, साक्षरता की दृष्टि से हिन्दी भाषा-भाषी समाज सर्वाधिक पिछड़ा है। वैसे अन्य भारतीय भाषाओं, यथा—बंगला, गुजराती, मलयालम, कन्नड़, तमिल, पंजाबी आदि में भी कविताओं की स्थिति कमोबेश हिन्दी जैसी ही है। उपभोक्ता संस्कृति ने हमारे समय के साथ ही नई पीढ़ी को भी गिरफ्त में ले लिया है। बदलते समय में फेसबुक, ई-मेल, इंटरनेट और ब्लाग के प्रति आकर्षण बढ़ा है। साहित्यिक, सांस्कृतिक और नैतिक छवि को मीडिया पीछे ढकेल रहा है। यह कैसे रुके, इस

दिशा में हमें सोचना चाहिए। मेरा यह भी मानना है, जिस दिन कविता अत्यधिक लोकप्रिय हो जाएगी, उस दिन उसका स्तर गिर जाएगा और अपनी महान काव्य-परम्परा से वह च्युत हो जाएगी। इसलिए कविता में ही कोई खामी है, यही रटते रहने की बजाय यह देखने की कोशिश लगातार हो कि समाज जागृत हो और समझे कि सम्प्रेषण के साधनों में ही तो कोई खामी नहीं है? यह आत्मसजगता हमारे समय की माँग है। नई टेक्नोलॉजी के साथ सर्जनात्मक संवाद से ही हमें सही दिशा मिल सकती है।

महावीर अग्रवाल : 'कविता पोस्टर्स' को आप किस रूप में देखते हैं? क्या कविता को लोकप्रिय बनाने और चेतना के विकास में इनकी कोई सार्थक भूमिका बन सकती है?

नामवर सिंह : दर्शकों की काव्य-संवेदना जगाने का सार्थक काम करते हैं कविता पोस्टर। प्रगतिशील लेखक संघ के आयोजनों में हमेशा नये-से-नये कविता पोस्टर्स पिछले पाँच-छह दशकों से देख रहा हूँ। 'कविता पोस्टर्स' लगातार बेहतर बनाए जा रहे हैं। आम आदमी की घुटन, सामाजिक विसंगति और उसमें सकारात्मक परिवर्तन की आकांक्षा से ओतप्रोत 'कविता पोस्टर्स' समाज को आईना दिखाने में पूरी तरह समर्थ प्रतीत होते हैं। कलात्मक अनुशासन में भी आक्रोश की सुलगती हुई तसवीर प्रस्तुत करनेवाले 'कविता पोस्टर्स' मैंने अधिक देखे हैं। कलात्मक होना एक अनिवार्य शर्त है, लेकिन यह कला चमत्कृत करने की नहीं, सम्प्रेषित करने की होनी चाहिए। यह कला जनसाधारण की भावनाओं और चेतना को छूने, प्रभावित करने और गतिशील बनाने का काम करती है। इसके बाद भी मेरा यह मानना है कि बोध के ही नहीं, कलात्मक अभिव्यक्ति में भी एक लम्बी यात्रा की आवश्यकता है।' कविता पोस्टर्स' को गूढ़ अर्थों तक पहुँचना है, अभिव्यक्ति से लगातार टकराना है और अधिक सार्थक भूमिका बनाना है अपनी।

महावीर जी, बहुतों की तरह किशोरावस्था में, मैं भी सरस्वती के मन्दिर में पूजा करने के लिए थाल में कुछ कविता आदि रख करके गया था और सोचा था कि मैं भी कुछ यह करूँ। जब वहाँ पहुँचा तो देखा कि भक्तों ने देवी का मन्दिर बहुत गन्दा कर रखा है। गन्दे-बासी पुराने, सड़े हुए फूलों के द्वारा भी, अपने पैरों की धूल के द्वारा भी, काफी दुर्गन्ध आ रही थी, तो मैंने सोचा कि पूजा बाद में करूँगा, थाल अलग रख दिया और झाड़ू उठा लिया। तब से बुहार रहा हूँ उसी को। महावीर जी, सात दशक पहले हाथ में जो झाड़ू उठाई थी, बुहारता ही जा रहा हूँ। वह थाली पड़ी हुई है, अभी तक नौबत नहीं आई कि मैं थाली उठाऊँ और दो-चार कविता लेकर पूजा करूँ।

महावीर अग्रवाल : और अन्त में कविता की आलोचना और उसके आलोचकों के विषय में आपकी क्या राय है?

नामवर सिंह : पीछे मुड़कर देखें तो एक जमाने में मार्क्सवादी बहुत सिद्धान्तों की बात किया करते थे। मार्क्सवादी सौन्दर्यशास्त्र, मार्क्सवादी आलोचना और उनके अनुसार व्याख्या भी कर देते थे। किसी के पास कोई सिद्धान्त वगैरह अब नहीं है—न मार्क्सवादियों के पास और न ही गैर-मार्क्सवादियों के पास। अब जो गैर-मार्क्सवादी हैं, उनके यहाँ पोस्ट मॉडर्न थियरी भी आ गई है। आँसू को समझने के लिए किसी फिलॉसफी की जरूरत नहीं है। किसी की आँख से आँसू बह रहे हैं तो अपनी आँखें अपने-आप गीली हो ही जाएँगी। इसीलिए कविता यदि आँसू है, हँसी है, उल्लास है तो यह सहज अनुभव का विषय है। प्रत्यक्ष अनुभव का विषय है। कविता तो सहज अनुभव की चीज है। रस लेने की चीज है कविता। अब इसमें लोल्लट, मम्मट और भट्टनायक, अभिनवगुप्त बालाचार्य चार-चार प्रकार के रस-सूत्र के तो व्याख्याकार हैं। और उसमें नामालूम क्या-क्या बारीकियाँ निकाली गई हैं!

कविता हो या कहानी, आलोचक का काम केवल आस्वाद लेना नहीं है, बल्कि उसका काम मूल्यांकन करना है। एक बात और, रघुवीर सहाय की कविता को समझने के लिए मनोहर श्याम जोशी की पुस्तक बहुत अच्छी है। मेरा मानना है कि उस पुस्तक की तरह आलोचना को भी पठनीय होना चाहिए। मैं आपको बता रहा था, आलोचक को निर्णय भी देना है। और मूल्यांकन नाम की यह चीज जो है, वह आस्वाद के साथ कितना मेल खाती है? बल्कि होता यह है कि आम तौर से जिन चीजों का आप आस्वाद लेते हैं, जैसे ही मूल्यांकन करने बैठते हैं, आलोचक की भूमिका में, तो वह भूमिका बहुत कुछ बदल देती है, भुला देती है। ऐसा थोड़ा अनुभव से जानता हूँ और दूसरों की आँखों से देखता भी हूँ। कविता कवि के हृदय का उच्छ्वास है। इसीलिए कहा गया है—

वियोगी होगा पहला कवि,
आह से उपजा होगा गान।
उमड़कर आँखों से चुपचाप,
बही होगी कविता अनजान॥

मैंने पहले भी कहा है, आलोचना कहते ही हमारे सामने यह सहज ज्ञान का विषय है और यह सहज ज्ञान इतना बद्धमूल हो चला है कि आलोचना व्याख्या है, भाष्य है। कवि के सौन्दर्य का उद्घाटन है। पाठक के और रचना के बीच जो बाधा है एकाध, जो रचनाकार के दिल से चलकर पाठक के दिल तक सीधी पक्की सड़क जा रही है, उसमें कहीं-कहीं कुछ पत्थर, कुछ रोड़े-वोड़े रख दिये गए हैं, इसलिए

हृदय से चल करके जो सीधी जानेवाली कार है, वह कहीं रुके नहीं, बीच में कहीं कोई प्रसंग समझ नहीं आए, सन्दर्भ समझ नहीं आए तो सड़क-वड़क साफ करके रोड़ा हटाकर सड़क साफ करनेवाला यह काम किया करते हैं, इसलिए रचनाकार के दिल से पाठक के दिल तक एक सीधी जो सड़क बनी हुई है, रचना जो सीधे पहुँचे, वहाँ एक अदृश्य तार-सूत्र है, किसी प्रकार उसको ज्यों-का-त्यों उस सूत्र को रहने दें—यही आलोचना का सबसे बड़ा काम है।

['नया ज्ञानोदय' : अप्रैल, 2019 अंक में 'सात दशक पहले जो झाड़ू उठाई, हूँ' तभी से बुहार रहा शीर्षक से प्रकाशित]

व्याख्या ही आलोचना का मुख्य कर्म है

महावीर अग्रवाल : 'आलोचना' का उद्‌देश्य क्या होना चाहिए?

नामवर सिंह : उद्‌देश्य ही वस्तु को बड़ा या छोटा बनाता है महावीर जी। 'रचना' के नाम पर हमें जो परोसा जा रहा है, उसमें भी यही विचार करना होगा। कहानी, कविता या उपन्यास, जिसकी भी हम चर्चा करें, वह मूल्यों को और जीवन को कितना ऊँचा उठा रही है—यह देखना और जानना जरूरी है। रचना का जीवन से कितना गहरा सम्बन्ध है? जीवन में पसरी भयावह त्रासदियों को रचनाकार ने किस दृष्टि से समाज के सामने रखा है? अन्तर्वस्तु और शिल्पगत अनुशासन से आगे बढ़नेवाली कलम की महत्ता अपनी जगह है और हमेशा रहेगी। इसके बाद भी आलोचक को सबसे पहले यह समझना होगा, इसका प्रयोजन या सीधे कहें, उद्‌देश्य क्या है?

महावीर अग्रवाल : क्या कथालोचना की कोई भारतीय परम्परा या पद्धति भी हो सकती है?

नामवर सिंह : आई.ए. रिचर्ड्स ने पहली पुस्तक 'प्रिंसिपल्स ऑफ लिटरेरी क्रिटिसिज्म' लिखी। इसके विपरीत कैम्ब्रिज विश्वविद्यालय में अंग्रेजी के प्रसिद्ध आलोचक डॉ. एफ. आर. लीविस ने सिद्धान्त की कोई पुस्तक लिखे बिना अंग्रेजी उपन्यास की परम्परा को रेखांकित किया। संस्कृत काव्यशास्त्र में आनन्दवर्धन ने पहले ध्वनि-सिद्धान्त की साधना की। ऐसी आलोचना पर जयशंकर प्रसाद जी की टिप्पणी 'बन जाता सिद्धान्त प्रथम—फिर पुष्टि हुआ करती' अधिक सटीक लगती है। कथालोचना की कोई भारतीय पद्धति विकसित हो या न हो, यह आज भी विचार-मन्थन का विषय है। मेरी दृष्टि में व्याख्या ही आलोचना का मुख्य कर्म है।

हमें अर्थात् कथालोचकों को यह देखना और समझना होगा, 'रचना' की जड़ें धरती में कहाँ तक जमी हैं। कथा सीधे मानव जीवन से उत्पन्न होती है और उसे प्रत्यक्ष रूप से प्रभावित करती है। कहानी या उपन्यास में हमारे समय और समाज की अधिकांश बातों का जीवन्त विवरण होता है जिसे हमने अपने आसपास की

दुनिया में देखा है, सोचा है, समझा है। यह जो कामनसेंस व्यू है, केवल कॉमनसेंस बन गया है कि रचनाकार और पाठक इन दोनों के बीच आलोचक भाष्यकार है, व्याख्या करता है या बीच में विघ्नों को, बाधाओं को हटाता है। दोनों को सहृदय बनाता है, समान हृदय बना देता है। यही कार्य कथालोचक का है।

महावीर अग्रवाल : कथालोचना क्या है? आलोचक की मनीषा क्या बिना तैयारी के भी रचना को समझ लेती है? हमारे समय की कथालोचना, क्या वह मनुष्य के हृदय और भावावेगों की तह तक पहुँच पाती है?

नामवर सिंह : 'आलोचना' शब्द का प्रयोग कदम-कदम पर जिस तरह चर्चित है, मैं क्या कहूँ? मैंने पहले भी कहा है, आलोचना कहते ही हमारे सामने यह सहज ज्ञान का विषय बनकर आता है। और यह सहज ज्ञान इतना बद्धमूल हो चला है कि आलोचना व्याख्या है, भाष्य है। रचना के भीतरी सौन्दर्य का उद्घाटन है। मेरा यह मानना है कि हृदय से निकली गहरी भावनाओं को संवेदनशील आलोचक तह तक पहुँचकर समझता है। अपनी जरूरी तैयारी के बाद जब कलम चलती है, तभी तो छोटी-छोटी समीक्षाओं में भी ठेठ हिन्दी का ठाठ देखने को मिलता है। आलोचना का जन्म ही समीक्षा से हुआ। इस तरह की धारणा अकेले अभिनवगुप्त पादाचार्य की या आनन्दवर्धन की नहीं थी। हिन्दी आलोचना सारांश में नहीं होती बल्कि सूक्ष्म ब्योरों में अपनी बात कहती है। कथालोचक को आलोचना का काम बेहतर करना है तो अध्ययन की व्यापकता के साथ-साथ भाषा की समझ और भाषा पर अधिकार, दोनों ही जरूरी हैं। यह बिना किसी तैयारी के सम्भव नहीं हो सकता। अपनी भाषा की बुनावट और संवेदनाओं के सहारे ही आलोचक की आलोचना अभिव्यक्त होती है।

महावीर अग्रवाल : 'आलोचना' के माध्यम से रचना का पुनर्जन्म होता है, ऐसा अनेक आलोचक कहते हैं। कुछ मनीषी मानते हैं कि 'आलोचना' रचना और पाठक के बीच की अनावश्यक कड़ी है।

नामवर सिंह : किसी भी एक विचार को सामूहिक तौर पर स्वीकार करना कठिन स्थिति होती है। एक कृति के अन्तर्विरोधों को देखकर, पहचान करके आलोचक एक तरह से दूसरी कृति सामने लाते हैं, ऐसा मैं मानता रहा हूँ। आपको मालूम होगा, ब्रेख्त ने शेक्सपियर के नाटकों का पुनर्लेखन किया और एक नया नाटक लिखकर शेक्सपियर को लोगों के सामने पेश किया। आप स्वीकार करें या न करें, यह आलोचना का ही कमाल माना जाएगा। और इसी तरह साहित्य की समूची दुनिया में आलोचक भी एक नई सृष्टि करता है।

महावीर अग्रवाल : आपने भोपाल में अपने व्याख्यान में कहा था, आलोचक का यह काम है कि वह उस कुंजी का पता लगाए।

नामवर सिंह : मुझे स्मरण है, व्यंजना में कही गई इस बात की कुंजी आप सबको समझना चाहिए। इसलिए भी कहा, क्योंकि एक ओर हिन्दी के बड़े स्थूल अर्थों में उस कुंजी का निर्माण लोग कर रहे हैं और दूसरी ओर अनेकानेक अध्यापकों का कार्य-व्यापार उस कुंजी का व्यापार हो गया है। यद्यपि दार्शनिक उसको जब Key कहेगा तो वह जो मूल कुंजी है जिसकी खोज में अद्वैत वेदान्त और कौन वेदान्त, कौन दर्शन—सारे-के-सारे लगे हुए हैं। सही मायने में आलोचना यह कार्य कर रही है। एक जरूरी बात छूट रही है। इक्कीसवीं सदी में टेक्नोलॉजी के नित नये चमत्कार और भागमभाग भरी जिन्दगी में भी शिशु के सम्पूर्ण व स्वस्थ विकास की चिन्ता माँ से अधिक और किसी को नहीं है। आलोचना को यह समझना चाहिए कि वह पुराने गुरु जी की तरह हमेशा बच्चों के कान न उमेठे, बल्कि माँ की तरह संरक्षण देते हुए स्नेह के साथ, अपनी बात रचनाकार को समझाएँ। प्रताड़ित किये बिना माँ कैसे बच्चों को धीरे-धीरे आगे बढ़ाती है, 'रचना' के साथ आलोचक का व्यवहार माँ की तरह ही होना चाहिए। कथालोचक जब भी कलम चलाए, 'रचना' को यह महसूस होना चाहिए, ममतामयी माँ की गोद मिली है, तभी रचनाधर्मिता निरन्तर विकसित हो सकती है।

महावीर आग्रवाल : कथालोचना क्या लिखी गई कहानियों और उपन्यासों की व्याख्या या मूल्यांकन भर है या कथालोचक का काम कथा की एक सैद्धान्तिकी विकसित करना और उसके महत्त्व का वैचारिक-दार्शनिक स्तर पर विश्लेषण करना भी है?

नामवर सिंह : यह एक सहज ज्ञान यह है कि साहित्य सीधे स्वयं के अनुभव की चीज है। इसके लिए सिद्धान्त की जरूरत नहीं है क्योंकि रचनाकार ने रचना की और सामूहिक रूप से अकेले हम पढ़ करके उसको सीधे जान सकते हैं, हमें किसी आलोचक की आलोचना की, सिद्धान्त की फिलॉसफी की जरूरत नहीं। यह एक तरह का एक अनुभववादी कॉमनसेंस है। कुछ लोगों का खयाल है कि दुनिया की सारी चीज अनुभव से जानी जा सकती है, सिद्धान्त वगैरह बेकार की चीज हैं और यह बात कहने वाले बड़े प्रगतिशील क्रान्तिकारी लोग भी हैं। मेरा यह मानना है कि प्रतिभा व्यक्ति में स्फुरित होने पर भी वह सम्पूर्ण सामाजिक चेतना का प्रतिफलन ही होती है। सिद्धान्त और विश्लेषण के साथ ज्ञान-विज्ञान के अथाह सागर में मनुष्यत्व की प्रतिष्ठा से बढ़कर और कौन-सी वस्तु हो सकती है भला? शास्त्रकार ने कहा है—तुम्हें यह गुप्त रहस्य बताए जाता हूँ—मनुष्य से बड़ा कुछ भी नहीं है।

गुह्यं ब्रह्म तदिदं वो ब्रवीमि
न मानुषाच्छ्रेष्ठतरं हि किंचित्

महावीर अग्रवाल : एक प्रश्न यह भी है कि समकालीन कथालोचना में क्या कोई उल्लेखनीय आलोचक हैं? यदि हैं तो उनके योगदान को किस रूप में रेखांकित किया जा सकता है?

नामवर सिंह : महावीर जी, वीरविहीन नहीं हुई है पृथ्वी। पाठक समुदाय को, मनुष्य मात्र को सुसंस्कृत और संवेदनशील बनाने का काम आलोचक का है। अनेक कथालोचक हैं, जो लगातार महत्त्वपूर्ण काम करते आ रहे हैं। आज भी उनका काम जारी है। किसी एक आलोचक का नाम लेने से बात दूर तलक नहीं जा सकेगी। और उन सबके साथ अन्याय होगा जो काम बहुत बेहतर कर रहे हैं लेकिन अपनी सीमाओं के कारण मैं उनके नये काम से पूरी तरह परिचित नहीं हो सका हूँ। इसके साथ ही अनेक महत्त्वपूर्ण कथालोचकों के काम और नाम के छूट जाने की सम्भावना बनी रहेगी। मैं किसी तरह के विवाद में नहीं रहना चाहता। युवा पीढ़ी अब अपने दृष्टिकोण से नया स्वरूप सामने ला रही है। साहित्येतर विषयों पर भी सार्थक विचार-विमर्श कर रही है। सुखद है कि चिन्तन-मनन का स्तर लगातार समृद्ध होता हुआ दिखता है, भले ही यह रचनात्मकता उँगलियों पर गिने जाने लायक ही है।

रचनात्मकता सबकी अनूठी है

महावीर अग्रवाल एवं अभय कुमार मिश्रा की बातचीत

महावीर अग्रवाल : अपने वरिष्ठ कवियों की रचनात्मकता को आप किस तरह महसूस करते हैं? इसी वर्ष 13 फरवरी, 2010 को दूरदर्शन के 'पत्रिका' कार्यक्रम में आपने बताया था कि 'प्रगतिशील कविता की धारा बदलनेवाले पहले कवि केदारनाथ अग्रवाल हैं। मुक्तिबोध और नागार्जुन बाद में आते हैं और लिखते हैं।'

नामवर सिंह : रचनात्मकता सबकी अनूठी है। शमशेर का, नागार्जुन का, अज्ञेय का और केदार का अपना-अपना, अलग रंग रहा है। कोई किसी से कम नहीं। एक कवि की कविता में चटक रंग है, तो दूसरे कवि की कविता भाव व भाषा में बेजोड़ है। नागार्जुन को जनता के बीच सबसे अधिक वाहवाही मिली। तो मुक्तिबोध जैसे बड़े कवि ने शमशेर की कविता 'अमन का राग' को क्लासिकल ऊँचाई की कविता के रूप में स्वीकृति दी। शमशेर की ही कविताओं से प्रभावित अज्ञेय ने शमशेर को 'कवियों का कवि' कहा।

अभय कुमार मिश्रा : आपने प्रतिनिधि कविताएँ (राजकमल पेपरबैक्स) की भूमिका में लिखा है : 'शमशेर के लिए इतना ही काफी है कि वे कवि हैं—सिर्फ कवि। न 'शुद्ध कविता' का कवि, न कवियों का कवि, न प्रयोग का कवि और न प्रगति का ही कवि। कुछ कवि ऐसे होते हैं जिन्हें हर विशेषण छोटा कर देता है।'

नामवर सिंह : आपने सही समय पर सही बात उठाई है। चित्रकला और संगीत के साथ ही उनकी कविताओं में एक ओर छायावाद की झलक है तो दूसरी ओर ऊर्दू शायरी का प्रभाव है। उन्होंने हिन्दी के क्लासिक और अंग्रेजी साहित्य का गम्भीर अध्ययन किया है। विविधता से भरा-पूरा उनका रचना-संसार देखकर कहा गया है, शमशेर प्रगतिशील कवि के साथ ही प्रयोगशील भी रहे हैं। उनकी कविता में भाव, भाषा के गहरे संस्कार, जटिल व संश्लिष्ट जीवनानुभव की गहरी अनुभूति और शिल्प की अनोखी चमक रही है।

महावीर अग्रवाल : मुझे शमशेर जी के सम्पूर्ण लेखन में 'होनेवाले महाकवि के लिए' सबसे अधिक पसन्द है। उनकी कविताओं में 'अमन का राग', 'वाम-वाम-वाम', 'बात बोलेगी' आदि मुझे प्रिय हैं। आपको उनकी कौन-सी कविताएँ पसन्द हैं?

नामवर सिंह : 'बात बोलेगी' कविता तो महत्त्वपूर्ण है ही। दूसरी कविताओं में 'ऊषा', 'एक पीली शाम', 'एक नीला आईना बेठोर', 'लौट आ, ओ धार', 'बैल', 'एक नीला दरिया बरस रहा', 'पूर्णिमा का चाँद', के साथ 'दो पहाड़ों को कोहनियों से ठेलता' बहुत महत्त्वपूर्ण कविताएँ हैं। अपनी एक कविता की शुरुआत ही शमशेर ने इन पंक्तियों से की है :

मैं उर्दू और हिन्दी का दोआब हूँ
मैं वह आईना हूँ जिसमें आप हैं।

यह कविता पहली बार एक 'संकेत' नाम की पत्रिका में प्रकाशित हुई थी।

महावीर अग्रवाल : अज्ञेय जी की चिन्तन-शैली और विचार के बारे में कुछ बताइए? 'वसुधा-42', (जुलाई-दिसम्बर, 1998, पृष्ठ 39) में आपने अज्ञेय की कविता 'नाच' का बहुत महत्त्व के साथ उल्लेख किया है।

नामवर सिंह : उनकी कविता 'नाच' को आप देखिए। दो बाँस के बीच बँधी तनाव-युक्त रस्सी पर नाचने वाला नाचता है। कविता में नट, रस्सी, तनाव, खम्भे, रोशनी आदि शब्दों और कुछ वाक्यों की बार-बार आवृत्ति होती है। इसमें नाचनेवाले की जो आत्मसजगता है, वह बहुत रेखांकित करने योग्य है। एक ओर पाठक समुदाय है, दूसरी ओर रचना है। मैं यह मानता हूँ कि, नर्तक जो तनाव नृत्य के दौरान झेलता है, वही तनाव आलोचना कर्म है। 'नाच' कविता में जिन शब्दों का प्रयोग हुआ है, उसके आन्तरिक अर्थ को पकड़ना जरूरी है। आलोचक की मनःस्थिति को, उसके आत्मसंघर्ष को 'नाच' में बहुत सलीके के साथ अभिव्यक्त किया गया है। 'भग्नदूत' उनका पहला काव्य-संग्रह है। अज्ञेय साहित्यकार ही नहीं चित्रकार, कलाकार और शिल्पकार भी रहे हैं। आधी शताब्दी के साहित्य-सृजन के उपरांत कोई दो राय नहीं हो सकती कि अज्ञेय एक विभूति हैं। उनका महत्त्व ऐतिहासिक ही नहीं, स्थायी भी है। सीमित मानवीय सरोकारों के बीच अज्ञेय मुख्यतः शब्दशिल्पी के रूप में प्रतिष्ठित हैं।

अभय कुमार मिश्रा : शमशेर और अज्ञेय के साथ-साथ हमें यह भी बताइए कि 0केदारनाथ अग्रवाल और बाबा नागार्जुन की रचनाएँ आपको किस तरह छूती रही हैं?

नामवर सिंह : उनकी एक कविता है—'केन किनारे' :

बैठा हूँ मैं केन किनारे,
मैं भी उस पर तन-मन हारे
बैठा हूँ मैं केन किनारे।

यह कविता लिखकर उन्होंने 'केन' जैसी अनाम नदी को ऊँचा दर्जा दिया। वे स्वयं को 'केन' मानते थे। उन्होंने 'केन' पर लगभग तीस कविताएँ लिखी हैं। पत्नी को उन्होंने 'जमुन जल' कहा है। पत्नी के प्रति 'जमुन जल' जैसा प्रेम अन्यत्र बहुत कम दिखाई देता है। वकील हो जाने के बाद भी अपने गाँव 'कमसिन' से उनका सम्बन्ध आजीवन बना रहा। और 'हम न रहेंगे तब भी तो यह खेत रहेंगे' जैसी कविता लिखी है। केदानाथ अग्रवाल ने अपनी कविताओं में जो लिखा, उससे आलोकित चेतना का विस्फोट हुआ। छायावाद के बाद केदार ने अपनी काव्य-संवेदना द्वारा हिन्दी कविता के सृजनबोध को बदलने में महत्त्वपूर्ण भूमिका निभाई। प्रगतिशील कविता की धारा बदलनेवाले पहले कवि केदारनाथ अग्रवाल हैं। व्यंग्य की धारदार कविताएँ भी उनके यहाँ हैं। 1945 के आसपास उन्होंने घोर क्रान्तिकारी कविताएँ लिखीं। केदार जी ने प्रगतिशील कविता की जमीन बदली, उसकी भाषा बदली, उसकी दिशा बदली। उनके श्रमजीवी संघर्ष और सौन्दर्य-दृष्टि में पसीने की बूँदें हैं।

महावीर अग्रवाल : मध्यप्रदेश हिन्दी साहित्य सम्मेलन, केन्द्रीय हिन्दी संस्थान, आगरा और साहित्य भंडार, इलाहाबाद के संयुक्त तत्त्वावधान में 24-25 जनवरी, 2009 को केदारनाथ अग्रवाल की समस्त रचनाओं के पुनः प्रकाशित संस्करण का लोकार्पण करते हुए मुख्य अतिथि के रूप में आपने कहा है : 'केदारनाथ अग्रवाल प्रगतिशील कविता के ही नहीं, समूची भारतीय कविता के शलाका कवियों में से एक हैं।'

नामवर सिंह : पहली बात यह महावीर जी, केदारनाथ अपनी कविता में हमेशा विचार के प्रति अडिग रहे और उनकी कविताओं में रचनाधर्मिता का विकास निरन्तर गति पाता रहा है। दूसरी बात यह कि हिन्दी कविता में मुक्तिबोध और नागार्जुन, केदारनाथ अग्रवाल के बाद आए। केदार जी ने गाँव की धरती और गाँव के जीवन पर लिखा। हिन्दी कविता में मजदूर के बारे में उनकी कविता की अनुगूँज धरती से आकाश तक ही नहीं, झोंपड़े से गगनचुम्बी भवनों तक सुनाई देती है :

एक हथौड़े वाला घर में और हुआ
हाथी-सा बलवान
जहाजी हाथों वाला और हुआ
कयामत ढाने वाला और हुआ
एक हथौड़े वाला घर में और हुआ।

केदारनाथ अग्रवाल ने अपनी अभिव्यक्ति से कविता की जमीन बदली, भाषा बदली, दृष्टि बदली, उनकी कविताओं में श्रमजीवी किसान और मजदूरों के पसीने की बूँदें हैं। केदार जी की कविता की एक पंक्ति है : 'ताल को कँपा दिया—ताल को नहीं, अनंत काल को कँपा दिया'। इस कविता में समूचे काल को कँपा देने की अनुगूँज है, आनेवाली पीढ़ी के लिए सन्देश है।

अभय कुमार मिश्रा : भारत के पहले प्रधानमंत्री पंडित जवाहर लाल नेहरू पर उस दौर में बाबा नागार्जुन ने एक कविता लिखी थी : 'आओ रानी हम ढोएँगे पालकी, यही हुई है राय जवाहर लाल की'— इस तरह बेखौफ होकर उन्होंने अनेक सत्ताधीशों से सीधी बात कहने का साहस जुटाया है।

नामवर सिंह : आप सही कह रहे हैं। इस तरह की रचनाएँ लिखने का दम-खम अकेले नागार्जुन में ही है। नागार्जुन की ऐसी अनेक कविताओं में एक ओर नौटंकी के गीत का कमाल है तो दूसरी ओर लोकगीत की गहरी बानगी ने व्यंग्य को अनूठी धार दे दी है। व्यंग्य की इस विदग्धता ने ही नागार्जुन की अनेक तात्कालिक कविताओं को कालजयी बना दिया है। अपने विपुल और विरल काव्य-लोक में नागार्जुन समग्र रूप से प्रकृति व सौन्दर्य के साथ-साथ प्रेम और संघर्ष के कवि हैं। मनुष्य के सामाजिक जीवन में गरीबी और अमीरी की खाई के यथार्थ को वे इस तरह दिखाते हैं :

चाट रहे कुछ प्राणी बाहर जूठन के दोने
चहक रहे हैं अन्दर वे लक्ष्मी के पुत्र सलोने
कला गुलाम हुई उनके आगे, कविता पानी भरती है,
सौ-सौ की मेहनत इनकी मुस्कानों पर मरती है।

इसके साथ-साथ राजनीतिक विसंगतियों पर व्यंग्य की तीखी धार अनेक कविताओं में बेजोड़ रही है :

राम राज में अबकी रावण नंगा होकर नाचा है,
सूरत शकल वही है भैया, बदला केवल ढाँचा है।

नागार्जुन की कविताओं में कबीर और निराला की अनुगूँज साफ सुनाई पड़ती है। वे क्रोध, प्यार और संघर्ष पर लिखनेवाले क्रान्तिकारी कवि हैं।

महावीर अग्रवाल : नागार्जुन की कविताएँ आम जनता के बीच भी बहुत सराही गईं। गहन अन्तर्वस्तु और अर्थवत्ता के कारण उनकी कविता 'अकाल और उसके बाद' वाचिक परम्परा का हिस्सा बन चुकी है। आकांक्षा और विश्वास जगानेवाली इस कविता में जीवन की पुनर्रचना में गहरी आस्था है :

कई दिनों तक चूल्हा रोया चक्की रही उदास
कई दिनों तक काली कुतिया सोई उनके पास
कई दिनों तक लगी भीत पर छिपकलियों की गश्त
कई दिनों तक चूहों की भी हालत रही शिकस्त।

नामवर सिंह : सच तो यही है महावीर जी, मजदूर और किसान के जीवन को नागार्जुन ने बेहद नजदीक से देखा और पहचाना है। आम आदमी के दुख-दर्द को निरन्तर भोगा है। आपने जो चार पंक्तियाँ सुनाईं उसके आगे भी पंक्तियाँ भी लिख लीजिए :

दाने आए घर के अन्दर कई दिनों के बाद
धुआँ उठा आँगन के ऊपर कई दिनों के बाद
चमक उठी घर-भर की आँखें कई दिनों के बाद
कौए ने खुजलाई पाँखें कई दिनों के बाद।

'अकाल' के बाद बदलती हुई स्थितियों पर इतना मार्मिक और सुन्दर चित्र हिन्दी ही नहीं, विश्व कविता (मैंने जितना पढ़ा है, उसके आधार पर कह रहा हूँ) में अन्यत्र नहीं है। दुख पर विजय पाने की प्रवृत्ति और जीवन के प्रति अखंड आस्था उनका मूल स्वर है। सूअर पर और नेवले पर कविता लिखी : 'बारह छौनों को दूध पिला रही है, यह भी है मादरे हिन्द की बेटी'। बड़ा कवि यह काम कर सकता है। कविता के साथ ही कहानी और उपन्यास का विराट रचना-संसार वैविध्यपूर्ण है। धर्म, सम्प्रदाय, जातिगत संकीर्णता से ऊपर उठकर हर विधा में लिखा। हिन्दी ही नहीं, संस्कृत, पालि, बंगला और मैथिली में लिखा। 'मेघदूत' का काव्यानुवाद किया। आधुनिक दृष्टि-सम्पन्न कविताओं में उन्होंने जीवन के जटिल संघर्षों की अभिव्यक्ति दी है। फक्कड़पन की अपनी अलग शैली के कारण ही वे बाबा नागार्जुन कहलाने लगे। कविताएँ नागार्जुन या केदार की पढ़ें या फिर शमशेर या अज्ञेय की कविताओं से गुजरें, सबका रचना-संसार विविधता से भरपूर है। रचनाएँ अनूठी हैं और अन्दाज निराला है।

दलित अब मूक नायक नहीं, मुखर नायक है

महावीर अग्रवाल : दलित-विमर्श का 'विमर्श' शब्द वस्तुतः क्या है?

नामवर सिंह : 'विमर्श' कोई नया अवतरण नहीं है। विमर्श पहले भी होते रहे हैं। यह जरूर है कि 'विमर्श' हमारे समय की महती प्राथमिकता बनता जा रहा है। क्योंकि इक्कीसवीं सदी भूमंडलीकरण, उपभोक्ता संस्कृति और फासीवाद के विकास की सदी बनती जा रही है। वृहत हिन्दी कोश में देखें तो, 'विमर्श' का व्यापक अर्थ विचार, विवेचन, परीक्षा, तर्क, ज्ञान और चरम-बिन्दु है। 'विमर्श' पर चर्चा करते हुए कॉन्सेप्ट बिलकुल साफ तरीके से सामने आए, इसलिए 'विमर्श' शब्द की तनिक व्याख्या के साथ हम दलित-विमर्श पर चर्चा करेंगे। मैं कहना यह चाहता हूँ कि केवल आपसी राय और बातचीत से अब काम नहीं चल सकता। 'विमर्श' के पीछे भागनेवालों को जानना और समझना होगा कि विमर्श के साथ बहस भी करें। बात हम स्त्री-विमर्श की करें या दलित-विमर्श की आपसी संवाद के बिना आप किसी भी विचार को या आन्दोलन को सही व सार्थक परिणति तक नहीं ले जा सकते। इसके लिए वाद-विवाद और संवाद की अधिक जरूरत है।

महावीर अग्रवाल : 'आधुनिक हिन्दी शब्दकोश' में विमर्श का अर्थ है : 'सोच-विचार कर किसी तथ्य या वास्तविकता का पता लगाना है'।

नामवर सिंह : 'विमर्श' शब्द, वि + मृश + धञ से मिलकर बना है। दूसरे शब्दों में हम कह सकते हैं, 'विमर्श' का व्युत्पत्तिपरक अर्थ 'सोचना, समझना और आलोचना करना' माना जाता है। दलित-विमर्श अर्थात् दलितों की स्थिति पर चिन्तन-मनन। 'विमर्श' शब्द पर विचार करने पर हम पाते हैं कि यह 'विमर्श' शब्द अंग्रेजी के डिस्कोर्स से अनुवादित है। साहित्य में विमर्श के नाम पर अमर्श ज्यादा दिखाई पड़ता है। विमर्श बहुत कम है।

महावीर अग्रवाल : दलित साहित्य में, भोगे हुए यथार्थ की अनुगूँज, दलित-संघर्ष के साथ बहुत तेज और दूर तक सुनाई देने लगी है।

नामवर सिंह : दलित साहित्य की विस्फोटक गतिशीलता और व्यापक स्वीकृति बीसवीं सदी के अन्तिम दशक से बहुत अधिक दिखाई देने लगी है। दलित रचनाकारों की गुणात्मक उपस्थिति रेखांकित की जा रही है और गुणवत्ता भी। दलित साहित्य में आत्मकथाओं की महत्त्वपूर्ण भूमिका है। सामाजिक दृष्टि से और रचनाकार की दृष्टि से सच जब बिना किसी लाग-लपेट के, बिना किसी पाखंड के, समूचे सच की तरह ही सामने आता है, तभी आत्मकथा श्रेष्ठ प्रतीत होती है। आधुनिक साहित्य की एक बेहद जटिल और जोखिम भरी विधा है आत्मकथा। आपको मालूम ही है महावीर जी, जोतिबा फुले की 'गुलामगीरी' 1873 में मराठी में छपकर आ गई थी। शिक्षा की जोत जलानेवाले जोतिबा फुले और सावित्री बाई फुले ने दलित स्त्रियों की शिक्षा का आन्दोलन बेहद विपरीत परिस्थितियों में बड़ी हिम्मत के साथ चलाया। आप कल्पना कीजिए, लगभग एक सौ पचास साल पहले कितना और किस-किस तरह का संघर्ष उन्होंने किया होगा? पीछे मुड़कर देखें तो हीरा डोम का स्मरण करना हमारे लिए जरूरी है। हिन्दी में दलित साहित्य की शुरुआत पर बात करना कठिन है। कबीर, रैदास, पीपा, सेन, दादू सहित अनेक नामों को हिन्दी साहित्य में बहुत सम्मान के साथ स्मरण किया जाता है। बाबा साहेब अम्बेडकर का आन्दोलन हमारे समय की बहुत बड़ी घटना है। उन्होंने दलितों को अपने अधिकारों के लिए लगातार संघर्ष करना सिखाया।

महावीर अग्रवाल : दलित लेखकों की मराठी में पचास से अधिक आत्मकथाएँ छप चुकी हैं जिनमें से अधिकांश का हिन्दी में अनुवाद हो चुका है। साहित्य के मानक पर खरी उतरनेवाली कुछ आत्मकथाओं के बारे में विस्तार से बताइए।

नामवर सिंह : अधिकांश पढ़ी हैं मैंने। अपवाद-स्वरूप एक-दो आत्मकथा छूट सकती है। सबसे पहले याद आती है, दया पवार की प्रसिद्ध आत्मकथा; 'अछूत'। मराठी में लिखी आत्मकथा का हिन्दी अनुवाद मैंने तीन दशक पहले पढ़ा था। दया पवार ने जब अछूत लिखी थी तो वे 26-27 साल के थे। पंजाबी में 'बलबीर माधोपुरी' का हिन्दी अनुवाद पढ़ा है। सातवें-आठवें दशक में आत्मकथा की इस विधा का मराठी भाषा में बहुत तेजी से विकास हुआ। सदियों से होते रहे शोषण और उत्पीड़न का जो कड़वा अनुभव दलित वर्ग को है, ये आत्मकथाएँ उसकी दस्तावेज हैं। मराठी में 'अक्करमाशी' (शरणकुमार लिम्बाले), 'उठाईगीर' (लक्ष्मण गायकवाड़), 'गबाल' (दादा साहेब मोरे), 'तराल-अन्तराल' (शंकर राव खरात), 'उपरा' (लक्ष्मण माने), 'छोरा कुल्हाटी का' (किशोर काले) के साथ ही हिन्दी में भी दलित लेखकों की अनेक आत्मकथाएँ छप चुकी हैं। 'मैं भंगी हूँ' (भगवान दास), 'जूठन' (ओमप्रकाश वाल्मीकि), 'अपने-अपने पिंजरे' (मोहनदास नैमिषराय), 'तिरस्कृत' (सूरजपाल चौहान), 'झोपड़ी से राजभवन' (माता प्रसाद)—ये सब-की-सब मैंने पढ़ी हैं। दलित

जीवन के सत्य को पढ़ते हुए, उनके भोगे हुए नारकीय और अभिशप्त जीवन को महसूस करते हुए रोंगटे खड़े हो जाते हैं। सूरजपाल चौहान, ओमप्रकाश वाल्मीकि, जयप्रकाश कर्दम सहित ढेर सारे लेखकों में प्रतिभा बहुत साफ दिखाई देती है। दलित लेखकों में डॉ. तुलसीराम जी की आत्मकथा 'मुर्दहिया' और 'मणिकर्णिका' बहुत शानदार हैं। जीवन को सबसे ज्यादा चाहनेवाले शख्स में मृत्युबोध का अहसास कुछ ज्यादा ही होता है। गौरतलब है कि दोनों पुस्तक से मौत की ध्वनि ही गुँजित होती है। पुस्तक में प्रेम-प्रसंगों का जिस तरह से जिक्र हुआ है, उससे इसकी पुष्टि होती है। डॉ. तुलसी राम की आत्मकथा 'मणिकर्णिका' समय, समाज, राजनीति और इतिहास के परिप्रेक्ष्य में तमाम मनोग्रंथियों से मुक्त होकर लिखी गई है। यह पुस्तक अपने कलात्मक वर्णन, चित्रण और तथ्यात्मक विशेषताओं के कारण एक विशुद्ध रूप से साहित्यिक कृति लगती ही नहीं, बल्कि है। इस कृति में उनसे ज्यादा समाज की तसवीर उभरती है। 'मुर्दहिया' और 'मणिकर्णिका' के भीतर एक व्यक्ति का दुख नहीं, समूह की यातना और आक्रोश की मिली-जुली अनुगूँज है।

महावीर अग्रवाल : हिन्दी साहित्य में दलित साहित्य के रेखांकन और स्वीकृति के बाद भी ऐसा कहा जाता है कि दलित जाति के लेखक जितनी गहरी संवेदना और तथ्यपरकता के साथ 'दलित जीवन' के संघर्षों को व्यक्त कर सकते हैं, गैर-दलित लेखक उतनी विश्वसनीयता के साथ 'दलित जीवन' की भीतरी परतों को अभिव्यक्त नहीं कर सकते। आप इस सम्बन्ध में अपने विचार बताइए।

नामवर सिंह : यह सही है, दलित लेखक का जीवन्त अनुभव रोंगटे खड़े कर देता है। दलित कलमकारों ने अपनी वेदना, अपनी पीड़ा, अपनी अन्तर्व्यथा इतनी साफगोई के साथ लिखी है कि उनने मुझे झिंझोड़कर रख दिया। इसके बाद भी मेरा यह मानना है महावीर जी, दलित लेखक की तरह ही गैर-दलित लेखक भी दलित जीवन के संघर्ष पर पूरे अधिकार और विश्वास के साथ लिख सकते हैं। साहित्य रचना भी आत्मपरिष्कार का एक माध्यम है। हम अपने पूर्वग्रहों से मुक्त होते हैं, अपने बने-बनाए संस्कारों से मुक्त होते हैं। अगर दलित लेखन के लिए जन्मना दलित होने की ये बन्दिश मान ली जाए तो हमारा साहित्य बड़ा ही दरिद्र हो जाएगा। ये बन्दिश और ये आपत्ति दलित वर्ग के लिए आजकल की नई वोट की राजनीति की तरह है। और वोट की राजनीति में चल निकला है कि मुसलमान-बहुल समाज हो तो मुसलमान उम्मीदवार खड़ा किया जाए, दलित हो तो दलित उम्मीदवार खड़ा किया जाए। इस तरह की राजनीति से व्यवस्था को ताकत मिलती है जबकि साहित्य इस व्यवस्था को तोड़ने के लिए होता है। सबसे पहले निराला ने 'चतुरी चमार' और 'बिल्लेसुर बकरिहा' लिखा था। प्रेमचन्द ने 'रंगभूमि' में दलित को अपना महानायक बनाया था। यह उस समय की बात है, जब हिन्दी साहित्य में दलित-यातना और

भोगे हुए यथार्थ की बात ही नहीं होती थी। अमृतलाल नागर का उपन्यास 'नाच्यो बहुत गोपाल' मुझे दलित की पीड़ा और संघर्ष का एक अनूठा उपन्यास लगता है। पुराने लोगों ने कहा है : 'जन्मना जायते शूद्रः संस्करात् द्विजो भवेत्'। इसका अर्थ है, जन्म से हर आदमी शूद्र होता है और संस्कार से द्विज बनता है। इसमें यह अर्थ छिपा है कि ब्राह्मण के घर पैदा होने से ही कोई ब्राह्मण नहीं हो जाता। जिसको संस्कारगत ज्ञान होगा, वही ब्राह्मण होगा, इस तर्क से यह कहा जा सकता है कि कोई लेखक दलित कुल में जन्म लेने से ही दलित-चेतना का संवाहक नहीं हो जाता। सभी दलित लेखक उमर शेख या लिम्बाले या नारायण सुर्वे नहीं हो सकते। दलित कवि बहुत हुए लेकिन सभी रैदास नहीं हो गए। इसलिए 'जन्मना' दलित ही दलित-चेतना का प्रतिनिधि होगा, दूसरा कोई नहीं, यह अधूरा सच है। कबीर ने कहा ही है : 'जाति न पूछो साधू की, पूछ लीजिए ज्ञान'। इन सबके बीच दलित आत्मकथाओं की अनुगूँज सुनिए, अब हमारे समय में मुख्य नायक हैं दलित।

महावीर अग्रवाल : आपने कहा है, अब मुख्य नायक हैं 'दलित', इसे तनिक अधिक स्पष्ट कीजिए।

नामवर सिंह : साहित्य का अपना नियम है, उसका अपना संविधान है। साहित्य भारतीय संविधान के नियमों से नहीं चलता है। हमारे यहाँ कवि-साहित्यकार को सबसे स्वतंत्र माना गया है। आनन्द वर्द्धन ने कहा था कि हमारा जो काव्य-संसार है, इस संसार के अन्दर एक और संसार है। उस संसार का नियम बनानेवाले खुद कवि होते हैं। किसी राष्ट्रपति या प्रधानमंत्री के बनाय हुए नियम को वे नहीं मानते हैं, उनके अपने नियम हैं, उनका अपना संविधान हैं। यह बात एक आदर्श तौर पर है कि साहित्यकार को स्वतंत्र रहना चाहिए और उस आदर्श का निर्वाह वाल्मीकि से लेकर व्यास तक ने किया है। हमारे यहाँ इस परम्परा का निर्वाह कबीर के बाद आज तक के कवियों ने किया है। कवि का मतलब यहाँ कथाकार, उपन्यासकार और नाटककार, सभी रचनाकर्मियों से है। हमारे यहाँ लेखन में कोई बन्दिश नहीं हैं। ये आदर्श हमारे यहाँ संस्कृत काव्यशास्त्र से लेकर कबीर और प्रेमचन्द के बाद भी चलते चले आ रहे हैं। इस क्रम में अगर मैं नाम लूँ तो निराला की कविता की दो पंक्तियाँ, जो उन्होंने संत कवि रैदास के बारे में लिखी हैं, वे कुछ इस प्रकार हैं :

ज्ञान-गंगा में समुज्ज्वल चर्मकार,
चरण छूकर कर रहा हूँ नमस्कार।

निराला स्वयं ब्राह्मण हैं लेकिन संत कवि रैदास को कह रहे हैं कि ज्ञान-गंगा में 'समुज्ज्वल'। ब्राह्मण होते हुए भी वे चरण छू करके उनको प्रणाम कर रहे हैं।

इसका मतलब यह है कि साहित्य में साहित्यकार बड़ा होता है। मैंने स्वयं ओमप्रकाश वाल्मीकि के पहले कहानी-संग्रह का स्वागत करते हुए एक लम्बा लेख लिखा था। 'दूरदर्शन' पर मैंने वाल्मीकि का स्वागत किया था। इससे पहले मैंने उनको देखा भी नहीं था। उनके उपन्यास 'जूठन' के बारे में भी मैंने लिखा था। उनका कविता-संग्रह भी आया तो उसके बारे में भी मैंने कहा है कि हम उस तलवार को देखते हैं। साहित्य के क्षेत्र में हम जात-पाँत का विचार नहीं करते। कोई ब्राह्मण खराब लिखता है तो कहेंगे कि खराब लिख रहा है। हम अच्छी रचना या रचनाकारों का स्वागत करते हैं। ऐसा करके हम उन पर कोई कृपा नहीं कर रहे होते हैं।

महावीर अग्रवाल : निराला जी की क्लासिक पंक्तियों को सुनकर एक छूटा हुआ प्रश्न याद आया। विश्व साहित्य में अनेक प्रसिद्ध लेखकों ने अपनी आत्मकथा लिखी है। उनमें आपने कौन-सी पढ़ी है? इसके साथ ही यह भी बताइए कि महिला रचनाकारों में आत्मकथा लेखन बहुत कम क्यों नजर आता है?

नामवर सिंह : न जाने कितनी आत्मकथाएँ पढ़ी हैं? आत्मकथा नितान्त निजी संसार को भी ईमानदारी के साथ सबके सामने खोलकर रख देती है। इसलिए आत्मकथाएँ महिलाओं द्वारा कम लिखी गई हैं। सिमोन द बोउआ और ज्याँ पाल सार्त्र की आत्मकथा पारदर्शी होने के साथ-साथ पठनीयता से भरी-पूरी है। जोतिबा फुले की 'गुलामगीरी' 1873 में मराठी में छपकर आ गई थी। कौशल्या बैसंत्री और कुसुम वियोगी की आत्मकथाओं को भी देखा है। तसलीमा नसरीन भी काफी चर्चित हो चुकी हैं। दलित लेखिकाओं की अनेक आत्मकथाओं में दबी, कुचली और रौंदी गई नारियों के नारकीय जीवन की सच्ची गाथाएँ हैं। बनारसी दास जैन की आत्मकथा ('अर्थ कथानक' : जो 1641 में छपी थी) को हिन्दी की पहली आत्मकथा माना जाता है। हिन्दी साहित्य के इतिहास में सन् 1641 से लेकर उन्नीसवीं सदी के उत्तरार्द्ध यानी भारतेन्दु-युग तक के लगभग दो-ढाई सौ वर्षों के फासले में एक भी आत्मकथा नहीं मिलती। आधुनिक हिन्दी साहित्य में आत्मकथा लेखन की शुरुआत भारतेन्दु-युग से होती है जिनमें डॉ. श्यामसुन्दर दास की आत्मकथा ('मेरी आत्मकहानी'-1941 ई.) हिन्दी की पहली प्रसिद्ध आत्मकथा है। मुझे पांडेय बेचन शर्मा 'उग्र' की आत्मकथा 'अपनी खबर' अक्सर याद आती है। महात्मा गांधी, एम.एफ. हुसैन, राहुल सांकृत्यायन ('मेरी जीवन-यात्रा'), सहजानन्द सरस्वती ('मेरा जीवन-संघर्ष'), यशपाल ('सिंहावलोकन') की आत्मकथाएँ बहुत जीवन्त हैं। स्टीफन ज्विग द्वारा लिखी बजाक की जीवनी अनूठी कथा है। रूसो, रोलाँ बार्थ, गोर्की, चार्ली चैप्लिन और बर्टेंड रसेल की आत्मकथाएँ भी पढ़ी हैं। शिवारानी ने 'प्रेमचन्द घर में' और अमृतराय ने 'कलम का सिपाही' जो लिखी हैं, उसको पढ़कर भी लगता है कि लेखक कितने खुल सकते हैं और कितने खुले हैं। हिन्दी में रामविलास शर्मा

('अपनी धरती, अपने लोग'), हरिवंशराय बच्चन की 'क्या भुलूँ क्या याद करूँ' भी अपने तरह की है। रवीन्द्र कालिया की 'गालिब छूटी शराब' और काशीनाथ सिंह की 'काशी का अस्सी' और राजेन्द्र यादव की 'मुड़-मुड़के देखता हूँ'—तीनों ही अलग-अलग हैं, किन्तु बेहतर तरीके से लिखी गई हैं।

महावीर अग्रवाल : दलित आन्दोलन मुख्य रूप से ब्राह्मणवादी वर्चस्व के विरुद्ध दिखाई देता है। अनेक लोग कहते हैं : 'दलित लेखकों की रचनाओं में उनका आक्रोश घृणा की सीमा तक पहुँच जाता है।' आप इस कथन से सहमत हैं तो क्यों? असहमत हैं तो क्यों?

नामवर सिंह : इनकी रचनाओं में घृणा का भाव होना बहुत स्वाभाविक है। दुख, पीड़ा और अपमान से भरी गरीबी के साथ तिरस्कार की कोई सीमा नहीं रही। इतिहास गवाह है, सवर्णों के दम्भ और अन्याय के कारण ही अनेक शताब्दियों तक उन्होंने दमन और घृणा का जहर पिया है। 'दलित' होने की पीड़ा जिन्होंने स्वयं भोगी है, उनकी अभिव्यक्ति में घृणा नहीं होगी तो क्या प्रेम होगा? कड़वाहट और कटुता जितनी नजर आती है, उससे कहीं अधिक दलित वर्ग ने अपने-अपने अनुभव में भोगी है। इसके बाद भी मुझे लगता है, यह घृणा किसी एक जाति के खिलाफ न होकर वर्ण-व्यवस्था के खिलाफ है। बाबा साहब अम्बेडकर कहते थे, हमारा दलित आन्दोलन केवल आर्थिक और सामाजिक लड़ाई नहीं है बल्कि नैतिक और सांस्कृतिक भी है। उनके विचारों ने दलित-चेतना का दीप जला दिया।

महावीर अग्रवाल : पिछली बार आपने कहा था : 'पिछले कुछ वर्षों में अनेक पत्रिकाओं ने बहुत खूबसूरत और महत्त्वपूर्ण विशेषांक छापे हैं। 'वसुधा' का दलित विशेषांक आया। 'युद्धरत आम आदमी', 'उत्तर प्रदेश' और 'अपेक्षा'—तीनों पत्रिकाओं के दलित विशेषांक पिछले वर्षों में पहले ही आ चुके हैं। ये सारे-के-सारे विशेषांक चेतना के स्रोत हैं।' दलित रचनाकारों में इतनी अधिक गतिशीलता के पीछे कौन-कौन-से कारण हैं? दलित लेखकों की इस तेजी और उभार को आप किस रूप में देखते हैं?

नामवर सिंह : इक्कीसवीं सदी में हमारे यहाँ 'स्त्री' और 'दलित' पर बहुत विशेषांक निकले हैं। मेरा यह मानना है, ऐसे विशेषांक निकाले भी जाने चाहिए अन्यथा इनके बिना साहित्य अधूरा रहेगा। बाबा साहब आंबेडकर ने दलितों को 'इतिहास का मूक नायक' कहा था। मूक नायक जो पहले बोलता नहीं था, अब बोल रहा है तो उसका स्वागत किया जाना चाहिए। अब वह मूक नायक नहीं रहा, मुखर नायक हो गया है। दलित-चेतना अब दलित-शक्ति बन गई है। क्योंकि दलित इस योग्य हुए हैं कि स्वयं अपनी व्यथा कह रहे हैं। हिन्दी में इसका भरपूर स्वागत किया जा

रहा है। मैं समझता हूँ, कोई भी पत्रिका हिन्दी में ऐसी नहीं है, जिसने इतिहास के मूक नायकों को जगह न दी हो। साहित्य में त्यागवाली भावना होनी चाहिए अन्यथा हमारा साहित्य खंड-खंड हो जाएगा। हमारा साहित्य बहुत संकीर्णता से घिर जाएगा। मराठी में कुछ उपन्यास, जैसे 'अक्करमासी' का नाम लिया गया, यह बेहतर है, उसमें ज्यादा साहित्यिक तत्त्व हैं। ओमप्रकाश वाल्मीकि की कविता का यह अंश मुझे बहुत अच्छा लगता है :

कुआँ ठाकुर का
पानी ठाकुर का
खेत-खलिहान ठाकुर के
गली-मुहल्ले ठाकुर के
फिर अपना क्या
गाँव
शहर
देश।

यह कविता पढ़ते ही प्रेमचन्द की कहानी 'ठाकुर का कुआँ' याद आती है। अच्छी कविता की एक विशेषता होती है कि हमारी स्मृति को उद्‌बुद्ध करती है और हमारे स्मृतिकोश से क्लासिक कृतियों की याद दिलाती है।

दलित साहित्य में अन्याय, अत्याचार और अमानवीयता की ऐसी नई दुनिया खुलती जाती है, जिसकी कभी कल्पना नहीं की थी। आधुनिक मूल्यों, संवैधानिक मान्यताओं, सामाजिक न्याय एवं जनतांत्रिक संरचनाओं के संघर्षों से विकसित 'दलित साहित्य' हिन्दी साहित्य का विशिष्ट एवं सबसे महत्त्वपूर्ण घटक है।

नाटक में भरत-वाक्य

महावीर अग्रवाल : आपने इप्टा और प्रगतिशील लेखक संघ, रायपुर के संयुक्त तत्त्वावधान में आयोजित बारहवें मुक्तिबोध नाट्य समारोह (10 जनवरी, 2009) का शुभारम्भ करते हुए कहा : 'असल चीज है नाटक। 'भरत-वाक्य' के रूप में भाषण होना चाहिए, इसलिए दिल पर पत्थर रखकर आपका आदेश स्वीकार करता हूँ। मैं अपने-आपको धन्य मानता हूँ कि मुक्तिबोध जी की स्मृति में हो रहे इस समारोह को देखने के लिए जिन्दा हूँ।' 'भरत-वाक्य' का प्रयोग नाटक के पहले होता था, यह तो हम जानते हैं। फिर भी 'भरत-वाक्य' की उत्पत्ति के साथ-साथ आज के सन्दर्भ में इसकी उपयोगिता और आवश्यकता को आप किस रूप में देखते हैं?

नामवर सिंह : बहुत महत्त्वपूर्ण बात आपने उठाई है, महावीर जी। यह निश्चित रूप से नाटक के पहले की चीज है। उत्पत्ति का इतिहास बहुत पुराना है। आप जानते हैं-भरत मुनि का नाट्यशास्त्र समूचे विश्व में पहला प्रामाणिक ग्रंथ है, इसकी चतुर्दिक स्वीकृति भी है। 'भरत-वाक्य' को नाटक की भूमिका कह सकते हैं। सूत्रधार कई बार 'भरत-वाक्य' के साथ ही प्रवेश करता है। कभी-कभी 'स्वगत' द्वारा भी नाटक की भूमिका या नाटक का सार या नाटक का मन्तव्य सामने आता है। 'भरत-वाक्य' से दर्शकों को यह ज्ञात होता है कि पूरे नाटक में क्या कहा जाएगा और हमें सुनना क्या है? 'भरत-वाक्य' पर ध्यान रखा जाए तो सारी स्थितियाँ एकदम स्पष्ट हो जाती हैं। संस्कृत नाटकों में 'स्वगत' का यह प्रयोग खूब मिलता है। शेक्सपियर ने भी अपने नाटकों में यह प्रयोग किया है। ब्रेख्त ने 'स्वगत' का प्रयोग गाने के रूप में अधिक किया। कई बार मंगलाचरण के रूप में भी 'भरत-वाक्य' का प्रयोग मैंने देखा है।

महावीर अग्रवाल : मंगलाचरण के लिए एक बार काव्य-पुरुष राजशेखर के एक श्लोक का उदाहरण आपने दिया था।

नामवर सिंह : आप जानते ही हैं, प्राचीन कवि और आचार्य अपना मूल वक्तव्य आम तौर से मंगलाचरण में ही दिया करते थे। काव्य मीमांसा में काव्य-पुरुष के जन्म का

उपाख्यान लिखा हुआ है। जन्म लेते ही उस काव्य-पुरुष ने माँ सरस्वती को प्रणाम किया और जिस रूप में प्रणाम किया, राजशेखर का वह श्लोक इस प्रकार है :

यदेनद् वाङ्मय विश्वमर्थमूर्त्या विवर्त्तते।
सोऽस्मि काव्यपुमानम्ब पादौ वन्देय तावकौ॥

अर्थात् यह सारा वाङ्मय विश्व, जिसके द्वारा अर्थ मूर्ति में परिणत होता है, मैं वही काव्य-पुरुष हूँ, हे माँ, मैं तुम्हारे चरणों की वंदना करता हूँ।

महावीर अग्रवाल : भोपाल और दिल्ली में खेले गए नाटक 'अभिज्ञान शाकुन्तल' में भी 'भरत-वाक्य' का प्रयोग है : 'सरस्वती श्रुतिमहती महीयताम्'।

नामवर सिंह : 'अभिज्ञान शाकुन्तल' की कहानी की व्याख्या अनेक रूपों में की गई है। गुरुदेव हजारी प्रसाद द्विवेदी ने 'चारु चन्द्र लेख' में गधैया ताल का जिक्र किया है, जो उज्जैन के पास कोई है। मैंने देखा नहीं। उस गधैया ताल की लोक-कथा और मिथक-कथा का जिक्र करते हुए द्विवेदी जी ने इसी 'अभिज्ञान शाकुन्तल' कहानी की व्याख्या कुछ इस तरह की है। एक मामूली आदमी आ करके उसकी कहानी सुनाता है। उसमें वह बताता है कि कैसे राजा ने अडोलिया नाम की भील कन्या से शादी की और विक्रमादित्य ने शकों को भीलों की मदद से हराया था। अडोलिया भील-कन्या थी, उस पर मुग्ध हो गए थे, चन्द्रगुप्त के पिता। और उनकी अपनी माँ सरस्वती थीं। इसलिए 'अभिज्ञान शाकुन्तल' में जो 'भरत-वाक्य' है : 'सरस्वती श्रुतिमहती महीयताम्'। उसकी संगति द्विवेदी ने दिखाई है लेकिन संगति दिखाने में भी बराबर यह ध्यान रखा है कि यह एक अपराध-बोध, जो विक्रमादित्य के मन में था, उसका शमन कालिदास के बन्धु और सखा होने के नाते 'अभिज्ञान शाकुन्तल' कहानी के माध्यम से कहने की कोशिश कर रहे हैं।

महावीर अग्रवाल : यह नई व्याख्या सुनकर एक सहज जिज्ञासा मन में हुई कि हम सब जानें, नाटक की उत्पत्ति कैसे हुई?

नामवर सिंह : अपने 'नाट्यशास्त्र' में भरत मुनि ने लिखा है :

पाठ्यं जग्राह ऋग्वेदात सामभ्यो गतिभेव च
यजुर्वेदादभिनयान रसानभर्वणादपि।

अर्थात् ऋग्वेद से कथ्य, सामवेद से गीत, यजुर्वेद से अभिनय और अथर्ववेद से रस लेकर इस पाँचवें वेद की संरचना हुई है। उन्होंने आगे अध्याय-दो के एक श्लोक में यह भी लिखा है :

वेदाध्यात्मोपपन्नं तु शब्दच्छन्दस्समन्वितम।
लोक सिद्धं भवेत्सिद्धं नाट्यं लोकात्मकं तथा॥(26-120)

नाटक चाहे वेद या अध्यात्म से उत्पन्न हो, वह कितने ही सुन्दर शब्दों और छन्दों से रचा गया हो, वह तभी सफल माना जाता है जब लोक उसे स्वीकार कर ले। क्योंकि नाटक हमेशा लोकपरक होता है।

महावीर अग्रवाल : काशी में गंगा के घाट पर सांध्य बेला में हम चालीस-पचास मित्रों को आपके साथ नौका विहार का सौभाग्य मिला था, (28 मई, 1988 को षष्टिपूर्ति के अवसर पर) उन दो दिनों में तब आपने भारतेन्दु हरिश्चन्द्र के नाटक 'अँधेर नगरी चौपट राजा' पर लम्बी चर्चा की थी।

नामवर सिंह : आपने बहुत सही समय पर याद दिलाया। आप स्वयं कविता की इन पंक्तियों की ध्वनि उसका अर्थ और कमाल देखिए। भारतेन्दु की कविता 'काशी' उनके नाटक में किस तरह रची-बसी है :

देखी तुमरी कासी लोगो, देखी तुमरी कासी।
जहाँ विराजें विश्वनाथ विश्वेश्वर जी अविनासी॥
आधी कासी भाट भँडेरिया बाम्हन औ संन्यासी।
आधा कासी रंडी मुंडी राँड़ खानगी खासी॥

महावीर अग्रवाल : आपने उस दिन की चर्चा में ये दो पंक्तियाँ उसके अर्थ-गम्भीर विस्तार के साथ बताई थी, 'राँड़ साँड़ सीढ़ी संन्यासी—इनसे बचे सो सेवे कासी'।

नामवर सिंह : काशी की महिमा अपरम्पार है। इन पंक्तियों के रचयिता का पता नहीं लगता, यही लोक-साहित्य की बानगी है। कब किसने रची और परम्परागत तरीके से चलती चली जा रही है। चार शब्दों में पूरी बात कहने की कोशिश लाजवाब है। भारतेन्दु के इस नाटक की शक्ति यही है कि आज इतने वर्षों बाद भी यह प्रासंगिक बना हुआ है। व्यंग्य की तीखी मारक धार प्रत्येक वर्ग-वर्ण की विसंगतियों पर, विद्रूपताओं पर भीतर तक मार करती है। कविता में 'नोचैं' शब्द की आवृत्ति और उसके ध्वन्यार्थ की गूँज कितनी दूर तक पहुँचती है :

घाट जाओ तो गंगापुत्तर नोचैं दे गल फाँसी।
करैं घटिया बस्तर-मोचन दे के सब झाँसी॥
राह चलत भिखमंगे नोचैं बात करें दाता सी।
मन्दिर बीच भँड़ेरिया नोचैं धरम की गाँसी॥

सौदा लेत दलालो नोचैं देकर लासालासी।
माल लिये एक दुकानदार नोचैं कपड़ा दे रासी॥

चोरी भए पर पुलिस नोचैं हाथ गले बिच ढाँसी।
गए कचहरी अमला नोचैं मेचि बनावैं घासी॥

महावीर अग्रवाल : क्या इन पंक्तियों का प्रयोग भी 'भरत-वाक्य' के रूप में किया जाता है?

नामवर सिंह : 'अँधेर नगरी चौपट राजा' की कई तरह की शानदार प्रस्तुतियाँ मैंने देखी हैं। नाटक खेलते समय इन पंक्तियों का प्रयोग सूत्रधार के रूप में भी किया गया था। भरत मुनि ने कहा है : 'आस्वादपरक इति मूलतः'—इसी शब्द का प्रयोग उन्होंने किया था। इसका ताल्लुक रसना से है। और रसना के दोनों गुण होते हैं : रसना से बोलने का भी काम करते हैं और हम रसना में आस्वाद लेने का भी काम करते हैं। इसलिए जो साहित्य या नाटक रसना से निकलता हो, वाणी का विलास हो, तब वाणी का विलास वाणी में स्वाद की भी वस्तु बन सकता है। यह एक लम्बी परम्परा है और नाटक एक अनुभव की चीज है।

'मेघदूत' का एक श्लोक पढ़ो, रस लो और जब डूबोगे, रस-दशा को पहुँचोगे तो रस-दशा आनन्द की वह दशा होगी जो लगभग ब्रह्मानन्द सहोदरवाली होगी। अब समझ लीजिए, इसी तरह आनन्द और उल्लास की नई सृष्टि होती है।

महावीर अग्रवाल : यूनान के क्लासिक्स में तीन यूनिटीज मुकम्मल मानी जाती हैं, पर भरत के नाट्यशास्त्र में केवल एक यूनिटी है, 'रस'—भरत मुनि के यहाँ केवल 'रस' की थ्योरी है। भरत मुनि मानते हैं कि अकेला कलाकार रस पैदा नहीं करता, 'रस' दर्शकों के साथ मिलकर पैदा होता है। आप उसी 'रस' की बात कह रहे हैं।

नामवर सिंह : बिलकुल उसी 'रस' की बात मैंने कही है। 'भरत-वाक्य', नाट्य-तत्त्व का मूल है। नाट्य-तत्त्व और कुछ नहीं, जीवन का यथार्थ है। महीन कल्पनाशीलता के दम पर दर्शक नाटक की तह तक पहुँच जाता है। हमारे यहाँ 'काल' की भी संकल्पना है। नाटक के टाइम और स्पेस में यह कल्पना असीम है। मैंने न जाने कितने नाटकों में यह कल्पनाशीलता अलग-अलग तरह देखी है। सूई की दिशा के अनुसार शान्त भाव से या कभी पंछी की तरह या कभी उछलते-कूदते कलाकार पूरे मंच का एक चक्कर लगाता है और सैकड़ों ही नहीं, हजारों मील की दूरी तय हो जाती है। 'भरत-वाक्य' की गत्यात्मकता में भी रस होता है और 'भरत-वाक्य' द्वारा कभी-कभी नाटक के प्रारम्भ में ही 'रस' के प्रवाह में प्रांजलता फूटती चली जाती है।

सांस्कृतिक धरोहर है वाचिक परम्परा

महावीर अग्रवाल : नामवर जी, समाज और साहित्य में वाचिक परम्परा का क्या महत्त्व है?

नामवर सिंह : महावीर जी, मैंने पहले भी कहा है, वाचिक परम्परा का महत्त्व है और सदियों तक रहेगा। सुनकर ग्रहण करने का संस्कार पीढ़ी-दर-पीढ़ी रहा है। भीतरी और बाहरी अनेक कारण हैं, एक कारण यह है कि इक्कीसवीं सदी में शिक्षा के चहुँमुखी विकास के बाद भी हमारे देश की आधी से अधिक जनता आज भी अशिक्षित है। अपनी परम्पराओं में, रीति-रिवाजों में उसकी गहरी आस्था है। यह विश्वास और आस्था केवल अशिक्षितों में ही नहीं है, वरन पढ़े-लिखे समाज के साथ-साथ विद्वत् मंडली में भी दिखलाई पड़ती है। यही कारण है कि एक पीढ़ी से दूसरी पीढ़ी को हस्तान्तरण लोकगाथाओं और लोकगीतों का ही नहीं होता, छोटे-बड़े त्योहारों पर गाए जानेवाले गीतों को भी नई पीढ़ी ग्रहण करती चलती है। शहरों में महाकाव्य पुस्तकाकार उपलब्ध रहते हैं। परन्तु किसानों, कामगारों और ग्रामीणों के साथ ही अलग-अलग समुदायों द्वारा जन्म से मृत्यु तक गाए जानेवाले गीतों को सुरक्षित रखते चले जाना ही वाचिक परम्परा की अपनी अस्मिता और अपनी विशिष्टता होती है।

महावीर अग्रवाल : इक्कीसवीं सदी में वाचिक परम्परा पर आपसे यह सब सुनते हुए मुझे याद आता है, आपने कहा था : 'वेद' संसार के सर्वाधिक प्राचीन ग्रंथ माने जाते हैं। क्या वेद भी हमारी वाचिक परम्परा की ही देन हैं?

नामवर सिंह : वेदों की रचना कब हुई—इसका प्रामाणिक इतिहास नहीं मिलता। माना जाता है कि हमारे ऋषियों ने मंत्रों की रचना, लिपियों के पूर्ण रूप से विकसित होने के पहले ही कर ली थी। पहले शुरुआती दौर में 'वेद' के मंत्र भी सुनकर पढ़े जाते थे। इसीलिए इन्हें 'श्रुति' कहा गया है। वाचिक परम्परा का आधार पाकर ही लिखित वैदिक साहित्य का प्रादुर्भाव हुआ। इसे आप वाचिक परम्परा का अवदान मान सकते हैं।

मुझे बहुत पुरानी बात याद आ रही है, लगभग चार दशक पहले गुरुवर हजारी

प्रसाद द्विवेदी के समय में मार्क्सवादी आलोचना अपने उफान पर थी फिर भी द्विवेदी जी ने उसका आतंक स्वीकार नहीं किया। उन्हें अपनी परम्परा मार्क्सवाद से बड़ी और बलवान लगी। वे लिखते हैं : 'अपने देश की चिन्तन-परम्परा न तो उथली है, न संकीर्ण, इसलिए इस नये तत्त्ववाद को उसमें आसानी से खपाया जा सकता है, समृद्ध बनाया जा सकता है और अपने ढंग से अपनाया जा सकता है।'

महावीर अग्रवाल : क्या वाचिक परम्परा में युगानुरूप परिवर्तन निरन्तर होते रहते हैं? क्या यह हमारे लिखित साहित्य को समृद्ध करती है?

नामवर सिंह : वाचिक परम्परा का अर्थ है : जीवन से जुड़े रहना। गतिशील यथार्थ जीवन को गति देता है। वाचिक परम्परा निसर्ग की गोद में विकसित होती है और सतत परिवर्तन ग्रहण करते हुए युगों-युगों तक अपनी आवाज की अनुगूँज बनाए रखती है। हमारे संस्कारों को, हमारी संस्कृति और हमारी सभ्यता को पीढ़ी-दर-पीढ़ी हस्तान्तरित करती है। लिखित साहित्य को भी वाचिक परम्परा से रसानुभूति, ओज, दीप्ति तो मिलती ही है, गहरी संवेदना का बोध भी होता है। सच तो यह है कि समृद्ध वाचिक परम्परा तो लोक और शास्त्र, दोनों के लिए मूल्यवान होती है और दोनों को समृद्ध करती रहती है।

महावीर अग्रवाल : कथा-कथन की परम्परा को भी हम वाचिक परम्परा मान सकते हैं।

नामवर सिंह : यह वाचिक परम्परा ही है। वाचिक परम्परा में व्यक्ति के साथ-साथ सामूहिकता पर भी पूरा ध्यान रखा जाता था। कथा-कथन की परम्परा में पीछे मुड़कर देखें तो यह कथन सामूहिक रूप से सुना जाता था। हर कथा में एक हुंकार भरने वाला होता था। कभी-कभी सभी श्रोतागण अपनी सहभागिता का अनुभव करते थे। बचपन से लेकर आज तक मैंने देखा, पढ़ा और सुना है, प्रत्येक लोक-कथा के अन्त में लोक-कल्याण की ही कामना रहती है। सबका भला हो और हमारा भी भला हो। कथावाचक जीवन की सार्थकता को अन्त में इस तरह भी अभिव्यक्त करते थे : 'जैसे उनके दिन बहुरे वैसे सबके दिन बहुरें।'

महावीर अग्रवाल : हमारी वाचिक परम्परा धीरे-धीरे कब परम्परा बनती है, और कब या कैसे रूढ़ि बन जाती है?

नामवर सिंह : वाचिक परम्परा या मौखिक परम्परा से जो भी मिलता है, वह सदियों तक किसी-न-किसी रूप में सुरक्षित रहता है। सामान्यत: ऐसा देखा गया है कि वाचिक परम्परा में जो अधिक ग्रहण करने योग्य है, ग्राह्य है, वांछनीय है और जो जड़ नहीं है, वह परम्परा बनती जाती है। कभी-कभी ऐसा भी होता है कि वर्तमान

में और अतीत में निरन्तरता लागू करने की प्रक्रिया में वह जो अन्तर है, पार्थक्य है, वह मिट जाया करता है। इसके विपरीत रूढ़ि एक ऐसी चीज है, जो जड़ है और त्याज्य है। मैं यह मानता हूँ कि परम्परा का अन्धनिर्वहन उसे रूढ़ि बना देता है।

महावीर अग्रवाल : वाचिक परम्परा की निरन्तरता में क्या अतीत हमारे वर्तमान के अनुरूप बदलता जाता है?

नामवर सिंह : किसी भी समाज या समुदाय में प्रचलित मान्यताएँ, धारणाएँ, और कुछ मूल्य रीति-रिवाजों के रूप में अविच्छिन्न रूप से चलते रहते हैं। हमारी परम्परा में मूल सत्य तक पहुँचने के लिए जिनको जीना पड़ता है, वे मूल्य या जीवन-मूल्य कहे जाते हैं। 'मूल्य' और 'अपमूल्य' को जीवन-सन्दर्भ में काल की नब्ज देखकर समझा जाता है। इसकी जानकारी हमें अपने विवेक और इतिहास-बोध से मिलती है। 'महाभारत'कार कहता है :

यस्य नास्ति निजा प्रज्ञा केवलं तु बहुश्रुतः।
शास्त्रार्थं न विजानाति दर्वी सुपरसं यथा॥

यह सब हमें वाचिक परम्परा द्वारा ही प्राप्त होता है। समाज की प्रगति में प्रयत्न और प्रयोग की भी महती भूमिका रही है। प्रयोग के उत्साह में ऐसे भी दौर आए हैं, जब एक प्रकार का उच्छेदवादी दृष्टिकोण अपनाया गया और सम्पूर्ण अतीत को नकारकर सर्वथा प्रगति की एक नई छलाँग लगाने की कोशिश हुई। हमें ध्यान रखना होगा कि संसार-रूपी वृक्ष में निहित ऊर्जात्म चैतन्य शक्ति को हम परम्परा मानते हैं—न कि वृक्ष से गिरती पीली-हरी पत्तियों के विच्छिन्न क्रम को। परम्परा में एक निरन्तरता होती है। शास्त्र तो समुद्र है। परम्परा को वर्तमान के लिए प्रासंगिक बनाए जाने के प्रयत्न वर्तमान और अतीत के अन्तर कम करते हैं।

महावीर अग्रवाल : नामवर जी 'वर्तमान साहित्य' के शताब्दी आलोचना अंक में प्रकाशित आपने अपने साक्षात्कार में कहा है : 'भाषण देना मेरी विवशता नहीं, कोई लोभ नहीं बल्कि मैं वाचिक के जरिये उस 'कॉमन रीडर' तक पहुँचना चाहता हूँ जो मुझे अभी तक पढ़ नहीं सका है।'

नामवर सिंह : बिलकुल सही कहा है। मैं कई बार पहले भी कह चुका हूँ कि जिन लोगों को मुझसे यह शिकायत है कि मैं व्याख्यान, भाषण अधिक देता हूँ और लिखता बहुत कम हूँ, वे ही मुझे अपने शहर में, अपने आयोजनों में भाषण और व्याख्यान देने के लिए अधिक आमंत्रित करते हैं। उन्हें इस सत्य को भी समझना चाहिए कि मेरे भाषणों में जो विचार हैं, उसका साहित्यिक महत्त्व उतना ही है, जितना मेरे लिखे का। पूरी तैयारी और जिम्मेदारी के बाद ही मैं कुछ कहने का

साहस करता हूँ। मैं वाचिक के महत्त्व को भली-भाँति समझता हूँ।

महावीर जी, वाचिक परम्परा कोई गल्ला या अनाज या कोई पदार्थ नहीं है कि आप तराजू लेकर तौलें या अपनी हथेली से उसे जाँचे-परखें। सच तो यह है कि वाचिक परम्परा मानवीय सभ्यता के समतावादी समाज की थाती है। हमारे वाङ्मय की स्मृति-छवियों के साथ-साथ कालिदास से लेकर हमारी पूर्ववर्ती पीढ़ी के मनस्वियों की चिन्तन परम्परा ही वाचिक परम्परा को समृद्ध करती रही है। अर्थभूमि पर कितनी-कितनी अनेकताओं में व्यंजित धरोहर संवेदना से भरी-पूरी है। समकालीन मूल्य और चेतना की दृष्टि को ध्यान में रखकर अनुभव करने और सही परिप्रेक्ष्य में समझने की आवश्यकता है। यह एक दिन में अर्जित नहीं होती वरन् आपके लम्बे जीवन-संघर्ष के बीच से उपजती है। कहा गया है : 'जिसके माथे से पसीना टपका नहीं, वह आदमी सीख पाया जीना नहीं।'

श्रम की एक-एक बूँद को तरल और प्रवहमान बनाने के बाद ही रचनात्मक अभिषेक होगा और वाचिक परम्परा निरन्तर इस दोहे की तरह विकसित होगी। वाचिक परम्परा में चिन्तन केवल सुरक्षित ही नहीं होता वरन् पुष्पित-पल्लवित और परिष्कृत भी होता चलता है। स्मृति के साथ ही आधुनिक चेतना और नवीन सृजनधर्मिता से सम्पृक्त होने के कारण आस्वाद में भी यह सहज, सरल व सम्प्रेषणीय होती है। कहना न होगा कि वाचिक परम्परा ऐसी सांस्कृतिक धरोहर है, जो हमेशा नये-नये स्रोतों से संजीवनी ग्रहण करती रहती है। साहित्य वैसे भी मूलतः सम्बोधन है। श्रोता हमारे समय में 'लोक' का जीवन्त प्रतीक है। उसमें चुन-चुनकर चयन करने की अकूत शक्ति होती है। इसलिए मैं श्रोता समूह के सामने पहुँचकर मौखिक रूप में प्रस्तुत होता हूँ। मेरा लक्ष्य सामान्य पाठक तक पहुँचना रहा है। और यह मैंने अपनी वाचिक परम्परा से ही सीखा है।

संन्यासी होने में मेरी मुक्ति नहीं है

महावीर अग्रवाल : 'नामवर के निमित्त' एक वर्ष तक चलनेवाला अनुष्ठान दिल्ली, भोपाल, मुम्बई, कोलकाता, पटना, इलाहाबाद आदि 15 स्थानों पर होते हुए आज 28 जुलाई, 2002 को बनारस में सम्पन्न हुआ है। पिछले तीन दशकों से मैंने देखा है और अनुभव किया है कि साहित्य की बिरादरी में ऐसा मान और ऐसी व्यापक स्वीकृति इस रूप में किसी को नहीं मिली है। 75 वर्ष पूरा करने पर 'अमृत महोत्सव' के विशेष अवसर पर आपको कैसा लग रहा है?

नामवर सिंह : उदय प्रताप कॉलेज मेरी विद्याभूमि है। महिमा में जन्मभूमि के ही तुल्य। यहाँ मैंने 1941 की जुलाई में प्रवेश किया था। 14 वर्ष की कच्ची उम्र में 60 वर्ष के बाद भी आज मेरी अवस्था उसी बालक की-सी हो रही है। वाक्‌दूत होने के बावजूद अवाक्! प्रभु को साक्षात् सम्मुख पाकर बालक ध्रुव की तरह! भागवत का वह प्रसंग बरबस याद आ रहा है। ध्रुव हाथ जोड़े खड़ा है। प्रभु की स्तुति करना चाहता है, किन्तु स्तुति किस प्रकार करे, यह नहीं जानता। अन्तर्यामी हरि ने उसके कपोल से अपना शंख छुआ दिया और ध्रुव के कंठ से अजस्र वाग्धारा फूट चली :

याऽन्तः प्रविश्य मम वाचमिमां प्रसुप्तां
संजीवयत्यखिल—शक्तिधरः स्वधाम्ना।
अन्यांश्च हस्त-चरण-श्रवण-त्वगादीन्
प्राणान्नमो भगवते पुरुषाय तुभ्यम्॥

मेरे लिए तो फूलों की यह माला ही वह शंख है और विद्यालय ही प्रभु! वे गुरु तो अब रहे नहीं जिनके चरणों में बैठकर पढ़ने का सौभाग्य प्राप्त हुआ था, किन्तु उन सभी गुरुओं का मूर्तिमान विग्रह यह विद्यालय तो है और आज वही मेरे अन्तःकरण में प्रवेश कर मेरी प्रसुप्त वाणी को जाग्रत करने की कृपा कर रहा है। भाषा मुझे वहीं मिली। यह अतिशयोक्ति नहीं, सच है—अक्षरशः सच। विद्या की इसी भूमि की 'रज' में लोट-पोटकर बड़ा हुआ और फिर अपने पैरों पर खड़ा

भी हुआ। आँखें खुलीं और खुली आँखों से दुनिया को देखने की दृष्टि मिली। आज जो भी हूँ, उसका श्रेय बहुत कुछ विद्या के इसी मन्दिर को है क्योंकि यह मेरी आधारशिला है।

महावीर अग्रवाल : 'काशी' की अपने बचपन की स्मृतियों के बारे में कुछ बताइए।

नामवर सिंह : संवादशीलता का पहला पाठ मैंने काशी में सीखा। काशी की गंगा-जमुनी संस्कृति में कबीर और तुलसी, दोनों हैं। ब्राह्मण और श्रमण, दोनों संस्कृतियों का केन्द्र रहा है काशी। यह 'अँधेर नगरी चौपट राजा' लिखनेवाले भारतेन्दु हरिश्चन्द्र की नगरी है। प्रसाद, प्रेमचन्द, रामचन्द्र शुक्ल, हजारी प्रसाद द्विवेदी के विचारों में समानता नहीं, विविधता रही है। यहाँ रसखान, रहीम और रैदास की बहुलतावादी परम्परा है। साहित्यिक अभिरुचियों को जगाने में गुरुजनों का समर्पण मुझे याद आता है। उदय प्रताप कॉलेज की उर्वर भूमि के साहित्यिक माहौल ने हमें एक नई दृष्टि और दिशा प्रदान की। प्रगतिशीलता से ओतप्रोत सच्ची सर्वहारा वर्ग की चेतना दी। उस ज्ञानदीप्त चेतना का प्रयोग अपने लेखन और वचन में मैं आज तक कर रहा हूँ। इसी काशी की हवाओं में एक ओर ओंकारनाथ ठाकुर के संगीत की अनुगूँज है तो दूसरी ओर बिस्मिल्ला खाँ की शहनाई की महक है। यहाँ की मिटटी से केदारनाथ सिंह भी बने हैं और नजीर बनारसी भी। काशी का 'अस्सी' सब का है और किसी का नहीं है। किसी को कुछ नहीं समझता और सबको मान भी देता है। निकाले जाने के कारणों पर अब चर्चा करने का कोई औचित्य नहीं है। यह काशी मेरी रग-रग में बसी हुई है। कोई मुझे यहाँ से कैसे निकाल सकता है? यह जो आयोजन हुआ, इसमें प्रशस्ति ही नहीं, बेबाक टिप्पणियों के साथ आलोचना भी हुई। असहमति के स्वर भी कानों तक पहुँचे हैं। इस बहाने सबके अभिमत सुनने का अवसर हाथ आया। जनता के जीवन-संघर्ष को, जीवन्त चुनौतियों को गहराई से देखने, सोचने और विचारने का अवसर भी समूची हिन्दी बिरादरी ने मुझे दिया है। दूसरी बात जो मुझे अभिभूत कर रही है, वह यह है कि सैकड़ों साथी दूर-दूर से बिना मार्ग-व्यय के भी कार्यक्रम में सम्मिलित होने और मुझे प्रोत्साहन देने यहाँ तक पहुँचे हैं। सभी मित्रों ने खर्च का पूरा भार स्वयं उठाया है। प्रगतिशील लेखक संघ के, जनवादी लेखक संघ के और जनसंस्कृति मंच के साथियों ने शिरकत की है। इससे पता लगता है कि हम लेखकों के बीच मतभेदों के बाद भी अपने वामपंथी आन्दोलन के लिए एकता के अंकुर मौजूद हैं। भले ही सोवियत संघ में साम्यवाद का ढाँचा टूट गया और एकबारगी समाजवादी आन्दोलन को बड़ा धक्का लगा। वैचारिक और सांस्कृतिक संकट का यह दौर विश्वव्यापी है। इसके बाद भी मुझे समाज के बृहत्तर सरोकारों से जुड़ने और जोड़ने की यह कोशिश जरूर फलीभूत होगी।

महावीर अग्रवाल : एक माह पहले ज्ञात हुआ था कि 'नामवर के निमित्त' बनारस में यह आयोजन 26 से 28 जुलाई, 2002 तक—तीन दिन होगा। 26 जुलाई को यहाँ पहुँचने पर ज्ञात हुआ कि बी.एच.यू. में अब कार्यक्रम नहीं होगा। उदय प्रताप कॉलेज में 23 जुलाई को यह एक दिवसीय सम्मान समारोह सम्पन्न हुआ। हम यह जानना चाहते हैं कि यह परिवर्तन क्यों हुआ?

नामवर सिंह : काशी हिन्दू विश्वविद्यालय में यह आयोजन क्यों नहीं हो सका, यह रहस्य विश्वविद्यालय वाले ही बेहतर जानते होंगे। वैसे, विश्वविद्यालय के हिन्दी विभाग के कुछ अध्यापक इस समारोह में भी उपस्थित दिखाई पड़े थे। यही नहीं, बल्कि उनमें से कुछ एक तो मंच पर बोलने भी आए। जो हो, काशी विश्वविद्यालय का आपने जिक्र किया तो मुझे गालिब का वह शेर याद आ गया :

गो वाँ नहीं, पै वाँ से निकले हुए तो हैं
काबे से इन बुतों की निस्बत है दूर की।

तो काशी हिन्दू विश्वविद्यालय मेरे लिए 'काबा' की हैसियत रखता है। उस काबे से निकाले हुए बुतों में से एक मैं भी हूँ। इस तरह देखें तो उससे मेरी एक 'निस्बत' है—बेशक दूर की। याद करें तो निकाले हुए बुतों में मेरे गुरुदेव आचार्य हजारी प्रसाद द्विवेदी भी थे। यह और बात है कि 'काबा' से एक दिन खुद पैगम्बर को भी हिजरत करनी पड़ी थी—मक्का से मदीने के लिए! बहरहाल, जो नहीं हुआ, उसका गम क्या! आइए, दुआ करें कि वह 'काबा' सलामत रहे!

महावीर अग्रवाल : 'नामवर के निमित्त' आयोजन में पूर्व प्रधानमंत्री चन्द्रशेखर और विश्वनाथ प्रताप सिंह सहित अन्य राजनेताओं की उपस्थिति पर वर्ष-भर तक लगातार विवाद होता रहा है। इस सम्बन्ध में आप अपने विचार बताइए।

नामवर सिंह : दिल्लीवाले आयोजन में विश्वनाथ प्रताप सिंह और चन्द्रशेखर 'नामवर के निमित्त' क्यों आए, यह बात तो उन्हीं दोनों महानुभावों से पूछी जानी चाहिए थी। अपनी ओर से इतना ही कह सकता हूँ कि वे मेरे बहुत पुराने मित्र हैं। विश्वनाथ प्रताप सिंह तो उस उदय प्रताप कॉलेज के विद्यार्थी भी रह चुके हैं जिसमें उन्हीं दिनों मैं भी पढ़ा करता था। इसके अलावा वे कवि भी हैं और चित्रकार भी। रहे चन्द्रशेखर, सो अपनी 'जेल डायरी' लिखकर उन्होंने साबित कर दिया है कि वे एक अच्छे गद्य-लेखक भी हैं। उँगली उठानेवाले बहुतेरे लेखकमन्य छुटभैयों से बेहतर लेखक! इसके बाद भी सफाई की जरूरत है? वैसे उस समारोह में कुछ और भी राजनेता आए थे और उनमें भारतीय कम्यूनिस्ट पार्टी के महासचिव कामरेड ए.बी. वर्धन और मार्क्सवादी कम्यूनिस्ट पार्टी के पोलित ब्यूरो सदस्य

कामरेड सीताराम येचुरी भी शामिल थे। इनकी उपस्थिति क्यों नहीं दर्ज की शिकायत करनेवालों ने, जवाब इसका कौन दे?

महावीर अग्रवाल : 'छायावाद' पुस्तक आपने 11 दिन में, 'कविता के नये प्रतिमान' 21 दिनों में 'पृथ्वीराज रासो की भाषा' 18 दिनों में और 'दूसरी परम्परा की खोज' मात्र 12 दिनों में लिखी है। इसके पीछे लम्बे समय का अनुभव और मानसिक तैयारी रही होगी। समूचे हिन्दी-जगत को वैसे ही सर्जनात्मक आवेश की प्रतीक्षा है। इस बात को लेकर मेरे मन में बहुत उत्सुकता है।

नामवर सिंह : साहित्यिक मित्र लम्बे समय से यह शिकायत कर रहे हैं कि मैं लिख नहीं रहा हूँ। लिखने के अपने पुराने संकल्प को याद करने और उन्हें पूरा करने का समय अब आ गया है। परम्परा के प्रवाह में हिन्दी समाज की कई पीढ़ियों का सामाजिक संघर्ष मेरे सामने है। अपने जीवन-भर के अनुभव के बाद भी मैं यह मानता हूँ कि श्रेष्ठ साहित्य की रचना करना किसी एक निश्चित समय में रचनाकार की इच्छा पर निर्भर नहीं रहता। जिस मानसिक स्थिति और रचनात्मक दबाव के चलते उपर्युक्त पुस्तकें लिखी गईं, जरूरी नहीं है कि वैसा सर्जनात्मक दबाव अभी भी मेरे भीतर हो। प्रत्येक रचनाकार की रचना को परिस्थितियाँ अपनी सीमा में न्यूनाधिक नियंत्रित करती हैं। लेखक की रचनात्मक शक्ति पूरे समाज द्वारा किसी-न-किसी रूप में प्रभावित होती है। मैं अपनी सीमाओं को बहुत अच्छी तरह जानता और समझता हूँ। हिन्दी समाज का और मित्रों का यह जो आदेश है, उसे मैं पूरा करने की कोशिश करूँगा।

महावीर अग्रवाल : जीवेत् शरदः शतम् की मंगल कामना के साथ हमारी जिज्ञासा है—जीवन के पचहत्तर वर्ष पूरे करने के बाद अपनी आकांक्षा और ऐसे स्वप्नों के बारे में कुछ कहिए जो अभी अधूरे हैं। भविष्य की योजनाओं के बारे में भी कुछ बताइए।

नामवर सिंह : मैं उत्साह और खुशी से भरा हुआ हूँ। मैंने जितना कुछ किया, उसकी ऐसी व्यापक स्वीकृति देखकर मुझे बहुत सन्तोष है। संकोच होता है यह सोचकर कि मैंने जितना किया नहीं, उससे कहीं अधिक स्नेह, प्यार और सम्मान मुझे मिला है। मैं कृतज्ञता का अनुभव करता हूँ। भविष्य के लिए चेतावनी भी मिली है। पथ से विचलित न होने देने के संकेत भी मौजूद हैं। ऐसा अपनापन विरल होता जा रहा है। यह मेरे लिए आत्मसमीक्षा का समय है। खुद को एक बार जाँचने, परखने के लिए आप सबके स्नेह ने मुझे थोड़ी उम्र और दे दी है। लिखने की प्रेरणा जगाई है। इन आयोजनों में अपने समय की गम्भीर चुनौतियों पर व्यापक चर्चा हुई, और इस तरह साहित्य को जीवन से जोड़कर देखा जा

रहा है। चुनौती एक चिनगारी है जो भीतर आग जलाती है। जीने के लिए प्रेरित करती है। चुनौती का जवाब, उसका संकल्प ही मनुष्य को आगे बढ़ाता है। राम और बुद्ध, दोनों ने सत्ता के सिंहासन को ठोकर मारकर अपने को जन-जन के संघर्षों से जोड़ा था। बुद्ध का उपदेश है, 'अपने दीपक बनो—अपनी शरण लो।' अपनी कमियों को मैं जानता था। सोच रहा हूँ, 75 साल के इस बूढ़े की अब क्या जवाबदेही है। मुक्तिबोध की पंक्ति याद आ रही है : 'अब तक क्या किया...।' सुनकर बहुत कुछ सीखने का अवसर एक बार फिर मेरे सामने है। भीतर-ही-भीतर आत्मसमीक्षा का गहरा द्वन्द्व चल रहा है। मुझे अभी भी बहुत कुछ सीखना है। महावीर जी, मैं जो भी करूँगा, सब आप लोगों के सामने आएगा। अपनी विविधताओं में ये सारे विचार आनेवाले समय में मेरा पथ-प्रदर्शन करेंगे।

महावीर अग्रवाल : अधिकांश वक्ताओं ने अत्यन्त आदरपूर्वक यह कहा है कि आज नामवर सिंह का 'वानप्रस्थ' खत्म हुआ। नामवर जी अब जीवन-भर के अनुभव का नया शास्त्र लिखें और आलोचना की परम्परा का विकास करें। इस पर आप अपनी प्रतिक्रिया बताइए।

नामवर सिंह : मैं यह मानता हूँ कि लेखक की कलम ही उसका अस्त्र है, और उसकी रचना परिवर्तन का क्षण है। मानवीय सरोकार की दृष्टि से सम्पन्न हुए ये 15 आयोजन मुझे प्रेरणा दे रहे हैं। रही बात 'वानप्रस्थ' की। 'वानप्रस्थ' के बाद तो 'संन्यास' ही बचा रहता है। लेकिन मैं ऐसे सभी शुभचिन्तकों को आश्वस्त करना चाहता हूँ कि संन्यास लेने का कोई इरादा मेरा नहीं है। मैं संन्यास नहीं ले सकता। संन्यासी होने में मेरी मुक्ति नहीं है। संन्यासी दूसरे अर्थ में अपनी जाति, अपना धर्म, अपना वर्ण छोड़ देता है। अपने समाज से बाहर आ जाता है। सामाजिक कुरीतियों पर, राजनीतिक पाखंड पर और आर्थिक विद्रूपों पर कड़े प्रहार करता है। जन-चेतना की मशाल हाथ में लेकर सत्य की राह में आगे बढ़ता है। शंकराचार्य और गौतम बुद्ध ने संन्यास लेकर समाज की वर्ण-व्यवस्था पर आक्रमण किया था। कस्तूरबा के साथ रहकर भी गांधी जी संन्यासी थे, अतः उनके पास भीतरी ताकत थी। इसी ताकत के बल पर उन्होंने ब्रिटिश साम्राज्य की नींव हिला दी। मैं गांधी जी की ही तरह संन्यासी होना चाहता हूँ। रवीन्द्रनाथ की एक कविता की वह पंक्ति है न : 'वैराग्य साधने आमार मुक्ति नय'। जो 'मुक्ति' मेरा साध्य है, उसका साधन संघर्ष है—अनवरत संघर्ष! वैसे मेरा विश्वास 'वर्णाश्रम' में कतई नहीं है—न चार वर्णों की व्यवस्था में और न ही चार आश्रमों के विधान में। अधिक-से-अधिक मैं 'क्षेत्र-संन्यास' की बात कभी-कभी अवश्य सोचता हूँ। 'क्षेत्र-संन्यास' अर्थात् यहाँ-वहाँ भागदौड़ करने के बजाय डॉ. रामविलास शर्मा

की तरह एक जगह चिमटा गाड़कर बैठ जाऊँ और अब तक स्थगित होती हुई योजनाओं को कागज पर उतार डालूँ! मुश्किल यह है कि मित्रगण उपदेश तो बहुत देते हैं, लेकिन एक जगह निश्चित बैठने नहीं देते! तुलसीदास के शब्दों में कहूँ तो : 'कहाँ जाई, का करी?'

['उत्तर प्रदेश' : अगस्त, 2004 में 'एक जगह चिमटा गाड़कर बैठने की चाह' शीर्षक से प्रकाशित]